MARC LEVY

Die zwei Leben der Alice Pendelbury

Buch

Tagaus tagein sitzt Alice Pendelbury an ihrem Schreibtisch, wo sie an der Zusammenstellung neuer Parfums arbeitet. Nur abends verlässt sie ihre kleine Wohnung, um sich mit ihren besten Freunden Carol, Sam, Anton und Eddy zu treffen und mit ihnen Jazz zu hören. Doch das alles ändert sich, als sie am Vorweihnachtstag auf dem Jahrmarkt in Brighton eine Wahrsagerin aufsucht, die ihr eine mysteriöse Zukunft vorhersagt: Sechs Personen werden ihren Weg kreuzen, bevor sie auf den Menschen trifft, der in ihrem Leben am meisten bedeuten wird. Obwohl Alice nicht daran glaubt, bekommt sie diese Worte nicht mehr aus dem Kopf. Schließlich lässt sie sich von ihrem Nachbarn, Mister Daldry, einem hartgesottenen Junggesellen, der gar nicht so ruppig ist, wie er zunächst wirkt, dazu überreden, gemeinsam mit ihm eine Reise nach Istanbul anzutreten, um herauszufinden, welche Wahrheit sich hinter den Worten der Seherin versteckt …

Autor

Marc Levy wurde 1961 in Frankreich geboren. Nach seinem Studium in Paris lebte er in San Francisco. Mit siebenunddreißig Jahren schrieb er für seinen Sohn seinen ersten Roman, *Solange du da bist,* der von Steven Spielberg verfilmt und auf Anhieb ein Welterfolg wurde. Seitdem wird Marc Levy in fünfundvierzig Sprachen übersetzt, und jeder Roman ist ein internationaler Bestseller. Marc Levy lebt zur Zeit mit seiner Familie in New York.

Ebenfalls vom Autor lieferbar

Bis ich dich wiedersehe (38238), Wo bist du? (38166), Sieben Tage für die Ewigkeit (38061), Wer Schatten küsst (38026), Die erste Nacht (37659), Am ersten Tag (37658), Solange du da bist (37733)

Marc Levy

Die zwei Leben der Alice Pendelbury

Roman

Aus dem Französischen
von Eliane Hagedorn und Bettina Runge

blanvalet

Die Originalausgabe erschien 2011 unter dem Titel
»L'étrange voyage de Monsieur Daldry« bei Robert Laffont, Paris.

Besuchen Sie uns auch auf www.facebook.com/blanvalet
und www.twitter.com/BlanvaletVerlag.

FSC www.fsc.org
MIX
Papier aus verantwortungsvollen Quellen
FSC® C014496

Verlagsgruppe Random House FSC® N001967
Das FSC®-zertifizierte Papier *Holmen Book Cream*
für dieses Buch liefert Holmen Paper, Hallstavik, Schweden

2. Auflage
Taschenbuchausgabe November 2014
bei Blanvalet Verlag, einem Unternehmen
der Verlagsgruppe Random House GmbH, München

Umschlaggestaltung: © www.buerosued.de
Umschlagmotiv: © Plainpicture/Susan Fox; www.buerosued.de, München
Redaktion: Gerhard Seidl
ED · Herstellung: sam
Druck und Einband: GGP Media GmbH, Pößneck
Printed in Germany
ISBN: 978-3-442-38028-2

www.blanvalet.de

»Vorhersagen lassen sich schwer machen, vor allem, wenn sie die Zukunft betreffen.«

Pierre Dac

Für Pauline
Für Louis
Für Georges

»Ich glaubte nicht an das Schicksal und die kleinen Zeichen im Leben, die uns angeblich den Weg weisen. Ich glaubte nicht an Wahrsagerinnen oder Kartenlegerinnen, die einem die Zukunft voraussagen. Ich glaubte höchstens an einfache Koinzidenzen, an die Wahrheit des Zufalls.«

»Warum hast du dann diese lange Reise unternommen, warum bist du hierhergekommen, wenn du an all das nicht glaubst?«

»Wegen eines Klaviers.«

»Eines Klaviers?«

»Es war verstimmt, wie früher die alten Kisten in den Tanzlokalen. Es hatte etwas Besonderes – oder vielleicht war es auch der, der darauf spielte.«

»Der darauf spielte?«

»Mein Flurnachbar, das heißt, eigentlich bin ich mir da auch nicht ganz sicher.«

»Du bist also heute Abend hier, weil dein Nachbar Klavier gespielt hat?«

»In gewisser Weise ja. Wenn seine Noten im Treppenhaus widerhallten, hörte ich meine Einsamkeit, und um ihr zu entfliehen, war ich bereit, an jenem Wochenende mit nach Brighton zu fahren.«

»Du musst mir die Geschichte von Anfang an erzählen. Die Dinge wären sicher klarer, wenn du sie mir in der richtigen Reihenfolge darstellen würdest.«

»Das ist aber eine lange Geschichte.«

»Wir haben Zeit. Der Wind kommt vom Meer, und es

sieht nach Regen aus«, sagte Rafael. »Ich fahre frühestens in zwei oder drei Tagen wieder raus. Ich mache uns Tee, und dann erzählst du mir alles, aber du musst mir versprechen, nichts auszulassen. Wenn das Geheimnis, das du mir anvertraut hast, wahr ist und wir jetzt für immer verbunden sind, muss ich alles wissen.«

Rafael kniete sich vor den gusseisernen Ofen, öffnete die Tür und blies in die Glut.

Sein Haus war ebenso bescheiden wie sein Leben. Ein Zimmer, vier Wände, ein schiefes Dach, ein abgetretener Fußboden, ein Bett, ein Waschbecken und darüber ein Hahn, aus dem das Wasser mit Tagestemperatur lief, das heißt im Winter eiskalt und im Sommer lauwarm, obwohl es genau umgekehrt hätte sein müssen. Es gab nur ein einziges Fenster, doch das ging auf den Bosporus hinaus, und von dem Tisch aus, an dem Alice saß, sah man die großen Schiffe, die in die Meeresenge fuhren, und auf der anderen Seite das europäische Ufer. Alice trank einen Schluck von dem Tee, den Rafael ihr eingeschenkt hatte, und begann ihre Erzählung.

Kapitel 1

LONDON, FREITAG, 22. DEZEMBER 1950

Die Tropfen trommelten auf das Glasdach über dem Bett. Ein heftiger Winterregen. Aber es würde noch viel mehr regnen müssen, um die Stadt vom Schmutz des Krieges reinzuwaschen. Es herrschte erst seit fünf Jahren Frieden, und London trug noch die Stigmata der Bombenangriffe. Das Leben nahm wieder seinen Lauf, man schränkte sich ein – weniger zwar als in den vorhergehenden Jahren, aber immer noch ausreichend, um sich an jene Tage zu erinnern, als man sich satt essen konnte und Fleisch nicht nur aus Konserven kannte.

Alice verbrachte den Abend in Gesellschaft ihrer Freunde zu Hause: Sam, Buchhändler bei Harrington & Sons und ein ausgezeichneter Kontrabassist; Anton, Schreiner und ein herausragender Trompeter; Carol, Krankenschwester, seit Kurzem von der Armee freigestellt und jetzt am Chelsea Hospital tätig; Eddy, der am Fuß der Treppe der Victoria Station oder, wenn es ihm erlaubt war, in den Pubs zur Gitarre sang.

Von ihm kam der Vorschlag, am nächsten Tag einen Ausflug nach Brighton zu unternehmen, um das bevorstehende Weihnachtsfest einzuläuten. Der Jahrmarkt, der an der langen Mole abgehalten wurde, war wieder eröffnet, und an einem Samstag herrschte auf dem Volksfest sicher eine Bombenstimmung.

Jeder hatte Kassensturz gemacht und seine letzten Pennys zusammengekratzt. Eddy hatte etwas Geld in einer Bar in Nottingham verdient, Anton hatte zum Jahresende eine kleine Prämie von seinem Chef bekommen, Carol hatte nichts, aber sie hatte sowieso nie Geld, und ihre alten Freunde waren daran gewöhnt, für sie zu bezahlen, Sam hatte eine Originalausgabe von *The Voyage out* und eine Zweitausgabe von *Mrs. Dalloway* – beide Titel von Virginia Woolf – an einen amerikanischen Kunden verkauft und damit an einem Tag so viel verdient wie sonst in der ganzen Woche. Was Alice anging, so verfügte sie über einige Ersparnisse, und nachdem sie das ganze Jahr über gearbeitet hatte wie eine Besessene, hatte sie es verdient, diese jetzt auszugeben. Außerdem wäre ihr jeder Vorwand recht gewesen, um einen Samstag mit ihren Freunden zu verbringen.

Der Wein, den Anton mitgebracht hatte, korkte und schmeckte nach Essig, aber alle hatten sie genug davon getrunken, um aus vollem Hals und von Lied zu Lied lauter zu singen, bis schließlich ihr Flurnachbar Mr. Daldry an die Tür klopfte.

Sam hatte als Einziger den Mut zu öffnen und versprach ihm, der Lärm würde sofort aufhören, übrigens sei es für sie ohnehin an der Zeit, nach Hause zu gehen. Mr. Daldry hatte seine Entschuldigung angenommen, allerdings nicht ohne etwas hochmütig zu erklären, er suche Schlaf und wisse es wirklich zu schätzen, wenn seine Nachbarn dieses Unterfangen nicht vereiteln würden. Es sei nicht die Bestimmung des viktorianischen Hauses, in dem sie wohnten, sich in einen Jazzklub zu verwandeln, und ihre Unterhaltung durch die dünnen Wände zu verfolgen sei schon unangenehm genug. Dann war er in seine nebenan liegende Wohnung zurückgekehrt.

Alices Freunde hatten Mäntel, Schals und Mützen angezogen, und man hatte sich für den nächsten Morgen um zehn Uhr an der Victoria Station auf dem Bahnsteig verabredet, von dem der Zug nach Brighton abfuhr.

Als sie allein war, schaffte Alice etwas Ordnung in dem großen Raum, der je nach Tageszeit als Atelier, Wohn-, Ess- oder Schlafzimmer diente. Als sie gerade das Sofa ausklappen wollte, richtete sie sich plötzlich auf und blickte zur Tür. Wie hatte ihr Nachbar die Unverfrorenheit besitzen können, einen so schönen Abend zu unterbrechen, und mit welchem Recht war er bei ihr eingedrungen?

Sie nahm ihr Tuch von der Garderobe, betrachtete sich in dem Spiegel im Eingang, hängte es zurück, weil es sie alt machte, und ging entschlossen los, um an Mr. Daldrys Tür zu klopfen. Die Hände in die Hüften gestemmt, wartete sie, bis er öffnete.

»Sagen Sie mir, dass es brennt und dass Sie nur deshalb plötzlich so hysterisch sind, weil Sie mich vor den Flammen retten wollten«, sagte dieser mit verkniffener Miene und seufzte.

»Erstens ist elf Uhr nicht spät für den Vorabend eines Wochenendes, und zweitens habe ich Ihre Tonleitern oft genug zu ertragen, sodass Sie etwas Lärm akzeptieren könnten, wenn ich ausnahmsweise mal Besuch habe.«

»Ihre lauten Freunde kommen jeden Freitag zu Ihnen, und Sie haben eine bedauerliche Tendenz, systematisch zu tief ins Glas zu schauen, was nicht ohne Folgen für meinen Schlaf ist. Und zu Ihrer Information, ich besitze kein Klavier, die Tonleitern, über die Sie sich beklagen, müssen also von anderswoher kommen, vielleicht aus der Wohnung der Dame unter Ihnen. Ich bin Maler und kein Musiker, und die Malerei verursacht keinen Lärm. Dieses alte Haus war ruhig, solange ich der alleinige Bewohner des Stockwerks war.«

»Sie malen? Was malen Sie denn, Mister Daldry?«

»Stadtlandschaften.«

»Merkwürdig, ich hätte nicht geglaubt, dass Sie Maler sind, sondern eher …«

»Was haben Sie geglaubt, Miss Pendelbury?«

»Ich heiße Alice, Sie sollten meinen Vornamen kennen, nachdem Ihnen keine unserer Unterhaltungen entgeht.«

»Ich kann nichts dafür, dass die Wände so dünn sind. Darf ich nun, da wir uns offiziell vorgestellt haben, zurück in mein Bett, oder möchten Sie dieses Gespräch im Treppenhaus fortsetzen?«

Alice musterte ihren Nachbarn eine Weile.

»Was stimmt bei Ihnen nicht?«, fragte sie dann.

»Wie bitte?«

»Warum nehmen Sie eine so distanzierte und feindselige Haltung ein? Nachdem wir Nachbarn sind, könnten wir uns etwas anstrengen, um uns zu verstehen oder zumindest so zu tun als ob.«

»Ich lebe schon lange hier, Miss Pendelbury, doch seit Sie in diese Wohnung gezogen sind, die ich zu übernehmen hoffte, ist mein Leben gestört und meine Ruhe nur noch eine ferne Erinnerung. Wie oft haben Sie schon bei mir geklopft, weil Ihnen Salz, Mehl oder etwas Margarine fehlte, wenn Sie für Ihre reizenden Freunde gekocht haben, oder aber eine Kerze, wenn der Strom ausgefallen war? Haben Sie sich nie gefragt, ob Ihr häufiges Anklopfen mein Privatleben stört?«

»Sie wollten in meine Wohnung ziehen?«

»Ich wollte mein Atelier dort einrichten. Sie sind die Einzige in diesem Haus, die ein Glasdach hat. Aber leider haben Sie mit Ihrem Charme unsere Besitzerin betört, also begnüge ich mich mit dem blassen Licht, das durch die bescheidenen Fenster einfällt.«

»Ich bin unserer Besitzerin nie begegnet, ich habe die Wohnung über einen Makler angemietet.«

»Könnten wir es heute Abend dabei bewenden lassen?«

»Verhalten Sie sich deshalb seit meinem Einzug so kalt, Mister Daldry? Weil ich das Atelier bekommen habe, das Sie beziehen wollten?«

»Miss Pendelbury, das Einzige, was hier im Moment kalt ist, sind meine Füße. Die Ärmsten sind wegen unseres Gesprächs dem Luftzug ausgesetzt. Wenn es Sie nicht stört, werde ich mich jetzt zurückziehen, bevor ich mich erkältet habe. Ich wünsche Ihnen eine gute Nacht, die meine wird Ihretwegen kurz ausfallen.«

Damit schloss er die Tür vor Alices Nase.

»Was für ein komischer Kauz!«, brummte sie und kehrte in ihre Wohnung zurück.

»Ich habe Sie gehört«, rief auf der Stelle Mr. Daldry aus seinem Wohnzimmer. »Guten Abend, Miss Pendelbury.«

Wieder in ihren vier Wänden, wusch sich Alice schnell und kuschelte sich unter ihre Bettdecke. Daldry hatte ganz recht, der Winter war in das Haus im viktorianischen Stil eingedrungen, und die Heizung war viel zu schwach, um das Thermometer in die Höhe zu treiben. Sie griff nach einem Buch auf dem Hocker, der ihr als Nachttisch diente, las ein paar Zeilen und legte es zurück. Anschließend knipste sie das Licht aus und wartete, bis sich ihre Augen an das Dämmerlicht gewöhnt hatten. Der Regen fiel auf das Glasdach. Alice dachte fröstelnd an einen feuchten Boden im Wald, bedeckt von vermodernden Eichenblättern. Sie atmete tief durch und nahm deutlich eine lauwarme Humusnote wahr.

Alice hatte eine besondere Gabe. Ihr Geruchssinn, der wesentlich stärker entwickelt war als bei anderen Menschen, erlaubte es ihr, den geringsten Duft aufzunehmen und für immer im Gedächtnis zu behalten. Sie verbrachte ihre Tage über den langen Tisch in ihrem Atelier gebeugt, um die verschiedenen Moleküle zusammenzustellen, die vielleicht eines Tages ein Parfüm ergeben würden. Alice war eine »Nase«. Sie arbeitete allein und stattete den Parfümeuren von London jeden Monat einen Besuch ab, um ihnen ihre neuen Formeln anzubieten. Im letzten Frühjahr war es ihr gelungen, eine ihrer Kreationen zu vermarkten. Ihr »Jasminwasser« hatte einen Parfümeur in Kensington betört und einen gewissen Erfolg bei dessen vornehmer Klientel gehabt, der ihr jetzt einen kleinen monatlichen Verdienst sicherte und ihr Leben im Vergleich zum Vorjahr verbesserte.

Sie knipste die Nachttischlampe wieder an, setzte sich an ihren Arbeitstisch, griff nach drei kleinen Pipetten und tauchte sie in verschiedene Fläschchen. Bis spät nachts schrieb sie die Formeln der verschiedenen Düfte, die sie mischte, in ihrem Heft nieder.

Das Schrillen des Weckers riss Alice aus dem Schlaf. Sie warf ihr Kissen darauf, um ihn zum Schweigen zu bringen. Durch den Morgennebel drangen gedämpfte Sonnenstrahlen und trafen auf ihr Gesicht.

»Verdammtes Glasdach!«, brummte sie.

Dann vertrieb plötzlich die Erinnerung an eine Verabredung auf dem Bahnsteig ihren Wunsch, noch etwas im Bett zu faulenzen.

Sie sprang auf, zog blindlings einige Kleidungsstücke aus dem Schrank und lief zur Dusche.

Beim Verlassen der Wohnung warf sie einen Blick auf ihre Armbanduhr. Mit dem Bus würde sie es niemals rechtzeitig zur Victoria Station schaffen. Also winkte sie ein Taxi heran und beschwor den Fahrer, den schnellsten Weg zu nehmen.

Als sie fünf Minuten vor Abfahrt des Zugs den Bahnhof erreichte, stand eine lange Schlange vor dem Fahrkartenschalter. Alice rannte zum Bahnsteig.

Anton erwartete sie am ersten Wagen.

»Wo bleibst du nur, herrje? Beeil dich, los, steig ein!«, rief er und half ihr die Stufen hinauf.

Sie nahm in dem Abteil Platz, in dem ihre Freunde bereits saßen.

»Was glaubt ihr, wie groß die Wahrscheinlichkeit ist, dass wir kontrolliert werden?«, fragte sie, noch ganz außer Atem.

»Ich würde dir meine Fahrkarte geben, wenn ich eine gekauft hätte«, antwortete Eddy.

»Ich würde sagen, die Chancen stehen fifty-fifty«, meinte Carol.

»An einem Samstagmorgen? Nein, da würde ich eher denken eins zu drei ... Wir werden es ja erleben, wenn wir da sind«, erklärte Sam.

Alice lehnte den Kopf ans Fenster und schloss die Augen. Der Badeort lag eine Stunde von der Hauptstadt entfernt. Sie schlief die ganze Fahrt über.

In Brighton erwartete sie am Ausgang des Bahnsteigs ein Kontrolleur, um die Fahrkarten einzusammeln. Alice blieb vor ihm stehen und tat so, als würde sie in ihren Taschen suchen. Eddy folgte ihrem Beispiel. Anton trat lächelnd zu ihnen und reichte jedem ein Ticket.

»Ich hatte sie bei mir«, sagte er zu dem Kontrolleur.

Er legte den Arm um Alices Taille und zog sie zur Halle.

»Frag mich nicht, woher ich wusste, dass du zu spät kommen würdest. Du bist immer zu spät! Was Eddy angeht, so kennst du ihn ebenso gut wie ich. Er ist ein überzeugter Schwarzfahrer, und ich wollte nicht, dass dieser Tag verdorben wäre, ehe er begonnen hat.«

Alice zog zwei Shilling aus der Tasche und reichte sie Anton, doch der schloss die Hand seiner Freundin um die Münzen.

»Lass uns jetzt gehen«, sagte er. »Der Tag wird schnell verstreichen, und ich will nichts verpassen.«

Während er mit großen Schritten vorauseilte, sah sie ihn, wie er als kleiner Junge gewesen war, und musste lächeln.

»Kommst du endlich?«, rief Anton und drehte sich zu ihr um.

Sie liefen über die Queen's Road und West Street zur Strandpromenade. Hier herrschte dichtes Gedränge. Zwei große Molen führten ins Meer hinaus. Mit ihren Holzbuden wirkten sie wie mächtige Schiffe.

Das Volksfest fand auf dem Palace Pier statt. Die Freunde erreichten die große Standuhr am Eingang. Anton kaufte Eddys Eintrittskarte und machte Alice ein Zeichen, dass er auch die ihre übernehmen würde.

»Du willst mich doch wohl nicht den ganzen Tag einladen?«, flüsterte sie ihm zu.

»Warum denn nicht, wenn es mir Freude macht?«

»Weil es keinen Grund dafür gibt …«

»Mir Freude zu machen, ist das nicht Grund genug?«

»Wie spät ist es?«, fragte Eddy. »Ich habe Hunger.«

Wenige Meter entfernt, vor dem großen Gebäude, das den Wintergarten beherbergte, gab es einen Imbiss mit *Fish & Chips*. Der Geruch nach Frittiertem und Essig drang zu ihnen herüber. Eddy rieb sich den Bauch und zog Sam zu der Bude. Alice machte eine angewiderte Grimasse, folgte der Gruppe aber dennoch. Jeder gab seine Bestellung auf, Alice bezahlte und reichte Eddy lächelnd eine Tüte mit gebratenem Fisch.

Ans Geländer gelehnt, nahmen sie ihr Essen zu sich. Anton betrachtete schweigend die Wellen, die zwischen den Pfeilern des Piers plätscherten. Eddy und Sam waren dabei, die Welt neu zu erfinden. Es gehörte zu Eddys Lieblingsbeschäftigungen, die Regierung zu kritisieren. Er warf dem Premierminister vor, nicht oder nicht genug für die Armen zu tun und keine entscheidenden Arbeiten zum Wiederaufbau der Stadt in Auftrag zu geben. Schließlich würde es ausreichen, all jene einzustellen, die keine Arbeit und nichts zu essen hatten. Sam ließ sich über die wirtschaftliche Lage aus und hielt ihm die Schwierigkeiten entgegen, qualifizierte Arbeiter zu finden. Und als Eddy schließlich gähnte, schimpfte er ihn einen faulen Anarchisten – eine Anschuldigung, die seinem Freund gar nicht so sehr missfiel. Während des Kriegs waren sie im selben Regiment gewesen und trotz ihrer unterschiedlichen Meinungen unzertrennliche Freunde geworden.

Alice hielt sich etwas abseits, um dem für ihren Geschmack zu intensiven Gestank nach heißem Öl zu entgehen. Carol trat zu ihr, und die beiden betrachteten eine Weile schweigend das Meer.

»Du solltest mehr auf Anton achtgeben«, murmelte Carol schließlich.

»Warum, ist er krank?«, fragte Alice.

»Ja, vor Liebe zu dir! Da braucht man keine Krankenschwester zu sein, um das festzustellen. Komm in der Klinik vorbei und lass deine Augen untersuchen, du musst wirklich kurzsichtig sein, wenn dir das entgeht.«

»Das ist doch Unsinn, wir kennen uns schon von Kind auf. Es gibt nichts anderes zwischen uns als eine sehr lange Freundschaft.«

»Ich sage ja nur, du sollst auf ihn achtgeben«, unterbrach sie Carol. »Wenn du etwas für ihn empfindest, brauchst du dich nicht zu zieren. Wir würden uns alle freuen, wenn ihr ein Paar wäret, ihr habt einander verdient. Anderenfalls verhalte dich nicht so ambivalent, du lässt ihn grundlos leiden.«

Alice wandte sich um, sodass sie der Gruppe den Rücken zukehrte und Carol gegenüberstand.

»Inwiefern verhalte ich mich ambivalent, wenn ich fragen darf?«

»Indem du so tust, als würdest du nicht bemerken, dass ich in ihn verknallt bin«, gab ihre Freundin zurück.

Zwei Möwen stürzten sich auf die Fisch- und Pommes-frites-Reste, die Carol ins Wasser warf. Nachdem sie das Pappschälchen im Papierkorb entsorgt hatte, kehrte sie zurück zu den Jungen.

»Bleibst du hier und siehst zu, wie sich das Meer zurückzieht, oder kommst du mit?«, fragte Sam Alice. »Wir gehen zu der Spielhalle, ich habe einen ›Hau-den-Lukas‹ entdeckt, an dem man eine Zigarre gewinnen kann, wenn man fest genug mit einem Vorschlaghammer zuschlägt«, fügte er hinzu und krempelte die Ärmel hoch.

Pro Schlag musste man einen Viertelpenny in die Maschine werfen. Die Feder, auf die der Vorschlaghammer niedersauste, ließ eine Eisenkugel hochschnellen; erreichte diese eine Glocke in sieben Fuß Höhe, bekam man eine Zigarre. Selbst wenn es sich nicht um eine Havanna handelte, fand Sam es unglaublich schick, sie zu rauchen. Also unternahm er acht Versuche, für die er zwei Pennys ausgab – sicher das Doppelte von dem, was er für eine Zigarre so schlechter

Qualität bei dem wenige Schritte entfernten Tabakhändler bezahlt hätte.

»Gib mir eine Münze und lass mich machen«, sagte Eddy.

Sam reichte ihm einen Viertelpenny, Eddy ergriff den Vorschlaghammer, als handele es sich um ein Kinderspielzeug, holte aus und ließ ihn ohne sichtliche Anstrengung auf die Feder krachen. Die Eisenkugel schlug gegen die Glocke. Der Schausteller händigte ihm seinen Gewinn aus.

»Die ist für mich«, rief Eddy. »Gib mir noch ein Geldstück, ich versuche, auch eine für dich zu gewinnen.«

Kurz darauf zündeten die beiden Freunde ihre Zigarren an. Eddy war hochzufrieden, Sam rechnete leise. Für diesen Preis hätte er sich eine Schachtel Zigaretten leisten können. Zwanzig Embassy gegen eine schlechte Zigarre, das gab zu denken.

Die Jungen entdeckten einen Autoskooter, wechselten einen Blick, und in der nächsten Minute saß jeder von ihnen in einem der kleinen Wagen. Unter den bestürzten Blicken der Mädchen gaben alle drei Vollgas und drehten das Lenkrad, um die anderen so heftig wie möglich zu rammen. Nachdem die Fahrt zu Ende war, stürmten sie zum Schießstand. Anton war mit Abstand der Geschickteste. Nachdem er fünf Mal ins Schwarze getroffen hatte, gewann er eine Teekanne aus Porzellan, die er Alice schenkte.

Carol stand etwas abseits von den anderen und betrachtete ein Karussell, auf dem sich Holzpferde unter Lichterketten drehten. Anton trat zu ihr und nahm sie beim Arm.

»Ich weiß, das ist für Kinder«, Carol seufzte, »aber wenn ich dir sagen würde, dass ich noch nie mit so etwas gefahren bin …«

»Hast du als Kind nie in einem Karussell gesessen?«, fragte Anton.

»Ich bin auf dem Land aufgewachsen, und in unserem Dorf gab es keinen Jahrmarkt. Und als ich nach London kam, um mich zur Krankenschwester ausbilden zu lassen, war ich schon zu alt. Dann kam der Krieg …«

»Und jetzt möchtest du es einmal ausprobieren … Dann komm mit«, erklärte Anton und zog Carol zur Kasse. »Ich lade dich zu deiner Feuertaufe auf Holzpferden ein. Hier, nimm das«, rief er und deutete auf eines mit goldener Mähne, »die anderen scheinen mir etwas nervös, und beim ersten Mal muss man vorsichtig sein.«

»Kommst du nicht mit?«, fragte Carol.

»Ach nein, das ist nichts für mich, allein schon vom Zusehen wird mir schwindelig. Aber ich verspreche dir, mich anzustrengen, um dich nicht aus den Augen zu lassen.«

Eine Glocke ertönte, und Anton stieg vom Karussell, das rasch an Tempo gewann.

Sam, Alice und Eddy traten näher, um Carol zu beobachten – die einzige Erwachsene inmitten einer Horde von Kindern, die sie auslachten und mit dem Finger auf sie zeigten. Bei der zweiten Runde rannen Tränen über die Wangen ihrer Freundin, die sie mit dem Handrücken abzuwischen versuchte.

»Wie überaus schlau!«, sagte Alice zu Anton und versetzte ihm einen Klaps auf die Schulter.

»Ich habe es nur gut gemeint, ich verstehe nicht, was sie hat, sie wollte …«

»… mit dir zusammen auf dem Pferd sitzen, du Trottel, nicht aber sich in der Öffentlichkeit lächerlich machen.«

»Aber wenn dir Anton doch sagt, dass er es nur gut gemeint hat!«, fiel Sam ein.

»Wenn ihr Gentlemen wärt, würdet ihr sie holen, statt hier herumzustehen.«

Während sich die beiden noch besprachen, war Eddy schon auf das Karussell geklettert und lief an den Pferden entlang zu Carol, wobei er unterwegs kleine Ohrfeigen an die allzu vorlauten Kinder austeilte. Das Fahrgeschäft setzte seinen höllischen Lauf fort, und Eddy erreichte endlich Carol.

»Wenn ich die Sache recht verstehe, brauchen Sie einen Reitknecht, Ma'am?«, fragte er und legte die Hand auf die Mähne des Holzpferds.

»Ich flehe dich an, Eddy, hilf mir hier runter.«

Doch stattdessen setzte sich Eddy hinter sie, schloss die Reiterin in die Arme und flüsterte ihr ins Ohr: »Du glaubst doch wohl nicht, dass wir die Rotznasen so davonkommen lassen! Wir werden uns derart amüsieren, dass sie grün vor Neid werden. Unterschätz dich nicht, meine Liebe, erinnere dich, dass du Tragbahren im Bombenhagel getragen hast, während ich mich im Pub betrunken habe. Ich will, dass du schallend lachst, wenn wir das nächste Mal an unseren blöden Freunden vorbeikommen, verstanden?«

»Und wie soll ich das bitte anstellen, Eddy?«, fragte Carol und schluchzte auf.

»Wenn du glaubst, dass du dich auf diesem Gaul inmitten der Gören lächerlich machst, was soll ich dann erst sagen, der ich mit meiner Schirmmütze und meiner Zigarre hinter dir sitze?«

Und bei der nächsten Runde lachten Eddy und Carol aus vollem Hals.

Das Karussell verlangsamte das Tempo und hielt schließlich an.

Um sich zu entschuldigen, gab Anton eine Runde Bier am benachbarten Getränkekiosk aus. Die Lautsprecher knisterten, und plötzlich ertönte ein rasanter Foxtrott. Alice betrachtete das Plakat, das an einem Pfahl befestigt war: Harry Groombridge und sein Orchester begleiteten ein Musical im alten Grand Theater auf der Mole, das nach dem Krieg in ein Café umgewandelt worden war.

»Gehen wir hin?«, fragte Alice.

»Warum nicht?«, meinte Eddy.

»Dann verpassen wir den letzten Zug, und bei dem Wetter kann ich mir nicht vorstellen, am Strand zu schlafen.«

»Das ist nicht gesagt«, meinte Carol. »Nach Ende der Vorführung bleibt uns eine halbe Stunde, um zum Bahnhof zu laufen. Es ist tatsächlich ganz schön kalt geworden, ich hätte nichts dagegen, mich beim Tanzen etwas aufzuwärmen. Außerdem wäre das ein tolles Erlebnis, so kurz vor Weihnachten, findet ihr nicht?«

Die Jungen hatten nichts Besseres vorzuschlagen. Sam rechnete schnell: Der Eintritt kostete jeweils zwei Penny, und wenn sie zurückgehen würden, würden die Freunde vermutlich in einem Pub essen wollen, da war dies die billigere Lösung.

Der Saal war brechend voll, die Zuschauer drängten sich vor der Bühne, und die meisten tanzten. Anton zog Alice auf die Tanzfläche und stieß Eddy in Carols Arme, während Sam belustigt die beiden Paare betrachtete und ein paar Schritte zurücktrat.

Wie Anton vorausgesagt hatte, war der Tag viel zu schnell vergangen. Als sich das Orchester zum Abschluss vor dem Publikum verneigte, machte Carol ihren Freunden ein Zeichen, dass es Zeit wäre zu gehen. Sie drängten sich zum Ausgang.

Die Laternen schaukelten im Wind und verliehen der riesigen Mole in dieser Winternacht den Anschein eines erleuchteten Ozeandampfers, der mit all seinen Lichtern das endlose Meer erhellte.

Während die Gruppe dem Ausgang zustrebte, lächelte eine Wahrsagerin von ihrer Bude aus Alice zu.

»Hast du nie davon geträumt zu erfahren, was die Zukunft für dich bereithält?«, fragte Anton.

»Nein, nie. Ich glaube nicht, dass die Zukunft irgendwo niedergeschrieben ist«, erwiderte Alice.

»Zu Anfang des Kriegs hat eine Wahrsagerin meinem Bruder prophezeit, er würde überleben, wenn er die Wohnung wechseln würde«, erklärte Carol. »Als er zu seiner Einheit eingezogen wurde, hatte er die Vorhersage längst vergessen, aber zwei Wochen später wurde sein Haus von den Deutschen bombardiert. Keiner seiner Nachbarn hat überlebt.«

»Und das nennst du Hellsichtigkeit!«, gab Alice knapp zurück.

»Zu jener Zeit wusste niemand, dass London vom *Blitz* getroffen würde«, entgegnete Carol.

»Du willst also zu der Wahrsagerin gehen?«, fragte Anton belustigt.

»Sei nicht albern, wir müssen zu unserem Zug.«

»Wir haben noch eine Dreiviertelstunde, das Musical war etwas früher als angekündigt zu Ende. Wir haben also Zeit genug. Geh rein, ich lade dich ein.«

»Ich habe nicht die geringste Lust, mir von dieser alten Frau Märchen auftischen zu lassen.«

»Lass Alice in Ruhe«, fiel Sam ein, »siehst du nicht, dass du ihr Angst machst?«

»Ihr geht mir alle drei auf die Nerven, ich habe keine Angst, ich glaube bloß nicht an Kartenleserei und Kristallkugeln. Außerdem, warum wollt ihr etwas über meine Zukunft erfahren?«

»Vielleicht weil einer dieser Herren davon träumt, dich irgendwann in seinem Bett zu haben?«, meinte Carol.

Anton und Eddy sahen sich verblüfft um. Carol war rot geworden und versuchte, Haltung zu bewahren, indem sie alle mit einem schelmischen Lächeln bedachte.

»Du könntest sie fragen, ob wir unseren Zug verpassen oder nicht«, sagte Sam. »Das wäre eine zumindest interessante Enthüllung, deren Wahrheitsgehalt wir schnell nachprüfen könnten.«

»Reißt ihr nur eure Witzchen, ich glaube daran«, fuhr Anton fort. »Wenn du reingehst, bin ich der Nächste.«

Die Freunde hatten einen Kreis um Alice gebildet und ließen sie nicht aus den Augen.

»Also jetzt seid ihr mir wirklich zu blöd«, rief sie und bahnte sich einen Weg durch die Menge.

»Angsthase!«, erklärte Sam.

Alice wandte sich abrupt um.

»Nun gut, nachdem ich es mit vier albernen Kindern zu tun habe, die ihren Zug verpassen wollen, höre ich mir den Unsinn dieser Frau an, und dann fahren wir nach Hause. Recht so?«, fragte sie und streckte Anton die Hand entgegen. »Gibst du mir nun die zwei Penny oder nicht?«

Anton kramte in seiner Tasche und reichte Alice die Münzen, woraufhin diese zu der Wahrsagerin ging.

Als sie sich der Bude näherte, peitschte der Wind ihr Gesicht und zwang sie, den Kopf zu senken, ganz so, als wäre es ihr unmöglich, dem Blick der alten Dame standzuhalten, die ihr noch immer zulächelte. Sam hatte vielleicht recht, die Aussicht auf diese Erfahrung beunruhigte sie mehr, als sie vermutet hätte.

Die Hellseherin bat Alice, auf einem Hocker Platz zu nehmen. Sie hatte große Augen, mit denen sie sie durchdringend musterte, und das betörende Lächeln wich nicht von ihren Lippen. Auf dem kleinen runden Tisch gab es weder eine Kristallkugel noch Tarotkarten – nur die braun gefleckten Hände mit den langen, schlanken Fingern, die sie Alice entgegenhielt. Als diese sie berührte, durchflutete sie eine Gelassenheit und ein Wohlgefühl wie schon lange nicht mehr.

»Dein Gesicht, meine Kleine, habe ich schon gesehen«, flüsterte sie.

»Klar, Sie beobachten mich ja die ganze Zeit.«

»Du glaubst nicht an meine Gabe, nicht wahr?«

»Ich bin ein rationaler Geist«, erwiderte Alice.

»Lügnerin. Du bist eine Künstlerin, eine autonome und energische Frau, selbst wenn dich die Angst bisweilen hemmt.«

»Aber was habt ihr bloß heute Abend alle, warum soll ich unbedingt ängstlich sein?«

»Du schienst deiner nicht so sicher, als du zu mir kamst.«

Der Blick der Wahrsagerin versenkte sich noch tiefer in den von Alice.

»Aber wo bin ich nur diesen Augen schon begegnet?«

»In einem anderen Leben vielleicht?«, gab Alice spöttisch zurück.

Verstört richtete sich die alte Dame plötzlich auf.

»Moschus, Vanille und Leder«, flüsterte Alice.

»Was redest du da?«

»Von Ihrem Parfüm, von Ihrer Vorliebe für den Orient. Auch ich habe die Gabe, bestimmte Dinge wahrzunehmen«, fügte sie noch dreister hinzu.

»Du hast in der Tat eine Gabe, aber was noch wichtiger ist, du trägst eine Geschichte in dir, von der du nichts weißt«, sagte die Wahrsagerin.

»Zeigen Sie dieses ständige Lächeln, um Ihren Opfern Vertrauen einzuflößen?«, fragte Alice vorlaut.

»Ich weiß, warum du zu mir gekommen bist«, meinte die Hellseherin, »das ist recht amüsant.«

»Haben Sie gehört, wie meine Freunde mich herausgefordert haben?«

»Du gehörst nicht zu den Menschen, die sich so leicht herausfordern lassen, und deine Freunde haben mit unserem Zusammentreffen nichts zu tun.«

»Wer dann?«

»Die Einsamkeit, die dich verfolgt und nachts um den Schlaf bringt.«

»Ich weiß nicht, was daran amüsant ist. Sagen Sie mir etwas, das mich wirklich überrascht. Nicht dass Ihre Gesellschaft mir unangenehm wäre, aber ich habe nicht viel Zeit, ich muss einen Zug erreichen.«

»Nein, das ist in der Tat eher traurig, was hingegen amüsant ist …«

Ihr Blick wandte sich von Alice ab und verlor sich in der Ferne. Alice fühlte sich fast im Stich gelassen.

»Sie wollten mir etwas sagen?«, fragte sie.

»Was wirklich amüsant ist«, fuhr die Hellseherin schließlich fort, »ist, dass der Mann, der der wichtigste in deinem Leben sein wird, derjenige, den du seit jeher suchst, ohne zu wissen, ob er überhaupt existiert, vor Kurzem genau hinter dir vorbeigegangen ist.«

Alices Miene erstarrte, und sie konnte nicht dem Drang widerstehen, sich umzuwenden. In der Ferne entdeckte sie ihre vier Freunde, die ihr bedeuteten, dass es Zeit war zu gehen.

»Ist es einer von ihnen?«, stammelte Alice. »Dieser mysteriöse Mann sollte Eddy, Sam oder Anton sein? Ist das Ihre Enthüllung?«

»Hör zu, was ich sage, Alice, und leg mir nicht in den Mund, was du hören möchtest. Ich habe dir anvertraut, dass der Mann, der der wichtigste in deinem Leben sein wird, hinter dir vorbeigegangen ist. Nun ist er nicht mehr da.«

»Und wo ist dieser Märchenprinz jetzt?«

»Geduld, meine Kleine. Vorher musst du sechs andere Personen treffen.«

»Na prima, wenn es weiter nichts ist: sechs andere!«

»Und vor allem eine große Reise machen ... Irgendwann wirst du es verstehen, aber es ist spät, und ich habe dir enthüllt, was du wissen musst. Und da du kein Wort von dem glaubst, was ich dir erzählt habe, ist die Konsultation umsonst.«

»Nein, ich möchte lieber bezahlen.«

»Sei nicht dumm. Sagen wir, die Zeit, die wir zusammen verbracht haben, war ein freundschaftlicher Besuch. Ich freue mich, dich gesehen zu haben. Du bist jemand Besonderes, besser gesagt, deine Geschichte ist es in jedem Fall.«

»Aber welche Geschichte?«

»Wir haben keine Zeit mehr, und außerdem würdest du mir das erst recht nicht glauben. Geh jetzt zu deinen Freunden, sie werden dir Vorwürfe machen, wenn ihr den Zug verpasst. Beeilt euch und seid vorsichtig, ein Unfall ist schnell passiert. Sieh mich nicht so an! Was ich gerade gesagt habe, ist keine Hellseherei, sondern gesunder Menschenverstand.«

Die Wahrsagerin befahl Alice zu gehen. Alice betrachtete sie kurz, die beiden Frauen tauschten ein letztes Lächeln, dann lief sie zu ihren Freunden.

»Na du ziehst ja ein Gesicht! Was hat sie dir denn gesagt?«, fragte Anton.

»Das erzähle ich nachher ... Habt ihr gesehen, wie spät es ist?«

Ohne eine Antwort abzuwarten, steuerte Alice das Eingangstor der Mole an.

»Sie hat recht«, meinte Sam, »wir müssen uns wirklich beeilen, der Zug fährt in weniger als zwanzig Minuten ab.«

Sie rannten los. Zu dem Wind, der über die Promenade pfiff, gesellte sich ein feiner Regen. Eddy nahm Carol beim Arm.

»Pass auf, das Pflaster ist rutschig«, sagte er und zog sie mit.

Hinter der Promenade hasteten sie über die verlassene Straße, die nur schwach von den Gaslaternen erhellt wurde. In der Ferne erkannte man die Lichter des Bahnhofs von Brighton, sie hatten nur noch knapp zehn Minuten. Als Eddy die Straße überquerte, tauchte plötzlich ein Pferdewagen auf.

»Vorsicht!«, schrie Anton.

Alice hatte die Geistesgegenwart, Eddy am Ärmel zurückzuziehen. Das Gespann hätte ihn fast umgefahren, und sie spürten das Schnauben des Tiers, das der Kutscher verzweifelt zu bremsen versuchte.

»Du hast mir das Leben gerettet«, stammelte Eddy schockiert.

»Bedanken kannst du dich später«, gab Alice zurück, »wir müssen uns sputen.«

Als sie den Bahnsteig erreichten, machten sie dem Bahnhofsvorsteher, der gerade seine Laterne schwenken wollte, heftig Zeichen. Dieser befahl ihnen, in den ersten Wagen zu steigen. Die Jungs halfen den Mädchen hinauf, und Anton stand noch auf dem Trittbrett, als der Zug bereits anfuhr. Eddy fasste ihn bei den Schultern und zog ihn ins Innere, ehe er die Tür schloss.

»Das war knapp«, sagte Carol und keuchte. »Und du,

Eddy, hast mir vielleicht einen Schrecken eingejagt. Du hättest unter die Räder des Pferdewagens kommen können.«

»Ich habe den Eindruck, Alice hatte noch mehr Angst als du. Seht sie euch an, sie ist kreidebleich.«

Alice sagte kein Wort. Sie setzte sich auf eine Bank und sah aus dem Fenster auf die Lichter der Stadt, die langsam entschwanden. In Gedanken versunken, erinnerte sie sich an die Worte der Wahrsagerin. Als sie an ihre Warnung dachte, wurde sie noch blasser.

»Erzählst du es uns nun endlich?«, fragte Anton. »Schließlich hätten wir deinetwegen beinahe unter freiem Himmel nächtigen müssen.«

»Weil ihr mich so provoziert habt«, gab Alice knapp zurück.

»Das hat ja eine ganze Weile gedauert. Hat sie dir zumindest etwas Sensationelles enthüllt?«, wollte Carol wissen.

»Nichts, was ich nicht schon gewusst hätte. Ich habe es euch ja gleich gesagt, Wahrsagen ist reine Bauernfängerei. Mit etwas Beobachtungsgabe, einem Minimum an Intuition und Überzeugungskraft kann man jeden hereinlegen und ihm sonst was weismachen.«

»Aber du hast uns immer noch nicht gesagt, was sie dir nun *enthüllt* hat«, beharrte Sam.

»Lass uns das Thema wechseln«, fiel Anton ein. »Wir hatten einen schönen Tag, wir fahren nach Hause, und ich sehe keinen Grund, warum wir jetzt künstliche Probleme schaffen sollten. Es tut mir leid, Alice, wir hätten dich nicht drängen sollen. Du hattest keine Lust hinzugehen, und wir waren etwas …«

»… blöd, und ich als Erste«, fuhr Alice fort und blickte Anton an. »Aber jetzt habe ich eine spannendere Frage. Was macht ihr Heiligabend?«

Carol fuhr nach St. Mawes zu ihrer Familie. Anton aß bei seinen Eltern. Eddy hatte seiner Schwester versprochen, den Abend bei ihr zu verbringen: Die kleinen Neffen warteten auf den Weihnachtsmann, und sein Schwager hatte ihn gebeten, diese Rolle zu übernehmen. Sie hatten sogar ein Kostüm ausgeliehen. Er konnte nur schwerlich ablehnen, denn noch dazu half ihm sein Schwager oft ohne das Wissen seiner Frau finanziell aus. Sam war zu einem Abend eingeladen, den sein Chef zugunsten des Waisenhauses von Westminster ausrichtete, und es war seine Aufgabe, die Geschenke zu verteilen.

»Und du, Alice?«, fragte Anton.

»Ich … ich bin auch eingeladen.«

»Wo denn?«, hakte er nach.

Carol versetzte ihm einen Tritt gegen das Schienbein. Sie zog ein Paket Kekse aus der Tasche und erklärte, sie habe einen Bärenhunger. Sie bot jedem einen an und warf Anton, der sich empört das Bein rieb, einen vernichtenden Blick zu.

Der Zug erreichte die Victoria Station. Der beißende Rauch der Lokomotive hüllte den Bahnsteig ein. Der Mief der Straßen, der sie am Fuße der Treppe empfing, war nicht angenehmer. Ein dichter Dunst lastete auf dem Viertel, er hatte sich aus dem Kohlenstaub gebildet, der den ganzen Tag aus den Schornsteinen der Wohnhäuser aufstieg und jetzt das traurig gelbliche Licht der Wolframlaternen umgab.

Die fünf Freunde warteten auf die Straßenbahn. Alice und Carol stiegen als Erste aus. Sie wohnten nur drei Straßen voneinander entfernt.

»Übrigens«, sagte Carol, als sie sich vor Alices Haus verabschiedeten, »wenn du es dir anders überlegst und auf deine Einladung verzichten willst, kannst du gerne Weihnachten in St. Mawes verbringen. Meine Mutter träumt davon, dich kennenzulernen. Ich habe ihr in meinen Briefen viel von dir berichtet, und dein Beruf macht sie neugierig.«

»Ach, weißt du, über meinen Beruf kann ich nicht viel erzählen«, meinte Alice und bedankte sich bei Carol.

Sie umarmte ihre Freundin und lief ins Treppenhaus. Vor sich hörte sie die Schritte ihres Flurnachbarn, der auch gerade nach Hause gekommen war. Sie wartete, um ihm nicht zu begegnen, sie war nicht mehr zum Reden aufgelegt.

In ihrer Wohnung war es fast so kalt wie auf der Straße. Alice behielt den Mantel und die Halbfingerhandschuhe an. Sie füllte den Wasserkessel und stellte ihn auf den Gaskocher. Dann nahm sie die Teedose von dem Holzregal, die allerdings nur noch drei verlorene Blättchen enthielt. Also öffnete sie eine kleine Schatulle, die sich auf ihrem Arbeitstisch befand und getrocknete Rosenblätter enthielt. Sie gab einige in die Teekanne, kochendes Wasser darauf und machte es sich auf ihrem Bett bequem, wo sie nach dem Buch vom Vorabend griff.

Plötzlich wurde es stockfinster im Zimmer. Alice stand auf und spähte durch das Glasdach. Das ganze Viertel war in Dunkelheit getaucht. Stromausfälle waren häufig und dauerten oft bis zum frühen Morgen an. Alice suchte nach einer Kerze. Ein kleiner brauner Wachshaufen neben dem Waschbecken erinnerte sie daran, dass sie die letzte in der vorhergehenden Woche verbraucht hatte.

Vergeblich versuchte sie, den kurzen Docht noch einmal anzuzünden – die Flamme flackerte, knisterte und erlosch.

An diesem Abend wollte Alice schreiben, sie wollte die Düfte des Salzwassers, des alten Holzes der Karussells und der von der Dünung zerfressenen Geländer zu Papier bringen. Ohnehin fand sie im Dunkeln keinen Schlaf. Also tastete sie sich zögernd und mit einem Seufzer zur Tür und fand sich damit ab, ihren Flurnachbarn erneut um Hilfe bitten zu müssen.

Daldry öffnete ihr mit einer Kerze in der Hand. Unter seinem dunkelblauen Morgenmantel aus Seide trug er eine baumwollene Schlafanzughose und einen Rollkragenpullover. Der Schein der Kerze verlieh seinem Gesicht einen eigenartigen Ausdruck.

»Ich habe Sie schon erwartet, Miss Pendelbury.«

»Sie haben mich erwartet?«, antwortete sie verblüfft.

»Seit der Strom ausgefallen ist. Denn stellen Sie sich vor, normalerweise schlafe ich nicht im Morgenmantel. Hier ist das, worum Sie mich bitten wollten«, sagte er und zog eine Kerze aus der Tasche. »Deswegen sind Sie doch gekommen, nicht wahr?«

»Es tut mir leid, Mister Daldry«, entgegnete sie und senkte den Kopf, »morgen denke ich wirklich daran, neue zu kaufen.«

»Daran glaube ich nicht mehr, Miss Pendelbury.«

»Wissen Sie, Sie können mich Alice nennen.«

»Gute Nacht, Miss Alice.«

Daldry schloss die Tür, und Alice kehrte in ihre Wohnung zurück. Doch kurz darauf klopfte es an der Tür. Als Alice öffnete, stand Daldry mit einer Schachtel Streichhölzer vor ihr.

»Ich nehme an, auch die haben Sie nicht? Kerzen sind nützlicher, wenn man sie anzündet. Sehen Sie mich nicht so an, ich habe keine hellseherischen Fähigkeiten, aber letztes Mal hatten Sie auch keine Streichhölzer, und da ich jetzt wirklich schlafen gehen möchte, habe ich es vorgezogen, Ihnen zuvorzukommen.«

Alice hütete sich zuzugeben, dass sie das letzte Streichholz verbraucht hatte, um den Kerzenstummel anzuzünden. Daldry zündete den Docht an und schien zufrieden, als die Flamme aufflackerte.

»Habe ich etwas Falsches gesagt?«, fragte er.

»Warum?«, gab Alice zurück.

»Sie machen plötzlich so ein finsteres Gesicht.«

»Es ist ja auch nicht besonders hell, Mister Daldry.«

»Wenn ich Sie Alice nennen soll, müssen auch Sie mich bei meinem Vornamen Ethan nennen.«

»Sehr gut, ich werde Sie Ethan nennen«, antwortete Alice und lächelte ihren Nachbarn an.

»Aber egal, was Sie behaupten, Sie sehen verärgert aus.«

»Ich bin nur müde.«

»Na, dann lasse ich Sie jetzt. Gute Nacht, Miss Alice.«

»Gute Nacht, Mister Ethan.«

Kapitel 2

SONNTAG, 24. DEZEMBER 1950

Alice ging einige Einkäufe machen. Da in ihrem Viertel alles geschlossen war, fuhr sie mit dem Bus zum Portobello Market.

Sie blieb bei einem ambulanten Händler stehen und beschloss, alles Nötige für ein richtiges Festessen zu kaufen. Sie wählte drei schöne Eier aus und vergaß ihre Sparvorsätze angesichts des Bacons, von dem sie zwei Scheiben nahm. Etwas weiter entdeckte sie in der Auslage einer Bäckerei köstliche Törtchen. Sie entschied sich für ein Hefegebäck mit kandierten Früchten und einen kleinen Topf Honig.

An diesem Abend würde sie mit einem guten Buch in ihrem Bett essen. Dann würde sie ausgiebig schlafen, und morgen hätte sie ihre Lebensfreude wiedergefunden. Bei Schlafmangel bekam Alice schlechte Laune, und noch dazu hatte sie in den letzten Wochen viel zu viel Zeit an ihrem Arbeitstisch verbracht. Ihr Blick fiel auf einen Strauß alter Rosen im Schaufenster eines Blumenhändlers. Das war zwar alles andere als vernünftig, aber schließlich war Weihnachten. Und wenn er einmal getrocknet wäre, würde sie die Blüten verwenden können. Sie bezahlte zwei Shilling und verließ hochzufrieden den Laden. Dann setzte sie ihren

Rundgang fort und blieb vor einer Parfümerie stehen. An der Türklinke hing ein Schild mit der Aufschrift »Geschlossen«. Alice drückte die Nase an die Scheibe und erkannte unter den Flakons ihre Kreation. Sie winkte ihr zu wie einer alten Bekannten und ging weiter zur Autobushaltestelle.

Zu Hause angekommen, verstaute sie ihre Einkäufe, stellte die Blumen in eine Vase und beschloss, im Park spazieren zu gehen. Unten an der Treppe traf sie ihren Nachbarn, der offenbar ebenfalls vom Markt zurückkam.

»Weihnachten … was will man machen!«, sagte er sichtlich verlegen angesichts der Menge von Lebensmitteln in seinem Korb.

»Weihnachten, ja in der Tat. Bekommen Sie heute Abend Besuch?«

»Um Gottes willen, nein! Ich hasse diese Festtage«, murmelte er und schien sich der Ungehörigkeit dieses Geständnisses bewusst.

»Sie auch?«

»Und erst Silvester, ich glaube, das ist noch schlimmer! Wie soll man im Voraus entscheiden, ob es ein Festtag wird oder nicht? Wer kann vor dem Aufstehen wissen, ob er gut gelaunt sein wird? Ich finde es absolut heuchlerisch, so zu tun, als wäre man glücklich.«

»Aber die Kinder …«

»Ich habe keine – ein Grund mehr, nichts vorzutäuschen. Und dann diese Obsession, sie an den Weihnachtsmann glauben zu lassen … Da kann man sagen, was man will, ich finde das geradezu gemein. Wozu soll das gut sein? Eines Tages muss man ihnen ohnehin die Wahrheit sagen. Mir scheint das sogar etwas sadistisch. Die Unbedarften verhalten sich wochenlang brav, weil sie auf den dicken Mann in Rot warten, und fühlen sich unglaublich verraten, wenn ihnen die Eltern schließlich den Schwindel gestehen. Und die Klügeren müssen das Geheimnis wahren, was ebenso grausam ist. Und Sie? Erwarten Sie Ihre Familie?«

»Nein.«

»Aha?«

»Ich habe keine Familie mehr, Mister Daldry.«

»Das ist allerdings ein guter Grund, sie nicht einzuladen.«

Alice sah ihren Nachbarn an und musste laut lachen.

Daldrys Wangen röteten sich. »Meine Bemerkung war furchtbar ungeschickt, nicht wahr?«

»Aber sie zeugt von gesundem Menschenverstand.«

»Ich habe eine Familie, ich meine einen Vater, eine Mutter, einen Bruder, eine Schwester und schreckliche Neffen.«

»Und Sie verbringen Heiligabend nicht mit ihnen?«

»Nein, schon seit Jahren nicht mehr. Ich verstehe mich nicht mit ihnen, was auf Gegenseitigkeit beruht.«

»Auch ein guter Grund, zu Hause zu bleiben!«

»Ich habe mich wirklich angestrengt, aber jedes Familientreffen endete in einem Desaster. Mein Vater und ich sind uns in nichts einig, er findet meine Arbeit albern, ich die seine wahnsinnig langweilig, kurz, wir ertragen uns nicht. – Haben Sie schon gefrühstückt?«

»Welchen Zusammenhang gibt es zwischen Ihrem Vater und meinem Frühstück, Mister Daldry?«

»Nicht den geringsten.«

»Ich habe noch nicht gefrühstückt.«

»Im Pub am Ende unserer Straße gibt es einen köstlichen Porridge. Wenn Sie mir die Zeit lassen, meine Einkaufstasche abzustellen, die zugegebenermaßen nicht sehr männlich, aber praktisch ist, lade ich Sie ein.«

»Ich wollte gerade im Hyde Park spazieren gehen«, erwiderte Alice.

»Mit leerem Magen, bei der Kälte? Das ist keine gute Idee. Gehen wir frühstücken, dann können wir etwas Brot stibitzen und damit anschließend die Enten im Hyde Park füttern. Der Vorteil bei den Enten besteht darin, dass man sich nicht als Weihnachtsmann verkleiden muss, um ihnen eine Freude zu machen.«

Alice lächelte ihren Nachbarn an und sagte: »Bringen Sie Ihre Einkäufe nach oben. Ich warte hier, dann essen wir einen Porridge und feiern mit den Enten Weihnachten.«

»Wunderbar«, antwortete Daldry und eilte die Treppe hinauf. »Es dauert nicht lange.«

Kurz darauf kam er wieder auf die Straße und versuchte, so gut wie möglich, seine Kurzatmigkeit zu verbergen.

Sie nahmen an einem Tisch am Fenster des Pubs Platz. Daldry bestellte Tee für Alice und Kaffee für sich. Die Kellnerin brachte zwei Portionen Porridge. Daldry bat um einen Korb Brot und versteckte, was Alice sehr amüsierte, sogleich mehrere Scheiben in seiner Tasche.

»Welche Art Landschaften malen Sie?«

»Ich male nur völlig unnütze Dinge. Manche Menschen begeistern sich für das Land, das Meer, Ebenen oder Wälder, ich male Kreuzungen.«

»Kreuzungen?«

»Genau, Schnittpunkte von Straßen und Alleen. Können Sie sich vorstellen, wie reich an Details das Leben auf einer Kreuzung ist? Die einen laufen, die anderen suchen ihren Weg. Alle Arten von Beförderungsmitteln treffen dort zusammen: Pferdewagen, Automobile, Motor- und Fahrräder, Fußgänger, Bierlieferanten mit ihren Karren, die unterschiedlichsten Männer und Frauen begegnen sich hier, sie stören, ignorieren oder grüßen sich, sie rempeln sich an, beleidigen sich. Eine Kreuzung ist ein faszinierender Ort!«

»Sie sind wirklich ein eigenartiger Mensch, Mister Daldry.«

»Mag sein, aber Sie müssen zugeben, dass ein Mohnblumenfeld sterbenslangweilig ist. Zwei Bienen stoßen im Tiefflug zusammen? Gestern habe ich meine Staffelei am Trafalgar Square aufgestellt. Es ist nicht einfach, dort einen Platz zu finden, der einen zufriedenstellenden Ausblick bietet, ohne dass man ständig angestoßen wird, aber inzwischen habe ich Erfahrung, und so war ich am richtigen Ort. Eine Frau, die von einem plötzlichen Regenschauer überrascht wurde und vermutlich ihren lächerlichen Haarknoten in Sicherheit bringen wollte, rannte, ohne nach rechts oder links zu schauen, über die Straße. Ein von zwei Pferden gezogener Karren vollzog ein unglaubliches Manöver, um ihr auszuweichen. Der Kutscher legte großes Geschick an den Tag, denn die Dame kam mit dem Schrecken davon, aber die geladenen Fässer rollten über die Kreuzung, und die Straßenbahn, die aus entgegengesetzter Richtung kam, konnte nicht mehr bremsen. Eines der Fässer explodierte förmlich unter dem Aufprall, und ein Strom von Guinness ergoss sich über das Pflaster. Zwei Trunkenbolde hätten sich fast darüber hergemacht, um ihren Durst zu stillen. Ich erspare Ihnen die Details der Auseinandersetzung zwischen dem Trambahnfahrer und dem Eigentümer des Karrens, wie die Passanten sich einmischten, die Polizisten versuchten, Ordnung in das Durcheinander zu bringen, ein Taschendieb den Aufruhr nutzte, um sein Geschäft des Tages zu machen, und die Hauptschuldige an dem ganzen Chaos sich auf Zehenspitzen davonschlich und sich für das Durcheinander schämte, das sie durch ihre Unachtsamkeit ausgelöst hatte.«

»Und all das haben Sie gemalt?«, fragte Alice verblüfft.

»Nein, nicht sofort, ich habe zunächst nur die Kreuzung festgehalten, es liegt noch viel Arbeit vor mir. Aber ich habe mir alles gemerkt, und das ist das Wichtigste.«

»Ich bin noch nie darauf gekommen, auf solche Einzelheiten zu achten, wenn ich über die Straße gehe.«

»Details haben mich von jeher fasziniert, diese kleinen, kaum wahrnehmbaren Geschehnisse um uns herum. Man lernt viel, wenn man die Menschen beobachtet. Drehen Sie sich nicht um, aber an dem Tisch hinter Ihnen sitzt eine alte Dame. Warten Sie, stehen Sie auf, wenn Sie wollen, tauschen wir ganz unauffällig den Platz.«

Alice tat, wie geheißen, und setzte sich auf Daldrys Stuhl.

»Jetzt, wo Sie Ihnen gegenübersitzt«, sagte er, »betrachten Sie sie aufmerksam und sagen Sie mir, was Sie sehen.«

»Eine Frau in einem gewissen Alter, die allein frühstückt. Sie ist gut gekleidet und trägt einen Hut.«

»Seien Sie aufmerksamer, was sehen Sie noch?«

Alice beobachtete die alte Dame.

»Nichts Besonderes, sie wischt sich den Mund mit der Serviette ab. Sagen Sie mir lieber, was ich nicht sehe, sonst wird sie mich noch bemerken.«

»Sie ist geschminkt, nicht wahr? Sehr leicht, aber ihre Wangen sind gepudert, die Wimpern getuscht, und sie hat etwas Lippenstift aufgelegt.«

»Ja, ich glaube schon.«

»Sehen Sie sich jetzt ihre Lippen an, bewegen sie sich?«

»Ja, tatsächlich«, erwiderte Alice erstaunt. »Sie bewegt sie ein wenig, wahrscheinlich ein Alterstick.«

»Ganz und gar nicht! Diese Frau ist Witwe und unterhält sich mit ihrem verstorbenen Mann. Sie frühstückt nicht allein, sie spricht mit ihm, als säße er ihr gegenüber. Sie hat sich für ihn schön gemacht, weil er noch immer Teil ihres

Lebens ist. Sie stellt ihn sich an ihrer Seite vor. Ist das nicht rührend? Können Sie ermessen, welcher Gefühle es bedarf, um sich ständig die Anwesenheit des geliebten Wesens vorzustellen? Diese Frau hat recht, denn wenn der Partner auch gegangen ist, hört er darum doch nicht auf zu existieren. Mit etwas Fantasie und Herz gibt es keine Einsamkeit. Später, beim Bezahlen wird sie den Teller mit dem Geld auf die andere Seite des Tischs schieben, weil es stets ihr Mann war, der die Rechnung beglichen hat. Wenn sie den Pub verlassen hat, wird sie auf dem Bürgersteig kurz warten, ehe sie die Straße überquert, weil ihr Mann, wie es sich gehört, immer als Erster ging. Ich bin sicher, dass sie jeden Abend vor dem Schlafengehen mit ihm spricht und ihm jeden Morgen einen schönen Tag wünscht, wo auch immer er sein mag.«

»Und all das haben Sie innerhalb weniger Augenblicke bemerkt?«

Während Daldry Alice zulächelte, betrat ein alter, schlecht gekleideter und angetrunkener Mann das Restaurant, ging zu der Dame am Nachbartisch und gab ihr zu verstehen, dass es Zeit zum Aufbruch war. Sie bezahlte, erhob sich und folgte dem Trunkenbold, der sicher von der Rennbahn zurückkam, nach draußen.

Daldry wandte der Szene den Rücken zu und hatte nichts gesehen.

»Sie haben recht«, sagte Alice. »Die alte Dame tut genau das, was Sie vorhergesagt haben. Sie hat den Teller auf die andere Seite geschoben, und als sie das Restaurant verlassen hat, meine ich fast gesehen zu haben, dass sie sich bei einem unsichtbaren Mann bedankte, der ihr die Tür aufhielt.«

Daldry schien glücklich. Er aß einen Löffel Porridge, wischte sich den Mund ab und sah Alice an.

»Und der Porridge? Köstlich, nicht wahr?«

»Glauben Sie an Hellseherei?«

»Wie bitte?«

»Glauben Sie, dass jemand die Zukunft vorhersagen kann?«

»Das ist eine komplexe Frage«, meinte Daldry und machte der Kellnerin ein Zeichen, ihm noch Porridge aufzugeben. »Die Zukunft wäre also schon irgendwo festgeschrieben? Das wäre doch dumm, nicht wahr? Und die freie Entscheidung des Einzelnen? Ich glaube, Hellseher sind nur Menschen, die Intuition haben. Lassen wir die Scharlatane beiseite und gewähren wir den ernsthaften eine gewisse Glaubwürdigkeit. Verfügen sie über eine Gabe, die es ihnen ermöglicht zu sehen, was unsere Ziele sind, was wir früher oder später tun werden? Warum eigentlich nicht? Nehmen wir das Beispiel meines Vaters: Seine Augen sind bestens, und doch ist er blind, meine Mutter hingegen ist kurzsichtig wie ein Maulwurf und bemerkt so viele Dinge, die ihr Mann nie wahrnehmen könnte. Sie wusste seit meiner frühesten Kindheit, dass ich Maler werden würde, und sie hat es mir oft gesagt. Sie glaubte allerdings auch, meine Bilder würden in den größten Museen der Welt ausgestellt. Ich habe in den letzten fünf Jahren nicht ein Bild verkauft – so ist es eben, ich bin ein erbärmlicher Künstler. Aber ich spreche von mir und beantworte nicht Ihre Frage. Warum haben Sie sie mir übrigens gestellt?«

»Weil mir gestern etwas Eigenartiges geschehen ist, und ich hätte vorher nie vermutet, dass ich einem solchen Zwischenfall die geringste Aufmerksamkeit schenken würde. Aber seither beherrscht mich diese Erinnerung, und zwar derart, dass es schon fast störend ist.«

»Erklären Sie mir doch zunächst, was sich gestern zugetragen hat, dann sage ich Ihnen, was ich davon halte.«

Alice beugte sich etwas vor und erzählte von ihrem Aufenthalt in Brighton, vor allem von der Begegnung mit der Hellseherin.

Daldry lauschte, ohne sie zu unterbrechen. Als sie ihr ungewöhnliches Gespräch mit der Wahrsagerin geschildert hatte, wandte sich Daldry an die Kellnerin, verlangte die Rechnung und schlug Alice vor, an die frische Luft zu gehen.

Sie verließen das Restaurant und liefen ein paar Schritte.

»Wenn ich Sie recht verstanden habe«, meinte er leicht verstimmt, »müssen Sie erst sechs Personen treffen, ehe Sie dem Mann Ihres Lebens begegnen?«

»Dem Mann, der in meinem Leben am meisten zählt«, berichtigte sie.

»Ich denke, das ist das Gleiche. Und Sie haben ihr keine Frage über diesen Mann, seine Identität und den Ort, an dem er sich befinden könnte, gestellt?«

»Nein, sie hat mir nur gesagt, er sei hinter mir vorbeigegangen, während ich mich mit meinen Freunden unterhielt, sonst nichts.«

»Das ist allerdings nicht viel«, sagte Daldry nachdenklich. »Und sie hat von einer Reise gesprochen?«

»Ja, ich glaube schon, aber all das scheint absurd, ich komme mir lächerlich vor, weil ich Ihnen diese langweilige Geschichte erzähle.«

»Aber die, wie Sie sagen, langweilige Geschichte hat Sie doch einen guten Teil der Nacht wach gehalten.«

»Sehe ich so müde aus?«

»Ich habe Sie in Ihrer Wohnung auf und ab gehen hören, die Wand zwischen uns ist wirklich aus Pappmaschee.«

»Es tut mir leid, wenn ich Sie gestört habe …«

»Nun, ich sehe nur eine Lösung, damit wir beide wieder

Schlaf finden, und ich fürchte, die Enten-Weihnacht muss auf morgen verschoben werden.«

»Warum das?«, wollte Alice wissen, während sie weiterliefen.

»Gehen Sie nach oben, holen Sie sich eine Wolljacke und einen dicken Schal, wir treffen uns in ein paar Minuten wieder hier.«

Was für ein merkwürdiger Tag, sagte sich Alice, während sie die Treppe hinauflief. Dieser Heiligabend verlief ganz anders, als sie gedacht hatte. Zuerst das unvorhergesehene Frühstück mit ihrem Nachbarn, den sie vorher kaum ertragen hatte, dann dieses unerwartete Gespräch … Warum hatte sie ihm die Geschichte anvertraut, die sie für absurd und unlogisch hielt?

Sie öffnete die Schublade ihrer Kommode. Eine Wolljacke und einen Schal hatte er gesagt. Sie konnte sich nicht entscheiden, was zusammenpasste. Sie zögerte zwischen einer marineblauen Jacke, die ihre Figur betonte, und einer aus grob gestrickter Wolle.

Schließlich betrachtete sie sich im Spiegel, brachte ihr Haar in Ordnung, entschied sich gegen jegliches Make-up, denn schließlich handelte es sich nur um einen Höflichkeitsspaziergang.

Dann verließ sie ihre Wohnung, doch als sie auf die Straße trat, war Daldry nicht da. Vielleicht hatte er es sich anders überlegt, schließlich war dieser Mann irgendwie seltsam.

Es hupte zweimal, und ein nachtblauer Austin 10 hielt am Bordstein. Daldry stieg aus, um Alice die Beifahrertür zu öffnen.

»Sie haben ein Auto?«, fragte sie überrascht.

»Ich habe es gerade gestohlen.«

»Ernsthaft?«

»Hätten Sie Ihrer Wahrsagerin auch geglaubt, wenn Sie Ihnen vorhergesagt hätte, dass Sie im Punjab-Tal einen rosa Elefanten treffen werden? Natürlich habe ich ein Auto.«

»Danke, dass Sie sich so unverblümt über mich lustig machen. Entschuldigen Sie meine Verwunderung, aber Sie sind der einzige Mensch, den ich kenne, der einen eigenen Wagen besitzt.«

»Es ist ein gebrauchtes Modell und weiß Gott kein Rolls-Royce, das werden Sie sehr schnell an der Federung feststellen, aber der Motor kocht nicht, und es erfüllt anständig seine Aufgabe. Ich parke es immer an den Kreuzungen, die ich male, es taucht auf jedem Bild auf – das ist eine Art Ritual.«

»Irgendwann müssen Sie mir Ihre Bilder zeigen«, sagte Alice und stieg ein.

Daldry nuschelte ein paar unverständliche Worte, die Kupplung schleifte ein wenig, und der Wagen fuhr an.

»Ich will ja nicht neugierig sein, aber könnten Sie mir sagen, wohin wir fahren?«

»Wohin schon? Nach Brighton natürlich«, gab Daldry zurück.

»Nach Brighton? Warum denn das?«

»Damit Sie diese Wahrsagerin konsultieren und ihr alle Fragen unterbreiten können, die Sie ihr schon gestern hätten stellen sollen.«

»Aber das ist doch total verrückt ...«

»In eineinhalb oder – wenn die Straßen vereist sind – zwei Stunden sind wir da, ich weiß nicht, was daran verrückt sein soll. Wir kommen vor Einbruch der Dunkelheit zurück, und sollte uns wirklich die Nacht unterwegs überraschen – die beiden verchromten Kugeln zu beiden Seiten des Kühlers sind Scheinwerfer ... Wie Sie sehen, erwartet Sie keinerlei Gefahr.«

»Mister Daldry, würden Sie freundlicherweise aufhören, sich ständig über mich lustig zu machen?«

»Miss Pendelbury, ich verspreche Ihnen, es zu versuchen, aber verlangen Sie bitte nichts Unmögliches von mir.«

Sie verließen London über das Lambeth-Viertel und fuhren bis Croydon, wo Daldry Alice bat, die Landkarte aus dem Handschuhfach zu nehmen und die Brighton Road zu suchen, die sich irgendwo im Süden befand. Alice schickte ihn nach rechts, doch dann mussten sie umdrehen, da sie die Karte falsch herum gehalten hatte. Nachdem sie sich mehrmals verfahren hatten, wies ihnen ein Fußgänger den richtigen Weg.

In Readhill hielt Daldry an, um vollzutanken und den Reifendruck zu prüfen. Er hatte den Eindruck, dass der Austin leicht nach rechts zog. Alice blieb, die Karte auf den Knien, im Wagen sitzen.

Nachdem sie Crawley hinter sich gelassen hatten, musste Daldry das Tempo drosseln, denn es hatte geschneit. Die Windschutzscheibe war vereist, und der Wagen geriet in den Kurven gefährlich ins Rutschen. Eine Stunde später froren sie derart, dass jegliches Gespräch verstummte.

Daldry hatte die Heizung so hoch wie möglich gestellt, doch der kleine Ventilator konnte nichts gegen die eisige Luft ausrichten, die durch die Kühlerhaube drang. Im Eight Bells Inn legten sie eine Pause ein und wärmten sich eine gute Weile am Kamin auf. Nach einer abschließenden Tasse heißem Tee setzten sie ihren Weg fort.

Daldry verkündete, es sei nicht mehr weit bis Brighton. Aber hatte er nicht auch versprochen, die Reise würde höchstens zwei Stunden dauern? Und nun waren seit ihrem Aufbruch in London bereits vier vergangen …

Als sie endlich ihr Ziel erreichten, begannen die Schausteller bereits, ihre Buden zu schließen. Die lange Mole war fast menschenleer, und die letzten Spaziergänger eilten nach Hause, um Heiligabend zu feiern.

»Gut«, sagte Daldry und stieg aus, ohne sich weiter um die fortgeschrittene Stunde zu kümmern. »Wo finden wir denn diese Wahrsagerin?«

»Ich glaube kaum, dass sie auf uns gewartet hat«, gab Alice zurück und rieb sich fröstelnd die Schultern.

»Seien Sie nicht so pessimistisch, gehen wir.«

Alice zog Daldry zur Kasse, doch die war geschlossen.

»Umso besser«, meinte dieser, »der Eintritt ist kostenlos.«

Bei der Bude, vor der sie am Vorabend die seltsame Begegnung gehabt hatte, überkam Alice heftiges Unwohlsein, eine plötzliche Angst schnürte ihr die Kehle zusammen. Sie blieb stehen, und Daldry, der ihr Unbehagen spürte, wandte sich zu ihr um.

»Diese Wahrsagerin ist eine Frau wie Sie und ich ... das heißt vor allem wie Sie. Keine Sorge, wir heben hinterher den Zauber wieder auf.«

»Sie machen sich schon wieder über mich lustig, das ist wirklich nicht nett von Ihnen.«

»Ich wollte Ihnen nur ein Lächeln entlocken, Alice, gehen Sie ohne Furcht hinein und hören Sie sich an, was die alte Verrückte Ihnen zu sagen hat. Auf dem Rückweg lachen wir dann über diesen Unsinn. Und wenn wir wieder in London sind, werden wir uns beide – Hellseherin hin oder her – in einem solchen Zustand von Müdigkeit befinden, dass wir schlafen wie zwei Engel. Also seien Sie mutig, ich warte hier und rühre mich nicht vom Fleck.«

»Danke, Sie haben recht, ich führe mich auf wie ein Kind.«

»Na ja ... gut ... gehen Sie jetzt, es wäre doch besser, vor

Einbruch der Nacht zu Hause zu sein – an meinem Wagen funktioniert nur ein Scheinwerfer.«

Alice trat zu dem Wohnwagen. Die Vorderfront war geschlossen, doch durch die Fensterläden drang ein Lichtstrahl. Sie ging zur Stirnseite und klopfte an die Tür.

Die Wahrsagerin schien erstaunt, Alice zu sehen.

»Was tust du hier? Ist etwas nicht in Ordnung?«, fragte sie.

»Nein«, antwortete Alice.

»Du scheinst nicht in bester Form zu sein, du bist ganz blass«, fuhr die alte Frau fort.

»Wahrscheinlich die Kälte, ich bin bis auf die Knochen durchgefroren.«

»Komm herein und wärm dich am Ofen auf.«

Alice betrat den kleinen Wagen und erkannte sofort den Duft nach Vanille, Moschus und Leder, der intensiver wurde, als sie sich dem Gaskocher näherte. Sie setzte sich auf eine Bank; die Wahrsagerin nahm neben ihr Platz und ergriff ihre Hand.

»Du bist also zu mir zurückgekommen.«

»Ich ... ich bin vorbeigegangen und habe Licht gesehen.«

»Du bist wirklich reizend.«

»Wer sind Sie?«, fragte Alice.

»Eine Hellseherin, die von den Schaustellern auf dieser Mole respektiert wird. Die Leute kommen von weit her, damit ich ihnen die Zukunft vorhersage. Aber gestern war ich in deinen Augen nur eine verrückte Alte. Ich nehme an, du bist heute zurückgekommen, weil du deine Meinung geändert hast. Was willst du wissen?«

»Wer ist dieser Mann, der hinter mir vorbeigegangen ist, während ich mich mit meinen Freunden unterhalten habe? Und warum muss ich zunächst sechs andere Personen treffen, bevor ich ihn kennenlerne?«

»Tut mir leid, diese Fragen kann ich dir nicht beantworten. Ich habe dir gesagt, was ich gesehen habe. Erfinden kann ich nichts, das tue ich nie, ich mag keine Lügen.«

»Ich auch nicht«, begehrte Alice auf.

»Aber du bist nicht zufällig an meinem Wagen vorbeigekommen, nicht wahr?«

Alice nickte.

»Gestern haben Sie mich bei meinem Vornamen genannt, obwohl ich Ihnen den gar nicht gesagt hatte. Woher wussten Sie ihn?«, fragte Alice.

»Und warum kannst du augenblicklich alle Düfte aufzählen, die du wahrnimmst?«

»Ich habe eine Gabe, ich bin eine Nase.«

»Und ich bin Hellseherin! Wir haben beide eine Begabung, jeder auf seinem Gebiet.«

»Ich bin zurückgekommen, weil man mich dazu gedrängt hat. Es stimmt, was Sie mir gestern gesagt haben, hat mich verwirrt«, gestand Alice, »und Ihretwegen habe ich die ganze Nacht lang kein Auge zugetan.«

»Ich verstehe. An deiner Stelle wäre es mir vielleicht ähnlich ergangen.«

»Sagen Sie mir die Wahrheit. Haben Sie all das gestern wirklich gesehen?«

»Die Wahrheit? Zum Glück ist die Zukunft nicht in Marmor gemeißelt. Sie besteht aus Entschlüssen, die dir obliegen.«

»Ihre Weissagungen sind also nur Ammenmärchen?«

»Möglichkeiten, keine Gewissheiten. Nur du allein kannst darüber entscheiden.«

»Was entscheiden?«

»Ob ich dir enthüllen soll, was ich sehe oder nicht. Aber überlege gut, ehe du mir antwortest. Ein solches Wissen ist nicht immer ohne Folgen.«

»Als Erstes möchte ich herausfinden, ob Sie ehrlich sind.«

»Habe ich gestern Geld von dir verlangt? Oder heute? Du bist zweimal gekommen und hast an meine Tür geklopft. Aber du scheinst so beunruhigt und aufgewühlt, dass es vermutlich besser ist, es dabei bewenden zu lassen. Fahr nach Hause, Alice, und wenn dich das besänftigen kann: Dir steht nichts Schlimmes bevor.«

Alice sah die Wahrsagerin lange an. Sie machte ihr jetzt keine Angst mehr, ihre Gesellschaft war ihr im Gegenteil angenehm, und ihre raue Stimme beruhigte sie. Sie hatte nicht den ganzen Weg gemacht, um unverrichteter Dinge zurückzukehren, und die Vorstellung, die Wahrsagerin etwas herauszufordern, missfiel ihr nicht. Also richtete sie sich auf und streckte ihr die Hände entgegen.

»Gut, sagen Sie mir, was Sie sehen. Sie haben ganz recht, die Entscheidung, ob ich es glauben will oder nicht, liegt bei mir.«

»Bist du dir ganz sicher?«

»Jeden Sonntag schleppte mich meine Mutter zur Messe. Im Winter war es unerträglich kalt in der Kirche unseres Viertels. Ich habe Stunden damit verbracht, zu einem Gott zu beten, den ich nie gesehen hatte und der niemanden verschont hat, also denke ich, dass ich auch Ihnen ein paar Minuten zuhören kann …«

»Es tut mir leid, dass deine Eltern den Krieg nicht überlebt haben«, unterbrach die Hellseherin Alice.

»Woher wissen Sie das?«

»Psst«, sagte die alte Dame und legte einen Finger auf Alices Lippen. »Du bist hergekommen, um mir zuzuhören, und jetzt redest du nur.« Sie drehte Alices Hände um. »Es gibt zwei Leben in dir, Alice. Das, das du kennst, und ein anderes, welches dich seit Langem erwartet. Und beide haben nichts miteinander zu tun. Der Mann, von dem ich gestern gesprochen habe, befindet sich irgendwo auf dem Weg zu diesem anderen Leben. In dem, das du jetzt führst, wird er nie auftauchen. Um ihm zu begegnen, wirst du eine lange Reise auf dich nehmen müssen. Eine Reise, in deren Verlauf du entdecken wirst, dass nichts von dem, was du zu sein glaubst, der Realität entspricht.«

»Was Sie da erzählen, ergibt überhaupt keinen Sinn!«, begehrte Alice auf.

»Vielleicht. Ich bin nur eine alte Hellseherin auf einem Volksfest.«

»Und wohin soll die Reise führen?«

»Dorthin, wo du herkommst, meine Kleine, zu deiner Geschichte.«

»Ich komme aus London und habe auch die Absicht, heute Abend dorthin zurückzukehren.«

»Ich spreche von dem Land, in dem du das Licht der Welt erblickt hast.«

»Ich war immer in London, ich bin in Holborn geboren.«

»Nein, glaub mir, meine Kleine«, antwortete die Wahrsagerin und lächelte.

»Ich weiß doch wohl, wo meine Mutter entbunden hat, Himmel noch mal!«

»Du bist im Süden geboren, dazu braucht man keine Hellseherin zu sein, das belegen deine Züge eindeutig.«

»Es tut mir leid, Ihnen zu widersprechen, aber meine Vorfahren stammen alle aus dem Norden, mütterlicherseits aus Birmingham und väterlicherseits aus Yorkshire.«

»Beide aus dem Orient«, flüsterte die Wahrsagerin. »Du kommst aus einem Reich, das es heute nicht mehr gibt. Aus einem sehr alten, Tausende von Kilometern entfernten Land. Das Blut, das in deinen Adern fließt, hat seinen Ursprung zwischen dem Schwarzen und dem Kaspischen Meer. Blick einmal in den Spiegel, dann wirst du es selbst sehen.«

»Das ist doch Unsinn«, erregte sich Alice.

»Ich sage es dir noch einmal, Alice, um diese Reise anzutreten, musst du zunächst bestimmte Dinge akzeptieren. Nach deiner Reaktion zu urteilen bist du noch nicht bereit dazu. Es ist besser, wenn wir es dabei belassen.«

»Das kommt nicht infrage, ich habe schon genug schlaflose Nächte gehabt! Ich fahre erst dann nach London zurück, wenn ich mich davon überzeugt habe, dass Sie ein Scharlatan sind.«

Die Wahrsagerin sah Alice ernst an.

»Entschuldigen Sie, es tut mir leid«, fuhr diese sogleich fort, »das war nicht so gemeint. Ich wollte es Ihnen gegenüber nicht an Respekt mangeln lassen.«

Die alte Frau ließ Alices Hände los und erhob sich.

»Fahr nach Hause und vergiss alles, was ich dir gesagt habe. Ich bin diejenige, die sich entschuldigen muss. Die Wahrheit ist, dass ich eine alte Verrückte bin, die Märchen erzählt und sich über die Schwächen der Menschen lustig macht. Nachdem ich schon so lange die Zukunft voraussagen will, glaube ich schließlich selbst an mein Spiel. Leb dein Leben und mach dir keine Sorgen. Du bist eine hübsche Frau, da braucht man keine Hellseherin zu sein, um zu wissen, dass du auf alle Fälle einen Mann nach deinem Geschmack finden wirst.«

Die Wahrsagerin ging zur Tür ihres Wohnwagens, doch Alice rührte sich nicht vom Fleck.

»Ich fand Sie vorhin ehrlicher. Also gut, lassen wir uns auf das Spiel ein«, sagte Alice. »Schließlich hindert mich nichts daran, das Ganze als Spiel zu betrachten. Angenommen, ich würde Ihre Vorhersagen ernst nehmen, wo müsste ich anfangen?«

»Du bist anstrengend, meine Kleine. Noch einmal: Ich habe dir nichts vorhergesagt. Ich spreche nur aus, was mir durch den Kopf geht, also verlier deine Zeit nicht damit. Hast du an Heiligabend nichts Besseres zu tun?«

»Sie brauchen sich gar nicht schlechtzumachen, damit ich Sie in Ruhe lasse. Ich verspreche zu gehen, sobald Sie mir geantwortet haben.«

Die Wahrsagerin betrachtete eine kleine byzantinische Ikone, die an der Tür ihres Wohnwagens hing, und strich liebevoll über das verblasste Gesicht des Heiligen, dann wandte sie sich zu Alice um. Sie schien jetzt noch ernsthafter.

»In Istanbul wirst du jemanden treffen, der dich zur nächsten Etappe führt. Aber vergiss nie: Wenn du deine Suche zu Ende führst, wird die Realität, in der du jetzt lebst, nicht mehr existieren. Und nun lass mich, ich bin müde.«

Die Wahrsagerin öffnete die Tür, und die kalte Winterluft drang herein. Alice hüllte sich noch fester in ihren Mantel und zückte ihr Portemonnaie, doch die alte Frau lehnte ihr Geld ab. Alice legte den Schal um ihren Hals und verabschiedete sich.

Die Mole war menschenleer, die Laternen schwankten im Wind, und ihr leises Klirren ergab eine eigenartige Melodie.

Ihr gegenüber blinkte der Scheinwerfer eines Autos. Daldry machte ihr hinter der Windschutzscheibe aufgeregte Zeichen. Starr vor Schreck lief sie zu ihm.

»Ich habe mir schon Sorgen gemacht. Hundert Mal habe ich mich gefragt, ob ich Sie holen soll. Ich konnte unmöglich draußen auf Sie warten«, sagte Daldry.

»Ich glaube, wir werden doch im Dunkeln fahren müssen«, meinte Alice mit einem Blick zum Himmel.

»Sie sind ja verdammt lange in dieser Bude geblieben«, fügte Daldry hinzu und ließ den Motor an.

»Ich habe nicht gemerkt, wie die Zeit verging.«

»Ich schon. Ich hoffe, es hat sich gelohnt.«

Alice griff nach der Karte auf dem Rücksitz und legte sie auf ihren Schoß. Daldry wies sie darauf hin, dass es vorzuziehen sei, sie andersherum zu lesen, um nach London zurückzukehren.

»Schon eine seltsame Art, den Heiligabend zu verbringen, oder?«, meinte Alice fast entschuldigend.

»Allemal unterhaltsamer, als mich vor meinem Radio zu langweilen. Und wenn die Straßen nicht zu glatt sind, kann man immer noch zu Abend essen. Es ist noch weit bis Mitternacht.«

»Ich fürchte London auch«, sagte Alice und seufzte.

»Wollen Sie mich noch lange auf die Folter spannen? War dieses Gespräch überzeugend? Sind Sie jetzt von der Unruhe befreit, die diese Frau in Ihnen geweckt hatte?«

»Eigentlich nicht«, antwortete Alice.

Daldry öffnete die Scheibe ein wenig.

»Würde es Sie stören, wenn ich eine Zigarette rauche?«

»Nicht, wenn Sie mir auch eine anbieten.«

»Sie rauchen?«

»Nein«, erwiderte Alice, »doch warum sollte ich heute Abend keine Ausnahme machen?«

Daldry zog eine Schachtel Embassy aus der Tasche seines Trenchcoats.

»Übernehmen Sie bitte das Steuer«, sagte er. »Können Sie Auto fahren?«

»Auch das muss ich verneinen«, antwortete sie und beugte sich zur Seite, um nach dem Lenkrad zu greifen, während Daldry sich zwei Zigaretten in den Mund schob.

»Versuchen Sie, die Räder parallel zum Straßenrand zu halten.«

Er ließ sein Feuerzeug aufflammen, korrigierte mit der freien Hand die Richtung des Austin, der auf den Graben zusteuerte, und reichte Alice eine Zigarette.

»Sie haben also nichts herausgefunden und scheinen noch beunruhigter als gestern.«

»Ich glaube, ich messe den Worten dieser Wahrsagerin zu viel Gewicht bei. Das kommt sicher von der Müdigkeit. Ich habe in letzter Zeit nicht genug geschlafen und bin erschöpft. Diese Frau ist viel verrückter, als ich angenommen habe.«

Beim ersten Zug, den sie nahm, fing Alice an zu husten. Daldry nahm ihr die Zigarette weg und warf sie aus dem Fenster.

»Dann ruhen Sie sich aus, ich wecke Sie, wenn wir da sind.«

Alice lehnte den Kopf an die Scheibe und spürte, wie ihre Lider schwer wurden.

Daldry betrachtete die Schlafende kurz und konzentrierte sich dann wieder auf die Straße.

Der Austin parkte am Bürgersteig, Daldry machte den Motor aus und fragte sich, wie er Alice wecken sollte. Wenn er sie anspräche, würde sie zusammenschrecken, und eine Hand auf ihre Schulter zu legen ziemte sich nicht. Vielleicht ein leichtes Hüsteln, aber wenn sie das Quietschen der Federung während der Fahrt nicht gehört hatte, würde er schon kräftig husten müssen, um sie wach zu bekommen.

»Wir werden erfrieren, wenn wir die Nacht hier verbringen«, flüsterte sie und öffnete ein Auge.

Nun war es Daldry, der erschrak. Oben angekommen, blieben die beiden eine Weile auf dem Flur stehen, ohne zu wissen, was sie sagen sollten. Schließlich ergriff Alice die Initiative.

»Eigentlich ist es ja erst elf Uhr.«

»Sie haben recht«, antwortete Daldry, »kurz nach elf.«

»Was haben Sie heute Morgen auf dem Markt gekauft?«, erkundigte sich Alice.

»Schinken, ein Glas Senfpickles, rote Bohnen und ein Stück Chester. Und Sie?«

»Eier, Bacon, Hefegebäck und Honig.«

»Ein wahres Festmahl!«, rief Daldry aus. »Ich sterbe vor Hunger.«

»Sie haben mich zum Frühstück eingeladen, das Benzin hat ein Vermögen gekostet, und ich habe mich noch nicht einmal bedankt. Ich bin Ihnen eine Einladung schuldig.«

»Mit Vergnügen. Ich habe die ganze Woche über Zeit.«

»Ich spreche von heute Abend, Ethan!«

»Das trifft sich gut, ich bin auch heute Abend frei.«

»Das hatte ich mir fast gedacht.«

»Ich muss zugeben, es wäre idiotisch, wenn jeder von uns Weihnachten auf seiner Seite der Wand feiern würde.«

»Dann mache ich Ihnen ein Omelette.«

»Was für eine wunderbare Idee!«, sagte Daldry. »Ich ziehe meinen Mantel aus und klopfe dann bei Ihnen.«

Alice zündete den Gaskocher an, schob ihre Truhe in die Mitte des Zimmers, legte eine Tischdecke darüber, zwei dicke Kissen auf jede Seite und stellte zwei Teller hin. Anschließend stieg sie auf das Bett, öffnete das Glasdach und holte Butter und Eier, die sie im Winter draußen kühlte.

Kurz darauf klopfte Daldry. Als er eintrat, trug er ein Jackett, eine Flanellhose und in der Hand seine Einkaufstasche.

»Da es unmöglich ist, um diese Zeit Blumen aufzutreiben, bringe ich alles mit, was ich auf dem Markt gekauft habe. Das Omelette wird köstlich sein.«

Daldry holte eine Flasche Wein hervor und zog einen Korkenzieher aus der Hosentasche.

»Immerhin ist Weihnachten, da werden wir ja kein Wasser trinken.«

Während des Essens erzählte Daldry von seiner Kindheit. Er sprach von der schwierigen Beziehung zu seiner Familie, vom Leiden seiner Mutter, die aus Vernunftgründen einen Mann geheiratet hatte, der weder ihre Vorlieben noch ihre Ansichten teilte und noch weniger ihren Feingeist. Er berichtete von seinem älteren Bruder, dem es an Poesie, nicht aber Ehrgeiz mangelte und der, in der Hoffnung, eines Tages der einzige Erbe des väterlichen Geschäfts zu sein, alles getan hatte, um ihn von seiner Familie zu entfernen. Immer wieder fragte er Alice, ob er sie auch nicht langweile, doch diese versicherte ihm, sie fände dieses Familienporträt ganz im Gegenteil faszinierend.

»Und Sie?«, fragte er. »Wie war Ihre Kindheit?«

»Unbeschwert«, antwortete Alice. »Ich bin ein Einzelkind und kann nicht sagen, dass mir ein Bruder oder eine Schwester nicht unglaublich gefehlt hätte – denn das haben sie –, aber die ganze Aufmerksamkeit meiner Eltern hat sich auf mich konzentriert.«

»Und was hat Ihr Vater beruflich gemacht?«, wollte Daldry wissen.

»Er war Apotheker und früher auch Forscher. Er hat sich für Arzneipflanzen begeistert, die er aus allen Ecken der Welt kommen ließ. Meine Mutter arbeitete mit ihm zusammen, sie haben sich an der Uni kennengelernt. Wir waren nicht auf Gold gebettet, aber die Apotheke ging gut. Meine Eltern liebten sich, und wir haben zu Hause viel gelacht.«

»Sie hatten Glück.«

»Ja, das kann ich nicht anders sagen. Aber zugleich strebt man ein schwer zu erreichendes Ideal an, wenn man Zeuge einer so großen Liebe war.«

Alice erhob sich und trug die Teller zum Spülbecken. Daldry räumte den Rest ab und blieb an ihrem Arbeitstisch stehen. Dort betrachtete er die kleinen Tontöpfe, aus denen lange Papierstreifen ragten, und die vielen in Gruppen angeordneten Glasflakons auf dem Regal.

»Rechts stehen die Absolues, man gewinnt sie aus ›Concrètes‹ oder Resinoiden. In der Mitte befinden sich die Kompositionen, an denen ich arbeite.«

»Sind Sie Chemiker wie Ihr Vater?«, fragte Daldry verwundert.

»Absolues sind Essenzen, die Concrètes bekommt man durch Extraktion der Duftstoffe aus bestimmtem Pflanzenmaterial wie beispielsweise Rosen und Flieder. Dieser Tisch, der Sie so neugierig macht, wird als Duftorgel bezeichnet. Parfümeure und Musiker haben viele Ausdrücke gemeinsam, auch wir sprechen von Noten und Klängen. Mein Vater war Apotheker, ich bin das, was man eine Nase nennt. Ich versuche, Kompositionen, neue Düfte zu schaffen.«

»Wirklich ein sehr origineller Beruf! Und haben Sie schon welche kreiert? Ich meine Parfüms, die man auch im Handel kaufen kann? Irgendetwas, was ich vielleicht kenne?«

»Ja, das ist schon vorgekommen«, antwortete Alice mit einem leisen Lachen. »So was ist geheim, aber man kann die eine oder andere meiner Schöpfungen in den Schaufenstern bestimmter Londoner Parfümerien finden.«

»Es muss wunderbar sein, seine Arbeit ausgestellt zu sehen. Vielleicht ist es einem Mann dank des Parfüms, das Sie geschaffen haben, gelungen, eine Frau zu verführen.«

Diesmal lachte Alice laut auf.

»Tut mir leid, Sie enttäuschen zu müssen, bisher habe ich nur Damendüfte entwickelt, aber da bringen Sie mich auf eine Idee. Ich müsste eine leicht pfeffrige Note mit einem Hauch von Holz schaffen, etwas Maskulines mit Zeder und Vetiver. Ich werde darüber nachdenken.«

Alice schnitt zwei Scheiben Hefegebäck ab.

»Kosten wir das Dessert, und dann lasse ich Sie gehen. Ich habe einen wunderbaren Abend verbracht, aber ich falle um vor Müdigkeit.«

»Ich auch«, meinte Daldry und gähnte. »Auf dem Rückweg hat es viel geschneit, und ich habe sehr aufpassen müssen.«

»Danke«, flüsterte Alice und schob Daldry eine Scheibe Hefegebäck zu.

»Ich habe zu danken, es ist schon lange her, dass ich so etwas gegessen habe.«

»Danke, dass Sie mich nach Brighton begleitet haben, das war sehr großzügig von Ihnen.«

Daldry hob den Blick zum Glasdach.

»Das Licht in diesem Zimmer muss tagsüber außerordentlich sein.«

»Das ist es auch, irgendwann lade ich Sie zum Tee ein, dann können Sie sich selbst davon überzeugen.«

Nachdem er die letzten Krumen von seinem Hefegebäck verspeist hatte, erhob sich Daldry, und Alice begleitete ihn zur Tür.

»Ich habe es ja nicht weit«, sagte er und trat auf den Flur.

»Nein, wirklich nicht.«

»Frohe Weihnachten, Miss Pendelbury.«

»Frohe Weihnachten, Mister Daldry.«

Kapitel 3

Das Glasdach war von einer feinen, seidigen Schicht überzogen; es hatte geschneit. Alice richtete sich in ihrem Bett auf und versuchte, draußen etwas zu erkennen. Dann öffnete sie das Fenster einen Spaltbreit, schloss es jedoch wegen der eisigen Kälte sogleich wieder.

Verschlafen tastete sie sich zum Gaskocher und setzte Wasser auf. Daldry war so großzügig gewesen, ihr die Streichholzschachtel zu lassen. Als sie an den Vorabend dachte, musste sie lächeln.

Alice hatte keine Lust zu arbeiten. Nachdem sie an Weihnachten keine Familie zu besuchen hatte, würde sie im Park spazieren gehen.

Sie zog sich warm an und verließ auf Zehenspitzen ihre Wohnung. Im Treppenhaus herrschte Ruhe, Daldry schlief vermutlich noch.

Die Straße war makellos weiß – ein hübscher Anblick. Der Schnee verhüllte den Schmutz der Stadt, sodass selbst die tristesten Viertel im Winter zu einer gewissen Schönheit fanden.

Als sich eine Straßenbahn näherte, lief Alice zur Kreuzung, stieg ein, kaufte eine Fahrkarte und nahm auf der hinteren Sitzbank Platz.

Eine halbe Stunde später betrat sie durch die Queen's

Gate den Hyde Park und lief die Mittelallee in Richtung Kensington Palace hinauf. Bei einem kleinen See blieb sie stehen. Enten glitten über das dunkle Wasser und kamen direkt auf sie zu in der Hoffnung, etwas Futter von ihr zu bekommen. Alice bedauerte, ihnen nichts geben zu können. Auf der anderen Seite des Sees saß ein Mann auf einer Bank und winkte ihr zu. Er erhob sich und bedeutete ihr mit weit ausholenden Armbewegungen, zu ihm zu kommen. Die Enten wandten sich von Alice ab und steuerten auf den Unbekannten zu. Alice ging am Ufer entlang in Richtung des Mannes, der sich hingehockt hatte und das Federvieh fütterte.

»Mister Daldry? Welche Überraschung, Sie hier anzutreffen! Folgen Sie mir?«

»Was ich eher überraschend finde, ist, dass Sie auf die Aufforderung eines Unbekannten reagieren. Ich war schon vor Ihnen hier, wie hätte ich Ihnen da folgen sollen?«

»Was machen Sie hier?«, fragte Alice.

»Die Enten-Weihnacht. Haben Sie das schon vergessen? Als ich hinausgegangen bin, um Luft zu schnappen, habe ich die Brotstücke in meiner Manteltasche gefunden, die wir gestern im Pub haben mitgehen lassen. Also habe ich mir gesagt, wenn ich ohnehin einen Spaziergang machen will, kann ich auch die Enten füttern. Und was führt Sie hierher?«

»Ich mag diesen Ort.«

Daldry brach zwei Brotstückchen ab und reichte Alice eines.

»Unser kleiner Ausflug war also nicht von großem Nutzen«, meinte er dann.

Alice antwortete nicht, sondern konzentrierte sich ganz auf das Füttern der Enten.

»Ich habe Sie einen guten Teil der Nacht in Ihrem Zimmer auf und ab gehen hören. Konnten Sie nicht schlafen? Dabei waren Sie doch so müde.«

»Ich bin eingeschlafen und kurz danach wieder aufgewacht. Ein Albtraum, das heißt, eigentlich waren es mehrere.«

Daldry hatte, ebenso wie Alice, sein ganzes Brot verfüttert. Er richtete sich auf und reichte ihr die Hand, um ihr aufzuhelfen.

»Warum wollen Sie mir nicht sagen, was Ihnen die Hellseherin gestern prophezeit hat?«

Die verschneiten Wege des Hyde Park waren fast menschenleer. Alice gab Daldry ihr Gespräch mit der Wahrsagerin in allen Einzelheiten wieder, sogar dass sich diese als Scharlatan bezeichnet hatte.

»Was für ein eigenartiger Sinneswandel. Aber warum glauben Sie ihr, nachdem sie sich selbst als Schwindlerin ausgibt?«

»Weil ich ihr in ebendiesem Moment am meisten vertraut habe. Eigentlich bin ich ein sehr rationaler Mensch, und ich versichere Ihnen, wenn meine beste Freundin mir auch nur einen Bruchteil von dem erzählen würde, was ich da gehört habe, würde ich mich haltlos über sie lustig machen.«

»Lassen Sie Ihre beste Freundin aus dem Spiel, konzentrieren wir uns lieber auf diese Geschichte. Was irritiert Sie so sehr daran?«

»Versetzen Sie sich doch einmal in meine Lage. Alles, was diese Hellseherin mir gesagt hat, ist äußerst verwirrend.«

»Und sie hat von Istanbul gesprochen? Was für eine komische Idee! Vielleicht sollten Sie hinreisen und sich selbst überzeugen.«

»In der Tat eine komische Idee. Wollen Sie mich mit Ihrem Austin fahren?«

»Ich befürchte, das übersteigt seine Möglichkeiten.«

Ein Paar kam ihnen entgegen, und Daldry schwieg, bis die beiden außer Hörweite waren.

»Ich will Ihnen sagen, was Sie an dieser Geschichte so verwirrt: Die Tatsache, dass Ihnen die Hellseherin gesagt hat, am Ende dieser Reise würde Sie der Mann Ihres Lebens erwarten. Das soll nicht etwa ein Vorwurf sein, ich finde das wirklich sehr romantisch und äußerst mysteriös.«

»Was mich nervös macht, ist, dass sie mit solcher Sicherheit behauptet, ich sei dort geboren«, gab Alice kurz angebunden zurück.

»Aber Ihre Geburtsurkunde beweist Ihnen das Gegenteil.«

»Ich erinnere mich noch, dass meine Mutter mir, als ich etwa zehn Jahre alt war und wir am Holborn Hospital vorbeikamen, gesagt hat, ich sei dort zur Welt gekommen.«

»Dann vergessen Sie die ganze Geschichte! Ich hätte Sie nie nach Brighton fahren dürfen. Ich habe es gut gemeint, aber letztlich hat Sie das dazu getrieben, einer Sache Bedeutung beizumessen, die keine hat.«

»Es wird Zeit, dass ich mich wieder an die Arbeit mache. Müßiggang bekommt mir nicht.«

»Und was hindert Sie daran?«

»Ich habe mir gestern leider einen Schnupfen eingefangen. Das ist nicht weiter schlimm, aber wenig zuträglich für meinen Beruf.«

»Es heißt, mit Behandlung dauert so was eine Woche und ohne sieben Tage«, meinte Daldry und lachte. »Ich fürchte, Sie müssen sich in Geduld üben. Aber wenn Sie sich erkältet haben, sollten Sie sich lieber zu Hause im Warmen aufhalten. Mein Wagen steht an der Prince's Gate, und dieser Weg führt uns genau dort hin. Ich bringe Sie nach Hause.«

Der Austin wollte nicht anspringen. Daldry bat Alice, sich ans Steuer zu setzen, er würde schieben. Sobald der Wagen ins Rollen käme, müsse sie nur langsam die Kupplung kommen lassen.

»Das ist nicht kompliziert«, versicherte er. »Das linke Pedal durchtreten, und wenn der Motor läuft, leicht auf das rechte tippen, dann gleichzeitig auf das mittlere und das linke Pedal treten und dabei die Räder parallel zum Fahrbahnrand halten.«

»Das ist sehr kompliziert!«, rief Alice.

Die Reifen drehten auf der Schneedecke durch, Daldry rutschte aus und fiel der Länge nach hin. Alice, die die Szene im Rückspiegel beobachtet hatte, brach in Lachen aus. Im Eifer des Gefechts kam ihr die Idee, den Zündschlüssel umzudrehen, der Motor stotterte und sprang an, worauf Alice noch herzlicher lachte.

»Sind Sie sicher, dass Ihr Vater Apotheker und nicht Mechaniker war?«, fragte Daldry, der auf dem Beifahrersitz Platz nahm.

Mantel und Gesicht waren schneebestäubt.

»Tut mir leid, das ist eigentlich nicht komisch, aber ich kann nicht anders«, erwiderte Alice und kicherte weiter.

»Na, dann fahren Sie mal los.« Daldry knurrte. »Diese Mistkarre scheint Sie ja adoptiert zu haben. Wir werden schon sehen, ob sie ebenso folgsam ist, wenn Sie aufs Gaspedal treten.«

»Sie wissen ja, dass ich noch nie gefahren bin«, erklärte Alice noch immer fröhlich.

»Einmal ist immer das erste Mal«, meinte Daldry ungerührt. »Treten Sie die Kupplung durch – das ist das linke Pedal –, lassen Sie dann langsam los und geben gleichzeitig Gas.«

Die Reifen rutschten auf der vereisten Fahrbahn. Alice umklammerte das Lenkrad und brachte den Wagen mit einer Geschicklichkeit, die ihren Nachbarn beeindruckte, wieder in die Spur.

An diesem späten Weihnachtsvormittag waren die Straßen menschenleer. Alice fuhr und beachtete dabei genauestens Daldrys Anweisungen. Einige zu abrupte Bremsmanöver, die den Motor abwürgten, ausgenommen, brachte sie den Austin ohne Zwischenfälle heil nach Hause.

»Welch eindrucksvolle Erfahrung«, sagte sie und schaltete den Motor aus. »Ich finde es toll, Auto zu fahren.«

»Na, wenn Sie möchten, gebe ich Ihnen diese Woche eine zweite Stunde.«

»Das wäre mir ein großes Vergnügen.«

Vor ihrer Haustür angekommen, verabschiedeten sich Alice und Daldry. Sie fühlte sich ein wenig fiebrig, und die Vorstellung, etwas zu schlafen, war durchaus verlockend. Sie bedankte sich bei Daldry, und sobald sie in ihrer Wohnung war, legte sie den Mantel über das Bett und kuschelte sich unter die Decke.

Der warme Wind treibt feinen Staub durch die Luft. Am Ende einer ungepflasterten Gasse führt eine lange Treppe in ein anderes Stadtviertel.

Alice läuft barfuß und sieht sich nach allen Seiten um. Die bunten Metalljalousien der kleinen Geschäfte sind heruntergelassen.

Aus der Ferne vernimmt sie eine Stimme. Eine Frau ruft nach ihr. Sie steht an der Treppe und bedeutet ihr, sich zu beeilen, so als drohe ihr Gefahr.

Alice beschleunigt den Schritt, doch die Frau eilt schon die Stufen hinab.

Hinter ihr ist Gebrüll zu hören, Rufe und Schreie. Alice rennt zur Treppe, die Frau wartet unten, verbietet ihr aber, sich zu nähern. Sie schwört ihr ihre Liebe und verabschiedet sich.

Sie entfernt sich, und ihre Silhouette wird immer kleiner, bis sie nur noch ein winziger Punkt ist, in Alices Herz jedoch wächst sie zu gewaltiger Größe an.

Alice läuft ihr nach, doch die Stufen unter ihren Füßen werden rissig, plötzlich klafft ein tiefer Spalt in der Treppe, und das Grollen hinter ihr wird immer grauenvoller. Alice hebt den Kopf, eine glühende Sonne verbrennt ihre Haut, sie spürt den Schweiß auf ihrem Körper, den salzigen Geschmack auf ihren Lippen, die Erde in ihren Haaren. Um sie herum machen wirbelnde Staubwolken die Luft unerträglich.

Wenige Meter entfernt hört sie Klagelaute, ein Stöhnen, gemurmelte Worte, deren Sinn sie nicht versteht. Ihre Kehle schnürt sich zusammen, Alice erstickt.

Eine kräftige Hand packt sie beim Arm und hebt sie in dem Moment hoch, in dem die große Treppe unter ihren Füßen nachzugeben scheint.

Alice schreit und setzt sich, so gut sie kann, zur Wehr, doch der Arm, der sie hält, ist viel zu stark. Alice spürt, dass sie das Bewusstsein verliert, eine Ohnmacht, gegen die anzukämpfen sinnlos ist. Der Himmel über ihr ist weit und rot.

Alice öffnete die Augen, und die Schneedecke auf dem Glasdach blendete sie. Sie zitterte, ihre Stirn glühte vor Fieber. Sie tastete nach dem Wasserglas auf dem Nachtkästchen, doch beim ersten Schluck überkam sie ein Hustenanfall. Sie musste aufstehen, eine Decke holen, irgendetwas, um die eisige Kälte zu vertreiben, die sie bis ins Mark durchdrang. Vergeblich versuchte sie, sich aufzurichten, und verfiel erneut in unruhigen Schlaf.

Sie hört, wie jemand einen Namen flüstert. Er klingt wie Anouche. Eine vertraute Stimme versucht, sie zu beruhigen. Sie hockt zusammengekrümmt, den Kopf zwischen den Knien, in einer Kammer versteckt. Eine Hand auf ihrem Mund macht es ihr unmöglich zu sprechen. Sie will weinen, doch die, die sie in ihren Armen hält, fleht sie an, still zu sein.

Sie hört ein Trommeln an der Tür. Die Schläge werden immer heftiger, und nun kommen auch laute Fußtritte dazu. Dann Schritte, jemand ist hereingekommen. In der kleinen Kammer hält Alice die Luft an, ihr scheint, als hätte sie aufgehört zu atmen.

»Alice, wachen Sie auf!«

Daldry trat an ihr Bett und legte eine Hand auf ihre Stirn.

»Sie Ärmste, Sie glühen ja förmlich.«

Daldry half ihr, sich aufzurichten, schüttelte das Kopfkissen auf und legte sie wieder hin. »Ich rufe einen Arzt.«

Kurz darauf kehrte er an ihr Bett zurück. »Ich fürchte, Sie haben sich mehr als einen Schnupfen eingefangen. Der Doktor kommt gleich. Ruhen Sie sich aus, ich bleibe bei Ihnen.« Daldry setzte sich ans Fußende des Betts und tat wie versprochen.

Vor Ablauf einer Stunde kam der Arzt. Er untersuchte Alice, fühlte ihren Puls und horchte Herz und Lunge ab. »Man darf ihren Zustand nicht auf die leichte Schulter nehmen, vermutlich handelt es sich um eine Grippe. Sie soll im Bett bleiben und schwitzen. Achten Sie darauf, dass sie trinkt«, sagte er zu Daldry. »Lauwarmes, schwach gezuckertes Wasser oder Kräutertee in kleinen Mengen, dafür aber so oft wie möglich.« Dann gab er Daldry Aspirin. »Damit müsste das Fieber sinken. Wenn es morgen nicht besser wird, bringen Sie sie ins Krankenhaus.«

Daldry bezahlte den Arzt und bedankte sich, dass er an Weihnachten gekommen war. Dann holte er zwei dicke Decken aus seiner Wohnung und breitete sie über Alice aus. Anschließend schob er den Sessel vom Arbeitstisch in die Mitte des Zimmers und richtete sich für die Nacht ein.

»Ich frage mich, ob ich es nicht doch vorziehe, wenn Ihre lauten Freunde mich am Schlafen hindern, zumindest liege ich dann in meinem Bett«, sagte er brummelnd.

Der Lärm im Zimmer verstummt. Alice stößt die Tür des Schranks auf, in dem sie versteckt ist. Jetzt herrscht nur noch Stille und Leere. Die Möbel sind umgestoßen, das Bett ist aufgedeckt. Am Boden liegt ein zerbrochener Bilderrahmen. Alice schiebt vorsichtig die Glasscherben beiseite und stellt das Bild an seinen Platz auf das Nachtkästchen zurück. Es ist eine Tuschezeichnung, von der ihr zwei Gesichter zulächeln. Das Fenster steht offen, von draußen weht ein leichter Wind herein und bewegt die Vorhänge. Alice geht hin, doch die Fensterbank ist zu hoch, und sie klettert auf einen Hocker, um hinaussehen zu können. Das Tageslicht blendet sie, sodass sie die Augen zusammenkneifen muss.

Von der Straße sieht ein Mann herauf und lächelt ihr zu. Er hat ein wohlwollendes, freundliches Gesicht. Sie liebt diesen Mann von ganzem Herzen. Sie kennt ihn seit jeher und hat ihn immer schon geliebt. Sie möchte zu ihm laufen, damit er sie in die Arme nimmt, möchte ihn zurückhalten, seinen Namen rufen, aber sie hat keine Stimme mehr. Also winkt sie ihm zu. Als Antwort schwenkt der Mann seine Mütze und schenkt ihr erneut ein Lächeln, bevor er verschwindet.

Alice schlug die Augen auf. Daldry stützte sie, führte ein Glas an ihre Lippen und bat sie inständig, langsam zu trinken.

»Ich habe ihn gesehen«, murmelte sie. »Er war da.«

»Ja, der Arzt war hier«, erklärte Daldry. »Um an einem Sonntag zu kommen und noch dazu an Weihnachten, muss er wirklich sehr gewissenhaft sein.«

»Es war nicht der Arzt.«

»Er sah aber ganz so aus.«

»Ich habe den Mann gesehen, der mich dort unten erwartet.«

»Schön«, sagte Daldry, »darüber unterhalten wir uns, wenn es Ihnen besser geht. Jetzt ruhen Sie sich erst mal aus. Ich habe den Eindruck, das Fieber ist schon etwas gesunken.«

»Er ist viel schöner, als ich vermutet hätte.«

»Daran zweifele ich keine Sekunde. Ich sollte auch die Grippe bekommen, dann würde mich vielleicht Esther Williams besuchen. In *Spiel zu dritt* war sie unwiderstehlich.«

»Ja«, murmelte Alice halb im Fieberwahn, »er hat mich zum Ball geführt.«

»Wunderbar, dann kann ich ja inzwischen in Ruhe schlafen.«

»Ich muss ihn suchen«, flüsterte Alice mit geschlossenen Augen, »ich muss dorthin fahren und ihn wiederfinden.«

»Hervorragende Idee! Doch ich rate Ihnen, noch ein paar Tage zu warten. Ich bin nicht ganz sicher, dass in Ihrem jetzigen Zustand die Liebe auf den ersten Blick gegenseitig wäre.«

Alice war wieder eingeschlafen. Daldry seufzte und nahm erneut in seinem Sessel Platz. Es war vier Uhr morgens, sein Rücken schmerzte von der unbequemen Position, und sein Nacken war völlig verspannt, doch Alice schien wieder ein wenig Farbe zu bekommen. Dank des Aspirins sank das Fieber. Daldry schaltete das Licht aus und betete, dass er bald Schlaf finden möge.

Ein durchdringendes Schnarchen weckte Alice. Ihre Glieder schmerzten noch, aber sie fror nicht mehr, und eine sanfte Wärme umhüllte sie.

Sie öffnete die Augen und entdeckte ihren Nachbarn, der, die Decke zu seinen Füßen, in ihrem Sessel zusammengesunken lag. Es amüsierte Alice, dass sich seine rechte Augenbraue im Rhythmus seines Atems hob und senkte. Ihr wurde klar, dass Daldry die Nacht über bei ihr gewacht hatte, was ihr unglaublich peinlich war. Sie nahm vorsichtig ihre Decke, wickelte sich hinein und schlich auf Zehenspitzen zu dem Gaskocher. Unter unendlichen Vorsichtsmaßnahmen, um keinen Lärm zu machen, bereitete sie Tee zu und wartete, bis dieser fertig war. Daldrys Schnarchen verstärkte sich und wurde so laut, dass es ihn selbst im Schlaf störte. Er wandte sich zur Seite, rutschte und landete der Länge nach auf dem Fußboden.

»Was machen Sie da?«, fragte er und gähnte herzhaft.

»Tee«, antwortete sie und schenkte ihn in zwei Tassen.

Daldry rappelte sich auf, streckte sich und rieb sich das Kreuz.

»Los, sofort wieder ins Bett.«

»Es geht mir schon viel besser.«

»Sie erinnern mich an meine Schwester, und das ist kein Kompliment. Ebenso dickköpfig und leichtsinnig. Kaum sind Sie wieder halbwegs bei Kräften, laufen Sie in der Kälte herum. Keine Diskussion, ab ins Bett! Ich kümmere mich um Ihren Tee. Das heißt, wenn meine Arme mitmachen. Ich habe das Gefühl, mein ganzer Körper ist eine einzige Ameisenkolonie.«

»Es ist mir unangenehm, dass Sie so viel für mich tun«, gab Alice zurück und gehorchte.

Sie setzte sich ins Bett und nahm das Tablett, das er ihr reichte, auf den Schoß.

»Haben Sie etwas Appetit?«

»Nein, nicht sonderlich.«

»Macht nichts, Sie müssen trotzdem essen, das ist wichtig«, beharrte Daldry.

Er ging in seine Wohnung und kam mit einer Metalldose zurück.

»Sind das echte *Shortbreads*?«, fragte sie.

»So echt, wie es nur geht, sie sind hausgemacht«, erklärte er stolz und tunkte einen Keks in seinen Tee.

»Die sehen ja köstlich aus.«

»Natürlich! Ich habe sie schließlich selbst gebacken.«

»Das ist verrückt ...«

»Was ist verrückt an meinen *Shortbreads*?«, empörte sich Daldry.

»Ich meine, wie manche Geschmacksnuancen einen an die Kindheit erinnern können. Meine Mutter backte sonntags welche, die wir dann die ganze Woche über, sobald ich meine Hausaufgaben gemacht hatte, zu einer Tasse heißer Schokolade aßen. Damals mochte ich sie nicht besonders gerne und ließ sie in meiner Tasse aufweichen, sodass sie auf den Grund sanken. Mama hat nichts von meinem Spielchen bemerkt. Später, wenn wir während des Kriegs in den Bombenschutzkellern warteten, dass die Sirenen verstummten, überkam mich die Erinnerung an jene *Shortbreads*. Und während die ringsum einschlagenden Bomben den Keller erschütterten, habe ich immer von dieser Leckerei geträumt.«

»Ich glaube, ich hatte nie das Glück, einen so vertraulichen Moment mit meiner Mutter zu erleben«, sagte Daldry. »Ich will zwar nicht behaupten, dass meine *Shortbreads* es mit denen Ihrer Erinnerung aufnehmen können, aber ich hoffe, sie schmecken Ihnen trotzdem.«

»Darf ich noch eines nehmen?«, fragte Alice.

»Apropos Träume, Sie hatten in dieser Nacht unglaubliche Albträume«, murmelte Daldry.

»Ich weiß, ich erinnere mich daran. Ich lief barfuß durch eine Gasse, die aus einer anderen Zeit zu stammen schien.«

»Die Zeit zählt in den Träumen nicht.«

»Sie verstehen mich nicht richtig. Ich hatte den Eindruck, diesen Ort zu kennen.«

»Wahrscheinlich irgendeine Reminiszenz. In Albträumen geht alles durcheinander.«

»Es war eine erschreckende Vermischung, Mister Daldry. Ich hatte noch mehr Angst als unter den V1-Bomben der Deutschen.«

»Kamen die vielleicht auch in Ihrem Traum vor?«

»Nein, ich war anderswo. Man hat mich gejagt, man wollte mir Böses. Und als er gekommen ist, war meine Angst verflogen. Ich hatte das Gefühl, mir könne nichts mehr zustoßen.«

»Als wer gekommen ist?«

»Dieser Mann auf der Straße, der mich angelächelt hat. Er hat mir mit seiner Mütze zugewinkt, dann ist er gegangen.«

»Sie sprechen so beeindruckend von ihm, als wäre all das wahr.«

Alice seufzte. »Sie sollten sich ausruhen, Mister Daldry. Sie sind ganz blass.«

»Sie sind die Kranke, aber ich muss zugeben, Ihr Sessel ist nicht besonders bequem.«

Es klopfte an der Tür. Daldry öffnete, und vor ihm stand Carol mit einem großen Weidenkorb in der Hand.

»Was machen Sie denn hier? Sagen Sie jetzt bloß nicht, Alice würde Sie stören, auch wenn sie allein ist?«, fragte Carol und trat ein. Dann sah sie Alice im Bett und wunderte sich.

»Ihre Freundin hat sich eine anständige Grippe eingehandelt«, erklärte Daldry und strich leicht verlegen sein zerknittertes Jackett glatt.

»Dann komme ich ja gerade recht. Sie können uns allein lassen. Ich bin Krankenschwester, Alice ist in besten Händen.«

Sie brachte Daldry zur Tür und drängte ihn zu gehen.

»Kommen Sie, Alice braucht Ruhe, ich kümmere mich um sie.«

»Ethan?«, rief Alice von ihrem Bett aus.

Daldry reckte sich auf die Zehenspitzen, um über Carols Schulter hinwegsehen zu können.

»Danke für alles«, flüsterte Alice.

Daldry schenkte ihr ein gezwungenes Lächeln und zog sich zurück.

Sobald sich die Tür geschlossen hatte, trat Carol ans Bett, legte die Hand auf Alices Stirn, tastete ihren Hals ab und befahl ihr, die Zunge herauszustrecken.

»Du hast noch Fieber. Ich habe dir lauter gute Sachen vom Land mitgebracht. Frische Eier, Milch, Marmelade, Hefekuchen, den meine Mutter gestern gebacken hat. Wie fühlst du dich?«

»Seit du hier bist, so als wäre ich mitten in einen Wirbelsturm geraten.«

»Danke für alles, Ethan«, wiederholte Carol spöttelnd und füllte den Wasserkessel. »Eure Beziehung hat sich seit dem letzten Essen bei dir ja ganz schön verändert. Hast du mir etwas zu erzählen?«

»Dass du blöd bist und deine Anspielungen fehl am Platz sind.«

»Ich habe keine Anspielungen gemacht, nur etwas festgestellt.«

»Wir sind Nachbarn, das ist alles.«

»Das wart ihr letzte Woche auch, aber da nannte er dich ›Miss Pendelbury‹ und du ihn ›Mister Griesgram und Spielverderber‹. Es muss ja irgendwas passiert sein, was euch einander nähergebracht hat.«

Alice schwieg.

Den Wasserkessel in der Hand, musterte Carol sie. »So sehr?«

»Wir sind noch einmal nach Brighton gefahren«, gestand Alice und seufzte.

»Er war also deine mysteriöse Weihnachtseinladung? Du hast recht, ich bin wirklich blöd! Und ich dachte, du hättest das nur erfunden, um dir vor den Jungs keine Blöße zu geben. Den ganzen Heiligabend habe ich mir Vorwürfe gemacht, weil ich dich allein in London gelassen und nicht darauf bestanden hatte, dass du mit zu meinen Eltern kommst. Und währenddessen hat das gnädige Fräulein sich mit ihrem Nachbarn am Meer herumgetrieben. Ich bin wirklich zu naiv!« Carol stellte eine Tasse mit Tee auf den Hocker neben Alices Bett. »Hast du nie daran gedacht, dir Möbel zu kaufen, ein richtiges Nachtkästchen zum Beispiel? Warte, Miss Geheimniskrämerin«, fuhr sie ganz aufgeregt fort. »Jetzt sag bloß nicht, dass sein Auftauchen beim letzten Mal ein abgekartetes Spiel war, um uns loszuwerden und den Rest des Abends allein mit dir zu verbringen?«

»Carol!«, zischte Alice leise und deutete auf die Wand zur Nachbarwohnung. »Sei still und setz dich! Du bist ebenso ermüdend wie die schlimmste Grippe.«

»Du hast keine Grippe, nur eine Erkältung«, erwiderte Carol, die sich nicht gern zurechtweisen ließ.

»Der Ausflug war nicht vorgesehen. Es war großzügig von ihm. Und lass dieses süffisante Lächeln. Zwischen uns gibt es nichts als gegenseitige höfliche Sympathie. Er ist gar nicht mein Typ.«

»Warum bist du noch einmal nach Brighton gefahren?«

»Ich bin müde, ich möchte mich ausruhen«, bat Alice.

»Rührend, wie sehr dich meine Fürsorge beeindruckt.«

»Lass mich diesen Hefekuchen probieren, statt Unsinn zu reden«, antwortete Alice, bevor sie niesen musste.

»Na, da siehst du's ja, du hast einen dicken Schnupfen.«

»Ich muss schauen, dass ich den loswerde und möglichst schnell wieder an die Arbeit komme«, meinte Alice und setzte sich in ihrem Bett auf. »Ich werde verrückt, wenn ich untätig herumsitze.«

»Du wirst dich in Geduld üben müssen, der kleine Ausflug nach Brighton wird für eine Woche deinen Geruchssinn lahmlegen. Sagst du mir jetzt endlich, was du dort wolltest?«

Je mehr Alice erzählte, desto verblüffter war Carol.

»Also wirklich«, rief sie dann, »an deiner Stelle wäre ich auch erschrocken. Da brauchst du dich nicht länger zu wundern, dass du hinterher krank geworden bist.«

»Sehr witzig«, gab Alice mit einem Schulterzucken zurück.

»Also, Alice, die ganze Sache ist grotesk, das ist nur leeres Geschwätz. Was soll das bedeuten: ›Nichts von dem, was du zu sein glaubst, entspricht der Realität?‹ Auf jeden Fall war es ein toller Dienst von deinem Nachbarn, so viele Kilometer zurückzulegen, damit du dir solchen Blödsinn anhörst. Auch wenn ich andere Jungs kenne, die noch mehr getan hätten, um dich in ihrem Auto spazieren fahren zu dürfen. Das Leben ist wirklich ungerecht, ich habe so viel Liebe zu geben, und du gefällst den Männern.«

»Welchen Männern? Ich bin von morgens bis abends allein, und nachts sieht es auch nicht anders aus.«

»Sollen wir noch einmal über Anton reden? Wenn du allein bist, dann ist das deine eigene Schuld. Du bist eine Idealistin, die es nicht versteht, ihr Leben zu genießen. Aber vielleicht hast du ja im Grunde recht. Ich glaube, ich hätte gerne meinen ersten Kuss auf einem Holzpferd bekommen«, sagte Carol traurig. »Ich muss gehen, ich komme zu spät ins Krankenhaus. Und vor allem möchte ich nicht stören, falls dein Nachbar wieder aufkreuzt.«

»Jetzt reicht es aber! Ich sage dir doch, dass zwischen uns nichts ist.«

»Ich weiß, er ist nicht dein Typ, außerdem wartet ja irgendwo in der Ferne ein Märchenprinz auf dich … Vielleicht solltest du Urlaub machen und ihn suchen. Wenn ich die nötigen Mittel hätte, würde ich dich gerne begleiten. Ich mache Witze, aber eine Reise unter Freundinnen, das muss schon ein tolles Abenteuer sein … In der Türkei ist es warm, und die Jungs sind sicher knackig braun gebrannt.«

Alice war eingenickt. Carol nahm die Decke, die vor dem Sessel lag, und breitete sie auf dem Bett aus.

»Schlaf gut«, flüsterte sie, »ich bin ein Luder und eifersüchtig, aber du bist meine beste Freundin, und ich liebe dich wie eine Schwester. Ich besuche dich morgen nach dem Dienst wieder. Du wirst dich schnell erholen.«

Carol zog ihren Mantel an und entfernte sich auf Zehenspitzen. Auf dem Treppenabsatz traf sie Daldry, der einkaufen ging. Sie stiegen gemeinsam die Treppe hinab. Als sie auf der Straße waren, drehte sich Carol zu ihm um.

»Sie wird bald wieder gesund sein«, erklärte sie.

»Welch gute Nachricht.«

»Es war nett von Ihnen, dass Sie sich so um sie gekümmert haben.«

»Das ist ja unter Nachbarn wohl das Mindeste …«

»Auf Wiedersehen, Mister Daldry.«

»Noch eine letzte Sache, nur zu Ihrer Information, auch wenn es Sie nichts angeht: Sie müssen wissen, dass auch sie nicht mein Typ ist, und zwar ganz und gar nicht.«

Daldry ging, ohne sich zu verabschieden.

Kapitel 4

Die Woche wollte kein Ende nehmen. Alice hatte zwar kein Fieber mehr, war aber außerstande, sich wieder an die Arbeit zu machen, denn sie schmeckte und roch so gut wie nichts. Daldry hatte sie nicht mehr gesehen. Alice hatte mehrmals an seine Tür geklopft, aus der Wohnung ihres Nachbarn aber war kein Geräusch gedrungen.

Carol hatte sie zwischen jedem Bereitschaftsdienst besucht und mit Essensvorräten und den Zeitschriften versorgt, die sie aus dem Wartesaal der Klinik stibitzt hatte. An einem der Abende hatte sie sogar bei ihr übernachtet, weil sie zu müde war und keine Lust hatte, den Weg zu ihrer Wohnung in der winterlichen Kälte zurückzulegen.

Carol hatte das Bett mit Alice geteilt und ihre Freundin mitten in der Nacht mit aller Kraft aus einem der Albträume wachgerüttelt, die sie inzwischen regelmäßig heimsuchten.

Als Alice am Samstag endlich wieder an ihrem Arbeitstisch saß, hörte sie plötzlich Schritte auf dem Flur. Sie sprang auf und eilte zur Tür. Einen kleinen Koffer in der Hand, steuerte Daldry auf seine Wohnungstür zu.

»Guten Tag, Alice«, sagte er, ohne sich umzudrehen.

Er steckte den Schlüssel ins Schloss, zögerte aber einzutreten.

»Tut mir leid, ich konnte Sie nicht besuchen. Ich musste für einige Tage fort«, fügte er hinzu, wobei er ihr noch immer den Rücken zukehrte.

»Sie brauchen sich doch nicht zu entschuldigen. Ich war nur einfach in Sorge, nachdem ich Sie gar nicht mehr gehört habe.«

»Ich bin verreist, ich hätte Ihnen eine kleine Nachricht hinterlassen können, habe es aber nicht getan«, sagte er, das Gesicht noch immer der Tür zugewandt.

»Warum kehren Sie mir den Rücken zu?«, wollte Alice wissen.

Daldry drehte sich langsam um. Er war blass, hatte einen Dreitagebart und dunkle Ringe unter den geröteten, feuchten Augen.

»Geht's Ihnen nicht gut?«, fragte Alice.

»Mir schon«, erwiderte Daldry. »Mein Vater aber hatte die dumme Idee, letzten Montag nicht mehr aufzuwachen. Wir haben ihn vor drei Tagen beerdigt.«

»Kommen Sie«, sagte Alice. »Ich mache Ihnen einen Tee.«

Daldry ließ seinen Koffer stehen, folgte seiner Nachbarin und sank stöhnend in den Sessel. Sie zog den Schemel heran und nahm ihm gegenüber Platz.

Mit verlorenem Blick betrachtete Daldry das Glasdach. Sie respektierte sein Schweigen und blieb fast eine Stunde bei ihm, ohne ein Wort zu sagen. Schließlich erhob sich Daldry mit einem Seufzer.

»Danke«, sagte er, »das war genau das, was ich brauchte. Ich gehe jetzt zu mir, nehme eine heiße Dusche und dann, hopp, ins Bett.«

»Aber vor dem ›Hopp‹ kommen Sie zum Essen. Ich mache uns ein Omelette.«

»Ich habe eigentlich gar keinen Hunger«, erwiderte er.

»Macht nichts, Sie müssen trotzdem essen, das ist wichtig«, gab Alice zurück.

Etwas später kam Daldry wieder. Er trug einen Rollkragenpullover und eine Flanellhose, das Haar war noch immer struppig, die Wangen unrasiert.

»Entschuldigen Sie meinen Aufzug«, sagte er. »Ich muss meinen Rasierapparat im Haus meiner Eltern vergessen haben, und jetzt ist es etwas spät, um einen anderen zu kaufen.«

»Ich finde, der Bart steht Ihnen gut«, gab Alice zurück und ließ ihn eintreten.

Sie speisten vor der Truhe, und Alice hatte eine Flasche Gin geöffnet. Daldry sprach zwar dem Alkohol zu, hatte aber keinen Appetit. Aus reiner Höflichkeit zwang er sich, etwas von dem Omelette zu essen.

»Ich hatte mir geschworen, mich eines Tages mit ihm zu unterhalten, so von Mann zu Mann«, sagte er mitten in ein Schweigen hinein. »Ihm zu erklären, dass ich das Leben, das ich führe, ganz bewusst gewählt habe. Ich habe nie über das seine geurteilt, auch wenn ich viel dazu zu sagen gehabt hätte, und ich hätte von ihm das Gleiche erwartet.«

»Auch wenn er es Ihnen nie gesagt hat, so hat er Sie mit Sicherheit bewundert.«

»Ach, Sie haben ihn nicht gekannt.« Daldry seufzte.

»Was auch immer Sie sich vorgestellt haben mögen, Sie sind sein Sohn.«

»Ich habe vierzig Jahre unter seiner Abwesenheit gelitten, aber dann habe ich mich damit abgefunden. Und jetzt, wo er nicht mehr da ist, scheint der Schmerz seltsamerweise noch größer.«

»Ich weiß«, sagte Alice leise.

»Gestern Abend habe ich mich in sein Arbeitszimmer geschlichen. Meine Mutter hat mich dabei überrascht, wie ich seine Schreibtischschubladen durchwühlte. Sie dachte, ich würde sein Testament suchen, und ich habe ihr erklärt, mir wäre es völlig egal, was er mir vererbt, Sorgen dieser Art würde ich meinen Geschwistern überlassen. Das Einzige, was ich zu finden hoffte, sei eine kleine Nachricht, die er mir hinterlassen hätte. Meine Mutter nahm mich fest in die Arme und sagte: ›Mein armer Liebling, er hat dir nichts dergleichen geschrieben.‹ Als sein Sarg in das Grab hinabglitt, war ich außerstande zu weinen. Ich hatte nicht mehr geweint, seitdem ich als kleiner Junge vom Baum gefallen und mir das Knie ernsthaft aufgeschlagen hatte. Heute Morgen aber, als das Haus, in dem ich aufgewachsen war, sich im Rückspiegel entfernte, konnte ich meine Tränen nicht mehr zurückhalten. Ich musste am Straßenrand anhalten, ich sah nichts mehr. Ich fühlte mich so lächerlich, während ich in meinem Wagen Rotz und Wasser heulte wie ein Kind.«

»Sie waren wieder ein Kind, Daldry, Sie hatten Ihren Vater beerdigt.«

»Es ist schon komisch, wissen Sie, wenn ich Pianist geworden wäre, hätte ihn das womöglich mit einem gewissen Stolz erfüllt, vielleicht wäre er sogar zu einem meiner Konzerte gekommen. Die Malerei aber interessierte ihn nicht. Für ihn war das kein Beruf, bestenfalls ein Zeitvertreib. Nun, sein Tod hat mir immerhin die Möglichkeit gegeben, meine ganze Familie wiederzusehen.«

»Sie sollten sein Porträt malen und es in Ihrem Elternhaus aufhängen, in seinem Arbeitszimmer beispielsweise. Ich bin sicher, dort, wo er jetzt ist, würde ihn das sehr berühren.«

Daldry stieß ein bitteres Lachen aus.

»Was für eine schreckliche Idee! So grausam bin ich nun auch wieder nicht, meiner Mutter das anzutun. Jetzt aber Schluss mit dem Gejammer, ich habe Ihre Gastfreundschaft schon lange genug in Anspruch genommen. Ihr Omelette war köstlich und Ihr Gin, von dem ich zugegebenermaßen etwas zu viel getrunken habe, noch mehr. Da Sie wieder gesund sind, gebe ich Ihnen eine weitere Fahrstunde, wenn ich, sagen wir, wieder besser in Form bin.«

»Mit Vergnügen«, erwiderte Alice.

Daldry verabschiedete sich. Er, der sich gewöhnlich kerzengerade hielt, hatte jetzt einen leicht gebeugten Rücken, und sein Gang war unsicher. Mitten auf dem Flur besann er sich, kehrte in Alices Wohnung zurück, griff nach der Ginflasche und verschwand in der seinen.

Alice ging sofort zu Bett, sie war erschöpft, und der Schlaf ließ nicht lange auf sich warten.

»Komm«, haucht ihr die Stimme zu. »Wir müssen fort von hier.«

Eine Tür öffnet sich in die Nacht hinaus. Nirgendwo ein Licht in der Gasse. Die Laternen sind erloschen, die Fensterläden der Häuser geschlossen. Eine Frau fasst sie bei der Hand und zieht sie mit. Sie gehen auf Zehenspitzen durch die menschenleeren Straßen und geben acht, dass kein Schatten, hervorgerufen durch einen Mondstrahl, sie verrät. Ihr Gepäck ist nicht schwer. Ein kleiner schwarzer Koffer, der ihre wenigen Habseligkeiten enthält. Sie erreichen die große Treppe. Von hier aus überblickt man die ganze Stadt. In der Ferne färbt ein gewaltiges Feuer den Himmel purpurrot. »Ein ganzes Viertel brennt«, sagt die Stimme. »Sie sind verrückt geworden. Gehen wir weiter. Dort sind wir in Sicherheit. Sie werden uns beschützen, da bin ich mir sicher. Komm mit mir, Liebes.«

Noch nie hat Alice solche Angst gehabt. Ihre geschundenen Füße schmerzen. Sie trägt keine Schuhe, hat sie in dem Chaos nicht finden können. Eine Gestalt erscheint in einem Torweg. Ein Greis mustert sie und macht ihnen ein Zeichen umzukehren. Er deutet auf eine Barrikade, wo junge bewaffnete Männer Wache halten.

Die Frau zögert, dreht sich um. Sie trägt einen Säugling im Tuch vor der Brust, streicht ihm über den Kopf, um ihn zu beruhigen. Die Hetzjagd geht weiter.

Kleine Stufen führen einen steilen Hang hinauf. Sie kommen an einem Brunnen vorbei. Das sanfte Plätschern des Wassers hat etwas Wohltuendes. Zu ihrer Rechten, in einer Umfassungsmauer, ist eine angelehnte Tür. Die Frau scheint sich hier auszukennen, Alice folgt ihr. Sie laufen durch einen verlassenen Garten mit hohem, unbewegtem Gras. Die Disteln kratzen Alice an den Waden, wie um sie zurückzuhalten. Sie stößt einen erstickten Schrei aus.

Am Ende eines verschlafenen Obstgartens erblickt sie die brüchige Fassade einer Kirche. Sie durchqueren die Apsis. Alles ist verfallen, die verkohlten Bänke sind umgekippt. Alice hebt den Kopf und entdeckt am Gewölbe Mosaiken, die Geschichten aus anderen Jahrhunderten erzählen, aus fernen Zeiten, deren Spuren verblassen. Etwas weiter scheint das bleiche Gesicht eines Christus sie zu fixieren. Eine Tür öffnet sich. Alice betritt die zweite Apsis. In der Mitte erhebt sich ein einziges riesiges Grabmal, bedeckt mit Fayencen. Schweigend lassen sie es hinter sich. Und plötzlich sind sie in der alten Sakristei. Unter den beißenden Geruch von verbranntem Stein mischt sich der von Thymian und Kümmel. Alice kennt diese Namen noch nicht, doch die Gerüche sind ihr vertraut. Diese Kräuter wucherten einst auf Brachland hinter ihrem Haus. Selbst in dem Wind, der sie bis zu ihr hinträgt, vermag sie, sie auszumachen.

Die verkohlte Kirche ist nur noch eine Erinnerung. Die Frau führt sie jetzt durch ein Gitter in eine andere Gasse. Alice hat keine Kraft mehr, die Beine versagen ihr den Dienst. Die Hand, die sie hielt, lockert den Griff und lässt sie schließlich ganz los. Sie sinkt auf das Pflaster, die Frau entfernt sich, ohne sich umzudrehen.

Plötzlich fallen dicke, schwere Regentropfen vom Himmel. Alice ruft um Hilfe, doch der Lärm des Schauers übertönt ihre Schreie, die Gestalt ist bald verschwunden. Auf Knien, starr vor Kälte, bleibt Alice allein zurück. Sie stößt einen langen, gedehnten Schrei aus, fast einen Todesschrei.

Hagelkörner trommelten auf das Glasdach. Keuchend setzte sich Alice in ihrem Bett auf und tastete nach dem Schalter ihrer Nachttischlampe. Als sich ihre Augen an das Licht gewöhnt hatten, ließ sie den Blick durch den Raum schweifen und betrachtete einen nach dem anderen die vertrauten Gegenstände.

Wütend, dass sie sich wieder einmal von dem Albtraum, der sie jede Nacht heimsuchte, hatte quälen lassen, schlug sie mit beiden Fäusten auf die Matratze. Sie stand auf, trat an ihren Arbeitstisch, öffnete das Fenster, das auf den Hof ging, und holte tief Luft. In Daldrys Wohnung war noch Licht, und seine Gegenwart, wenn auch für sie unsichtbar, beruhigte sie. Morgen würde sie Carol aufsuchen und um Rat fragen. Es müsste doch ein Mittel geben, um endlich wieder durchschlafen zu können. Eine Nacht ohne diesen imaginären Terror, ohne diese Fluchten durch unbekannte Straßen, eine friedliche Nacht war alles, wovon Alice träumte.

Alice verbrachte die folgenden Tage an ihrem Arbeitstisch. Jeden Abend zögerte sie den Zeitpunkt des Zubettgehens hinaus, kämpfte gegen die Müdigkeit an wie gegen eine Angst, die sie mit Einbruch der Dunkelheit überfiel. Jede Nacht durchlebte sie denselben Albtraum, der sich in einer regnerischen Gasse abspielte, wo sie wie erstarrt auf dem Pflaster hockte.

Um die Mittagszeit stattete sie Carol einen Besuch ab.

Alice bat die Dame am Empfang, ihre Freundin zu benachrichtigen. Sie wartete eine gute halbe Stunde in der Halle zwischen den Rolltragen, die von Sanitätern aus den mit Blaulicht und heulenden Sirenen nahenden Ambulanzen vorbeigeschoben wurden. Eine Frau flehte, man möge sich um ihr Kind kümmern. Ein Greis, der ungereimtes Zeug murmelte, schlängelte sich zwischen den Bänken hindurch, auf denen andere Kranke darauf warteten, endlich aufgerufen zu werden. Ein junger, kreidebleicher Mann lächelte ihr zu, seine Augenbraue war aufgeplatzt, Blut rann ihm dickflüssig über die Wange. Ein Mann um die fünfzig hielt beide Hände auf die Rippen gepresst und schien Höllenqualen zu durchleiden. Inmitten dieses menschlichen Elends bekam Alice plötzlich ein schlechtes Gewissen. Wenn ihre Nächte vielleicht auch albtraumhaft waren, so waren die Tage ihrer Freundin kaum besser. Carol erschien und schob eine Trage vor sich her, deren Räder quietschten.

»Was machst du denn hier?«, fragte sie, als sie Alice erblickte. »Bist du etwa krank?«

»Nein, ich wollte mit dir zu Mittag essen.«

»Das ist aber eine nette Überraschung. Ich muss ihn nur schnell unterbringen«, sagte sie und deutete auf ihren Patienten. »Dann bin ich bei dir. Ganz schön unverschämt, mir nicht Bescheid zu geben. Bist du schon lange da?«

Carol übergab die Rolltrage einer Kollegin, zog ihren Kittel aus, nahm Mantel und Schal aus ihrem Spind und eilte zu ihrer Freundin zurück. Dann führte sie Alice aus dem Krankenhausareal.

»Komm«, sagte sie, »an der nächsten Straßenecke ist ein Pub. Es ist das am wenigsten schlechte im Viertel, und verglichen mit unserer Cafeteria ist es fast ein gutes Restaurant.«

»Und all diese Patienten, die da warten?«

»Die Halle ist immer voll mit Kranken und das vierundzwanzig Stunden an jedem Tag, den Gott uns schenkt, aber Gott hat mir auch einen Magen gegeben, den ich von Zeit zu Zeit füllen muss, wenn ich in der Lage sein soll, mich um sie zu kümmern. Also lass uns essen gehen.«

Der Pub war brechend voll. Carol warf dem Wirt ein kokettes Lächeln zu, woraufhin dieser von seinem Tresen aus auf einen Tisch am Ende des Saals deutete. Die beiden Frauen kamen vor allen anderen Wartenden dran.

»Schläfst du mit ihm?«, fragte Alice und ließ sich auf der Sitzbank nieder.

»Ich habe ihn letzten Sommer behandelt – ein riesiger Furunkel an einer Stelle, die größter Diskretion bedarf. Seitdem ist er mein ergebener Diener«, erwiderte Carol und lachte.

»Ich hätte nie gedacht, dass dein Leben so …«

»… glamourös ist?«

»Nein, hart.«

»Mir gefällt das, was ich mache, auch wenn es nicht immer leicht ist. Als kleines Mädchen habe ich meinen Puppen ständig Verbände angelegt. Das hat meine Mutter schrecklich beunruhigt, doch je ärgerlicher sie wurde, desto berufener fühlte ich mich. Gut, jetzt sag mal, was dich wirklich herführt. Du bist sicher nicht zur Notaufnahme gekommen, um Düfte für deine Parfüms aufzuspüren.«

»Ich bin hier, um mit dir zu Mittag zu essen. Reicht das nicht als Grund?«

»Weißt du, eine gute Krankenschwester begnügt sich nicht damit, die Wehwehchen ihrer Patienten zu heilen. Nein, sie sieht auch, wenn etwas in ihrem Kopf nicht stimmt.«

»Aber ich bin nicht deine Patientin.«

»Den Eindruck hatte ich aber, als ich dich vorhin in der Halle sah. Sag mir, was nicht stimmt, Alice.«

»Hast du schon in die Karte geschaut?«

»Vergiss die Karte«, entgegnete Carol und nahm sie Alice aus der Hand. »Mir bleibt kaum Zeit, das Tagesgericht zu essen.«

Ein Kellner brachte ihnen zwei Teller mit Hammelragout.

»Ich weiß«, sagte Carol, »das sieht nicht gerade appetitlich aus, aber du wirst sehen, es schmeckt köstlich.«

Alice trennte die Fleischstückchen vom Gemüse, das in der Soße schwamm.

»Vielleicht findest du deinen Appetit ja wieder«, fuhr Carol mit vollem Munde fort, »wenn du gesagt hast, was dir gegen den Strich geht.«

Angewidert spießte Alice ein Stück Kartoffel mit der Gabel auf.

»Also gut«, sagte Carol, »ich bin wahrscheinlich dickköpfig und arrogant, aber wenn du nachher in der Straßenbahn sitzt, findest du es sicher idiotisch, deinen halben Tag vergeudet und nicht einmal dieses scheußliche Ragout gekostet zu haben, und das umso mehr, als du die Rechnung bezahlst. Alice, sag mir, was nicht stimmt. Du machst mich verrückt mit deinem Schweigen.«

Endlich rang sich Alice durch, von dem Albtraum zu erzählen, der sie nächtlich heimsuchte, von dem Unbehagen, das ihre Tage vergiftete.

Carol hörte ihr mit größter Aufmerksamkeit zu.

»Ich muss dir etwas erzählen«, sagte sie schließlich. »Am Abend der ersten Bombenangriffe auf London hatte ich Dienst. Sehr bald trafen die ersten Verletzten ein. Die meisten unter ihnen hatten schwere Verbrennungen, konnten aber noch zu Fuß kommen. Einige Mitglieder des Personals hatten das Krankenhaus verlassen, um in Kellern Schutz zu suchen, die meisten aber waren auf ihrem Posten geblieben. Dass ich noch da war, hatte nichts mit Heldenmut, vielmehr mit Feigheit zu tun. Ich hatte eine Heidenangst, den Fuß vor die Tür zu setzen und draußen in den Flammen zu sterben. Nach etwa einer Stunde verebbte der Strom der Verletzten urplötzlich. Der Oberarzt, ein gewisser Doktor Turner, ein umwerfend attraktiver Mann mit Augen, die selbst eine Nonne hätten schwach werden lassen, rief uns zusammen, um uns zu sagen: ›Wenn keine Verletzten mehr eintreffen, dann, weil sie verschüttet sind. Das heißt, wir müssen sie herausholen.‹ Wir schauten ihn alle verdattert an. Dann fügte er hinzu: ›Ich zwinge niemanden, doch die unter Ihnen, die den Mut haben, sollen sich mit Tragen bewaffnen und die Straßen absuchen. Es gibt momentan mehr Leben außerhalb als innerhalb dieser Mauern zu retten.‹«

»Und hast du mitgemacht?«, fragte Alice.

»Ich bin Schritt für Schritt bis zum Untersuchungsraum zurückgewichen und habe dabei den Himmel angefleht, dass Turners Blick nicht den meinen kreuzt. Dort angekommen, habe ich mich zwei Stunden lang in der Garderobe versteckt. Mach dich nicht über mich lustig, oder ich gehe. Zusammengekauert in diesem Schrank, habe ich die Augen geschlossen, ich hätte mich am liebsten in Luft aufgelöst. Es gelang mir schließlich, mir einzureden, dass ich nicht dort war, sondern in meinem Schlafzimmer bei meinen Eltern in Saint Mawes und dass all diese Menschen, die ringsumher schrien, nur schreckliche Puppen waren, derer ich mich gleich am nächsten Tag entledigen musste, um bloß nicht mehr Krankenschwester zu sein.«

»Du hast dir nichts vorzuwerfen, Carol, ich wäre auch nicht mutiger gewesen als du.«

»Doch, wärst du bestimmt! Am nächsten Tag bin ich ins Krankenhaus zurückgekehrt – beschämt, aber am Leben. An den folgenden vier Tagen bin ich an den Klinikwänden entlanggeschlichen, um Doktor Turner zu meiden. Und, Ironie des Schicksals, ich wurde in den Operationsblock gerufen für eine Amputation, durchgeführt von …«

»… Doktor Turner?«

»Höchstpersönlich! Und als wäre das nicht schon genug, waren wir dann auch noch allein im Vorbereitungsraum. Während wir uns die Hände wuschen, habe ich ihm von meiner Flucht und meinem Versteck in dem Schrank erzählt, ich habe mich lächerlich gemacht.«

»Wie hat er reagiert?«

»Er hat mich gebeten, ihm die Handschuhe überzustreifen, und gesagt: ›Es ist ganz und gar menschlich, Angst zu haben. Glauben Sie vielleicht, ich hätte keine Angst, bevor ich operiere? Wenn Sie das annehmen, habe ich meinen Beruf verfehlt und hätte besser Schauspieler werden sollen.‹« Carol tauschte ihren leeren Teller gegen den von Alice. »Und dann sah ich ihn mit seinem Mundschutz in den OP-Block treten, er hatte seine Angst hinter sich gelassen. Tags darauf habe ich versucht, mit ihm zu schlafen, aber dieser Idiot ist verheiratet und noch dazu treu. Drei Tage später wurde London wieder bombardiert. Ich hatte weder Handschuhe noch Mundschutz und bin mit der Gruppe auf die Straße gegangen. Ich habe in Schutt und Asche gewühlt, den Flammen näher als dir jetzt. Und wenn du es genau wissen willst, in dieser Nacht, inmitten der Ruinen, habe ich mir in die Hose gemacht. Jetzt hör mir mal gut zu, meine Liebe, seit diesem Abend in Brighton kurz vor Weihnachten bist du nicht mehr dieselbe. Irgendetwas nagt in deinem Innern, kleine Flammen, die du nicht siehst, die aber deine Nächte verzehren. Also mach es wie ich, komm aus deinem Schrank und stürz los. Mit der Angst im Nacken habe ich die Straßen von London abgesucht, doch das war leichter zu ertragen, als zusammengekauert in meiner Nische zu bleiben, in der ich verrückt zu werden glaubte.«

»Was soll ich denn deiner Meinung nach tun?«

»Du krepierst vor lauter Einsamkeit, du träumst von der großen Liebe und fürchtest nichts mehr, als dich zu verlieben. Die Idee, dich zu binden, von jemandem abzuhängen, versetzt dich regelrecht in Panik. Sollen wir noch mal von deiner Beziehung zu Anton sprechen? Schwindlerin hin oder her, diese Hellseherin hat dir vorhergesagt, dass der Mann deines Lebens in Gott weiß welchem fernen Land auf dich wartet. Na, dann fahr doch hin! Du hast Ersparnisse, leih dir, wenn es sein muss, Geld hinzu und erlaub dir diese Reise. Entdecke einfach selbst, was dich dort erwartet. Und auch wenn du diesem schönen Unbekannten, der dir versprochen wurde, nicht begegnest, wirst du dich befreit fühlen und nichts bereuen.«

»Aber wie, bitte schön, soll ich in die Türkei reisen?«

»Nun, meine Prinzessin, ich bin Krankenschwester, kein Reiseleiter. Ich muss gehen. Die Beratung ist kostenlos, dafür lasse ich dich diese Rechnung hier begleichen.«

Carol erhob sich, zog ihren Mantel an, küsste Alice zum Abschied und ging. Alice sprang auf, stürzte ihr nach und hielt sie draußen am Ärmel fest.

»War das ernst gemeint? Denkst du wirklich, was du da eben gesagt hast?«

»Glaubst du vielleicht, ich hätte dir sonst von meinen Heldentaten erzählt? Geh wieder rein, oder muss ich dich daran erinnern, dass du bis vor Kurzem krank warst. Ich habe noch andere Patienten und kann mich nicht rund um die Uhr um dich kümmern. Los, rein mit dir.«

Schon entfernte sich Carol im Laufschritt.

Alice kehrte an ihren Tisch zurück, setzte sich auf Carols Stuhl und schmunzelte, als sie den Kellner herbeirief und ein Bier bestellte … sowie ein Tagesgericht.

Der Verkehr war dicht, Karren, Motorräder mit Beiwagen, Lastwagen und Automobile aller Art versuchten, die Kreuzung zu überqueren. Wäre Daldry da gewesen, er hätte seinen Spaß gehabt. Die Straßenbahn hielt an. Alice sah aus dem Fenster.

Eingeklemmt zwischen einem Lebensmittelladen und einem Antiquitätengeschäft, befand sich ein kleines Reisebüro. Sie betrachtete es nachdenklich. Die Trambahn fuhr weiter.

Sie stieg an der nächsten Haltestelle aus und lief die Straße zurück. Nach wenigen Schritten machte sie kehrt, zögerte, bevor sie erneut die zunächst eingeschlagene Richtung nahm. Wenige Minuten später öffnete sie die Tür eines Geschäfts mit dem Schild »Sleeping-Car Cook«.

Gleich im Eingangsbereich blieb Alice vor einem Ständer mit Faltprospekten stehen. Frankreich, Spanien, Schweiz, Italien, Ägypten, Griechenland, alles Ziele, die sie zum Träumen brachten. Der Geschäftsführer trat hinter seinem Tresen hervor, um sie zu begrüßen.

»Sie planen eine Reise, Miss?«, fragte er.

»Nein, eigentlich nicht«, erwiderte Alice. »Ich schaue mich nur aus reiner Neugier um.«

»Wenn es um eine Hochzeitsreise geht, empfehle ich Ihnen Venedig, die Stadt ist im Frühling einfach zauberhaft. Sonst Spanien – Madrid, Sevilla. Und dann natürlich die Mittelmeerküste, immer mehr meiner Kunden kommen begeistert von dort zurück.«

»Ich heirate aber gar nicht«, sagte Alice und lächelte ihr Gegenüber an.

»Nichts spricht heutzutage dagegen, allein zu reisen. Jeder hat das Recht, von Zeit zu Zeit Urlaub zu machen. Ihnen als junge Frau schlage ich die Schweiz vor, den Genfer See zum Beispiel, eine friedliche und reizvolle Gegend.«

»Hätten Sie auch etwas in der Türkei?«, fragte Alice schüchtern.

»Istanbul ist eine sehr gute Wahl. Ich träume davon, eines Tages dorthin zu reisen. Die Hagia Sophia, der Bosporus ... Warten Sie, das müsste ich irgendwo haben. Mein Gott, diese Unordnung hier.«

Der Geschäftsführer beugte sich vor und öffnete eine Schublade nach der anderen.

»Hier, ein ziemlich kompletter Katalog. Ich habe auch einen Stadtführer, den ich Ihnen leihen könnte, wenn Sie die Stadt interessiert. Doch Sie müssten versprechen, ihn zurückzubringen.«

»Vielen Dank, aber ich begnüge mich vorerst mit dem Katalog«, erwiderte Alice.

»Ich gebe Ihnen zwei«, sagte er und reichte ihr die Heftchen.

Er begleitete sie zur Tür und lud sie ein, jederzeit vorbeizuschauen. Alice verabschiedete sich und eilte zurück zur Straßenbahnhaltestelle.

Feuchter Schnee fiel auf die Stadt. Ein Fenster der Trambahn war defekt, sodass eisige Luft ins Wageninnere drang. Alice zog den Katalog aus der Tasche und blätterte darin, um sich beim Anblick dieser fremden Landschaften und dem blauen Himmel gedanklich in wärmere Gefilde zu versetzen.

Vor ihrer Haustür angelangt, tastete sie in ihrer Handtasche nach dem Hausschlüssel – vergebens. In Panik kniete sie sich hin und leerte den ganzen Inhalt vor sich auf dem Boden aus. Erleichtert entdeckte sie den Bund in dem Durcheinander, packte alles rasch wieder ein und hastete die Treppe hinauf.

Eine Stunde später kam auch Daldry nach Hause. Seine Aufmerksamkeit wurde auf eine Reisebroschüre gelenkt, die im Flur am Boden lag. Er hob sie auf und lächelte.

Es klopfte an der Wohnungstür. Alice hob den Kopf, legte den Stift beiseite und stand auf, um zu öffnen. In der einen Hand eine Weinflasche, in der anderen zwei Gläser, stand Daldry vor ihr.

»Erlauben Sie?«, fragte er.

»Fühlen Sie sich wie zu Hause«, erwiderte Alice und ließ ihn eintreten. Daldry nahm im Sessel vor der Truhe Platz, stellte die Gläser darauf und schenkte großzügig ein. Er reichte Alice eines und forderte sie auf, mit ihm anzustoßen.

»Gibt es etwas zu feiern?«, fragte sie.

»In gewisser Weise, ja«, erwiderte er. »Ich habe soeben ein Bild für fünfzigtausend Pfund Sterling verkauft.«

Alice riss die Augen auf und stellte ihr Glas ab.

»Ich wusste gar nicht, dass Ihre Bilder so teuer sind«, meinte sie erstaunt. »Dürfte ich irgendwann einmal eines sehen, ehe die simple Tatsache, sie zu betrachten, meine Mittel übersteigt?«

»Vielleicht«, erwiderte Daldry und schenkte sich nach.

»Das Mindeste, was man sagen kann, ist, dass Ihre Sammler großzügig sind.«

»Das ist nicht besonders schmeichelhaft für meine Arbeit, aber ich betrachte es trotzdem als Kompliment.«

»Haben Sie wirklich ein Bild zu diesem Preis verkauft?«

»Natürlich nicht«, erwiderte Daldry, »ich habe überhaupt nichts verkauft. Die fünfzigtausend Pfund, die ich erwähnte, entsprechen der Summe, die ich von meinem Vater geerbt habe. Ich komme vom Notar, der uns heute Nachmittag zu sich bestellt hatte. Ich wusste gar nicht, dass ich so viel für meinen Vater gezählt habe, ich hatte mich weniger hoch eingeschätzt.«

Während er diesen letzten Satz aussprach, lag eine gewisse Traurigkeit in seinem Blick.

»Was absurd ist«, fuhr er fort, »ist die Tatsache, dass ich nicht die geringste Ahnung habe, was ich mit diesem Geld anfangen soll.« Doch dann schlug er vergnügt vor: »Und wenn ich Ihnen Ihre Wohnung abkaufen würde? Ich könnte mich unter diesem Glasdach einrichten, von dem ich seit Jahren träume, und bei diesem Licht könnte ich vielleicht endlich ein Bild malen, das jemanden berührt …«

»Sie steht nicht zum Verkauf, und ich bin nicht die Eigentümerin! Und wo soll ich dann leben?«, gab Alice zurück.

»Eine Reise!«, rief Daldry. »Ist das keine großartige Idee?«

»Wenn Ihnen der Sinn danach steht, warum nicht? Eine hübsche Kreuzung in Paris oder eine in Tanger, eine kleine Brücke über einen Kanal in Amsterdam … Es muss auf der Welt viele Kreuzungen geben, die Sie inspirieren könnten …«

»Und warum nicht die Meerenge vom Bosporus? Ich habe immer schon davon geträumt, Schiffe zu malen, was am Piccadilly Circus nicht so leicht ist.«

Alice stellte ihr Glas ab und fixierte Daldry.

»Wie?«, fragte er mit gespieltem Erstaunen. »Sie haben kein Exklusivrecht auf Sarkasmus. Ich darf Sie doch wohl ein bisschen hänseln, oder?«

»Und wie können Sie mich mit Ihren Reiseplänen hänseln, lieber Nachbar?«

Daldry zog einen Prospekt aus seiner Jackentasche und legte ihn auf die Truhe. »Das hier habe ich im Treppenhaus gefunden. Ich bezweifle, dass er unserer Nachbarin ein Stockwerk tiefer gehört. Missis Taffleton ist die sesshafteste aller Personen, die ich kenne. Sie verlässt ihre Wohnung nur am Samstag, um ihre Wocheneinkäufe am Ende der Straße zu erledigen.«

»Daldry, ich glaube, Sie haben genug für heute Abend getrunken und sollten zu Bett gehen. Ich habe kein Erbe angetreten, mit dem ich mir eine solche Reise leisten könnte, und ich muss eine Arbeit abschließen, um weiter meine Miete bezahlen zu können.«

»Ich dachte, eine Ihrer Kreationen würde Ihnen regelmäßige Einkünfte sichern.«

»Regelmäßig, aber nicht ewig. Die Mode ändert sich, und man muss Neues schaffen, was ich vor Ihrem Überfall gerade versucht habe.«

»Und der Mann Ihres Lebens, der dort auf Sie wartet?«, beharrte Daldry und deutete auf den Reiseprospekt. »Sucht er Sie nachts nicht mehr in Ihren Träumen heim?«

»Nein«, erwiderte Alice trocken.

»Und warum haben Sie mich dann um drei Uhr nachts mit diesem schrecklichen Schrei geweckt, bei dem ich fast aus dem Bett gefallen wäre?«

»Ich bin mit dem Fuß gegen diese blöde Truhe gestoßen, als ich in meines gehen wollte. Ich habe noch spät gearbeitet, und meine Augen waren müde.«

»Noch dazu lügt sie! Na gut!«, meinte Daldry. »Ich sehe, dass meine Anwesenheit Sie stört, und werde mich zurückziehen.« Er erhob sich und tat so, als würde er gehen, kehrte aber schon nach dem ersten Schritt zu Alice zurück.

»Kennen Sie die Geschichte von Adrienne Bolland?«

»Nein, ich kenne diese Adrienne nicht«, erwiderte Alice, ohne ihre beginnende Gereiztheit zu verbergen.

»Sie war die erste Frau, die die Gebirgskette der Anden im Flugzeug überquerte, genauer gesagt mit einer Caudron, die sie natürlich selbst gesteuert hat, noch dazu allein.«

»Das war sehr mutig von ihr.«

Zu Alices unendlicher Verzweiflung ließ sich Daldry erneut in den Sessel sinken und füllte noch einmal sein Glas.

»Das Außergewöhnlichste aber war nicht ihre Kühnheit, sondern das, was ihr wenige Monate vor diesem Flug widerfahren ist.«

»Das werden Sie mir jetzt sicher ausführlich schildern, fest davon überzeugt, dass ich keinen Schlaf finde, bevor ich nicht jedes Detail kenne.«

»Genau!«

Alice verdrehte die Augen. Doch an diesem Abend schien ihr Nachbar ein wenig verloren und dementsprechend gesprächig. Und nachdem er sich, als sie krank war, so rührend um sie gekümmert hatte, beschloss sie, sich mit Geduld zu wappnen und ihm die Aufmerksamkeit zu schenken, die er verdient hatte.

»Adrienne brach also nach Argentinien auf. Als Pilotin des französischen Flugzeugbauunternehmens Caudron sollte sie verschiedene Testflüge absolvieren und die Südamerikaner von den Qualitäten dieser kleinen Maschinen überzeugen. Und stellen Sie sich vor, bis zu diesem Zeitpunkt hatte sie erst vierzig Flugstunden hinter sich! Die

Werbung, die Caudron um ihre Person machte, eilte ihr gleichsam voraus, und man brachte das Gerücht in Umlauf, sie würde eine Überquerung der Anden ins Auge fassen. Sie hatte vor ihrer Abreise eindeutig erklärt, dass sie sich weigere, ein solches Risiko mit einer der beiden G3 einzugehen, die man ihr zur Verfügung stellte. Sie würde sich das Ganze noch einmal durch den Kopf gehen lassen, wenn man ihr über den Seeweg eine stärkere Maschine schicken würde, die höher fliegen könne, was Caudron ihr daraufhin versprach. Am Abend, als sie sich nach Argentinien einschiffte, erwartete sie eine Schar von Journalisten. Man feierte sie, und am nächsten Morgen kündigte die Presse an: ›Adrienne Bolland nutzt ihren Aufenthalt in Argentinien, um die Anden zu überqueren.‹ Ihr Mechaniker forderte Adrienne auf, die Nachricht zu bestätigen oder zu dementieren. Sie schickte Caudron ein Telegramm und erfuhr postwendend, dass es unmöglich sei, ihr die versprochene Maschine zukommen zu lassen. Alle Franzosen von Buenos Aires beschworen sie, von diesem Wahnsinn abzusehen. Eine Frau könne einen solchen Flug nicht im Alleingang absolvieren, ohne ihr Leben ernsthaft zu gefährden. Man bezichtigte sie sogar, eine Verrückte zu sein, die dem Ruf Frankreichs schade. Sie traf ihre Entscheidung und nahm die Herausforderung an. Nachdem sie dies offiziell erklärt hatte, schloss sie sich in ihrem Hotelzimmer ein und weigerte sich, mit wem auch immer zu sprechen. Es bedurfte ihrer ganzen Konzentration, sich mental auf das vorzubereiten, was für andere wie Selbstmord aussah.

Einige Zeit später, als ihr Flugzeug per Bahn nach Mendoza gebracht wurde, von wo aus sie zu starten gedachte, klopfte es an ihre Tür. Wütend ging sie öffnen, fest entschlossen, den Störenfried wegzuschicken. Vor ihr stand eine junge, schüchterne Frau, die ihr ankündigte, dass sie über hellseherische Fähigkeiten verfüge und ihr etwas äußerst Wichtiges mitzuteilen habe. Adrienne konnte sich schließlich dazu durchringen, sie hereinzulassen. Die Hellseherei wird in Südamerika sehr ernst genommen; man sucht bei der Wahrsagerin Rat, bevor man eine wichtige Entscheidung trifft. Hingegen habe ich gehört, dass es in New York en vogue sei, bevor man heiratet, den Beruf oder den Wohnort wechselt, einen Psychoanalytiker aufzusuchen. Jede Gesellschaft hat ihre Orakel. Kurz, in Buenos Aires um 1920 wäre es ebenso undenkbar gewesen, einen derart riskanten Flug zu unternehmen, ohne vorher eine Hellseherin aufgesucht zu haben, ähnlich wie man in anderen Breiten nicht in den Krieg zog, ohne einen Priester zu konsultieren und sein Schicksal in Gottes Hände zu legen. Ich könnte Ihnen nicht sagen, ob Adrienne, gebürtige Französin, daran glaubte oder nicht, für ihre damalige Umgebung war die Sache von größter Bedeutung, und Adrienne brauchte jede mögliche Unterstützung. Sie zündete sich eine Zigarette an und erklärte, dass sie der jungen Frau so viel Zeit zubillige, bis sie aufgeraucht sei. Die Hellseherin sagte ihr voraus, dass sie lebend und triumphierend das Abenteuer bestehen würde, allerdings nur unter einer Bedingung.«

»Und welche?«, fragte Alice, die nach und nach Gefallen an Daldrys Geschichte gefunden hatte.

»Ich war im Begriff, es Ihnen zu erzählen! Die Hellseherin lieferte einen unglaublichen Bericht ab. ›Irgendwann‹, vertraute sie ihr an, ›überfliegen Sie ein großes Tal …‹ Sie berichtete von einem See, den sie erkennen würde, denn er habe Farbe und Form einer Auster. Einer Riesenauster, die in einem Gebirgstal gestrandet sei, man könne es nicht verwechseln. Zur Linken der gefrorenen Wasserfläche würden Wolken den Himmel verdunkeln, während er zur Rechten blau und wolkenlos sei. Jeder vernunftbegabte Pilot würde natürlich letztere Route nehmen, die Hellseherin aber warnte Adrienne. Wenn sie sich für die scheinbar leichtere Route entscheiden würde, wäre sie dem Tod geweiht. Vor ihr würden sich unüberwindbare Gipfel auftürmen. Über besagtem See müsste sie in Richtung der Wolken fliegen, so dunkel sie auch seien. Adrienne fand diese Empfehlung idiotisch. Welcher Pilot würde blindlings auf seinen sicheren Tod zusteuern? Die Tragflächen ihrer Caudron würden einer derart harten Prüfung nicht standhalten. In einem Himmel voller Turbulenzen würde ihre Maschine zerbrechen. Sie fragte die junge Frau, ob sie in diesen Bergen gelebt habe, wenn sie die Gipfel so gut kenne. Die Hellseherin erwiderte schüchtern, sie sei nie dort gewesen, und zog sich ohne ein weiteres Wort zurück.

Die Tage vergingen, Adrienne verließ ihr Hotel und machte sich auf den Weg nach Mendoza, das tausendzweihundert Kilometer entfernt lag. Unterwegs im Zug hatte sie ihre flüchtige Begegnung mit der jungen Hellseherin längst vergessen. Sie hatte andere Dinge im Kopf als diese lächerlichen Prophezeiungen. Wie sollte ein ungebildetes Mädchen wissen, dass die Kapazitäten ihrer G3 für dieses Wagnis zu gering waren?«

Daldry legte eine Pause ein, rieb sich das Kinn und warf einen Blick auf seine Uhr.

»O weh, ich habe gar nicht gemerkt, wie die Zeit vergeht! Entschuldigen Sie, Alice, ich gehe sofort. Ich habe schon wieder Ihre Gastfreundschaft strapaziert.«

Daldry wollte sich aus seinem Sessel erheben, doch Alice hinderte ihn daran und stieß ihn förmlich zurück.

»Wenn Sie drauf bestehen!«, sagte er, zufrieden mit der Wirkung seines kleinen Tricks. »Haben Sie vielleicht noch ein Tröpfchen von diesem Gin, den Sie mir neulich angeboten hatten?«

»Sie haben die Flasche mitgenommen.«

»Wie dumm. Und hatte das arme Fläschchen keine Geschwister?«

Alice holte eine neue Flasche und schenkte Daldry ein.

»Wo war ich noch stehen geblieben …?«, fragte er, nachdem er sein Glas in einem Zug geleert hatte. »In Mendoza angelangt, begab sich Adrienne zu dem Flugplatz von Los Tamarindos, wo ihr Doppeldecker bereits wartete. Dann kam der große Tag. Adrienne fuhr die Maschine auf die Piste. Es fehlte der jungen Pilotin weder an Humor noch an Unbekümmertheit, denn sie hob an einem 1. April ab und hatte ihre Navigationskarte vergessen. Sie nahm Kurs nach Nordwesten, ihr Flugzeug gewann nur mühsam an Höhe, und vor ihr erhoben sich die furchterregenden schneebedeckten Gipfel der Anden in den Himmel. Als sie ein enges Tal überflog, entdeckte sie unten den See mit der Form und Farbe einer Auster. Adriennes steife Finger steckten in improvisierten Handschuhen aus Zeitungspapier, das sie mit Butter eingerieben hatte. In ihrer Fliegerkombination, die viel zu dünn für diese Höhe war, fixierte sie frierend den Horizont und bekam plötzlich höllische Angst. Zu ihrer Rechten öffnete sich das Tal, während sich links die schwarzen Wolken auftürmten. Sie musste augenblicklich eine Entscheidung treffen. Was trieb Adrienne dazu, einer kleinen Hellseherin zu vertrauen, die eines Abends in ihrem Hotelzimmer in Buenos Aires aufgetaucht war? Sie steuerte ihre Maschine in die Wolkenwand, stieg noch höher und konzentrierte sich darauf, den Kurs zu halten. Bald darauf lichtete sich der Himmel, und vor ihr, in über viertausend Meter Höhe tauchte der berühmte Pass mit der gewaltigen Christusstatue auf. Sie flog jetzt in einer Höhe, für die ihr Doppeldecker nicht gemacht war, doch er hielt stand. Sie war bereits drei Stunden unterwegs, als sie einen Wasserlauf entdeckte, der dieselbe Richtung nahm wie sie. Sie ließ das Gebirge hinter sich, überquerte eine weite Ebene und erkannte in der Ferne eine Großstadt: Santiago de Chile. Sie hatte es geschafft! Die Finger steif, das Gesicht gerötet von der Kälte, die Augen so geschwollen, dass sie kaum mehr etwas sehen konnte, landete sie ihre Maschine sicher auf dem Flugplatz und kam direkt vor den drei Flaggen – der französischen, der argentinischen und der chilenischen – zum Stehen, die man dort aufgepflanzt hatte, um ihre Ankunft zu feiern. Sie wurde mit einem Tusch begrüßt, die Menge sprach von einem Wunder, Adrienne und ihr genialer Mechaniker Duperrier hatten eine wahrhafte Glanzleistung vollbracht.«

»Warum erzählen Sie mir das alles, Daldry?«

»Ich habe viel gesprochen, mein Mund ist knochentrocken.«

Alice schenkte ihm nach und sagte: »Ich bin ganz Ohr.« Dabei sah sie, wie er den Gin runterkippte, als wäre es Wasser.

»Ich erzähle Ihnen das alles, weil auch Sie einer Hellseherin begegnet sind, weil diese Ihnen vorausgesagt hat, dass Sie in der Türkei das finden, was Sie vergebens in London suchen, und dass Sie zu diesem Zweck sechs Personen treffen müssen. Ich glaube, die erste von ihnen zu sein und einen Auftrag ausführen zu müssen. Lassen Sie mich Ihr Duperrier sein, der geniale Mechaniker, der Ihnen hilft, Ihre Anden zu überqueren«, rief Daldry, schon reichlich angetrunken. »Ich will Sie wenigstens bis zur zweiten Person führen, die Sie dann mit dem dritten Glied in der Kette bekannt macht, weil die Prophezeiung es uns sagt. Lassen

Sie mich Ihr Freund sein und geben Sie mir eine Chance, etwas Sinnvolles im Leben zu tun.«

»Das ist sehr großzügig Ihrerseits«, sagte Alice leicht verwirrt. »Aber ich bin weder Testpilotin und noch weniger Ihre Adrienne Bolland.«

»Aber wie Adrienne haben Sie nächtlich Albträume und sehnen sich tagsüber danach, an diese Vorhersage zu glauben und diese Reise anzutreten.«

»Ich kann das nicht annehmen«, murmelte Alice.

»Aber Sie können wenigstens darüber nachdenken.«

»Das ist unmöglich, es übersteigt meine Mittel, und ich werde nie in der Lage sein, Ihnen das Geld zurückzugeben.«

»Wie wollen Sie das wissen? Wenn Sie mich als Mechaniker nicht engagieren möchten, was Sie als verdammt nachtragenden Menschen ausweisen würde, denn ich kann nichts dafür, dass mein Auto neulich abends nicht anspringen wollte, dann bin ich Ihre Caudron. Nehmen wir einmal an, dass die Düfte, die Sie dort entdecken können, Sie zu einem neuen Parfüm inspirieren, und dass dieses darüber hinaus ein gewaltiger Erfolg wird, so bin ich Ihr Teilhaber. Ich lasse Sie über den prozentualen Gewinnanteil entscheiden, den Sie mir dafür zubilligen, dass ich in aller Bescheidenheit zu Ihrem Ruhm beigetragen habe. Und damit der Handel fair ist, beteilige ich Sie am Ertrag meiner Bilder, sollte ich zufällig eine Kreuzung in Istanbul malen, die in einem Museum landet, oder der Wert meiner Werke in den Galerien plötzlich steigen.«

»Sie sind betrunken, Daldry. Was Sie da sagen, ergibt überhaupt keinen Sinn, und trotzdem haben Sie mich fast überzeugt.«

»Dann verkriechen Sie sich nicht in Ihrer Wohnung, um sich vor der Nacht zu fürchten wie ein ängstliches Kind, sondern seien Sie mutig, bieten Sie der Welt die Stirn! Lassen Sie uns reisen! Ich kann alles organisieren. Wir können London binnen acht Tagen verlassen. Überdenken Sie mein Angebot, und morgen besprechen wir die Sache noch mal.«

Daldry erhob sich, nahm Alice in die Arme und zog sie fest an sich. »Gute Nacht«, sagte er und wich, plötzlich verlegen ob seines Überschwangs, zurück.

Alice begleitete ihn auf den Flur, Daldry schwankte leicht. Sie verabschiedeten sich mit einem kleinen Handzeichen, und jeder verschwand hinter seiner Tür.

Kapitel 5

Erneut stellte sich nachts wie ein treuer Geselle der Albtraum ein. Völlig erschöpft wachte Alice schließlich auf. Sie wickelte sich in ihre Decke und bereitete sich ihr Frühstück. Dann ließ sie sich in dem Sessel nieder, in dem Daldry am Vorabend gesessen hatte, und warf einen Blick in den Reisekatalog, den er auf der Truhe zurückgelassen hatte. Auf dem Cover prangte ein Foto der Hagia Sophia.

Osmanische Rosen, Orangenblüten, Jasmin – schon beim Blättern hatte sie den Eindruck, jeden einzelnen Duft wahrzunehmen. Sie stellte sich vor, wie sie durch die engen Gassen des Großen Basars lief, an den Gewürzständen einkaufte, die feinen Gerüche von Rosmarin, Safran, Zimt in sich aufnahm, und diese Tagträumereien belebten ihre Sinne. Sie seufzte und legte das Heft beiseite, ihr Tee kam ihr plötzlich fade vor. Schließlich zog sie sich an und klopfte an die Tür ihres Nachbarn. Er öffnete ihr in Pyjama und Morgenrock und unterdrückte ein Gähnen.

»Gehe ich recht in der Annahme, dass Sie Frühaufsteher sind?«, fragte er und rieb sich die Augen.

»Es ist sieben Uhr.«

»Das sagte ich ja. Also dann bis in zwei Stunden.« Damit schloss er die Tür.

Alice klopfte erneut.

»Was gibt es noch?«, fragte Daldry, während er die Tür wieder öffnete.

»Zehn Prozent«, verkündete sie.

»Von was?«

»Zehn Prozent meiner Einnahmen, wenn ich in der Türkei die Formel für ein kommerzielles Parfüm finde.«

Daldry sah sie unbewegt an.

»Zwanzig!«, erwiderte er und wollte die Tür schließen, doch Alice hinderte ihn daran.

»Fünfzehn«, schlug sie vor.

»Wenn es um Geschäfte geht, sind Sie ein wahres Monster«, sagte Daldry.

»Entweder oder.«

»Und was meine Bilder betrifft?«

»Das müssen Sie entscheiden.«

»Sie sind kränkend, meine Liebe.«

»Also sagen wir dasselbe: fünfzehn Prozent auf den Verkauf aller Bilder, die Sie dort malen oder die nach Ihrer Rückkehr, inspiriert durch unsere Reise, hier entstehen.«

»Ich sagte doch schon, ein Monster, sobald es um Geschäfte geht!«

»Hören Sie auf, mir zu schmeicheln, das führt zu nichts! Schlafen Sie sich erst mal aus und besuchen Sie mich, wenn Sie wirklich wach sind, damit wir über das Projekt sprechen, für das ich allerdings noch nicht mein Okay gegeben habe. Und rasieren Sie sich!«

»Ich dachte, der Bart würde mir stehen!«, widersetzte sich Daldry.

»Dann lassen Sie ihn richtig wachsen. So ein Zwischending sieht ungepflegt aus, und wenn wir Geschäftspartner werden, müssen Sie präsentabel sein, darauf bestehe ich.«

Daldry rieb sich das Kinn.

»Mit oder ohne?«

»Und es heißt immer, die Frauen könnten sich nicht entscheiden«, erwiderte sie und kehrte in ihre Wohnung zurück.

Daldry erschien gegen Mittag bei Alice. Er trug einen Anzug, war gekämmt und parfümiert, aber nicht rasiert. Bevor Alice etwas sagen konnte, verkündete er, was den Bart betreffe, gebe er sich Zeit bis zu ihrer Abreise. Er lud seine Nachbarin in den Pub ein, um auf neutralem Terrain zu diskutieren, wie er präzisierte. Doch am Ende der Straße angekommen, zog er Alice zu seinem Auto.

»Gehen wir nicht mehr zum Essen?«, erkundigte sich Alice.

»Doch«, erwiderte Daldry, »aber in ein richtiges Restaurant mit Tischdecke, Stoffservietten und erlesenen Gerichten.«

»Und warum haben Sie das nicht gleich gesagt?«

»Ich wollte Sie überraschen. Außerdem hätten Sie wieder Einspruch erhoben, und ich habe Lust auf ein gutes Stück Fleisch.«

Er öffnete ihr die Tür und forderte sie auf, hinter dem Steuer Platz zu nehmen.

»Ich glaube nicht, dass das eine gute Idee ist«, gab sie zu bedenken. »Letztes Mal waren die Straßen völlig leer …«

»Ich habe Ihnen eine zweite Fahrstunde versprochen, und ich pflege meine Versprechen zu halten. Und wer weiß, ob wir in der Türkei nicht so manchen Kilometer zurückzulegen haben. Ich will nicht der Einzige sein, der fahren muss. Also machen Sie die Tür zu und warten Sie, bis ich auf dem Beifahrersitz Platz genommen habe, bevor Sie die Zündung einschalten.«

Daldry ging um den Austin herum und stieg ein. Alice befolgte genauestens jede seiner Anweisungen, und sobald er sie aufforderte abzubiegen, hielt sie an, um sicherzugehen, dass Sie nicht einem anderen Fahrzeug die Vorfahrt nahm, was Daldry zur Verzweiflung brachte.

»Bei dieser Geschwindigkeit werden wir noch von einem Fußgänger überholt! Ich lade Sie zum Mittag-, nicht zum Abendessen ein.«

»Sie brauchen ja nur selbst das Steuer zu übernehmen. Sie sind nervig, wenn Sie die ganze Zeit nur kritisieren. Ich tue mein Bestes!«

»Na gut, dann treten Sie ein wenig fester aufs Gaspedal.«

Kurz darauf bat er Alice, am Bordstein anzuhalten. Sie hatten ihr Ziel erreicht. Ein Restaurantangestellter eilte auf die Beifahrertür zu, bis er bemerkte, dass die Dame am Steuer saß. Er lief sogleich um den Austin herum, um Alice beim Aussteigen zu helfen.

»Aber wohin haben Sie mich geführt?«, fragte Alice, die so viel Aufmerksamkeit einschüchterte.

»In ein Restaurant«, seufzte Daldry.

Alice war überwältigt von der Eleganz des Ortes. Die Wände des Speiseraums waren mit edlen Holztäfelungen verkleidet, die Tische in perfekter Ordnung aufgereiht und mit Damastdecken versehen, auf denen so viel Silberbesteck lag, wie Alice in ihrem ganzen Leben noch nicht gesehen hatte. Ein Butler führte sie zu einer Nische und bat Alice, auf der Bank Platz zu nehmen. Sobald er sich zurückgezogen hatte, reichte der Oberkellner ihnen die Karten, begleitet von einem Sommelier, der gar nicht die Zeit hatte, Daldry zu beraten, denn dieser bestellte sogleich einen Château-Margaux, Jahrgang 1929.

»Was ist denn nun schon wieder?«, fragte Daldry an Alice gewandt, nachdem der Sommelier gegangen war. »Sie sehen wütend aus.«

»Ich bin wütend!«, sagte Alice im Flüsterton, um nicht die Aufmerksamkeit der Nachbarn zu erregen.

»Das verstehe ich nicht. Ich führe Sie in eines der berühmtesten Restaurants von London, ich bestelle einen selten erlesenen Wein von einem geradezu mythischen Jahrgang …«

»Das ist es ja eben. Sie hätten mir Bescheid geben müssen. Sie haben einen Anzug an und ein Hemd von einem Weiß, das den erfolgreichsten Wäschereibesitzer vor Neid erblassen lassen würde. Ich dagegen sehe aus wie eine Schülerin, die an der nächsten Straßenecke eine Limonade trinken geht. Wenn Sie die Höflichkeit besessen hätten, mich von Ihrem Vorhaben zu informieren, hätte ich mir wenigstens die Zeit genommen, mich ein wenig zu schminken. Die Leute an den Nachbartischen müssen sich sagen …«

»Sie sind eine reizende Frau, und ich kann mich glücklich schätzen, dass Sie meine Einladung angenommen haben. Wer würde seine Zeit damit vergeuden, auf Ihre Kleidung zu achten, wenn doch Ihre Augen die ganze Aufmerksamkeit der Männerwelt auf sich ziehen. Nun machen Sie sich keine Gedanken, sondern genießen Sie bitte, was man Ihnen servieren wird.«

Alice sah Daldry zweifelnd an. Sie kostete von dem Wein, wie berauscht von dem samtigen, nachhaltigen Aroma.

»Sie sind doch nicht etwa gerade dabei, mit mir zu flirten, Daldry?«

Daldry hätte sich beinahe verschluckt.

»Wenn ich Ihnen anbiete, Sie auf einer Reise zu begleiten, auf der Sie den Mann Ihres Lebens finden wollen? Das wäre eine merkwürdige Art, Ihnen den Hof zu machen, finden Sie nicht? Und da wir uns geschäftlich zusammentun wollen, sollten wir ehrlich sein und uns eingestehen, dass keiner von uns der Typ des anderen ist. Und genau deshalb kann ich Ihnen diesen Vorschlag ohne den geringsten Hintergedanken machen. Das heißt fast …«

»Fast was?«

»Eben um Ihnen das zu erklären, wollte ich, dass wir zusammen zu Mittag essen. Um uns über ein allerletztes Detail unserer Zusammenarbeit zu einigen.«

»Ich dachte, wir hätten uns über die Beteiligungen längst geeinigt.«

»Ja, aber ich möchte Sie um einen kleinen Gefallen bitten.«

»Ich bin ganz Ohr.«

Daldry schenkte Alice nach und ermunterte sie zu trinken.

»Wenn sich die Prophezeiungen der Hellseherin als richtig erweisen, so bin ich also die erste dieser sechs Personen, die Sie zu diesem Mann führen. Wie versprochen, begleite ich Sie bis zur zweiten von ihnen, und wenn wir sie gefunden haben – denn ich bin sicher, wir werden sie finden –, hätte ich meine Mission erfüllt.«

»Worauf wollen Sie hinaus?«

»Es ist wirklich eine Manie von Ihnen, mich ständig zu unterbrechen! Ich wollte es Ihnen gerade sagen. Sobald ich also meine Mission erfüllt habe, kehre ich nach London zurück und lasse Sie Ihre Reise allein fortsetzen. Schließlich will ich im Moment der großen Begegnung nicht das fünfte Rad am Wagen sein, das wäre taktlos! Und natürlich finanziere ich Ihre Reise bis zum Ende, so wie es in unserem Abkommen vorgesehen ist.«

»Eine Reise, deren Kosten ich bis zum letzten Penny zurückerstatten werde, und wenn ich dafür bis an mein Lebensende arbeiten muss.«

»Hören Sie auf mit diesen Kindereien. Ich habe nicht von Geld geredet.«

»Wovon dann?«

»Von diesem letzten Detail eben …«

»Dann nennen Sie es doch endlich!«

»Ich möchte, dass Sie mir während Ihrer Abwesenheit, egal wie lange sie andauert, gestatten, täglich unter Ihrem Glasdach arbeiten zu dürfen. Ihre Wohnung wird leer sein, und Sie können sie nicht nutzen. Ich verspreche Ihnen, dass ich alles in Ordnung halten werde, was ihr, unter uns, nicht schaden kann.«

Alice musterte Daldry nachdenklich. »Sie sind nicht etwa im Begriff, mich zu einer Tausende Kilometer langen Reise zu verleiten und mich in fernen Gefilden zurückzulassen, um endlich in aller Ruhe unter meinem Glasdach malen zu können?«

Jetzt sah auch Daldry sein Gegenüber mit ernster Miene an. »Sie haben schöne Augen, aber einen überaus argwöhnischen und misstrauischen Charakter!«

»Okay«, sagte Alice. »Aber erst, wenn wir dieser berühmten besagten zweiten Person begegnet sind und unter der Voraussetzung, dass sie uns gute Gründe gibt, das Abenteuer fortzusetzen.«

»Selbstverständlich!«, rief Daldry aus und hob sein Glas. »Lassen Sie uns auf den abgeschlossenen Handel anstoßen.«

»Wir stoßen im Zug an«, erwiderte Alice. »Ich billige mir das Recht zu, meine Meinung noch zu ändern. Das Ganze ist wirklich sehr überstürzt.«

»Ich kaufe unsere Fahrkarten heute Nachmittag und kümmere mich auch um unsere Unterbringung vor Ort.«

Daldry stellte sein Glas ab und schenkte Alice ein Lächeln.

»Sie sehen fröhlich aus«, sagte er, »und das steht Ihnen gut.«

»Das ist der Wein«, murmelte sie. »Danke, Daldry.«

»Das war kein Kompliment.«

»Nicht dafür habe ich mich bedankt. Was Sie für mich tun, ist sehr großzügig. Sie können sicher sein, wenn wir erst mal in Istanbul sind, arbeite ich Tag und Nacht an der Kreation dieses Parfüms, das aus Ihnen den glücklichsten aller Investoren macht. Ich verspreche Ihnen, Sie nicht zu enttäuschen …«

»Reden Sie keinen Unsinn. Ich bin genauso froh wie Sie, die winterliche Tristesse von London zu verlassen. In wenigen Tagen sind wir in der Sonne, und wenn ich mein blasses Gesicht im Spiegel hinter Ihnen sehe, sage ich mir, dass diese Reise wirklich kein Luxus ist.«

Alice drehte sich um und schaute nun ihrerseits in den Spiegel. Sie schnitt eine Grimasse und zwinkerte Daldry verschwörerisch zu. Bei der Aussicht auf diese Reise wurde ihr fast schwindelig, doch dieses eine Mal genoss sie den Rausch uneingeschränkt. Und während sie Daldry im Spiegel fixierte, fragte sie ihn, wie sie die eben gefasste Entscheidung ihren Freunden am besten beibringen solle. Daldry dachte einen Augenblick nach und sagte schließlich, die Antwort stecke bereits in der Frage. Sie sollte ihnen einfach sagen, dass sie eine Entscheidung getroffen habe, die sie glücklich machen würde. Wenn es echte Freunde seien, könnten sie Alice nur ermutigen.

Daldry verzichtete darauf, ein Dessert zu bestellen, und Alice schlug vor, sich ein wenig die Beine zu vertreten.

Während dieses Spaziergangs musste Alice ständig an Carol, Eddy, Sam und vor allem an Anton denken. Wie würden sie reagieren? Ihr kam die Idee, sie alle zu sich zum

Abendessen einzuladen. Sie würde ihnen mehr als gewöhnlich zu trinken geben, warten, bis es spät geworden wäre, und ihnen dann – der Alkohol würde ihre Zunge lockern – von ihren Plänen erzählen.

Sie entdeckte eine Telefonzelle und bat Daldry, einen Augenblick auf sie zu warten.

Nachdem sie vier Anrufe getätigt hatte, kam es ihr so vor, als hätte sie die erste Etappe einer langen Reise absolviert. Ihr Entschluss stand fest, und sie wusste, dass sie ihre Meinung nicht ändern würde. Sie lief zu Daldry, der, an einen Laternenpfahl gelehnt, eine Zigarette rauchte. Bei ihm angelangt, fasste sie ihn bei der Hand und begann, sich im Kreis zu drehen.

»Lassen Sie uns so schnell wie möglich aufbrechen. Ich möchte dem Winter entkommen, London und meinen Gewohnheiten. Ich wünschte, es wäre schon so weit. Ich werde die Hagia Sophia besichtigen, durch die Gassen des Großen Basars schlendern, mich an den Düften berauschen, auf einer Fähre den Bosporus überqueren, Ihnen zusehen, wie Sie die Passanten an der Kreuzung zwischen Okzident und Orient skizzieren. Ich habe keine Angst mehr, und ich bin glücklich, Daldry, unendlich glücklich.«

»Auch wenn Sie mir etwas beschwipst vorkommen, bin ich hocherfreut, Sie so fröhlich zu sehen. Das sage ich nicht, um Ihnen zu schmeicheln, meine liebe Nachbarin, es ist ernst gemeint. Ich begleite Sie zu einem Taxi und begebe mich dann zum Reisebüro. Dabei fällt mir ein: Haben Sie einen Reisepass?«

Alice schüttelte den Kopf wie ein kleines, auf frischer Tat ertapptes Mädchen.

»Ein guter Freund meines Vaters hatte einen wichtigen Posten im Außenministerium. Ich rufe ihn an, er wird die Angelegenheit beschleunigen können, da bin ich mir ganz sicher. Deshalb Programmänderung: Wir lassen Passfotos von Ihnen machen, das Reisebüro muss warten, und dieses Mal sitze ich am Steuer.«

Alice und Daldry suchten einen Fotografen in ihrem Viertel auf. Während sich Alice zum dritten Mal vor einem Spiegel kämmte, erklärte ihr Daldry, dass die einzige Person, die ihren Pass aufschlagen würde, der türkische Zollbeamte wäre, um seinen Stempel auf eine Seite zu drücken. Mit Sicherheit würde er kein Aufhebens um ein paar rebellische Haarsträhnen machen. Schließlich nahm Alice auf dem Drehstuhl des Fotografen Platz.

Dieser hatte sich unlängst mit einer brandneuen Apparatur ausgestattet, von der Daldry fasziniert war. Er zog ein Blatt aus dem Gehäuse, trennte es in zwei Teile, und wenige Minuten später entdeckte Alice ihr Gesicht auf vier Aufnahmen. Dann nahm Daldry auf dem Stuhl Platz. Er lächelte einfältig und hielt den Atem an.

Ihre Fotografien in der Tasche, begaben sie sich zum Passamt im Viertel St. James. Vor dem Beamten bauschte Daldry die Dringlichkeit ihrer Reise auf, betonte, dass ihr wichtiges Anliegen zum Scheitern verurteilt sei, wenn sie nicht rechtzeitig abreisen könnten. Alice war verblüfft ob der Dreistigkeit, die er an den Tag legte. Daldry zögerte nicht, sich auf eine hochgestellte Persönlichkeit im Ministerium zu berufen, mit der er verwandt sei, deren Namen er aus Gründen der Diskretion aber lieber nicht erwähnen wolle. Der Mann versprach, die Dinge zu beschleunigen. Daldry bedankte sich und schob Alice zum Ausgang, fürchtete er doch, sie könnte seinen Schwindel enthüllen.

»Nichts kann Sie zurückhalten«, sagte sie und trat auf die Straße.

»Doch: Sie! Mit der Miene, die Sie aufgesetzt haben,

während ich für Sie eingetreten bin, hätten Sie fast alles zunichtegemacht.«

»Entschuldigen Sie, dass ich lachen musste, als Sie vor diesem armen Mann geschworen haben, wenn wir nicht in wenigen Tagen in Istanbul wären, würde die gerade genesende englische Wirtschaft sich nie mehr erholen.«

»Die Tage dieses Beamten müssen von grausamer Monotonie sein. Dank meiner ist er jetzt mit einer Aufgabe befasst, die er als eine seiner wichtigsten erachtet. Ich sehe darin nur Wohlwollen von meiner Seite.«

»Das sagte ich doch bereits: Sie sind von unglaublicher Dreistigkeit.«

»Da bin ich ganz Ihrer Meinung!«

Als sie das Amtsgebäude verließen, grüßte Daldry den diensthabenden Beamten und ließ Alice in den Austin einsteigen.

»Ich fahre Sie nach Hause und dann weiter zum Reisebüro.«

Der Austin glitt zügig durch die Straßen der Hauptstadt.

»Heute Abend«, sagte sie, »treffe ich meine Freunde im Pub am Ende unserer Straße. Wenn Sie Lust haben, sich zu uns zu gesellen …«

»Ich ziehe es vor, Ihnen meine Anwesenheit zu ersparen«, erwiderte Daldry. »In Istanbul bleibt Ihnen nichts anderes übrig, als sie ständig zu ertragen.«

Nachdem Alice nicht weiter insistierte, setzte Daldry sie zu Hause ab.

Es wollte nicht Abend werden. Wie sehr Alice sich auch an ihrem Arbeitstisch bemühte, sie brachte nicht die geringste Formel zu Papier. Sie tauchte einen Papierstreifen in einen Flakon mit Rosenessenz, und ihre Gedanken schweiften hin zu den orientalischen Gärten, die sie sich betörend schön vorstellte. Plötzlich vernahm sie die Klänge eines Klaviers. Sie hätte schwören können, dass sie aus der Wohnung ihres Nachbarn kamen. Sie wollte sich Gewissheit verschaffen, durchquerte auf Zehenspitzen ihr Zimmer, doch als sie die Tür zum Flur öffnete, brach die Melodie ab, und das viktorianische Haus versank wieder in absolute Stille.

Als Alice die Tür zum Pub öffnete, waren ihre Freunde bereits versammelt und in eine lebhafte Diskussion vertieft. Anton sah sie eintreten. Sie brachte ein wenig Ordnung in ihr widerspenstiges Haar und kam an ihren Tisch. Eddy und Sam schenkten ihr kaum Beachtung. Anton erhob sich, bot ihr einen Stuhl an und nahm erneut an dem Gespräch teil.

Carol musterte Alice und beugte sich vor, um sie leise zu fragen, was mit ihr los sei.

»Was meinst du?«, gab Alice ebenso leise zurück.

»Dich«, erwiderte Carol, während die Jungen weiter erregt über die Pläne von Premierminister Clement Attlee debattierten.

Eddy wünschte sich Winston Churchill zurück an die Regierungsspitze, während Sam, leidenschaftlicher Anhänger Attlees, das Verschwinden der Mittelschicht voraussagte, sollte der »Kriegspremier« die nächsten Wahlen gewinnen. Alice wollte ihre Meinung dazu kundtun, fühlte sich jedoch genötigt, ihrer Freundin zu antworten.

»Mit mir ist gar nichts los.«

»Lügnerin! Irgendwas hat sich bei dir geändert, das sehe ich dir an der Nasenspitze an.«

»Du redest nur Blödsinn!«, protestierte Alice.

»Ich habe dich lange nicht so strahlend gesehen. Hast du jemanden kennengelernt?«

Alice brach in schallendes Gelächter aus, was die Jungen stutzig machte und zum Schweigen brachte.

»Stimmt«, meinte jetzt auch Anton. »Irgendetwas an dir ist anders als sonst.«

»Sagt mal, spinnt ihr jetzt alle? Bestellt mir lieber ein Bier, statt dummes Zeug zu reden. Ich sterbe vor Durst.«

Anton trat an die Bar und forderte seine beiden Freunde auf, ihm zu folgen. Fünf Gläser mussten gefüllt werden, und er hatte nur zwei Hände.

Jetzt allein mit Alice, setzte Carol ihr Verhör fort. »Was ist los? Mir kannst du es doch sagen.«

»Ich habe niemanden kennengelernt. Aber wenn du es genau wissen willst, könnte das bald passieren.«

»Du weißt im Voraus, dass du bald jemanden kennenlernen wirst. Bist du hellseherisch geworden?«

»Nein, aber ich habe beschlossen, derjenigen zu glauben, der ich zugehört habe, weil ihr mich quasi dazu gezwungen habt.«

Carol, die ganz aus dem Häuschen geriet, ergriff Alices Hände. »Du machst diese Reise, ist es das?«

Alice nickte und deutete mit dem Blick auf die drei Jungen, die mit den Gläsern auf sie zusteuerten. Carol sprang auf und befahl ihnen, zur Bar zurückzukehren. Sie würde ihnen Bescheid geben, wenn ihr Gespräch unter Mädels beendet sei. Die drei sahen sie verdutzt an, zuckten die Achseln und kehrten um, nachdem man sie vertrieben hatte.

»Wann?«, fragte Carol, die noch aufgeregter war als ihre beste Freundin.

»Ich weiß noch nicht genau, aber in ein paar Wochen.«

»So bald schon?«

»Wir warten noch auf unsere Pässe. Wir haben heute Nachmittag neue beantragt.«

»Wir? Du brichst in Begleitung auf?«

Alice errötete leicht und erzählte Carol von der Abmachung, die sie mit ihrem Flurnachbarn getroffen hatte.

»Bist du sicher, dass er das nicht nur tut, um dich zu verführen?«

»Daldry? Großer Gott, nein! Ich habe ihm übrigens dieselbe Frage gestellt, geradeheraus.«

»So frech und unverfroren warst du?«

»Ich habe gar nicht weiter nachgedacht, es ergab sich so in unserem Gespräch. Er meinte, es sei nicht besonders schlau, eine Frau, die er erobern wolle, in die Arme ihres Märchenprinzen zu führen.«

»Das stimmt allerdings«, gab Carol zu. »Sein einziges Interesse besteht also darin, in deine Parfüms zu investieren? Er scheint ja verdammtes Vertrauen in dein Talent zu haben.«

»Mehr als du jedenfalls! Ich weiß nicht, was ihn am meisten motiviert: ein Erbe verbraten, das er nicht haben wollte, eine Reise machen oder einfach nur unter meinem Glasdach malen. Allem Anschein nach träumt er seit Jahren davon, und ich habe ihm versprochen, dass er meine Wohnung in meiner Abwesenheit nutzen darf. Er kehrt früher als ich zurück.«

»Hast du vor, so lange fortzubleiben?«, fragte Carol traurig.

»Keine Ahnung.«

»Hör zu, Alice, ich will hier nicht die Rolle des Spielverderbers übernehmen, zumal ich die Erste war, die dir zugeraten hat. Aber jetzt, da die Dinge konkret werden, kommt es mir doch etwas verrückt vor, so weit zu reisen, weil eine Hellseherin dir die große Liebe vorausgesagt hat.«

»Aber ich breche doch nicht deshalb auf. So frustriert bin ich nun auch nicht. Aber ich drehe mich im Kreis in meinem Atelier und habe seit Monaten nichts mehr kreiert.

Ich ersticke in dieser Stadt, in diesem Leben. Ich will Seeluft schnuppern, mich an neuen Düften und unbekannten Landschaften berauschen.«

»Schreibst du mir?«

»Natürlich. Glaubst du etwa, ich lasse mir eine Gelegenheit wie diese entgehen, um dich neidisch zu machen?«

»Unterdessen überlässt du mir ganz allein die drei Jungen!«, erwiderte Carol.

»Wer sagt dir, dass ich ihre Gedanken in der Ferne nicht weit mehr beschäftige? Ist dir noch nie zu Ohren gekommen, dass der Mangel das Verlangen steigert?«

»Nein, so einen Blödsinn habe ich noch nie gehört. Und ich hatte auch nicht den Eindruck, dass du das Zentrum ihres Interesses bist. Hast du vor, sie in deine Reisepläne einzuweihen?«

Alice erklärte, sie wolle morgen ein Abendessen bei sich organisieren. Carol aber meinte, sie müsse gar nicht viel Aufhebens um die Sache machen. Schließlich sei sie mit keinem der Jungen verlobt. Sie müsse niemanden um Erlaubnis bitten.

»Erlaubnis wozu?«, fragte Anton und nahm auf der Sitzbank Platz.

»Um geheime Archive aufzusuchen«, antwortete Carol, ohne zu wissen, wie sie auf diese Idee gekommen war.

»Was für Archive?«, erkundigte sich Anton.

Nun kamen auch Sam und Eddy, und die Bande war komplett. Alice richtete ihren Blick auf Anton und verkündete ihre Absicht, in die Türkei zu reisen.

Ein langes Schweigen folgte.

Eddy, Sam und Anton starrten Alice fassungslos an und brachten kein einziges Wort hervor. Carol schlug mit der Faust auf die Tischplatte.

»Sie hat nicht gesagt, dass sie sterben, sondern dass sie verreisen wird. Ihr könnt also ruhig wieder atmen.«

»Warst du auf dem Laufenden?«, fragte Anton, an Carol gewandt.

»Seit einer Viertelstunde«, erwiderte sie irritiert. »Tut mir leid, ich hatte keine Zeit, euch ein Telegramm zu schicken.«

»Bleibst du lange weg?«, fragte Anton.

»Sie weiß es noch nicht«, antwortete Carol an Alices Stelle.

»Ganz allein so weit reisen …«, meinte Sam. »Ist das wirklich vernünftig?«

»Sie reist mit ihrem Flurnachbarn, dem Griesgram, der neulich abends bei ihr aufgekreuzt ist«, präzisierte Carol.

»Du machst dich mit diesem Typen auf die Reise? Ist da was zwischen euch?«

»Aber nein«, erwiderte Carol. »Sie haben sich zusammengetan zu einer Art Geschäftsbeziehung. Alice sucht in Istanbul nach Anregungen zu neuen Parfüms. Wenn ihr zu den Reisekosten beitragen wollt, könnt ihr dadurch vielleicht noch Aktionär ihrer zukünftigen großen Firma werden. Wenn euch der Sinn danach steht, so zögert nicht, meine Herren! Vielleicht tagt ihr in einigen Jahren im Verwaltungsrat von Pendelbury & Associates.«

»Ich habe da mal eine Frage«, unterbrach Eddy, der bislang noch nichts gesagt hatte. »Könnte sich Alice, bis sie Präsidentin eines multinationalen Unternehmens geworden ist, vielleicht selbst äußern, oder muss man sich fortan erst an dich wenden, um mit ihr ins Gespräch zu kommen?«

Alice lächelte und strich Anton über die Wange.

»Es ist wirklich eine Geschäftsreise, und da ihr meine Freunde seid, lade ich euch am Freitag zu mir nach Hause ein, um meine Abreise zu feiern. Es hat also keinen Sinn, mir dieses Unternehmen auszureden.«

»Brichst du schon so bald auf?«, wollte Anton wissen.

»Das Datum steht noch nicht fest«, erwiderte Carol, »aber …«

»Sobald wir unsere neuen Pässe haben«, fiel ihr Alice ins Wort. »Ich möchte große Abschiedszeremonien vermeiden, darum verabschiede ich mich lieber früher von euch. Und wenn ihr mir gleich am nächsten Tag fehlt, habe ich immerhin noch Zeit, euch zu besuchen.«

Mit diesen Worten endete der Abend. Den Jungen war nicht mehr nach feiern zumute. Sie umarmten sich auf dem Bürgersteig vor dem Pub. Anton zog Alice beiseite.

»Ich schreibe dir, ich verspreche dir, jede Woche einen Brief loszuschicken«, erklärte sie, bevor er etwas sagen konnte.

»Was suchst du dort, was du bei uns nicht finden könntest?«

»Das sage ich dir, wenn ich zurück bin.«

»Falls du zurückkommst.«

»Mein lieber Anton, ich unternehme diese Reise nicht nur für meine Karriere. Es ist mir einfach ein Bedürfnis, verstehst du?«

»Nein, aber ich werde ja demnächst Muße haben, darüber nachzudenken. Gute Reise, Alice, pass auf dich auf und schreib mir nur, wenn du wirklich Lust dazu hast.«

Damit wandte er sich ab und entfernte sich mit hängendem Kopf, die Hände tief in den Taschen vergraben.

An diesem Abend begleiteten die Jungen die Mädchen nicht. In Gedanken versunken, liefen Alice und Carol die Straße entlang, ohne ein Wort zu wechseln.

Wieder zu Hause, machte Alice kein Licht, zog sich aus, schlüpfte unter die Bettdecke und betrachtete die Mondsichel über dem Glasdach. Ein Halbmond, dachte sie bei sich, der dem auf der türkischen Flagge ein wenig glich.

Am Freitagnachmittag klopfte Daldry an Alices Tür. Er trat in die Wohnung und wedelte stolz mit zwei Reisepässen vor ihrem Gesicht.

»Hier die vorschriftsmäßigen Papiere. Es kann losgehen!«

»Schon?«, fragte Alice.

»Und dazu die Visa! Habe ich Ihnen nicht gesagt, dass ich gute Beziehungen habe? Ich habe die Pässe heute Morgen abgeholt und mich sofort zum Reisebüro begeben, um die letzten Einzelheiten zu klären. Wir brechen am Montag auf. Halten Sie sich für acht Uhr morgens bereit.«

Daldry deponierte den Pass auf Alices Arbeitstisch und kehrte sogleich in seine Wohnung zurück.

Alice blätterte verträumt in dem Dokument und legte es schließlich auf die Truhe.

Im Laufe des Abends gab sich jeder vergnügt, doch es wollte keine richtige Stimmung aufkommen. Anton hatte sie versetzt. Seitdem Alice ihre Reise angekündigt hatte, war die Bande schon nicht mehr dieselbe. Es war noch nicht Mitternacht, als Eddy, Carol und Sam beschlossen heimzugehen.

Man nahm sich mehrmals fest in die Arme und wünschte sich immer wieder alles Gute. Alice versprach, oft zu schreiben und Unmengen an Souvenirs aus dem Basar von Istanbul mitzubringen. Auf der Türschwelle versprach Carol, in Tränen aufgelöst, sich um die Jungen zu kümmern wie um ihre eigene Familie und Anton zur Vernunft zu bringen.

Alice blieb auf dem Flur stehen, bis es im Treppenhaus ganz still geworden war, und kehrte dann bedrückt in ihre Wohnung zurück.

Kapitel 6

Am Montagmorgen um acht Uhr warf Alice, den Koffer in der Hand, einen letzten Blick durch ihre Wohnung, ehe sie die Tür hinter sich abschloss. Mit klopfendem Herzen stieg sie die Treppe hinab, Daldry erwartete sie unten schon im Taxi.

Der Fahrer des Wagens verstaute ihr Gepäck im Kofferraum. Alice nahm auf der Rückbank neben Daldry Platz, der sie begrüßte, ehe er den Fahrer bat, sie nach Harmondsworth zu bringen.

»Nicht zum Bahnhof?«, fragte Alice beunruhigt.

»Nein«, gab Daldry lakonisch zurück.

»Und warum nach Harmondsworth?«

»Weil sich dort der Flughafen befindet. Ich wollte Sie überraschen, wir reisen durch die Lüfte, so gelangen wir schneller nach Istanbul als mit dem Zug.«

»Wie, durch die Lüfte?«, fragte Alice.

»Ich habe im Hyde Park zwei Enten gekidnappt. Aber wir fliegen natürlich mit dem Flugzeug! Ich nehme an, für Sie ist das auch das erste Mal. Die Reisegeschwindigkeit beträgt zweihundertfünfzig Stundenkilometer und die Höhe siebentausend Meter. Ist das nicht einfach unglaublich?«

Während das Taxi aus der Stadt heraus über Land fuhr und Alice die grünen Wiesen vorbeiziehen sah, fragte sie sich, ob sie nicht lieber auf festem Boden bleiben würde, selbst wenn die Reise länger wäre.

»Und stellen Sie sich vor«, setzte Daldry aufgeregt hinzu, »wir machen in Paris Zwischenstopp und dann auch in Wien, wo wir eine Nacht verbringen, und statt erst in einer Woche anzukommen, sind wir schon morgen in Istanbul.«

»So eilig haben wir es ja auch wieder nicht«, warf Alice ein.

»Jetzt sagen Sie nur nicht, Sie hätten Angst, in ein Flugzeug zu steigen.«

»Woher soll ich das wissen?«

Der Londoner Flughafen befand sich noch im Bau. Drei Asphaltpisten waren schon in Betrieb, und ein ganzes Bataillon von Traktoren legte drei weitere an. Die jungen Fluggesellschaften – BOAC, KLM, British South American Airways, Irish Airline, Air France, Sabena – drängten sich in Zelten und Wellblechschuppen, die ihnen als Terminals dienten. In der Mitte des Flughafens wurde das erste Gebäude errichtet, und wenn das einmal fertiggestellt wäre, würde der Londoner Flughafen weniger militärisch wirken.

Auf dem Rollfeld parkten Maschinen der Royal Air Force und Linienflugzeuge.

Das Taxi hielt vor einem Gitterzaun. Daldry nahm ihre Koffer und führte Alice zum Zelt der Air France. Am Schalter legte er die Tickets vor. Der Mann vom Bodenpersonal empfing sie voller Ehrerbietung, rief einen Gepäckträger und reichte Daldry zwei Bordkarten.

»Ihr Flug ist pünktlich«, erklärte er, »wir werden bald die Passagiere aufrufen. Wenn Sie inzwischen Ihre Pässe von der Zollbehörde abstempeln lassen würden. Der Träger wird Sie hinführen.«

Nachdem die Formalitäten erledigt waren, nahmen Alice und Daldry auf einer Bank Platz. Jedes Mal, wenn ein Flugzeug startete, unterbrach der ohrenbetäubende Lärm der Motoren ihr Gespräch.

»Ich glaube, ich habe doch ein bisschen Angst«, gestand Alice schließlich.

»Anscheinend ist es an Bord weniger laut. Glauben Sie mir, diese Maschinen sind viel sicherer als unsere Autos. Ich bin überzeugt, sobald wir in der Luft sind, werden Sie das Schauspiel, das sich uns bietet, voll und ganz genießen. Wussten Sie, dass man uns Essen servieren wird?«

»Machen wir in Frankreich Station?«, fragte Alice.

»In Paris, aber wir haben gerade nur Zeit, das Flugzeug zu wechseln, leider nicht genug, um uns in die Stadt zu begeben.«

Der Angestellte der Air France holte sie und die anderen Fluggäste ab und geleitete sie über das Rollfeld.

Sie wurden zu einer riesigen Maschine geführt, hinter deren Pilotenkanzel eine Gangway nach oben führte. Auf der obersten Stufe nahm eine attraktiv gekleidete Stewardess die Passagiere in Empfang. Ihr Lächeln beruhigte Alice. Was für ein unglaublicher Beruf, dachte sie, als sie in die DC-4 stieg.

Das Innere war viel geräumiger, als sie vermutet hatte. Alice setzte sich in einen Sessel, der ebenso bequem war wie ihrer zu Hause, nur dass er über einen Sicherheitsgurt verfügte. Die Stewardess zeigte ihr, wie man ihn schloss und im Notfall wieder öffnete.

»Im Notfall?«, fragte Alice besorgt.

»Ich weiß auch nicht, wann das sein soll«, sagte die Stewardess und zeigte ein noch betörenderes Lächeln. »Ich habe noch keinen erlebt. Seien Sie unbesorgt, Miss, wir werden einen guten Flug haben. Ich mache diese Reise jeden Tag und werde ihrer nicht überdrüssig.«

Die Tür wurde geschlossen. Dann kam der Pilot, begrüßte die Gäste und kehrte in sein Cockpit zurück, wo der Kopilot die Checkliste durchging. Die Motoren sprangen knatternd an, und über den Tragflächen waren Funkengarben zu sehen, während die Propeller sich mit Höllenlärm zu drehen begannen und bald so schnell waren, dass man die Blätter nicht mehr erkannte.

Alice lehnte sich in ihrem Sitz zurück und umklammerte die Armlehnen.

Das ganze Flugzeug begann zu vibrieren, die Bremsklötze wurden von den Rädern entfernt, und schon rollte die Maschine über die Piste. Alice, die in der zweiten Reihe saß, entging nichts von dem Austausch zwischen dem Cockpit und dem Kontrollturm. Der Funker hörte die Anweisungen des Fluglotsen und gab sie an die Piloten weiter. Diese bestätigten den Erhalt der Nachricht in einem Englisch, das Alice nicht zu entschlüsseln vermochte.

»Dieser Kerl hat einen unglaublichen Akzent«, sagte sie zu Daldry. »Die Leute, mit denen er spricht, verstehen vermutlich kein einziges Wort.«

»Wenn Sie die Bemerkung erlauben, es ist wichtiger, dass er ein guter Pilot denn ein Sprachgenie ist. Entspannen Sie sich und genießen Sie den Ausblick. Denken Sie an Adrienne Bolland, wir fliegen unter Bedingungen, die mit den ihren nicht vergleichbar sind.«

»Das will ich doch hoffen!«, sagte Alice und rutschte noch tiefer in ihren Sitz.

Die DC-4 hatte ihre Startposition erreicht. Die vier Motoren heulten auf, und die Maschine vibrierte noch heftiger. Der Pilot drückte die Gashebel nach vorn, und es ging los.

Alice presste die Nase ans Fenster. Der Flughafen zog vorüber, und plötzlich empfand sie ein unbekanntes Gefühl, die Räder hatten sich vom Boden gelöst, das Flugzeug schwebte in der Luft und stieg langsam höher. Und je mehr die Maschine an Höhe gewann, desto winziger wurden die Felder, Wiesen und Bauernhöfe unter ihnen.

»Das ist wundervoll«, sagte Alice, »glauben Sie, wir durchqueren die Wolken?«

»Das wünsche ich uns«, sagte Daldry und schlug seine Zeitung auf.

Auf das Festland folgte bald das Meer. Alice hätte gerne die Wellenkämme gezählt, die sich auf dem unendlichen Blau abzeichneten.

Der Pilot erklärte, sie würden sich nun der französischen Küste nähern.

Der Flug dauerte insgesamt knapp zwei Stunden. Paris kam in Sicht, und Alice wurde noch aufgeregter, als sie meinte, in der Ferne den Eiffelturm auszumachen.

Der Zwischenstopp in Orly war kurz. Ein Angestellter der Fluggesellschaft führte Alice und Daldry über das Rollfeld zu einer anderen Maschine. Alice hörte nicht zu, was Daldry ihr erzählte, sie dachte nur an den nächsten Start.

Der Air-France-Flug von Paris nach Wien war unruhiger als der von London in die französische Hauptstadt. Alice amüsierte sich köstlich, wenn sie auf ihrem Sitz durchgeschüttelt wurde, sobald sie in Turbulenzen gerieten. Daldry schien es weniger gut zu gehen. Nach einem üppigen Mittagessen zündete er sich eine Zigarette an und bot auch Alice eine an, die aber ablehnte. In eine Modezeitschrift vertieft, träumte sie beim Anblick der letzten Kollektionen der Pariser Haute Couture. Sie bedankte sich zum x-ten Mal bei Daldry und versicherte ihm, nie hätte sie sich vorstellen können, so etwas zu erleben, und nie sei sie glücklicher gewesen. Daldry erwiderte, das bereite ihm große Freude, und bat sie, sich ein wenig auszuruhen, abends würden sie in Wien essen gehen.

Österreich war schneebedeckt. Die weißen Bergketten schienen sich unendlich weit hinzuziehen, und Alice war beeindruckt von ihrer Schönheit. Daldry hatte einen guten Teil des Flugs verschlafen und wachte erst auf, als sich die DC-4 im Landeanflug befand.

»Bitte sagen Sie mir, dass ich nicht geschnarcht habe«, flehte er, als er die Augen öffnete.

»Nicht so laut wie der Motorenlärm«, entgegnete Alice und lächelte.

Die Räder setzten auf, und die Maschine rollte zu einem Hangar. Eine Fluggasttreppe wurde herangeschoben, damit die Passagiere aussteigen konnten.

Mit einem Taxi fuhren sie ins Stadtzentrum. Daldry gab dem Fahrer als Ziel das Hotel Sacher an. Als sie sich dem Heldenplatz näherten, geriet vor ihnen auf dem Glatteis ein Lieferwagen ins Schleudern und kippte um.

Der Taxichauffeur konnte gerade noch ausweichen. Die Fußgänger eilten dem Fahrer des Lieferwagens zu Hilfe, der unverletzt aus seiner Kabine stieg, der Verkehr aber war blockiert. Daldry warf wiederholt einen Blick auf seine Uhr und murmelte zu Alices Befremden: »Wir kommen zu spät.«

»Wir sind knapp einem Unfall entronnen, und Sie sorgen sich um die Zeit?«

Ohne sie weiter zu beachten, bat Daldry den Taxifahrer, eine Möglichkeit zu finden, um sie aus diesem Stau zu befreien. Doch der Mann sprach kein Englisch und begnügte sich damit, die Schultern zu zucken und auf das Durcheinander vor ihnen zu deuten.

»Wir kommen zu spät!«, wiederholte Daldry noch einmal.

»Aber wohin kommen wir denn zu spät?«, fragte Alice.

»Das sehen Sie schon noch – vorausgesetzt, wir bleiben nicht die ganze Nacht hier stecken.«

Alice öffnete die Tür und stieg wortlos aus dem Taxi.

»Na wunderbar, jetzt ist sie auch noch beleidigt«, rief Daldry und kurbelte die Scheibe herunter.

»Und Sie sind ganz schön dreist! Schließlich meckern Sie ständig, ohne mir zu erklären, warum Sie so ungeduldig sind.«

»Weil ich es nicht sagen will, das ist alles.«

»Nun, wenn Sie es sich anders überlegt haben, dann steige ich auch wieder ein.«

»Alice, seien Sie nicht kindisch und setzen Sie sich wieder! Sie werden sich noch erkälten. Außerdem brauchen Sie die Lage nicht noch komplizierter zu machen, als sie es ohnehin schon ist. Heute ist wirklich mein Glückstag, dieser blöde Lieferwagen musste ausgerechnet genau vor uns umstürzen.«

»Welche Lage?«, fragte Alice, die Hände in die Hüften gestemmt.

»Unsere, wir stecken in diesem Stau fest, dabei sollten wir schon dabei sein, uns im Hotel umzuziehen.«

»Ach, gehen wir zu einem Ball?«, fragte Alice ironisch.

»Fast«, erwiderte Daldry, »aber mehr verrate ich nicht. Und jetzt steigen Sie ein, ich habe den Eindruck, die Sache entspannt sich.«

»Nun, ich habe eine bessere Sicht als Sie in dem Wagen und kann Ihnen versichern, dass sich nichts entspannt. Wir wollen zum Hotel Sacher, nicht wahr?«

»In der Tat, warum?«

»Weil ich von meinem Standort aus schon das Schild sehen kann, Herr Meckertopf. Ich denke, zu Fuß sind es keine fünf Minuten von hier.«

Daldry sah Alice verblüfft an. Da die Luftfahrtgesellschaft die Kosten für die Taxifahrt übernahm, stieg er einfach aus, holte ihr Gepäck aus dem Kofferraum und bat Alice, ihm zu folgen.

Trotz der rutschigen Bürgersteige schritt Daldry kräftig aus.

»Wir fallen noch hin«, rief Alice und hielt sich an Daldrys Ärmel fest. »Was gibt es denn um Himmels willen so Dringendes?«

»Wenn ich es Ihnen sage, ist es keine Überraschung mehr. Beeilen wir uns, ich sehe schon den Hoteleingang, keine dreihundert Meter mehr, und wir sind da.«

Der Portier kam ihnen entgegengeeilt, nahm das Gepäck und hielt ihnen die Tür auf.

Alice bewunderte den großen Kristalllüster, der in der Mitte der Halle hing. Daldry hatte zwei Zimmer reserviert. Er füllte die Anmeldeformulare aus und ließ sich die Schlüssel geben. Dann sah er auf die Wanduhr in der Bar und machte ein betroffenes Gesicht.

»So, nun ist es zu spät!«

»Wenn Sie es sagen«, meinte Alice.

»Was soll's, wir gehen einfach hin, unter unseren Mänteln sieht man sowieso nichts.«

Daldry führte sie im Laufschritt über die Straße. Vor ihnen erhob sich ein prächtiger Bau im Stil der Neorenaissance. Zu beiden Seiten der Hauptfassade erhoben sich mächtige schwarze Reiterstatuen, die den Eindruck erweckten, als wollten sie jeden Augenblick losgaloppieren. Die Kupferkuppel der Oper war gewaltig.

Männer im Smoking und Frauen in langen Kleidern eilten die Treppe hinauf. Daldry fasste Alice beim Arm und schloss sich ihnen an.

»Sagen Sie bloß nicht …«, flüsterte Alice ihm zu.

»Dass wir in die Oper gehen? Doch! Ich habe diese kleine Überraschung für uns vorbereitet. Das Reisebüro in London hat sich um alles gekümmert. Unsere Eintrittskarten liegen an der Kasse bereit. Es ist unmöglich, eine Nacht in Wien zu verbringen, ohne hier eine musikalische Darbietung zu sehen.«

»Aber doch nicht in dem Aufzug, in dem ich gereist bin«, sagte Alice. »Sehen Sie sich die Leute ringsumher an, ich wirke dagegen wie ein Aschenputtel.«

»Was glauben Sie, warum ich mich in dem verdammten Taxi so aufgeregt habe? Abendkleidung ist Vorschrift, also machen Sie es so wie ich: Knöpfen Sie Ihren Mantel gut zu, wir werden ablegen, wenn es einmal dunkel im Saal ist. Und bitte keine weiteren Bemerkungen, für Mozart bin ich zu allem bereit.«

Alice war so glücklich, zum ersten Mal in die Oper zu gehen, dass sie Daldry ohne weitere Einwände gehorchte. In der Hoffnung, der Aufmerksamkeit der Portiers, Kontrolleure und Programmverkäufer in der großen Halle zu entgehen, schlängelten sie sich durch die Zuschauermenge. Daldry nannte der Dame an der Kasse seinen Namen. Sie rückte ihre Brille zurecht und fuhr mit einem Holzlineal über die lange Liste vor sich.

»Mister und Misses Daldry aus London«, sagte sie schließlich mit einem starken österreichischen Akzent und reichte ihm die Karten.

Ein Klingelzeichen verkündete den Beginn der Aufführung. Alice hätte gerne Zeit gehabt, die Örtlichkeiten zu bewundern, die prachtvolle große Treppe, die riesigen Lüster, die Vergoldungen, aber Daldry ließ ihr nicht die Muße dazu. Er zog sie pausenlos am Arm, damit sie im Zuschauerstrom, der auf den Einlass zustrebte, verborgen blieben. Als die Reihe an ihnen war, hielt Daldry den Atem an. Der Kontrolleur bat sie, ihre Mäntel an der Garderobe abzugeben, doch Daldry tat, als würde er nichts verstehen. Die Wartenden hinter ihnen wurden ungeduldig, und so verdrehte der Mann schließlich die Augen, riss das Ticket ab und ließ sie durch. Die Platzanweiserin musterte Alice und bat sie ebenfalls, ihren Mantel abzulegen. Es sei verboten, ihn im Saal anzubehalten. Alice wurde rot, Daldry empörte sich und tat wieder so, als würde er kein Wort verstehen, doch die Platzanweiserin hatte ihn durchschaut und bat ihn in korrektem Englisch, der Aufforderung Folge zu leisten. Die Kleiderordnung sei strikt und Abendkleidung Vorschrift.

»Nachdem Sie unsere Sprache sprechen, Miss, können wir uns vielleicht einigen. Wir kommen gerade vom Flughafen, und wegen eines dummen Unfalls auf den vereisten Straßen haben wir uns nicht mehr umziehen können.«

»Misses, nicht Miss«, antwortete die Platzanweiserin. »Und was auch immer die Gründe sein mögen, Sie müssen zwingend einen Smoking und Madame ein Abendkleid tragen.«

»Aber was kann das schon ausmachen, es ist schließlich dunkel!«

»Ich mache die Vorschriften nicht, hingegen ist es meine Aufgabe, ihre Einhaltung zu überwachen. Hinter Ihnen warten noch andere Leute, Sir, gehen Sie zur Kasse, da werden Ihnen die Karten zurückerstattet.«

»Aber jede Regel hat eine Ausnahme, und das trifft sicher

auch auf die Ihre zu«, rief Daldry ungeduldig. »Wir sind nur einen Abend hier, und ich bitte Sie, ein Auge zuzudrücken.«

Die Platzanweiserin musterte Daldry mit einer Miene, die keine Hoffnung zuließ.

Alice bat ihn, keinen Skandal zu machen. »Kommen Sie, das ist nicht so schlimm. Es war eine wundervolle Idee und eine unglaubliche Überraschung. Lassen Sie uns essen gehen, wir sind müde und hätten vielleicht ohnehin nicht die ganze Oper durchgehalten.«

Daldry warf der Platzanweiserin einen vernichtenden Blick zu, nahm die Karten wieder an sich und zerriss sie vor ihren Augen, ehe er Alice ins Foyer zog.

»Ich bin außer mir«, sagte er, während sie die Oper verließen. »Es handelt sich ja schließlich nicht um eine Modenschau, sondern um Musik.«

»Das ist hier eben Sitte, daran muss man sich halten«, gab Alice zurück, um ihn zu besänftigen.

»Nun, es ist eine groteske Sitte, das ist alles«, schimpfte Daldry, als sie auf die Straße traten.

»Merkwürdig«, sagte Alice, »wenn Sie wütend werden, sieht man Ihr Kindergesicht. Sie müssen ein verdammter Dickkopf gewesen sein.«

»Ich hatte einen guten Charakter und war ein einfaches Kind!«

»Das glaube ich Ihnen keine Sekunde«, rief Alice und lachte.

Auf der Suche nach einem Restaurant liefen sie um die Oper herum.

»Wegen dieser blöden Platzanweiserin verpasse ich *Don Giovanni*. Ich kann mich gar nicht beruhigen. Der Mann vom Reisebüro hatte unglaubliche Mühe, die Karten zu bekommen.«

Alice hatte eine kleine Tür bemerkt, durch die Bühnenarbeiter herausgekommen waren. Sie war nicht vollständig geschlossen, und Alice lächelte schelmisch.

»Wären Sie bereit, eine Nacht auf der Polizeistation zu verbringen, um Ihren *Don Giovanni* zu hören?«

»Ich habe Ihnen doch schon gesagt, für Mozart wäre ich zu allem bereit.«

»Dann folgen Sie mir, mit etwas Glück kann ich dieses Mal vielleicht Sie überraschen.«

Alice drückte die angelehnte Tür auf und sagte Daldry, er solle ihr leise folgen. Sie liefen über einen langen, in rötliches Halbdunkel getauchten Gang.

»Wohin gehen wir?«, flüsterte Daldry.

»Ich habe keine Ahnung«, erwiderte Alice leise. »Aber ich glaube, wir befinden uns auf dem richtigen Weg.«

Alice folgte der Musik, die immer lauter wurde. Sie zeigte Daldry eine Leiter, die zu einem weiteren, noch höher gelegenen Gang führte.

»Und wenn wir erwischt werden?«, fragte Daldry.

»Dann sagen wir, wir hätten uns auf dem Weg zur Toilette verlaufen. Und jetzt klettern Sie hinauf und seien Sie still.«

Alice ging in dem zweiten Gang weiter, Daldry folgte ihr in Richtung des immer deutlicheren Gesangs. Alice hob den Kopf. Über ihnen befand sich eine an Stahlseilen befestigte Brücke.

»Ist das nicht gefährlich?«, fragte Daldry.

»Vermutlich schon, wir steigen immer höher, aber sehen Sie runter, ist das nicht wundervoll?«

Unterhalb der Brücke entdeckte Daldry plötzlich die Bühne.

Von Don Giovanni sahen sie zwar nichts als den Hut und das Kostüm und auch nicht das gesamte Dekor, dafür aber hatten sie einen unvergleichlichen Blick auf eines der schönsten Opernhäuser der Welt.

Alice setzte sich und ließ die Beine im Rhythmus der Musik in der Luft baumeln. Verzückt von dem, was sich tief unten abspielte, nahm Daldry neben ihr Platz.

Später, als Don Giovanni Zerlina und Masetto zum Ball einlud, flüsterte Daldry Alice zu, der erste Akt sei bald vorüber.

Alice erhob sich lautlos.

»Wir sollten lieber vor der Pause gehen«, schlug sie vor. »Sonst erwischen uns noch die Bühnenarbeiter, wenn es hell wird.«

Voll Bedauern machte Daldry sich auf den Weg. So diskret wie möglich gingen sie zurück, trafen unterwegs einen Beleuchter, der ihnen jedoch keine weitere Beachtung schenkte, und verließen die Oper durch den Bühnenausgang.

»Was für ein Abend!«, rief Daldry auf dem Bürgersteig aus. »Ich würde gerne zu unserer Platzanweiserin zurückkehren und ihr sagen, dass der erste Akt wunderbar war!«

»Ein ungezogenes Kind! Wirklich ein ungezogenes Kind!«

»Ich habe Hunger!«, meinte Daldry daraufhin. »Diese kleine Eskapade hat meinen Appetit angeregt.«

Auf der anderen Seite der Kreuzung entdeckte er ein Wirtshaus, doch plötzlich fiel ihm auf, dass Alice erschöpft war.

»Was halten Sie von einem schnellen Abendessen im Hotel?«, schlug er vor.

Alice ließ sich nicht lange bitten.

Als sie gegessen hatten, ging jeder in sein Zimmer, und wie in London verabschiedeten sie sich auf dem Gang. Am nächsten Morgen um neun Uhr wollten sie sich in der Hotelhalle treffen.

Alice setzte sich an den kleinen Schreibtisch vor ihrem Fenster. In der Schublade fand sie Schreibutensilien, bewunderte die Qualität des Papiers und begann, einen Brief an Carol zu schreiben. Sie berichtete von ihren Reiseeindrücken und dem seltsamen Gefühl, das sie empfunden hatte, als sie sich von England entfernten. Sie beschrieb den unglaublichen Abend in Wien. Dann faltete sie das Blatt zusammen und warf es ins Feuer, das im Kamin ihres Zimmers knisterte.

Am nächsten Morgen trafen sich Alice und Daldry zur verabredeten Zeit. Ein Taxi brachte sie zum Wiener Flughafen, dessen Start- und Landebahnen bereits aus der Ferne zu erkennen waren.

»Ich sehe unser Flugzeug schon, und die Wettervorhersage ist gut. Wir werden also sicher pünktlich starten«, sagte Daldry, um die Stille zu durchbrechen, die seit ihrer Abfahrt herrschte.

Alice blieb schweigsam, bis sie den Terminal erreicht hatten.

Gleich nach dem Abflug schloss sie die Augen und schlief ein. Bei etwas stärkeren Turbulenzen glitt ihr Kopf auf die Schulter ihres Nachbarn. Daldry war wie erstarrt. Auf das Essenstablett, das ihm die Stewardess anbot, verzichtete er, um Alice nicht zu wecken. Im Tiefschlaf rutschte diese weiter auf ihn und legte die Hand auf seine Brust. Einen Moment lang glaubte Daldry, sie würde ihn rufen, doch es war nicht sein Name, den sie hauchte. Ihre Lippen öffneten sich, und sie sprach andere unverständliche Worte, bevor sie fast ganz auf seinen Schoß sank. Er hüstelte, doch nichts vermochte Alice aus ihren Träumen zu reißen. Eine Stunde vor der Landung schlug sie die Augen auf, und Daldry schloss die seinen und tat so, als würde auch er schlafen. Als sie bemerkte, in welcher

Lage sie sich befand, errötete Alice. Doch dann stellte sie fest, dass Daldry eingenickt war, und flehte zum Himmel, er möge nicht aufwachen, während sie sich vorsichtig aufrichtete.

Sobald sie auf ihrem Platz saß, gähnte Daldry ausgiebig, streckte sich, schüttelte seinen schmerzenden linken Arm und erkundigte sich nach der Uhrzeit.

»Ich glaube, wir sind bald da«, sagte Alice.

»Ich habe von dem Flug gar nichts mitbekommen«, log Daldry und massierte seine Hand.

»Sehen Sie nur«, rief Alice, die Nase ans Fenster gedrückt, »Wasser, so weit das Auge reicht!«

»Ich nehme an, unter uns liegt das Schwarze Meer, ich hingegen sehe nur Ihre Haare.«

Alice lehnte sich zurück, um den Ausblick mit ihrem Nachbarn zu teilen.

»Wir werden tatsächlich bald landen, und ich habe nichts gegen die Vorstellung, meine Arme zu bewegen.«

Bald darauf lösten Alice und Daldry ihre Sicherheitsgurte. Beim Aussteigen dachte Alice an ihre Freunde in London. Sie war erst seit zwei Tagen unterwegs, doch ihr kam es vor wie zwei Wochen. Ihre Wohnung lag weit in der Vergangenheit, und als sie den Fuß auf türkischen Boden setzte, zog sich ihr Herz zusammen.

Daldry holte das Gepäck. Bei der Passkontrolle fragte der Zöllner sie nach dem Grund ihrer Reise. Daldry sah Alice an und antwortete dann, sie seien gekommen, um Alices künftigen Ehemann zu treffen.

»Ihr Verlobter ist Türke?«, fragte der Zöllner und betrachtete erneut ihren Pass.

»Um die Wahrheit zu sagen, wissen wir das noch nicht. Mag sein, dass er es ist, die einzige Gewissheit ist, dass er in der Türkei lebt.«

»Sie kommen in die Türkei, um einen Mann zu heiraten, den Sie nicht kennen?«, wollte der Beamte wissen.

Und ehe Alice antworten konnte, bestätigte Daldry, dass es sich genauso verhalte.

»Gibt es in England keine guten Ehemänner?«, fuhr der Mann fort.

»Wahrscheinlich doch«, gab Daldry zurück, »aber keinen, der dieser jungen Dame gefällt.«

»Und Sie, Sir, sind Sie auch gekommen, um in unserem Land eine Frau zu suchen?«

»Großer Gott, nein, ich begleite sie nur.«

»Warten Sie hier«, sagte der Zöllner, den diese Erklärung verwundert hatte.

Er ging zu einem verglasten Büro, und Daldry und Alice beobachteten, wie er sich mit seinem Vorgesetzten unterhielt.

»Mussten Sie dem Zöllner so einen Unsinn auftischen?«, erregte sich Alice.

»Was sollte ich ihm sonst sagen? Soweit ich weiß, ist das der Sinn unserer Reise, und ich hasse es, gegenüber den Behörden zu lügen.«

»Auf dem Passamt scheint Sie das aber nicht weiter gestört zu haben.«

»Ja, aber das war bei uns, hier sind wir im Ausland, und da muss man sich wie ein perfekter Gentleman verhalten.«

»Wegen Ihrer Kindereien werden wir uns noch Ärger einhandeln, Daldry.«

»Aber nein, Sie werden sehen, es lohnt sich immer, die Wahrheit zu sagen.«

Alice sah, wie der Vorgesetzte mit den Schultern zuckte und dem Beamten die Pässe reichte, der daraufhin zu ihnen zurückkam.

»Alles in Ordnung«, bestätigte er. »Es gibt kein Gesetz, das es verbietet, in die Türkei zu kommen, um zu heiraten. Ich wünsche Ihnen einen angenehmen Aufenthalt und alles Gute. Gebe Gott, dass Sie einen ehrlichen Mann finden.«

Alice bedankte sich mit einem unterdrückten Seufzer und nahm ihren gestempelten Pass an sich.

»Na, hatte ich nicht recht?«, tönte Daldry, als sie den Flughafen verließen.

»Sie hätten sich damit begnügen können, ihm zu sagen, dass wir hier Urlaub machen wollen.«

»Das wäre bei den verschiedenen Namen in unseren Pässen aber sehr unschicklich gewesen.«

»Sie können einen zur Verzweiflung treiben«, sagte Alice und stieg in ein Taxi.

»Wie sieht er Ihrer Meinung nach aus?«, fragte Daldry, der neben Alice Platz nahm.

»Wer?«

»Der mysteriöse Mann, dessentwegen wir eigentlich hier sind.«

»Seien Sie nicht albern, ich bin hier, um ein neues Parfüm zu erfinden … Ich stelle es mir bunt, sinnlich und zugleich leicht vor.«

»Was die Farbe angeht, bin ich unbesorgt, denn farbloser als wir armen Engländer kann man schwerlich sein. Was die Leichtigkeit angeht … nun, falls Sie dabei auf meinen Humor anspielen, so bin ich da wohl konkurrenzlos, fürchte ich. Na ja und die Sinnlichkeit – da lasse ich Sie selbst entscheiden! Gut, ich will Sie nicht länger aufziehen, ich sehe, dass Sie nicht in Stimmung dazu sind.«

»Ich bin bester Laune, aber ich hätte es wirklich vorgezogen, vor dem Zöllner nicht wie eine gewöhnliche Abenteurerin dazustehen.«

»Dann sagen Sie sich einfach, dass ich ihn von jenem Passbild abgelenkt habe, das Ihnen in London so viel Sorgen gemacht hat.«

Alice versetzte Daldry einen Rippenstoß und wandte den Kopf zum Fenster.

»Sagen Sie noch mal, ich hätte einen schlechten Charakter! Sie waren als Kind bestimmt auch nicht jeden Tag ein Engel.«

»Mag sein, aber zumindest bin ich ehrlich genug, es zuzugeben.«

Die Fahrt durch die Vororte von Istanbul setzte ihren kleinen Streitereien ein Ende. Sie näherten sich jetzt dem Goldenen Horn. Schmale Gässchen, Häuser mit bunten, verspielten Fassaden und ihren typischen Erkern, Straßenbahnen und Taxis, die sich durch die breiten Straßen kämpften – die pulsierende Stadt fesselte ihre Aufmerksamkeit.

»Merkwürdig«, sagte Alice, »wir sind zwar weit von London entfernt, aber irgendwie ist mir dieser Ort vertraut.«

»Das liegt an meiner Gesellschaft«, spöttelte Daldry.

Das Taxi parkte in einer halbrunden, gepflasterten Auffahrt. Das Pera Palace Hotel, ein vornehmes Gebäude aus Quadersteinen, errichtet im französischen Stil, beherrschte die Meşrutiyet Caddesi im Tepebaşı-Viertel im Herzen des europäischen Teils der Stadt. Sechs Glaskuppeln krönten die riesige Eingangshalle, deren Dekor englische Holzarbeiten geschmackvoll mit orientalischen Mosaiken verband.

»Agatha Christie hatte hier ein festes Zimmer«, verkündete Daldry.

»Das ist viel zu luxuriös«, protestierte Alice, »eine einfache Familienpension hätte auch gereicht.«

»Der Wechselkurs in türkische Pfund ist zu unseren Gunsten«, erklärte Daldry. »Außerdem muss ich drakonische Maßnahmen ergreifen, wenn ich mein Erbe verschleudern will.«

»Wenn ich recht verstehe, Daldry, sind Sie erst mit zunehmendem Alter zu dem ungezogenen Kind geworden.«

»Eine angemessene Umkehr der Lage, meine Liebe, Rache ist süß. Und glauben Sie mir, ich hatte an meiner Jugend eine verdammte Revanche zu nehmen. Aber genug von mir. Wir wollen unsere Zimmer beziehen und uns dann in einer Stunde an der Bar treffen.«

Und eine Stunde später, während er auf Alice wartete, machte Daldry Cans Bekanntschaft. Der saß auf einem der vier Hocker vor der Theke und ließ seinen Blick durch den leeren Raum schweifen.

Can musste dreißig oder etwas älter sein. Er war elegant gekleidet: schwarze Hose, weißes Seidenhemd und eine Weste unter dem gut geschnittenen Jackett. Hinter einer runden Brille funkelten seine aufmerksamen, bernsteinfarbenen Augen.

Daldry nahm neben ihm Platz, bestellte beim Barkeeper einen Raki und wandte sich diskret an seinen Nachbarn. Can lächelte ihn an und fragte ihn in fast akzeptablem Englisch, ob er eine gute Reise gehabt habe.

»Ja, recht schnell und komfortabel«, antwortete dieser.

»Willkommen in Istanbul«, sagte Can.

»Woher wissen Sie, dass ich Engländer und gerade angekommen bin?«

»Ihre Kleidung ist englisch, und gestern waren Sie noch nicht hier«, erwiderte Can ruhig.

»Ein angenehmes Hotel, nicht wahr?«, meinte Daldry.

»Woher soll ich das wissen … Ich wohne in Beyoğlu, aber abends komme ich oft hierher.«

»Geschäftlich oder zum Vergnügen?«

»Und warum sind Sie nach Istanbul gereist?«

»Oh, das frage ich mich auch, es ist eine seltsame Geschichte. Sagen wir, wir suchen hier etwas.«

»Hier finden Sie alles, was Sie wollen. Wir haben viel zu bieten. Leder, Gummi, Baumwolle, Wolle, Seide, Öl, Produkte aus dem Meer und von anderswo … Sagen Sie mir, was Sie suchen, und ich bringe Sie mit den besten Händlern der Gegend zusammen.«

Daldry hüstelte hinter vorgehaltener Hand. »Darum geht es nicht. Ich bin nicht in Istanbul, um Geschäfte zu machen. Übrigens habe ich davon auch gar keine Ahnung, ich bin Maler.«

»Sie sind Künstler?«, rief Can begeistert.

»Vielleicht kann man mich noch nicht wirklich als Künstler bezeichnen, aber ich habe eine gute Maltechnik.«

»Und was malen Sie?«

»Kreuzungen.«

Und angesichts Cans verblüffter Miene fügte Daldry sogleich hinzu: »Schnittpunkte von Straßen, wenn Sie so wollen.«

»Nein, das will ich nicht. Aber wenn Sie wollen, kann ich Ihnen unsere außerordentlichen Kreuzungen hier in Istanbul zeigen, ich kenne welche mit Fußgängern, mit Karren, Straßenbahnen, Automobilen, Dolmuş – das sind unsere Sammeltaxis – und Autobussen, ganz wie Sie wollen.«

»Wer weiß, vielleicht bei Gelegenheit … Aber auch darum bin ich nicht hier.«

»Sondern?«, murmelte Can, dessen Neugier geweckt war.

»Wie ich schon sagte, das ist eine lange Geschichte. Und was tun Sie im Leben?«

»Ich bin Fremdenführer und Dolmetscher. Der beste

Führer der Stadt. Sobald ich weg bin, wird der Barmann das Gegenteil behaupten, weil er sein eigenes kleines Geschäft betreibt, verstehen Sie? Die anderen Führer geben ihm heimlich einen Anteil. Bei mir gibt es kein Bakschisch, ich bin moralisch. Für einen Touristen oder einen Geschäftsmann ist es unmöglich, hier ohne einen guten Führer und Dolmetscher klarzukommen. Und wie schon gesagt, ich bin …«

»Der beste Führer von Istanbul«, unterbrach ihn Daldry.

»Ist mein Ruf schon bis zu Ihnen geeilt?«, fragte Can voller Stolz.

»Es kann gut sein, dass ich Ihre Dienste in Anspruch nehmen werde.«

»Es wäre besser, wenn Sie darüber gut nachdächten. Seinen Führer auszusuchen ist eine wichtige Sache in Istanbul, ich möchte nicht, dass Sie Ihre Wahl bereuen. Meine Kunden sind alle zufrieden.«

»Warum sollte ich meine Meinung ändern?«

»Weil dieser verflixte Barmann Ihnen gleich Unwahrheiten über mich erzählen wird und Sie ihm vielleicht glauben. Und außerdem haben Sie mir noch immer nicht gesagt, was Sie suchen.«

Daldry sah Alice, die aus dem Aufzug stieg und durch die Halle auf ihn zukam.

»Darüber reden wir morgen«, sagte Daldry und sprang auf. »Sie haben ganz recht, die Nacht bringt Rat. Wir können uns morgen hier zum Frühstück treffen, sagen wir um acht, wenn Ihnen das recht ist. Oder nein, acht ist etwas früh, mit der Zeitverschiebung ist das für mich ja noch mitten in der Nacht, sagen wir lieber um neun. Und wenn es Ihnen nichts ausmacht, wäre es mir lieber, wenn wir uns woanders sehen, vielleicht in einem Café.«

Je näher Alice kam, desto schneller sprach Daldry. Can lächelte hintergründig.

»Ich hatte auch früher schon ausländische Kunden«, antwortete er. »Es gibt einen Teesalon mit schmackhaftem Kuchen in der Istiklal-Straße Nummer vierhunderteinundsechzig, sagen Sie dem Taxifahrer, er soll Sie zu Lebon bringen, jeder kennt ihn. Ich warte dort auf Sie.«

»Sehr gut. Jetzt muss ich mich verabschieden, bis morgen«, sagte Daldry und lief auf Alice zu. Can blieb auf seinem Hocker sitzen und beobachtete, wie Daldry sie ins Hotelrestaurant führte.

»Ich dachte mir, heute Abend würden Sie lieber hier essen. Die lange Reise scheint Sie ermüdet zu haben«, sagte Daldry und nahm an einem der Tische Platz.

»Nicht zu sehr«, antwortete Alice. »Ich habe im Flugzeug geschlafen, außerdem ist es zwei Stunden früher als in London. Ich kann kaum glauben, dass es schon dunkel ist.«

»Die Zeitverschiebung ist anstrengend, wenn man nicht ans Reisen gewöhnt ist. Morgen Vormittag müssen Sie sich ausruhen. Ich schlage vor, wir treffen uns erst gegen Mittag.«

»Sehr aufmerksam von Ihnen, schon an morgen zu denken, Daldry, aber der Abend hat noch nicht einmal begonnen.«

Der Oberkellner brachte ihnen die Speisekarte. Es gab Schnepfen und verschiedene Fischsorten aus dem Bosporus. Alice hatte keinen Appetit auf Wild und wollte sich schon für einen der Fische entscheiden, den der Oberkellner ihr empfahl, doch Daldry bestellte für beide Kaiserhummer. Es hieß, in der Gegend sei er ganz hervorragend.

»Mit wem haben Sie gesprochen?«, fragte Alice.

»Mit dem Oberkellner«, antwortete Daldry, der in die Weinkarte vertieft war.

»Nein, ich meine in der Bar, als ich hereinkam, schienen Sie in ein Gespräch mit einem Mann vertieft.«

»Ach der?«

»Ich nehme an, mit ›der‹ meinen Sie denjenigen, mit dem ich Sie habe reden sehen.«

»Er ist Fremdenführer und Dolmetscher und treibt sich in der Bar herum, um Kunden anzuwerben. Er behauptet, der beste in der Stadt zu sein ... aber sein Englisch ist grauenvoll.«

»Brauchen wir denn einen Führer?«

»Vielleicht für ein paar Tage, damit ließe sich Zeit sparen. Ein guter Führer könnte uns helfen, die Pflanzen zu finden, die Sie suchen. Und womöglich kann er uns auch in etwas ländlichere Gegenden bringen, wo die Natur noch voller Überraschungen ist.«

»Haben Sie ihn schon engagiert?«

»Nein, wir haben nur ein paar Worte gewechselt.«

»Daldry, der Aufzug ist verglast, und noch ehe ich im Erdgeschoss angekommen war, habe ich gesehen, dass Sie beide in ein Gespräch vertieft waren.«

»Er wollte mir seine Dienste verkaufen, und ich habe ihm zugehört. Aber wenn er Ihnen nicht gefällt, kann ich auch den Empfangschef bitten, jemanden zu finden.«

»Nein, ich will nicht, dass Sie unnötig Geld ausgeben. Ich bin sicher, wenn wir etwas methodisch vorgehen, kommen wir auch allein klar. Wir sollten uns lieber einen Reiseführer kaufen, mit dem brauchen wir uns wenigstens nicht zu unterhalten.«

Die Kaiserhummer entsprachen den Verheißungen des Oberkellners.

Daldry ließ sich noch von einem Dessert in Versuchung führen.

»Wenn Carol mich in diesem prächtigen Speisesaal sehen würde«, sagte Alice, die ihren ersten türkischen Mokka probierte, »wäre sie blass vor Neid. In gewisser Hinsicht verdanke ich diese Reise auch ein wenig ihr. Hätte sie nicht darauf bestanden, dass ich in Brighton zu dieser Hellseherin gehe, wäre all das nicht passiert.«

»Dann sollten wir auf Ihre Freundin anstoßen.«

Daldry bat den Sommelier, ihnen nachzuschenken.

»Auf Carol«, sagte er, während das Kristall leise klirrte.

»Auf Carol«, wiederholte Alice.

»Und auf den Mann Ihres Lebens, den wir hier finden werden«, rief Daldry und hob erneut sein Glas.

»Auf das Parfüm, das Sie reich machen wird«, sagte Alice und nahm einen weiteren Schluck.

Daldry warf einen Blick auf das Paar, das am Nachbartisch zu Abend aß. Die Frau, die ein elegantes schwarzes Kleid trug, war bezaubernd. Daldry fand, dass sie eine gewisse Ähnlichkeit mit Alice hatte.

»Wer weiß, vielleicht haben Sie ja entfernte Verwandte, die sich in der Gegend niedergelassen haben.«

»Wovon sprechen Sie?«

»Wenn ich mich recht erinnere, haben wir von der Hellseherin gesprochen. Hat sie Ihnen nicht gesagt, Sie hätten türkische Wurzeln?«

»Daldry, ein für alle Mal, hören Sie auf mit diesen Geschichten von Weissagungen. Was diese Frau erzählt hat, entbehrt jeder Logik. Meine Eltern waren Engländer und meine Großeltern ebenfalls.«

»Stellen Sie sich vor, ich habe einen griechischen Onkel und eine entfernte Cousine, die Venezianerin ist. Dabei stammt meine ganze Familie aus Kent. Durch Eheschließungen stößt man auf so manche Überraschung in der Genealogie.«

»Also meine Linie ist durch und durch britisch, und ich habe nie gehört, dass einer meiner Vorfahren mehr als hundert Meilen von unserer Küste entfernt gelebt hat. Meine Großtante Daisy ist die am weitesten entfernte – ich meine in geografischer Hinsicht –, sie lebt auf der Isle of Wight.«

»Aber bei unserer Ankunft in Istanbul haben Sie mir erklärt, Sie würden ein Gefühl der Vertrautheit empfinden.«

»Manchmal geht meine Fantasie mit mir durch. Seit Sie mir diese Reise vorgeschlagen haben, habe ich mich ständig gefragt, wie diese Stadt wohl sein möge, und ich habe mir den Katalog so oft angeschaut, dass sich mir die Bilder wohl eingeprägt haben.«

»Ich habe ihn ebenfalls mehrmals durchgeblättert, und die beiden einzigen Fotos, die es gab, waren eines von der Hagia Sophia auf der Titelseite und eines vom Bosporus in der Mitte. Das hat nichts mit den Vororten zu tun, durch die wir auf dem Weg vom Flughafen gefahren sind.«

»Finden Sie, dass ich türkisch aussehe?«, fragte Alice und lachte herzlich.

»Für eine Engländerin haben Sie eine eher dunkle Haut.«

»Das sagen Sie, weil Sie kreidebleich sind. Sie sollten sich übrigens etwas ausruhen, Sie sehen schlecht aus.«

»Sehr charmant! Wenn Sie bei meiner hypochondrischen Veranlagung noch etwas mehr von meiner Blässe reden, bekomme ich hier mitten im Restaurant einen Schwächeanfall.«

»Dann lassen Sie uns etwas an die frische Luft gehen. Ein kleiner Verdauungsspaziergang wird Ihnen guttun. Sie haben gefuttert wie ein Scheunendrescher.«

»Was erzählen Sie da? Ich habe nur ein einziges Dessert gegessen …«

Daldry und Alice liefen den breiten Boulevard entlang. Die Nacht schien die Stadt jetzt völlig eingehüllt zu haben, die Straßenlaternen spendeten nur wenig Licht, ließen höchstens das Pflaster glänzen. Als eine Straßenbahn vorbeifuhr, wirkte ihr Scheinwerfer in der Dunkelheit wie das Auge eines Zyklopen.

»Morgen will ich versuchen, im Konsulat einen Termin für uns zu bekommen«, erklärte Daldry.

»Warum?«

»Um herauszufinden, ob Sie Familie in der Türkei haben oder ob Ihre Eltern je hier waren.«

»Ich denke mal, davon hätte mir meine Mutter erzählt«, antwortete Alice. »Sie beklagte sich ständig, in ihrem Leben nur so wenig gereist zu sein. Sie hat mir immer gesagt, wie sehr ihr das fehlte. Und ich glaube, dieses Bedauern war ehrlich. Sie wäre gerne um die Welt gereist, ist aber anscheinend nie weiter als bis nach Nizza gekommen. Das war vor meiner Geburt. Mein Vater hatte sie zu einer romantischen Reise dorthin eingeladen. Es war eine unvergessliche Erinnerung für sie, und sie hat mir von Spaziergängen am azurblauen Meer berichtet, so als wäre es die schönste Reise überhaupt gewesen.«

»Das ist für unsere Nachforschungen nicht gerade hilfreich.«

»Daldry, ich versichere Ihnen, dass Sie Ihre Zeit vergeuden. Wenn ich hier Verwandte hätte, und seien sie noch so entfernt, dann wüsste ich es.«

Sie bogen in eine Seitenstraße ein, die noch weniger erhellt war als der große Prachtboulevard. Alice betrachtete den baufälligen Erker eines Holzhauses, der kurz davor schien zusammenzubrechen.

»Was für ein Jammer, dass dies alles nicht besser erhalten ist«, sagte Daldry und seufzte. »Früher müssen das wundervolle Paläste gewesen sein. Jetzt sind es nur noch Phantome vergangener Schönheit.«

In der kühlen Abendluft bemerkte er Alices angespannte Züge. Ihr Blick war auf die geschwärzte Hausfassade gerichtet.

»Was ist los? Man könnte meinen, Ihnen wäre die Heilige Jungfrau erschienen«, fragte er.

»Ich habe dieses Haus schon gesehen, ich kenne diesen Ort«, murmelte Alice.

»Sind Sie sich ganz sicher?«, fragte Daldry überrascht.

»Vielleicht ist es nicht dieses hier, aber ein ganz ähnliches. Es taucht in jedem meiner Albträume auf und steht am Ende einer Gasse, von der aus eine große Treppe zu einem anderen Teil der Stadt führt.«

»Ich würde unseren Spaziergang ja gerne fortsetzen, damit wir uns überzeugen können, aber ich glaube, es ist ratsam, den morgigen Tag abzuwarten. Diese Gasse verschwindet in einem wenig vertrauenerweckenden Dunkel, anscheinend wirklich eine gefährliche Ecke.«

»Dann hörte ich Schritte«, fuhr Alice gedankenverloren fort, »wir wurden verfolgt.«

»Wir? Mit wem waren Sie unterwegs?«

»Ich weiß es nicht. Ich sehe nur eine Hand, die mich in eine grauenvolle Flucht hineinzieht. Gehen wir, Daldry, ich fühle mich nicht wohl.«

Daldry hakte Alice unter und führte sie schnell zurück auf die breite Straße. Eine Trambahn näherte sich, und Daldry machte dem Fahrer heftige Zeichen, bis dieser anhielt. Er half Alice beim Einsteigen und drückte sie auf eine Bank. In dem Wagen kam Alice wieder zu sich. Die Fahrgäste wechselten einige Worte miteinander, ein alter Herr las seine Zeitung, drei junge Männer sangen im Chor. Der Fahrer betätigte seine Kurbel, und die Bahn ruckelte wieder los. Sie fuhr in Richtung Hotel. Alice sprach kein Wort und hielt den

Blick starr auf den Rücken des Fahrers gerichtet, der durch eine blaue Scheibe von den Passagieren getrennt war.

Als das Pera Palace in Sicht kam, legte Daldry seine Hand auf die Schulter von Alice, die heftig zusammenzuckte.

»Wir sind da«, sagte er. »Wir müssen aussteigen.«

Alice folgte Daldry. Sie überquerten die Straße und betraten das Hotel.

Daldry begleitete Alice zu ihrer Zimmertür. Sie bedankte sich für das wundervolle Abendessen und entschuldigte sich für ihr Verhalten. Sie wusste selbst nicht, was vorhin mit ihr geschehen war.

»Es ist bedrückend, wenn man in wachem Zustand den Eindruck hat, einen Albtraum erneut zu durchleben«, sagte Daldry finster. »So dickköpfig Sie auch sein mögen, ich versuche morgen trotzdem, beim Konsulat etwas herauszufinden.«

Er wünschte ihr eine gute Nacht und verschwand in seinem Zimmer.

Alice ließ sich auf ihr Bett fallen. Eine gute Weile starrte sie an die Decke, dann sprang sie auf und lief zum Fenster. Die letzten Istanbuler eilten nach Hause, und die Nacht schien ihnen auf dem Fuß zu folgen. Nach dem abendlichen Nieselregen hatte jetzt ein kalter Wolkenbruch eingesetzt, der das Pflaster der Istiklal-Straße glänzen ließ. Alice zog den Vorhang zu und setzte sich an den kleinen Schreibtisch, um einen Brief zu beginnen.

Anton,
gestern habe ich aus Wien an Carol geschrieben, aber während ich diesen Brief verfasste, den ich schließlich verbrannt habe, waren meine Gedanken bei Dir. Ich bin nicht sicher,

dass ich diesen abschicken werde, aber das ist nicht wichtig, ich muss mit Dir sprechen. Jetzt bin ich also in Istanbul in einem Luxushotel, wie weder Du noch ich es je gekannt haben. Du würdest wahnsinnig, wenn Du den kleinen Mahagonischreibtisch sehen könntest, an dem ich gerade sitze. Erinnerst Du Dich noch, wie wir als Jugendliche an den livrierten Portiers der großen Hotels vorbeikamen und Du den Arm um meine Taille legtest, als wären wir ein Prinzenpaar auf Auslandsbesuch? Diese unglaubliche Reise müsste mich glücklich machen, aber London fehlt mir und Du auch. Du bist mit Abstand mein bester Freund, selbst wenn ich mir manchmal Fragen über die Art dieser Freundschaft stelle.
Ich weiß nicht wirklich, was ich hier mache, Anton, und auch nicht, warum ich diese Reise angetreten habe. In Wien habe ich gezögert, das andere Flugzeug zu besteigen, das mich noch mehr von meinem Leben entfernt hat.
Doch seit meiner Ankunft hier habe ich ein seltsames Gefühl, das mich nicht mehr loslässt. Ich habe den Eindruck, diese Straßen schon gesehen zu haben, die Geräusche und die Stadt wiederzuerkennen, und was noch verwirrender ist, auch den Geruch nach lackiertem Holz in der Straßenbahn, mit der ich vorhin gefahren bin. Wenn Du hier wärst, könnte ich Dir all das anvertrauen, und das würde mich beruhigen. Aber Du bist weit weg. Ein Teil meiner selbst ist glücklich zu wissen, dass Carol Dich jetzt ganz für sich hat. Sie ist verrückt nach Dir, und Du alter Trottel hast es nicht bemerkt. Mach die Augen auf, sie ist ein wunderbares Mädchen, auch wenn ich sicher vor Eifersucht vergehen würde, wenn Ihr zusammen wäret. Ich weiß, dass Du sagen würdest, ich spinne, aber was soll's, Anton, ich bin nun mal so. Meine Eltern fehlen mir ganz furchtbar, Waise zu sein ist ein Abgrund der Einsamkeit, aus dem ich mich nicht befreien kann. Ich schreibe Dir

morgen oder vielleicht am Ende der Woche wieder. Ich werde Dir meine Tage schildern, und wer weiß, falls ich je einen dieser Briefe abschicke, wirst Du mir vielleicht auch antworten. Ich sende Dir zärtliche Grüße von meinem Fenster, das auf den Bosporus hinausgeht, den ich morgen bei hellem Tageslicht sehen werde.
Pass auf Dich auf.
Alice

Alice faltete den Brief dreimal zusammen und legte ihn in die Schublade des kleinen Schreibtischs. Dann knipste sie das Licht aus, entkleidete sich, schlüpfte ins Bett und wartete auf den Schlaf.

Eine feste Hand zieht sie vom Boden hoch. In dem Rock, in dem sie ihr Gesicht verbirgt, ahnt sie den Duft nach Jasmin. Tränen, die sie nicht zurückhalten kann, rinnen über ihre Wangen. Sie möchte das Schluchzen unterdrücken, doch die Angst ist zu groß.

In der Finsternis taucht das Auge der Straßenbahn auf. Man zieht sie in einen Hofeingang. In die Dunkelheit gekauert, sieht sie den erleuchteten Wagen, der in ein anderes Viertel fährt. Das Quietschen der Räder verhallt in der Ferne, und es wird wieder ruhig auf der Straße.

»Komm, du kannst nicht hierbleiben«, sagt jemand.

Ihre Schritte sind so eilig, dass sie mehrmals ausrutscht und über unregelmäßige Pflastersteine stolpert. Aber jedes Mal hält die Hand sie fest.

»Lauf, Alice, bitte, sei tapfer. Dreh dich nicht um.«

Sie würde gerne stehen bleiben und wieder zu Atem kommen. In der Ferne sieht sie einen langen Zug von Männern und Frauen, die von Wachen begleitet werden.

»Nicht hier entlang, wir müssen einen anderen Weg finden.«

Sie kehrt um, zählt die Schritte, die sie so viel Kraft gekostet haben, in die andere Richtung. Am Ende der Straße fließt ein großer Fluss, der Mond spiegelt sich auf der bewegten Oberfläche.

»Geh nicht zu nah ans Wasser, sonst fällst du noch rein. Wir haben es fast geschafft, noch eine kleine Anstrengung, dann können wir uns ausruhen.«

Alice läuft am Ufer entlang, um ein Haus herum, dessen Fundament in den dunklen Fluten steht. Plötzlich verfinstert sich der Himmel, sie hebt den Kopf, und schwerer Regen prasselt auf sie nieder.

Mit einem Schrei erwachte Alice, es war ein fast animalischer Schrei, der eines kleinen Mädchens, das von panischer Angst gequält wird. Entsetzt richtete sie sich auf und schaltete das Licht ein.

Es dauerte eine ganze Weile, bis sich ihr wild schlagendes Herz beruhigt hatte. Sie schlüpfte in ihren Bademantel und trat ans Fenster. Ein Gewitter mit heftigen Regenschauern ging auf die Dächer Istanbuls nieder. Die letzte Straßenbahn fuhr Richtung Tepebaşı. Alice zog den Vorhang zu, fest entschlossen, Daldry gleich am nächsten Morgen mitzuteilen, dass sie nach London zurückkehren wollte.

Kapitel 7

Leise schloss Daldry die Tür seines Hotelzimmers und ging über den Flur, ganz darauf bedacht, keinen Lärm zu machen, als er an dem Zimmer von Alice vorbeikam. In der Lobby zog er seinen Regenmantel über und bat den Portier, ihm ein Taxi zu rufen. Can hatte nicht gelogen, er brauchte dem Fahrer nur den Namen der Konditorei Lebon zu nennen, und dieser fuhr los. Der Verkehr war bereits recht dicht, und es dauerte zehn Minuten, bis Daldry sein Ziel erreicht hatte.

»Ich dachte schon, Sie hätten mich versetzt«, sagte Can und erhob sich, um Daldry zu begrüßen. »Haben Sie Hunger?«

»Und wie«, antwortete Daldry, »ich hatte noch kein Frühstück.«

Can gab eine Bestellung bei dem Kellner auf, der Daldry verschiedene kleine Tellerchen mit aufgeschnittenen Gurken, Eiern, Paprika, Oliven, Feta, Kaşar und grüner Paprika brachte.

»Glauben Sie, es wäre möglich, einen Tee und Toast zu bekommen?«, fragte Daldry und bedachte die Speisen, die der Kellner vor ihn auf den Tisch gestellt hatte, mit einem skeptischen Blick.

»Darf ich daraus schließen, dass Sie sich entschieden haben, mich als Führer anzufeuern?«, fragte Can.

»Da kommt mir eine Frage in den Sinn, bitte nehmen Sie es mir nicht übel … Aber Sie kennen Istanbul besser als die englische Sprache, nicht wahr?«

»Ich bin in beiden Bereichen der Beste, warum?«

Daldry musterte Can und seufzte tief. »Gut, kommen wir zur Sache, dann werden wir sehen, ob wir uns einig werden«, sagte er.

Can zog eine Schachtel Zigaretten aus der Tasche und bot Daldry eine an.

»Nie auf nüchternen Magen«, antwortete dieser.

»Was genau suchen Sie in Istanbul?«, fragte Can und riss ein Streichholz an.

»Einen Ehemann«, murmelte Daldry.

Can verschluckte sich am Rauch seiner Zigarette.

»Tut mir leid, aber da klopfen Sie an die falsche Adresse. Ich hatte schon außergewöhnliche Anfragen, aber diese ist der Zipfel! Solche Art Geschäfte vermittele ich nicht.«

»Seien Sie nicht albern, das ist doch nicht für mich, sondern für eine Frau, mit der ich ein kleines Geschäft machen will.«

»Welche Art Geschäft?«

»Es geht um eine Immobilie.«

»Wenn Sie ein Haus oder eine Wohnung kaufen wollen, kann ich Sie leicht verbinden. Nennen Sie mir Ihr Budget, und ich mache Ihnen interessante Angebote. Es ist eine gute Idee, hier investieren zu wollen. Die Wirtschaft ist momentan in einer besonderen Situation, aber Istanbul wird bald wieder eine Schönheit sein. Es ist schließlich eine glanzvolle Stadt. Seine Lage ist einzigartig auf der Welt, und die Bevölkerung hat Talente in allen Spezialitäten.«

»Danke für den Wirtschaftskurs, aber die Sache steht nicht hier zur Verhandlung, sondern in London, wo ich meine Nachbarwohnung übernehmen möchte.«

»Was für eine sonderliche Idee! In diesem Fall ist es wohl hergebrachter, diese Sache in England zu verhandeln, nicht wahr?«

»Eben nicht! Sonst hätte ich nicht all die Kilometer zurückgelegt und die Kosten auf mich genommen. Die Wohnung, die ich haben möchte, wird von einer Frau bewohnt, die sie nie aufgegeben hätte, bis …«

Und Daldry nannte die Gründe, die ihn nach Istanbul geführt hatten. Can hörte zu, ohne ihn zu unterbrechen, außer einmal, als er ihn bat, die Vorhersage der Hellseherin in Brighton zu wiederholen, was sein Gegenüber wortwörtlich tat.

»Sie müssen mich verstehen, das war eine einmalige Gelegenheit, der ideale Weg, sie von diesem Ort zu entfernen. Aber jetzt muss noch das Nötige unternommen werden, damit sie auch bleibt.«

»Glauben Sie nicht an Wahrseherei?«, fragte Can.

»Ich bin zu gebildet, um dem die geringste Bedeutung beizumessen«, erwiderte Daldry. »Ehrlich gesagt habe ich mir bisher nie die Frage gestellt und hatte auch keinen Grund, es zu tun, nachdem ich selbst nie solche Dienste in Anspruch genommen habe. Aber ich bin sicher nicht dagegen, dem Schicksal etwas auf die Sprünge zu helfen.«

»Sie verausgaben viel für nichts. Entschuldigen Sie, aber es würde ausreichen, dieser Frau eine astronomisch korrekte Summe zu bieten, die sie nicht ablehnen kann. Alles hat einen Preis, glauben Sie mir.«

»Ich weiß, dass es schwer für Sie ist, die Sache zu verstehen, aber Geld interessiert sie nicht. Sie ist nicht käuflich, und ich übrigens auch nicht.«

»Sie wollten also kein profitables Geschäft mit der Wohnung machen?«

»Ganz und gar nicht, es geht nicht um Geld. Wie ich Ihnen schon sagte, bin ich Maler, und die Wohnung, um die es geht, hat ein wunderbares Glasdach, das Licht ist einzigartig. Ich möchte mein Atelier darin einrichten.«

»Und es gibt nur ein Glasdach in ganz London? Ich könnte Ihnen welche in Istanbul präsentieren. Es gibt sogar welche mit Kreuzung auf die Straße.«

»Es ist das einzige Glasdach in dem Haus, in dem ich wohne! Mein Haus, meine Straße, mein Viertel, das möchte ich auf keinen Fall verlassen.«

»Das verstehe ich nicht. Sie machen Ihre Geschäfte in London, warum wollen Sie mich dann in Istanbul anfeuern?«

»Damit Sie mir einen intelligenten, ehrlichen Mann finden, der möglichst auch noch Junggeselle und in der Lage ist, die Frau, von der ich spreche, zu verführen. Wenn sie sich in ihn verliebt, hätte sie allen Grund hierzubleiben, und gemäß unserer Abmachung darf ich ihre Wohnung während ihrer Abwesenheit als Atelier nutzen. Wie Sie sehen, ist das nicht kompliziert.«

»Sie wollten sagen, das ist äußerst sonderlich?«

»Glauben Sie, ich könnte Tee, Brot und Rührei bekommen, oder muss ich mein Frühstück aus London holen?«

Can wandte sich um und wechselte einige Worte mit dem Kellner.

»Das ist der letzte Gefallen, den ich Ihnen vergeblich tue«, erklärte der Führer. »Ist Ihr Opfer die Frau von gestern Abend, als wir uns in der Bar im Stich gelassen haben?«

»Nicht gleich übertreiben! Sie ist niemandes Opfer, ganz im Gegenteil, ich bin überzeugt davon, ihr einen Dienst zu erweisen.«

»Indem Sie ihr Leben manipulieren? Sie wollen sie in die Arme eines Mannes treiben, den ich gegen Geld für Sie orten soll. Wenn das Ihre Schätzung von Ehrlichkeit ist, bin ich gezwungen, eine zusätzliche Erhöhung meines Honorars zu verlangen und eine vorzeitige Entschädigung meiner Unkosten, denn es werden zwangsweise Unkosten anfallen, um diese seltene Perle aufzutreiben.«

»Aha? Und welche Art Unkosten?«

»Unkosten! Und nun erzählen Sie mir etwas über die Anziehung dieser Frau.«

»Gute Frage. Wenn Sie wissen wollen, welcher Mann ihr Typ ist, so kann ich das noch nicht sagen, ich werde versuchen, es herauszufinden. Damit wir keine Zeit verlieren, brauchen Sie sich einstweilen nur das krasse Gegenteil von mir selbst vorzustellen. Und nun wollen wir zu Ihren Bezügen kommen, damit ich sehe, ob ich Sie engagiere oder nicht.«

Can musterte Daldry lange.

»Tut mir leid, keine Beziehung.«

»Das ist ja noch schlimmer, als ich befürchtet habe«, seufzte Daldry. »Ich spreche von Ihrer Bezahlung.«

Can musterte sein Gegenüber erneut, zog einen Stift aus seiner Jackentasche, riss ein Stück von der Papiertischdecke ab, kritzelte eine Zahl darauf und schob es Daldry hin. Der nahm Kenntnis davon und gab Can den Zettel zurück.

»Das ist völlig überteuert.«

»Ihr Anliegen ist auch außerhalb jeglicher Kategorisierung.«

»Nun übertreiben Sie nicht.«

»Sie haben gesagt, Geld zieht Sie nicht an, trotzdem handeln Sie.«

Daldry griff wieder nach dem Papier, sah sich erneut die Zahl an, steckte es brummend in seine Tasche und reichte Can die Hand.

»Gut, einverstanden, der Handel ist beschlossen. Aber Ihre Unkosten bezahle ich erst nach erfolgreichem Abschluss.«

»Der Handel ist begossen«, sagte Can und schüttelte Daldrys Hand. »Ich werde diesen segensreichen Mann zur gegebenen Zeit finden, denn wenn ich Ihren beispielhaft komplizierten Geist richtig verstanden habe, müssen Sie zunächst andere Begegnungen machen, bevor die Hellsagung eintritt.«

Der Kellner brachte endlich das Frühstück, auf das Daldry so sehnlich gewartet hatte.

»Genauso ist es«, sagte er, während ihm beim Anblick der Rühreier das Wasser im Mund zusammenlief. »Sie sind engagiert. Ich stelle Sie noch heute der jungen Dame als Führer und Dolmetscher vor.«

»Das ist genau der Titel, der zu mir harmoniert«, sagte Can mit einem breiten Lächeln. Er erhob sich und verabschiedete sich von Daldry, doch bevor er das Café verließ, wandte er sich noch einmal um. »Vielleicht bezahlen Sie mich umsonst. Vielleicht hat diese Wahrseherin außerordentliche Fähigkeiten, und Sie machen einen Fehler, wenn Sie abstreiten, daran zu glauben.«

»Warum sagen Sie das?«

»Weil ich jemand bin, der Ehrlichkeit praktiziert. Woher wissen Sie, dass ich nicht die zweite von den sechs Personen bin, von denen die Wahrseherin gesprochen hat? Denn war es nicht letztlich das Schicksal, das unsere Wege zusammengeführt hat?«

Damit wandte sich Can ab und ging.

Nachdenklich blickte Daldry ihm hinterher, während er über die Straße lief und in eine Trambahn stieg. Dann schob er seinen Teller zurück, verlangte die Rechnung, zahlte und verließ die Konditorei Lebon.

Er beschloss, zu Fuß zum Hotel zu gehen. Dort angekommen, entdeckte er Alice, die an der Bar saß und eine englische Tageszeitung las. Er trat zu ihr.

»Aber wo waren Sie denn?«, fragte sie. »Ich habe in Ihrem Zimmer anrufen lassen, aber es war niemand da. Der Empfangschef hat mir schließlich gesagt, Sie seien ausgegangen. Sie hätten mir eine Nachricht hinterlassen können, ich habe mir Sorgen gemacht.«

»Das ist ganz reizend, aber ich bin spazieren gegangen. Ich wollte etwas frische Luft schnappen und Sie nicht wecken.«

»Ich habe die ganze Nacht kaum geschlafen. Bestellen Sie sich etwas, ich muss mit Ihnen reden«, sagte Alice in entschlossenem Ton.

»Das trifft sich gut, ich auch mit Ihnen.«

»Fangen Sie an«, forderte sie ihn auf.

»Sie zuerst, oder nein, ich fange an. Ich habe über Ihren Vorschlag von gestern nachgedacht und diesen Führer engagiert.«

»Ich hatte Ihnen genau das Gegenteil vorgeschlagen«, erwiderte Alice.

»Ach, wie seltsam, da muss ich Sie falsch verstanden haben. Aber egal, so gewinnen wir in der Tat wertvolle Zeit. Ich habe mir gesagt, dass es albern ist, um diese Jahreszeit über Land zu fahren. Ein Führer kann uns zu den besten Parfümeuren der Stadt bringen. Deren Arbeit könnte Sie vielleicht inspirieren, was meinen Sie?«

Alice war verblüfft und hatte das Gefühl, Daldry etwas schuldig zu sein für die Mühe, die er sich ihretwegen machte. »Ja, so gesehen ist das eine gute Idee«, sagte sie.

»Freut mich, dass es Ihnen Vergnügen macht. Ich werde den Empfangschef bitten, für den frühen Nachmittag einen

Termin mit ihm zu vereinbaren. Jetzt sind Sie dran. Was wollten Sie mir sagen?«

»Nichts Wichtiges«, meinte Alice.

»War das Bett schuld an Ihrer Schlaflosigkeit? Ich finde meine Matratze viel zu weich und hatte den Eindruck, in Butter zu versinken. Ich kann darum bitten, dass wir die Zimmer wechseln.«

»Nein, das Bett hat nichts damit zu tun.«

»Hatten Sie wieder einen Albtraum?«

»Auch nicht«, log Alice. »Wahrscheinlich die Ortsveränderung, ich werde mich schon daran gewöhnen.«

»Sie sollten sich ausruhen, ich hoffe, wir können gleich heute Nachmittag mit unserer Suche beginnen, und dann müssen Sie fit sein.«

Doch Alice hatte etwas anderes im Sinn, als sich auszuruhen. Sie fragte Daldry, ob er bereit wäre, in der Zwischenzeit in die kleine Gasse vom Vorabend zurückzukehren.

»Ich bin nicht sicher, ob ich sie wiederfinde«, antwortete Daldry, »aber wir können es versuchen.«

Alice erinnerte sich genau an den Weg. Als sie das Hotel verlassen hatten, führte sie Daldry ohne das geringste Zögern.

»Wir sind da«, sagte sie, als sie die Stadtvilla erblickte, deren Erker sich gefährlich über die Straße neigte.

»Als Kind«, sagte Daldry, »verbrachte ich Stunden damit, die Häuserfassaden zu betrachten und mir vorzustellen, was sich wohl dahinter abspielte. Ich weiß nicht warum, aber das Leben der anderen faszinierte mich, ich wollte wissen, ob es wie das meine verlief oder ganz anders. Ich versuchte, mir den Alltag der Kinder meines Alters auszumalen, wie sie in diesen Häusern spielten, die im Laufe der Jahre zum Zentrum ihres Lebens wurden. Wenn die Fenster abends erhellt waren, dachte ich mir dahinter große Diners und Feste aus. Nach dem baufälligen Zustand dieser Villa zu urteilen muss sie schon lange leer stehen. Was ist aus den Bewohnern geworden, warum haben sie sie verlassen?«

»Ich habe als kleines Mädchen fast demselben Spiel gefrönt«, sagte Alice. »Ich erinnere mich, dass in dem Haus uns gegenüber ein Paar wohnte, das ich vom Fenster meines Zimmers auszuspionieren versuchte. Der Mann kam jeden Tag um achtzehn Uhr nach Hause, genau dann, wenn ich meine Hausaufgaben begann. Ich sah, wie er im Wohnzimmer seinen Mantel auszog, den Hut abnahm und in einen Sessel sank. Seine Frau brachte ihm etwas zu trinken und nahm dann den Mantel und den Hut des Mannes mit. Dieser schlug seine Zeitung auf und las noch, wenn man mich zum Essen rief. Kam ich später wieder in mein Zimmer, waren die Vorhänge der Wohnung gegenüber zugezogen. Ich verabscheute diesen Kerl, der sich von seiner Frau bedienen ließ, ohne ein Wort mit ihr zu wechseln. Eines Tages, als ich mit meiner Mutter spazieren ging, sah ich ihn auf uns zukommen. Je näher er kam, desto schneller schlug mein Herz. Er verlangsamte den Schritt, um uns zu grüßen. Er sah mich mit einem breiten Lächeln an, das sagen wollte: ›Du bist also das kleine Mädchen, das mich von seinem Zimmerfenster aus beobachtet. Glaubst du, ich hätte dein Spielchen nicht bemerkt?‹ Ich war sicher, dass er mich verraten würde, und hatte noch mehr Angst. Also habe ich ihn ignoriert und weder gegrüßt noch ihm zugelächelt, sondern meine Mutter weitergezogen. Sie hat mich wegen meiner Unhöflichkeit getadelt. Ich fragte sie, ob sie den Mann kenne, und sie erklärte, ich sei nicht nur unerzogen, sondern auch unaufmerksam, denn der Mann sei der Besitzer des Lebensmittelgeschäfts an der Ecke unserer Straße. Das Geschäft, an dem ich jeden Tag vorbeikam und in dem ich manchmal auch eingekauft hatte, aber hinter dem Tresen bediente eine junge Frau. Meine Mutter sagte mir, das sei seine Tochter, die ihn auch versorge, seit er Witwer sei. Das hat meinem Selbstbewusstsein einen schweren Schlag versetzt, schließlich hatte ich mich für eine aufmerksame Beobachterin gehalten …«

»Wenn die Fantasie mit der Realität konfrontiert wird, kommt es oft zu Enttäuschungen«, sagte Daldry und lief weiter durch die kleine Gasse. »Ich habe lange geglaubt, das junge Dienstmädchen, das bei meinen Eltern gearbeitet hat, wäre verliebt in mich, und war sogar sicher, Beweise dafür zu haben. Im Grunde aber schlug ihr Herz für meine ältere Schwester. Meine Schwester schrieb Gedichte, und das Dienstmädchen las sie im Verborgenen. Die beiden hatten insgeheim eine glühende Liebesbeziehung. Das Dienstmädchen tat nach außen so, als wäre sie in mich verknallt, damit meine Mutter nichts von dieser heimlichen Affäre bemerkte.«

»Ihre Schwester liebt Frauen?«

»Ja, und auch wenn es der engstirnigen Moral widersprechen mag, ist das wesentlich achtbarer, als niemanden zu lieben. – Und wenn wir jetzt diese mysteriöse Gasse näher in Augenschein nehmen würden, darum sind wir ja schließlich hier, nicht wahr?«

Alice ging voran. Die alte Villa aus geschwärztem Holz schien die beiden Eindringlinge schweigend zu beobachten, doch am Ende der Straße gab es keine Treppe und nichts, was Alices Albtraum ähnlich gewesen wäre.

»Tut mir leid, meinetwegen haben Sie Ihre Zeit vergeudet.«

»Ganz und gar nicht, dieser kleine Spaziergang hat meinen Appetit angeregt. Am Anfang der großen Straße habe ich ein Café entdeckt, das mir weit malerischer erscheint als das Hotelrestaurant. Sie haben doch nichts gegen das Originelle?«

»Nein, ganz im Gegenteil«, antwortete Alice und hakte sich bei Daldry ein.

Das Café war überfüllt und der Zigarettenrauch so dicht, dass man kaum das andere Ende des Raums sehen konnte. Dennoch machte Daldry einen kleinen Tisch aus, zu dem er sich einen Weg bahnte und Alice mitzog. Sie nahm auf der Bank Platz, und während des ganzen Essens unterhielten sie sich weiter über ihre Kindheit. Daldry stammte aus einer gutbürgerlichen Familie und war mit einem Bruder und einer Schwester aufgewachsen, Alice war Einzelkind und kam aus einem eher bescheideneren Elternhaus. In ihrer Jugend hatten beide unter einer gewissen Einsamkeit gelitten, die nichts mit der Liebe zu tun hatte, die sie erfahren oder nicht erfahren hatten, sondern mit ihnen selbst. Beide hatten sie den Regen gemocht, den Winter aber verabscheut, beide hatten auf der Schulbank vor sich hingeträumt, im Sommer ihre erste Liebe erlebt und im Herbst die erste Trennung. Er hatte seinen Vater gehasst, sie den ihren angehimmelt. In diesem Januar 1951 überredete Alice Daldry dazu, seinen ersten türkischen Mokka zu probieren. Skeptisch musterte er den Grund seiner Tasse.

»Hier ist es üblich, die Zukunft im Kaffeesatz zu lesen. Ich frage mich, was uns der Ihre erzählen würde.«

»Wir könnten eine Kaffeesatzdeuterin aufsuchen, dann würden wir sehen, ob ihre Weissagung mit der der Hellseherin von Brighton übereinstimmt«, antwortete Alice nachdenklich.

Daldry sah auf seine Uhr.

»Das wäre sicher interessant, aber wir müssen es auf später verschieben. Jetzt ist es Zeit, ins Hotel zu gehen, wir sind mit unserem Führer verabredet.«

Can erwartete sie in der Halle, und Daldry stellte ihn Alice vor.

»Aus der Nähe sind Sie noch bewundernswürdiger als aus der Ferne!«, rief Can aus, wobei er errötete. Schnell beugte er sich vor, um ihre Hand zu küssen.

»Das ist nett von Ihnen, ich nehme an, so ist es besser als andersherum?«, sagte sie und wandte sich dann zu Daldry um.

»Sicherlich«, antwortete dieser, verärgert über Cans Vertraulichkeit.

Doch nach der roten Gesichtsfarbe des Führers zu urteilen war dieses Kompliment wirklich spontan gewesen.

»Ich muss Sie sogleich um meine Vergebung bitten«, sagte Can. »Ich wollte Sie nicht verärgern, sondern nur sagen, dass Sie unweigerlich bei Tageslicht noch schöner sind.«

»Ich glaube, wir haben die Absicht verstanden«, sagte Daldry schroff. »Können wir jetzt vielleicht zu etwas anderem kommen?«

»Ganz sicher bestimmt, Eure Exzellenz«, stammelte Can noch verwirrter.

»Mister Daldry hat mir gesagt, Sie wären der beste Führer von Istanbul«, fiel Alice ein, um die Atmosphäre etwas zu entspannen.

»Das stimmt ganz sicher genau«, erwiderte Can. »Ich stehe zu Ihrer vollständigsten Verfügung.«

»Und auch der beste Dolmetscher?«

»Auch das«, sagte Can, dessen Gesicht jetzt purpurrot angelaufen war.

Alice lachte herzlich.

»Zumindest werden wir uns nicht langweilen. Ich finde Sie sehr sympathisch«, erklärte sie und fasste sich wieder. »Kommen Sie, setzen wir uns an die Bar, um über unser gemeinsames Projekt zu sprechen.«

Can ging vor Daldry, der ihn mit einem tadelnden Blick bedachte.

»Ich kann Sie mit allen Parfümeuren von Istanbul bekannt machen. Es gibt nicht so viele, aber sie sind durchaus glanzvoll«, versicherte Can, nachdem er Alice zugehört hatte. »Wenn Sie bis zum Frühlingsanfang in Istanbul bleiben, zeige ich Ihnen auch die Umgebung, wir haben wilde Rosengärten von ganz spezieller Pracht und Hügel, die überquellen von Feigen, Linden, Alpenveilchen, Jasmin …«

»Ich denke nicht, dass wir so lange bleiben«, unterbrach ihn Alice.

»Sagen Sie das nicht, wer weiß, was die Zukunft uns schenkt«, antwortete Can, was ihm sogleich einen Fußtritt von Daldry unter dem Tisch einbrachte.

Er zuckte zusammen und sah ihn wütend an.

»Ich brauche den Nachmittag, um alles zu organisieren«, erklärte er dann. »Ich werde einige Anrufe unternehmen und könnte Sie dann morgen früh hier abholen.«

Alice war so aufgeregt wie ein Kind am Abend vor Weihnachten. Die Vorstellung, türkische Kollegen treffen und ihre Arbeit kennenlernen zu können, begeisterte sie und vertrieb jeglichen Wunsch, die Reise abzubrechen.

»Ich freue mich sehr und bin Ihnen äußerst dankbar«, sagte sie zu Can, als sie ihm zum Abschied die Hand reichte.

Dieser erhob sich und fragte Daldry, ob er ihn in die Halle begleiten könne, er hätte ihm noch etwas zu sagen.

Vor der Drehtür blieb er stehen.

»Mein Tarif hat eine Erhöhung erfahren.«

»Warum das? Wir hatten einen Preis ausgemacht.«

»Das war, bevor Ihr Fuß mit Wut an meinem Bein gelandet ist. Ihretwegen werde ich vielleicht morgen hinkeln.«

»Jetzt übertreiben Sie mal nicht, ich habe Sie kaum gestreift, und das auch nur, damit Sie nicht ins Fettnäpfchen treten.«

Can musterte Daldry mürrisch.

»Na gut«, erklärte dieser, »ich entschuldige mich, tut mir leid, dass ich mich zu einer unglücklichen Geste habe hinreißen lassen, selbst wenn sie nötig war. Aber Sie müssen zugeben, dass Sie nicht sehr geschickt waren.«

»Na gut, ich werde meine Gebühren nicht erhöhen, weil Ihre Freundin von großem Entzücken ist und meine Arbeit leichter sein wird.«

»Was soll das heißen?«

»Dass ich innerhalb eines Tages hundert Männer finden kann, die davon träumen würden, sie zu umgarnen. Bis morgen«, sagte Can und trat in die Drehtür.

Nachdenklich kehrte Daldry zu Alice zurück.

»Was wollte er Ihnen denn sagen, das ich nicht hören durfte?«

»Nichts Wichtiges, wir haben nur über seine Bezahlung gesprochen.«

»Ich möchte, dass Sie all Ihre Ausgaben aufschreiben, das Hotel, das Essen, den Führer, nicht zu vergessen die Reise, ich zahle es Ihnen zurück …«

»Auf den Penny genau, ich weiß, das haben Sie mir jetzt oft genug gesagt. Aber ob Sie wollen oder nicht, bei Tisch sind Sie mein Gast. Dass wir eine geschäftliche Abmachung haben, ist eines, dass ich mich wie ein Gentleman verhalte das andere, und davon lasse ich mich auch nicht abbringen. Übrigens, wie wäre es mit einem Drink, um das zu feiern?«

»Was zu feiern?«

»Ich weiß nicht, muss man unbedingt einen Grund haben? Ich habe Durst, wir können ja feiern, dass wir unseren Führer engagiert haben.«

»Für mich ist es noch etwas zu früh, ich ruhe mich ein wenig aus. Ich habe die ganze Nacht kaum ein Auge zugetan.«

Alice ließ Daldry an der Bar zurück. Er sah ihr nach, wie sie in der Aufzugkabine nach oben schwebte. Dann bestellte er sich einen doppelten Scotch.

Am Rande eines hölzernen Anlegers schaukelt ein Boot. Alice steigt ein und setzt sich ans Ende. Ein Mann löst das Tau, mit dem es am Steg befestigt ist. Das Ufer entfernt sich, und Alice versucht zu verstehen, warum die Welt so ist, warum sich die Wipfel der hohen Pinien in der Dunkelheit über ihrer Vergangenheit zu schließen scheinen.

Die Strömung ist heftig, und das Boot schwankt gefährlich, als sie das Kielwasser eines Schiffs kreuzen. Alice will sich an beiden Seiten festhalten, aber ihre Arme sind nicht lang genug. Also klemmt sie ihre Füße unter die Bank, auf der der Seemann mit dem Rücken zu ihr sitzt. In jedem Wellental hält sie eine starke, beruhigende Hand fest.

Von Norden kommt Wind auf und vertreibt die Wolken, doch das Mondlicht scheint nicht vom Himmel, sondern aus dem Wasser zu kommen.

Das Boot legt an, und der Seemann hebt sie ans Ufer.

Sie klettert einen Hügel hinauf, auf dem Zypressen stehen, und steigt dann auf der anderen Seite in ein dunkles Tal hinab.

In der kühlen Herbstnacht läuft sie über einen feuchten Feldweg, der so abschüssig ist, dass sie sich an den Büschen festhalten muss. In der Ferne sieht sie ein flackerndes Licht.

Dann geht es vorbei an den Ruinen einer alten Burg oder eines Palasts, die mit wildem Wein bewachsen sind.

Die Luft ist erfüllt vom Geruch nach Zedern und Ginster, etwas weiter nach Jasmin. Alice will sich diese aufeinanderfolgenden Düfte für immer einprägen. Es ist heller geworden, eine Öllampe, die an einer Kette hängt, erleuchtet ein Holztor. Es öffnet sich auf einen Garten mit Linden und Feigenbäumen. Alice möchte eine Frucht stibitzen, sie hat Hunger. Sie will das saftige Fleisch kosten. Sie streckt die Hand aus, nimmt zwei Feigen und versteckt sie in ihrer Tasche.

Sie tritt auf den Hof eines Hauses. Mit einer sanften, ihr fremden Stimme wird ihr erklärt, sie brauche keine Angst zu haben, sie habe nichts mehr zu befürchten, sie würde sich waschen, essen, trinken und schlafen können.

Eine hölzerne Treppe führt in den ersten Stock. Die Stufen knarren unter Alices Füßen, sie hält sich am Geländer fest und versucht, sich leichter zu machen.

Sie tritt in ein kleines Zimmer, das nach Bienenwachs riecht. Alice zieht ihre Kleider aus, faltet sie sorgfältig zusammen und legt sie auf einen Stuhl. Dann geht sie zu einem eisernen Bottich und glaubt kurz, ihr Spiegelbild in dem warmen Wasser zu sehen, doch die Oberfläche trübt sich.

Alice möchte dieses Wasser trinken, sie hat Durst, und ihre Kehle ist so trocken, dass sie kaum mehr Luft bekommt. Ihre Wangen brennen, und sie hat das Gefühl, ihr Kopf würde in einem Schraubstock stecken.

»Geh, Alice. Du hättest nicht wiederkommen dürfen. Kehr nach Hause zurück, es ist nicht zu spät.«

Alice öffnete die Augen und richtete sich auf. Sie glühte vor Fieber, ihr Körper war steif, die Glieder waren kraftlos. Plötzlich überkam sie Übelkeit, und sie lief ins Bad.

Als sie zitternd in ihr Zimmer zurückkam, rief sie die Rezeption an und bat, man möge ihr schnellstmöglich einen Doktor schicken und Mr. Daldry verständigen.

Der Arzt stellte eine Lebensmittelvergiftung fest und verschrieb Medikamente, die Daldry sofort aus der Apotheke holte. Alice würde sich schnell wieder erholen. Unannehmlichkeiten dieser Art seien bei Touristen nicht selten und kein Grund zur Beunruhigung.

Am frühen Abend klingelte das Telefon in Alices Zimmer.

»Ich hätte nicht zulassen dürfen, dass Sie die Meeresfrüchte essen, ich habe ein furchtbar schlechtes Gewissen«, sagte Daldry, der sie aus seinem Zimmer anrief.

»Es ist nicht Ihre Schuld«, erwiderte Alice, »Sie haben mich schließlich nicht dazu gezwungen. Aber bitte seien Sie mir nicht böse, wenn ich Sie heute allein zu Abend essen lasse. Ich glaube, ich kann jedweden Essensgeruch nicht ertragen. Allein bei dem Gedanken daran wird mir schon wieder schlecht.«

»Dann denken Sie nicht daran, auch ich werde heute Abend aus Solidarität fasten, das wird mir guttun. Ein kleiner Bourbon und dann ab ins Bett.«

»Sie trinken zu viel, Daldry, und auch völlig grundlos.«

»In Ihrem Zustand sollten Sie davon absehen, mir gute Ratschläge hinsichtlich meiner Gesundheit zu geben. Ich will ja nicht respektlos sein, aber ich glaube, man kann behaupten, dass ich in besserem Zustand bin als Sie.«

»Das mag für heute zutreffen, aber für morgen und die kommenden Tage liege ich, glaube ich, richtig.«

»Richtig wäre, dass Sie sich ausruhen, statt sich um mich zu sorgen. Schlafen Sie, so viel Sie können, und nehmen Sie Ihre Medikamente. Wenn die Diagnose des Arztes korrekt war, werde ich morgen das Vergnügen haben, Sie wieder in bester Form anzutreffen.«

»Haben Sie etwas von unserem Führer gehört?«

»Noch nicht«, sagte Daldry, »aber ich erwarte seinen Anruf. Deshalb werde ich jetzt die Leitung freimachen und Sie schlafen lassen.«

»Gute Nacht, Ethan.«

»Gute Nacht, Alice.«

Sie legte auf und spürte ein unbestimmtes Angstgefühl bei der Vorstellung, das Licht zu löschen. Also ließ sie die Nachttischlampe brennen und schlief bald darauf ein. In dieser Nacht störte kein Albtraum ihren Schlaf.

Der Parfümeur lebte in Cihangir. Zwischen seinem Haus, das auf einem Brachland oberhalb des Stadtviertels lag, und dem seines Nachbarn war eine Wäscheleine gespannt, auf der Kittel, Hosen, Hemden, Unterhosen und sogar eine Uniform hingen. Es war nicht leicht, die gepflasterte Straße bei Regenwetter hinaufzufahren, und das Taxi musste zwei Anläufe nehmen. Die Räder des Chevrolets drehten durch, und die Kupplung stank nach verschmortem Gummi. Der Fahrer, der niemals den abgefahrenen Reifen die Schuld gegeben hätte, schimpfte, was das Zeug hielt. Er hätte die Fahrt nicht annehmen dürfen, und ohnehin gab es auf den Hügeln von Cihangir nichts für Touristen zu sehen. Daldry, der vorn Platz genommen hatte, legte einen Geldschein auf die Sitzbank des alten Chevrolets, und der Fahrer schwieg endlich.

Als sie über das Brachland liefen, fasste Can Alice beim Arm, damit sie den Fuß nicht in eine Pfütze setzte.

Der feine Nieselregen, der auf die Stadt niederging, würde den Boden nicht vor dem Abend durchnässt haben, aber Can wollte sich fürsorglich zeigen. Alice fühlte sich zwar schon besser, aber immer noch zu schwach, um diese Aufmerksamkeit ihr gegenüber gebührend zu würdigen. Daldry enthielt sich jeglichen Kommentars.

Sie betraten das Haus. Der Raum, in dem der Parfümeur arbeitete, war groß. In einem ausladenden Samowar glühte Kohle, und die Wärme, die sie ausstrahlte, ließ die staubigen Scheiben des Ateliers beschlagen.

Der Mann, der nicht verstand, warum zwei Engländer aus London gekommen waren, um ihn zu besuchen – wenngleich er sich sehr geehrt fühlte –, bot ihnen Tee und kleine mit Sirup getränkte Kuchen an.

»Die backt meine Frau«, erklärte er Can, der sofort übersetzte, die Ehefrau des Parfümeurs sei die beste Konditorin von ganz Cihangir.

Alice ließ sich an den Arbeitstisch des Parfümeurs führen. Sie durfte an einigen seiner Kompositionen riechen. Die Kreationen, an denen er arbeitete, waren intensiv, aber harmonisch. Orientalische Düfte, die gut aufgebaut waren, aber wenig Originelles hatten.

Am Ende des langen Tischs entdeckte sie eine Schatulle mit verschiedenen Fläschchen, deren Farben ihre Neugier weckten.

»Darf ich?«, fragte sie und griff nach einem kleinen Flakon, der eine Flüssigkeit von eigenartigem Grün enthielt.

Can hatte die Frage noch nicht zu Ende übersetzt, als der Parfümeur ihn ihr auch schon aus der Hand nahm und in das Kästchen zurückstellte.

»Er sagt, das ist von keinem besonderen Interesse, es handelt sich nur um Experimente, die er zum Spaß vornimmt«, erklärte Can. »Eine Art Zeitvertreib.«

»Trotzdem würde ich sehr gerne daran riechen.«

Der Mann zuckte mit den Schultern und erklärte sich einverstanden. Als sie den Korken entfernte, war Alice erstaunt. Sie tauchte einen Papierstreifen in die Flüssigkeit und schnupperte daran. Anschließend stellte sie den Flakon zurück und machte es mit einem zweiten und dritten genauso. Dann wandte sie sich verblüfft zu ihrem Begleiter um.

»Nun?«, fragte Daldry, der bisher geschwiegen hatte.

»Das ist unglaublich, er hat in dieser Schatulle einen wahren Wald geschaffen. Auf die Idee wäre ich nie gekommen. Riechen Sie selbst«, sagte Alice und tauchte den Papierstreifen erneut in einen Flakon. »Der Geruch vermittelt den Eindruck, man liege auf dem Boden ausgestreckt unter einer Zeder.«

Sie nahm einen weiteren Streifen, schob ihn in ein anderes Fläschchen und schwenkte ihn unter Daldrys Nase.

»Aus diesem riecht es nach Pinienharz und aus dem da«, erklärte sie, während sie ein weiteres Fläschchen öffnete, »nach einer feuchten Wiese mit einer leichten Note von Herbstzeitlosen und Farn. Und aus dem da drüben nach Haselnuss …«

»Ich kenne niemanden, der sich mit Haselnuss parfümieren möchte«, brummte Daldry.

»Das ist nicht für den Körper, sondern das sind Raumdüfte.«

»Glauben Sie wirklich, dass es einen Markt für Raumdüfte gibt?«

»Denken Sie doch einmal an das Vergnügen, in seiner Wohnung die Gerüche der Natur wiederzufinden. Stellen

Sie sich vor, wir könnten die Düfte der Jahreszeiten bei uns zu Hause versprühen.«

»Der Jahreszeiten?«, fragte Daldry erstaunt.

»Ja, den Herbst verlängern, wenn der Winter Einzug hält, im Januar bereits den Frühling mit seiner Vielfalt an Blüten entstehen lassen, im Sommer den Geruch von Regen verbreiten. Ein Esszimmer, das leicht nach Zitronenbäumen, ein Bad, das nach Orangenblüten duftet. Wohnungsparfüms, die keine Räucherkerzen sind, das wäre eine ganz neue Idee!«

»Na, wenn Sie es sagen, dann brauchen wir uns nur noch mit diesem Herrn anzufreunden, der angesichts Ihrer Erregung ebenso verblüfft scheint wie ich.«

Alice wandte sich jetzt an Can. »Könnten Sie ihn fragen, wie es ihm gelingt, diese Zedernnote so lange zu erhalten?«, bat sie und roch an dem Papierstreifen, den sie vom Arbeitstisch genommen hatte.

»Welche Note?«, wollte Can wissen.

»Fragen Sie ihn, wie er es gemacht hat, dass dieser Duft an der Luft nicht verfliegt.«

Und während Can das Gespräch zwischen Alice und dem Parfümeur, so gut er konnte, dolmetschte, trat Daldry ans Fenster und blickte auf den Bosporus, der hinter den beschlagenen Fensterscheiben nur undeutlich zu erkennen war. Wenn er sich von dieser Reise nach Istanbul auch etwas ganz anderes erhofft hatte, so wäre es durchaus möglich, dass er dank Alice eines Tages ein Vermögen verdienen würde. Seltsamerweise aber war ihm das vollkommen gleichgültig.

Alice, Can und Daldry bedankten sich bei dem Parfümeur, der ihnen den ganzen Vormittag gewidmet hatte. Alice versprach, bald wiederzukommen. Sie hoffte, dass sie zusammenarbeiten könnten. Der Mann hätte nie geglaubt, dass seine heimliche Leidenschaft eines Tages irgendjemanden interessieren könnte. Noch heute aber würde er seiner Frau erzählen können, dass die endlosen Stunden, die er abends, manchmal nachts in seinem Atelier arbeitete, die Sonntage, die er damit verbrachte, auf der Suche nach allen möglichen Blüten und Pflanzen durch Unterholz und Täler zu streifen, nicht, wie sie ihm vorwarf, der Zeitvertreib eines Verrückten waren, sondern eine ernsthafte Arbeit, die eine englische Parfümentwicklerin faszinierte.

»Nicht dass ich mich gelangweilt hätte«, sagte Daldry, als sie auf die Straße traten, »aber ich habe seit gestern Mittag nichts gegessen und hätte deshalb nichts gegen eine kleine Stärkung einzuwenden.«

»Hat dieser Besuch Sie beglückt?«, fragte Can Alice und ignorierte Daldrys Worte.

»Ich bin außer mir vor Freude. Der Arbeitstisch dieses Mannes ist wie die Höhle von Ali Baba. Sie haben eine wunderbare Begegnung organisiert, Can.«

Can errötete.

»Eins-zwei, ein-zwei-drei!«, rief Daldry und sprach dabei in die hohle Hand, »hier London, hören Sie mich?«

»Aber ich muss zugeben, Miss Alice, dass ich einige Worte Ihres Vokabulars nicht verstehe und Mühe habe, sie zu übersetzen. Zum Beispiel habe ich im Haus dieses Mannes nichts gesehen, das der Höhle von Ali Baba gleicht«, sagte Can, ohne Daldry zu beachten.

»Tut mir leid, Can, das ist eine Redensart in meinem Beruf. Ich werde mir die Zeit nehmen, Ihnen die sprachlichen Feinheiten zu erklären. Dann sind Sie der qualifizierteste Übersetzer von Istanbul im Bereich der Parfümerie.«

»Das ist eine Spezialisierung, die mir gefallen würde, und ich wäre Ihnen sehr verbunden, Miss Alice.«

»Gut«, knurrte Daldry, »anscheinend habe ich keine Stimme mehr, denn niemand hört, was ich sage! Ich habe Hunger! Können Sie uns zeigen, wo man essen kann, ohne dass Miss Alice krank wird?«

Can sah ihn durchdringend an. »Ich hatte die Absicht, Sie an einen Ort zu leiten, den Sie so schnell nicht vergessen werden.«

»Zum Glück hat er bemerkt, dass ich da bin.«

Alice trat zu Daldry und flüsterte ihm zu: »Sie sind nicht sehr nett zu ihm.«

»Tatsächlich? Finden Sie denn, dass er nett zu mir ist? Ich habe Hunger. Ich erinnere Sie daran, dass ich aus Solidarität mit Ihnen gefastet habe, aber nachdem Sie sich mit unserem wunderbaren Führer absondern, distanziere ich mich.«

Alice warf Daldry einen betrübten Blick zu und ging zu Can, der abseits wartete.

Sie liefen die steilen Straßen hinunter, bis sie den unteren Teil des Cihangir-Viertels erreicht hatten. Daldry hielt ein Taxi an und fragte Alice und Can, ob sie mit ihm einsteigen oder lieber einen anderen Wagen nehmen wollten. Er setzte sich sofort auf die Rückbank und zwang Can so, vorn neben dem Fahrer Platz zu nehmen.

Can gab diesem auf Türkisch eine Adresse an und drehte sich während der ganzen Fahrt nicht einmal um.

Möwen hockten reglos auf der Kaimauer.

»Dort ist es«, sagte Can und deutete auf eine Holzhütte am Ende des Piers.

»Ich sehe kein Restaurant«, murrte Daldry.

»Weil Sie nicht richtig hinschauen«, antwortete Can höflich. »Das ist kein Ort für Touristen. Er strahlt nicht vor Luxus, aber Sie werden das Essen genießen.«

»Kennen Sie nicht zufällig etwas ebenso Vielversprechendes wie diese Spelunke, das aber etwas mehr Charme besitzt?«

Daldry deutete auf die großen Häuser, deren Fundamente vom Bosporus umspült wurden. Alices Blick ruhte wie gebannt auf einem von ihnen, dessen weiße Fassade sich von den anderen unterschied.

»Haben Sie wieder eine Erscheinung?«, fragte Daldry in spöttischem Ton. »Sie machen vielleicht ein Gesicht.«

»Ich habe Sie angelogen«, stammelte Alice. »Neulich nachts hatte ich einen Albtraum, der noch realistischer war als die vorhergehenden, und ich habe ein Haus gesehen, das diesem ähnlich war.«

Mit zusammengepressten Lippen starrte Alice auf das weiße Gebäude. Can verstand nicht, was seine Kundin plötzlich zu beunruhigen schien.

»Das sind *Yalis*, Sommervillen«, erklärte er bedächtig. »Überreste der Pracht des Osmanischen Reichs. Sie waren im neunzehnten Jahrhundert sehr beliebt. Jetzt sind sie es weniger, die Besitzer sind wegen der hohen Heizkosten im Winter geldlos, und die meisten von ihnen müssten geflickt werden.«

Daldry fasste Alice bei den Schultern und zwang sie, sich zum Bosporus umzudrehen.

»Ich sehe nur zwei Möglichkeiten. Entweder hat die einzige Reise Ihrer Eltern über Nizza hinausgeführt, und sie waren zu jung, um sich zu erinnern, was sie Ihnen erzählt haben. Oder sie besaßen einen Bildband über Istanbul, den Sie sich in Ihrer Kindheit angesehen haben, ohne es heute noch zu wissen. Beide Möglichkeiten sind übrigens nicht unvereinbar.«

Alice konnte sich nicht daran erinnern, dass ihr Vater oder ihre Mutter ihr von Istanbul erzählt hätte, und wie sehr sie auch versuchte, sich jede Einzelheit der elterlichen Wohnung zu vergegenwärtigen – das Schlafzimmer mit dem großen Bett und der grauen Decke, das Nachtkästchen ihres Vaters, auf dem sein ledernes Brillenetui neben einem kleinen Wecker lag, das ihrer Mutter mit einem Foto von ihr, welches sie im Alter von fünf Jahren in einem silbernen Rahmen gefangen zeigte, die große Truhe am Fußende des Betts, der rot-braun gestreifte Teppich, das Esszimmer mit dem Mahagonitisch und den sechs passenden Stühlen, das Büfett mit dem teuren Festtagsporzellan, das nie benutzt wurde, das Chesterfieldsofa, auf dem die Familie saß, wenn sie abends Radio hörte, das kleine Regal, die Bücher, die ihre Mutter las – nichts davon hatte einen Bezug zu Istanbul.

»Wenn Ihre Eltern jemals in der Türkei waren, dann gibt es vielleicht Spuren ihres Besuchs bei den entsprechenden Behörden«, meinte Can. »Morgen Abend organisiert die britische Botschaft eine Abendzeremonie. Ihr Botschafter kommt extra aus Ankara, um eine Militärdelegation mit vielen Offizieren meiner Regierung zu begrüßen«, fügte er stolz hinzu.

»Und woher wissen Sie das?«, fragte Daldry.

»Weil ich selbstverständlich der beste Führer von Istanbul bin! Gut, ich habe heute Morgen einen Artikel in der Zeitung gelesen. Und weil ich ganz ebenso der beste Dolmetscher der Stadt bin, bin ich zu der Zeremonie eingefordert.«

»Wollen Sie damit sagen, dass wir morgen Abend auf Ihre Dienste verzichten müssen?«

»Ich wollte Ihnen vorschlagen, Sie zu diesem Fest vorladen zu lassen.«

»Nun übertreiben Sie nicht, der Konsul wird nicht alle Engländer einladen, die sich gerade in Istanbul aufhalten.«

»Ich weiß nicht, was übertreiben bedeutet, aber ich werde das Wort lernen. Einstweilen wäre es der jungen Sekretärin, die die Gästeliste verwaltet, ein Vergnügen, mir den Gefallen zu tun, Ihre Namen aufzunehmen, sie kann Can nichts abschlagen … Ich lasse Ihnen Einlasskarten ins Hotel bringen.«

»Sie sind ein komischer Kauz, Can«, meinte Daldry. »Aber wenn es Ihnen Freude macht«, fuhr er fort und wandte sich zu Alice um, »könnten wir uns beim Botschafter vorstellen und um die Hilfe der Konsularabteilung bitten. Wozu sind unsere Behörden gut, wenn man sie im Bedarfsfall nicht mal um eine kleine Gefälligkeit bitten kann! Also, was halten Sie davon?«

»Ich muss wissen, woran ich bin.« Alice seufzte. »Ich will verstehen, warum diese Albträume so realistisch sind.«

»Ich verspreche Ihnen, dass ich alles tun werde, um dieses Mysterium zu enthüllen, aber erst, wenn ich etwas gegessen habe. Sonst müssen Sie sich bald um mich kümmern, ich bin der Ohnmacht nahe und habe furchtbaren Durst.«

Can deutete auf das Fischerlokal am Ende des Piers. Dann entfernte er sich und setzte sich auf einen Poller.

»Guten Appetit«, sagte er mit gleichgültiger Miene und verschränkten Armen. »Ich warte hier auf Sie und rühre mich nicht von der Stelle.«

Der vernichtende Blick, mit dem Alice ihn bedachte, entging Daldry nicht, und er trat einen Schritt auf Can zu.

»Aber was sitzen Sie auf diesem Ding herum? Sie glauben doch wohl nicht, dass wir Sie hier allein in der Kälte zurücklassen.«

»Ich will Sie nicht belästigen, und ich merke ja, dass ich Sie belaste. Gehen Sie essen, ich bin an die Winter von Istanbul und auch an den Regen gewöhnt.«

»Nun spielen Sie nicht die beleidigte Leberwurst!«, protestierte Daldry. »Wie sollte ich ohne den besten Dolmetscher der Stadt an meiner Seite wohl in einem einheimischen Lokal etwas bestellen?«

Geschmeichelt von dem Kompliment, nahm Can die Einladung an.

Das gute Essen und der herzliche Empfang überraschten Daldry. Beim Kaffee überkam ihn eine plötzliche Melancholie, die Alice und Can verwunderte. Unter dem Einfluss des Alkohols gestand er schließlich, dass er sich Vorwürfe mache wegen der Vorurteile, welche er gegenüber diesem Restaurant gehegt hatte. Und mit einem behaglichen Seufzer trank er den vierten Raki.

»Das ist die Rührung«, meinte er. »Diese Soße zu meinem Fisch, das köstliche Dessert – ich werde übrigens noch etwas davon nehmen –, das war einfach überwältigend. Bitte«, fuhr er larmoyant fort, »sagen Sie dem Wirt, dass es mir aufrichtig leidtut, und vor allem versprechen Sie mir, dass Sie uns ganz schnell andere Orte wie diesen zeigen werden. Vielleicht schon gleich heute Abend?«

Als der Kellner vorbeikam, hob Daldry sein Glas, um nachgeschenkt zu bekommen.

»Ich glaube, Sie haben genug getrunken, Daldry«, sagte Alice und nötigte ihn, das Glas wieder abzustellen.

»Ich muss zugeben, dass der Raki mir etwas zu Kopf gestiegen ist. Das liegt daran, dass ich nichts gegessen und furchtbaren Durst hatte, als wir hereinkamen.«

»Sie sollten lernen, Ihren Durst mit Wasser zu löschen«, schlug Alice vor.

»Sind Sie wahnsinnig? Soll ich innerlich verrosten?«

Alice machte Can ein Zeichen, ihr zu helfen, und sie nahmen Daldry in die Mitte und führten ihn zur Tür. Can verabschiedete sich von dem Wirt, den der Zustand seines Gasts belustigte.

An der frischen Luft wurde Daldry schwindelig. Er setzte sich auf einen Poller, während Can nach einem Taxi Ausschau hielt. Alice blieb bei ihm, damit er nicht ins Wasser fiel.

»Vielleicht tut mir ein kleines Mittagsschläfchen gut«, sagte Daldry, während er das Meer betrachtete.

»Ich glaube, das ist zwingend geboten«, meinte Alice. »Ich dachte, Sie sollten auf mich aufpassen und nicht umgekehrt.«

»Entschuldigen Sie«, winselte Daldry. »Ich verspreche Ihnen, morgen keinen Tropfen Alkohol zu trinken.«

»Ich hoffe, Sie halten Ihr Versprechen«, gab Alice streng zurück.

Schließlich war es Can gelungen, ein Taxi anzuhalten. Er kam zu Alice und half ihr, Daldry auf die Rückbank zu bugsieren, während er selbst vorn Platz nahm.

»Wir eskortieren Ihren Freund zum Tor des Hotels, anschließend gehe ich zur Botschaft und kümmere mich um die Einladungen. Ich lasse sie an der Rezeption ablegen«, sagte er und sah Alice im Rückspiegel der heruntergeklappten Sonnenblende an.

»Ich begleite Ihren Freund zur Tür des Hotels und hinterlege die Einladungen in einem Umschlag an der Rezeption …«, murmelte Alice.

»Ich habe geahnt, dass mein Satz schlecht formuliert war, aber ich wusste nicht warum. Danke für die Korrektur, ich werde diesen Fehler nie wieder produzieren«, antwortete Can und klappte die Sonnenblende hoch.

Daldry, der während der Fahrt eingenickt war, hatte Mühe, wieder zu sich zu kommen, als Alice und der Portier ihn auf sein Zimmer brachten und aufs Bett legten. Erst später am Tag war er wieder bei klarem Verstand. Vergeblich rief er Alice in ihrem Zimmer an, fragte an der Rezeption nach und erfuhr, dass sie ausgegangen war. Betroffen angesichts seines Verhaltens, schob er einen Zettel unter ihrer Tür hindurch, auf dem er sich für seine mangelnde Selbstkontrolle entschuldigte und ihr mitteilte, er ziehe es vor, nicht zu Abend zu essen.

Alice nutzte den Nachmittag, um im Beyoğlu-Viertel spazieren zu gehen. Der Hotelportier hatte ihr empfohlen, den Galata-Turm zu besichtigen, und ihr den Weg dorthin zu Fuß erklärt. Sie bummelte an den Geschäften der Istiklal-Straße vorbei, kaufte ein paar Souvenirs für ihre Freunde und floh schließlich vor der Kälte in ein kleines Restaurant, wo sie das Abendessen einnahm.

Am frühen Abend war sie zurück in ihrem Zimmer, nahm am Schreibtisch Platz und begann einen Brief an Anton.

Anton,
heute Morgen habe ich einen Mann kennengelernt, der denselben Beruf hat wie ich, aber viel talentierter ist. Wenn ich zurück bin, muss ich Dir beschreiben, wie originell seine Forschungen waren. Ich beklage mich oft über die Kälte in meiner Wohnung, aber wenn Du in der Werkstatt dieses Parfümeurs gewesen wärst, würdest Du mir sagen, dass ich dazu keinen Grund habe. Von den Höhen des Viertels Cihangir aus habe ich die Stadt völlig anders wahrgenommen, als sie mir vom Fenster meines Zimmers aus schien. Wenn man sich vom Zentrum entfernt, dessen Neubauten denen ähneln, die auf den Ruinen von London errichtet

werden, trifft man auf eine unerwartete Armut. Heute, in den schmalen Gassen von Cihangir bin ich Kindern begegnet, die trotz der winterlichen Kälte barfuß liefen, Händlern mit traurigen Gesichtern, die am Ufer des Bosporus im strömenden Regen ihre Ware verkauften, Frauen, die den langen Schlangen am Pier, wo die Dampfschiffe anlegen, ihren armseligen Plunder zu verhökern suchten. Und so seltsam das auch scheinen mag, inmitten all dieser Tristesse habe ich eine unendliche Zärtlichkeit empfunden, eine Zuneigung zu diesen Orten, die mir doch fremd sind, und auch eine starke Einsamkeit, wenn ich Plätze überquerte, an denen die alten Kirchen verfallen. Ich bin Treppen mit ausgetretenen Stufen hinaufgelaufen. Auf den Hügeln von Cihangir sind die meisten Häuserfassaden baufällig, und selbst die streunenden Katzen sehen traurig aus, und diese Stimmung überträgt sich auf mich. Warum weckt diese Stadt eine solche Melancholie in mir? Sie überkommt mich, sobald ich auf die Straße trete, und lässt mich bis zum Abend nicht mehr los. Aber miss dem, was ich schreibe, keine Bedeutung bei. Die Cafés und kleinen Restaurants sind voller Leben, die Stadt ist schön, und weder Schmutz noch Staub vermögen ihrer Pracht etwas anzuhaben. Die Menschen hier sind so freundlich und großzügig, und mich ergreift, wie ich zugeben muss, eine große Sehnsucht nach diesem verfallenden Erbe.

Als ich heute Nachmittag in der Nähe des Galata-Turms spazieren ging, habe ich inmitten des Viertels hinter einem schmiedeeisernen Tor einen kleinen verschlafenen Friedhof entdeckt. Ich habe mir die Gräber mit den wackligen Steinen angesehen und hatte, ich weiß nicht warum, den Eindruck, zu dieser Erde zu gehören. Jede Stunde, die ich hier verbringe, lässt meine übergroße Liebe zu diesem Land noch wachsen.

Anton, verzeih mir diese konfusen Worte, die für Dich vermutlich keinerlei Sinn ergeben. Ich schließe die Augen und höre Deine Trompete im abendlichen Istanbul, ich höre Deinen Atem, sehe Dich in der Ferne, in einem Londoner Pub spielen. Ich würde gerne wissen, wie es Sam, Eddy und Carol geht. Ihr fehlt mir alle vier, und ich hoffe, dass auch ich Euch fehle.
Ich umarme Dich, und mein Blick gleitet über die Dächer einer Stadt, die auch Du – da bin ich mir ganz sicher – leidenschaftlich lieben würdest.
Alice

Kapitel 8

Um zehn Uhr morgens klopfte es an Alices Zimmertür. Obwohl sie laut rief, sie stünde unter der Dusche, wurde weiter geklopft. Alice schlüpfte in ihren Morgenmantel und konnte im Spiegel der Badezimmertür gerade noch das Etagenmädchen hinausgehen sehen. Auf ihrem Bett fand sie einen Kleidersack, eine Schuh- und eine Hutschachtel. Neugierig öffnete sie die Verpackung und entdeckte ein Abendkleid, ein paar Pumps und einen bezaubernden Filzhut, dazu eine handgeschriebene Nachricht von Daldry: *Ich erwarte Sie heute Abend um achtzehn Uhr in der Hotelhalle.*

Entzückt ließ Alice ihren Morgenmantel auf den Boden gleiten und konnte der Versuchung einer spontanen Anprobe nicht widerstehen.

Das Kleid lag in der Taille eng an und öffnete sich dann zu einem weiten Rock. Seit dem Krieg hatte Alice kein Kleidungsstück gesehen, das so viel Stoff barg. Während sie sich im Kreis drehte, hatte sie den Eindruck, jene Jahre, in denen es an allem gemangelt hatte, zu verscheuchen. Vergessen waren die steifen Röcke und die knappen Jacken. Das Kleid, das sie trug, war schulterfrei, ließ die Taille schmaler und die Hüften runder wirken, und die Länge des Rocks steigerte noch die geheimnisvolle Verheißung der Beine.

Sie setzte sich aufs Bett und probierte die Pumps an. Mit den hohen Absätzen kam sie sich unglaublich groß vor. Sie streifte das kurze Jäckchen über, rückte den Hut zurecht, und als sie sich im Spiegel des Kleiderschranks betrachtete, traute sie ihren Augen nicht.

Während sie alles sorgfältig bis zum Abend auf einen Bügel hängte, bekam sie einen Anruf vom Empfangschef: Ein Page erwartete sie, um sie zum Friseursalon zu begleiten, der etwas weiter entfernt in derselben Straße lag.

»Sie müssen sich im Zimmer irren, ich habe keinen Friseurtermin ausgemacht.«

»Miss Pendelbury, ich versichere Ihnen, dass Sie in zwanzig Minuten bei Guido erwartet werden. Wenn Sie fertig sind, ruft der Salon uns an, damit wir Sie wieder abholen. Ich wünsche Ihnen einen schönen Tag.«

Der Empfangschef hatte aufgelegt – nicht so Alice, die auf den Hörer starrte, als handele es sich um Aladins Wunderlampe, aus welcher der gute Geist Dschinn aufgetaucht wäre.

Nachdem die Maniküre erledigt und das Haar gewaschen war, rückte Guido, dessen eigentlicher Vorname Onur war, mit seiner Schere an. Der Meister hatte in Rom gelernt und war völlig verändert zurückgekommen. Er erklärte Alice, am späten Vormittag sei ein Herr bei ihm erschienen, der ihm strikte Anweisungen hinsichtlich ihrer Frisur hinterlassen habe: ein tadelloser Knoten, der unter einem Hut getragen werden sollte.

Der Friseurbesuch dauerte über eine Stunde. Sobald Alice fertig war, holte der Page sie wieder ab und begleitete sie ins Hotel. In der Halle teilte der Empfangschef ihr mit, sie werde in der Bar erwartet. Sie traf Daldry an, der eine Limonade trank und Zeitung las.

»Bezaubernd!«, rief er aus und erhob sich.

»Ich weiß gar nicht, was ich sagen soll, seit heute Morgen habe ich den Eindruck, eine Märchenprinzessin zu sein.«

»Das trifft sich gut, denn genauso müssen Sie heute Abend auftreten. Wir wollen einen Botschafter betören, und auf mich brauchen Sie dabei nicht zu zählen.«

»Ich weiß nicht, wie Sie das gemacht haben, aber alles passt wunderbar.«

»Auch wenn es nicht den Anschein hat, ich bin immerhin Maler, und das Gefühl für Proportionen gehört zu meinem Metier.«

»Was Sie für mich ausgesucht haben, ist großartig, ich habe noch nie ein so schönes Kleid getragen. Ich werde gut aufpassen, dann können Sie es in tadellosem Zustand zurückgeben. Sie haben es doch ausgeliehen, nicht wahr?«

»Wussten Sie, dass diese neue Mode einen Namen hat? New Look, ein französischer Couturier hat sie entwickelt! In der Kriegskunst waren unsere Nachbarn nie brillant, aber was modische und kulinarische Kreationen betrifft, muss ich ihnen ein unvergleichliches Genie zugestehen.«

»Ich hoffe, ich werde Ihnen heute Abend im New Look gefallen.«

»Daran zweifele ich keine Sekunde. Diese Frisur ist wirklich eine gute Idee, sie betont ihren Nacken – ganz reizend.«

»Die Frisur oder der Nacken?«

Daldry reichte Alice die Imbisskarte.

»Sie sollten etwas essen. Heute Abend wird man sich dem Büfett nur unter körperlichem Einsatz nähern können, und Sie werden keinen Kampfanzug tragen.«

Alice bestellte Kuchen und Tee. Kurz darauf zog sie sich zurück, um sich umzukleiden.

In ihrem Zimmer öffnete sie die Schranktür und legte sich aufs Bett, um ihr neues Kleid zu bewundern.

Ein sintflutartiger Regen ging auf die Dächer von Istanbul nieder. Alice trat ans Fenster. In der Ferne waren die Sirenen der Dampfschiffe zu vernehmen. Der Bosporus war hinter einer grauen Wolkenwand verschwunden. Alice betrachtete das Treiben vor dem Hotel. Die Leute suchten Schutz in den Straßenbahnwartehäuschen, andere stellten sich unter die Dachvorsprünge, auf den Bürgersteigen stießen die Regenschirme aneinander. Alice wusste, dass sie zu jenem Leben gehörte, das sich unter ihrem Fenster abspielte. Aber in diesem Augenblick, hinter den dicken Mauern des Luxushotels und mit dem wunderbaren Kleid, das sie erwartete, fühlte sie sich in eine andere Welt versetzt – die der Privilegierten, die sie heute Abend treffen würde. Eine Welt, deren Sitten sie nicht kannte, und das machte sie umso gespannter.

Sie rief das Zimmermädchen zu Hilfe, um den Reißverschluss ihres Kleides zu schließen. Dann rückte sie den Hut zurecht und machte sich auf den Weg in die Halle. Daldry entdeckte sie in dem gläsernen Aufzug, der sie nach unten brachte, und fand sie noch bezaubernder, als er es erwartet hatte. Er empfing sie und reichte ihr den Arm.

»Im Allgemeinen verabscheue ich solche Mondänitäten, aber heute mache ich eine Ausnahme, Sie sind …«

»Absolut New Look!«, sagte Alice.

»So kann man es auch sehen. Ein Wagen erwartet uns, wir haben Glück, es hat aufgehört zu regnen.«

In knapp zwei Minuten hatte das Taxi das Konsulat erreicht, dessen Eingang nur fünfzig Meter vom Hotel entfernt war, man brauchte fast nur die Straße zu überqueren.

»Ich weiß, es ist irgendwie albern, aber ich wollte nicht, dass wir zu Fuß ankommen, eine Frage des Standings«, erklärte Daldry.

Er ging um den Wagen herum und öffnete Alice die Tür, und schon eilte ein livrierter Butler herbei, um ihr beim Aussteigen zu helfen.

Langsam schritten sie die Freitreppe hinauf, denn Alice fürchtete, mit ihren hohen Absätzen zu stolpern. Daldry reichte dem Pförtner die Einladungen, gab seinen Mantel an der Garderobe ab und führte Alice in den Empfangssaal.

Die Männer drehten sich nach ihnen um, einige unterbrachen sogar ihr Gespräch. Die Damen musterten Alice von Kopf bis Fuß. Frisur, Jacke, Kleid, Schuhe, alles war von ausgesuchter Modernität. Die Gattin des Botschafters lächelte sie freundlich an. Daldry trat auf sie zu.

Er verbeugte sich, um ihr die Hand zu küssen, und stellte Alice den protokollarischen Regeln entsprechend vor.

Die Frau des Botschafters erkundigte sich, was ein derart charmantes Paar so weit von England entfernt suche.

»Parfüms, Eure Exzellenz«, erwiderte Daldry. »Miss Pendelbury ist eine der begabtesten Nasen des Königreichs. Einige ihrer Kreationen kann man schon in den besten Parfümerien von Kensington kaufen.«

»Was für ein Glück!«, erwiderte die Frau des Botschafters. »Wenn wir nach London fahren, werde ich es nicht versäumen, mir etwas davon zu besorgen.«

Doch Daldry erbot sich sofort, ihr einige Flakons zukommen zu lassen.

»Sie sind unglaublich avantgardistisch, meine Liebe, eine Frau, die Parfüms kreiert, das ist sehr mutig, die Geschäftswelt ist so maskulin. Wenn Sie lange genug in der Türkei bleiben, müssen Sie mich in Ankara besuchen, ich langweile mich dort furchtbar«, flüsterte sie und errötete angesichts ihres Geständnisses. »Ich hätte Ihnen gerne meinen Mann vorgestellt, aber ich sehe, dass er mitten im Gespräch ist, und fürchte, das wird den ganzen Abend über der Fall sein. Ich muss Sie jetzt verlassen, es hat mich sehr gefreut, Ihre Bekanntschaft zu machen.«

Die Frau des Botschafters wandte sich anderen Gästen zu. Die Aufmerksamkeit, die sie Alice entgegengebracht hatte, war niemandem entgangen. Alle Blicke waren auf sie gerichtet, und das war ihr regelrecht peinlich.

»So blöd kann ich doch gar nicht sein, eine solche Gelegenheit ungenutzt zu lassen!«, rief Daldry.

Alice ließ die Botschaftergattin, die sich mit einer kleinen Gruppe von Gästen unterhielt, nicht aus den Augen. Sie wandte sich von Daldry ab und schritt, mit ihren hohen Absätzen um einen selbstsicheren Gang bemüht, durch den Saal.

Sie trat zu dem Grüppchen, das sich um die Frau des Botschafters geschart hatte, und ergriff das Wort.

»Es tut mir leid, Madam, ich vermute, dass ich es an Ehrerbietung Ihrer Person gegenüber mangeln lasse, indem ich mir erlaube, Sie so direkt anzusprechen, aber ich möchte Sie um ein Gespräch bitten, es wird nur wenige Minuten dauern.«

Daldry beobachtete die Szene verblüfft.

»Sie ist beeindruckend, nicht wahr?«, murmelte Can.

Daldry zuckte zusammen.

»Sie haben mich erschreckt, ich habe Sie nicht kommen hören.«

»Das war Absicht. Nun, sind Sie zufrieden mit Ihrem guten Führer? Der Empfang ist außergewöhnlich, finden Sie nicht?«

»Ich langweile mich tödlich bei solchen Abenden.«

»Das liegt daran, dass Sie sich nicht für andere interessieren.«

»Wissen Sie, ich habe Sie als Reiseführer und nicht als spirituellen Führer engagiert.«

»Ich dachte, es wäre ein Vorzug, im Leben Esprit zu haben.«

»Sie gehen mir auf die Nerven, Can. Ich habe Alice versprochen, keinen Tropfen Alkohol anzurühren, deshalb habe ich schlechte Laune. Also gehen Sie bitte nicht zu weit.«

»Ich geh ja schon.«

Mit diesen Worten verschwand Can ebenso diskret, wie er aufgetaucht war.

Daldry näherte sich dem Büfett, von wo aus er das Gespräch zwischen Alice und der Botschaftergattin verfolgen konnte.

»Es tut mir aufrichtig leid, dass Sie im Krieg Ihre Eltern verloren haben, und ich verstehe, dass Sie den Wunsch haben, mehr über Ihre Vergangenheit zu erfahren. Ich werde gleich morgen früh das Konsulat anrufen, damit man dort die nötigen Recherchen unternimmt. In welchem Jahr, meinen Sie, waren Ihre Eltern in Istanbul?«

»Ich habe nicht die geringste Ahnung, sicher vor meiner Geburt, denn meine Eltern hatten niemanden, der auf mich hätte aufpassen können, ausgenommen vielleicht meine Tante, aber die hätte mir davon erzählt. Sie haben sich zwei Jahre vor meiner Geburt kennengelernt, und ich könnte mir vorstellen, dass sie zwischen 1909 und 1910 eine romantische Reise unternommen hätten. Danach wäre Mama nicht mehr in der Lage dazu gewesen, weil sie mit mir schwanger war.«

»Die Recherchen dürften nicht allzu schwierig sein, vorausgesetzt der Zusammenbruch eines Reichs und zwei Kriege haben die Archive nicht vernichtet, die für Sie von

Interesse sind. Aber wie meine Mutter, die leider nicht mehr unter uns weilt, zu sagen pflegte: ›Das Nein hast du schon, meine Tochter, setze also alles auf das Ja.‹ Und so wollen wir gleich zur Tat schreiten und unseren Konsul stören. Ich werde Sie ihm vorstellen, und im Gegenzug verraten Sie mir den Namen Ihres Modeschöpfers.«

»Nach dem Etikett im Futter handelt es sich um einen gewissen Christian Dior.«

Die Botschaftergattin versicherte, diesen Namen würde sie sich merken, nahm Alice bei der Hand, stellte sie dem Konsul vor und setzte ihn in Kenntnis von dem Ersuchen, das ihr am Herzen lag, da es ihre neue Freundin betraf. Der Konsul versprach, Alice gleich am nächsten Nachmittag zu empfangen.

»Gut«, sagte die Botschaftergattin, »darf ich mich nun, da Ihre Angelegenheit in guten Händen ist, wieder meinen Verpflichtungen widmen?«

Alice deutete einen Knicks an und zog sich zurück.

»Und?«, fragte Daldry, als Alice auf ihn zukam.

»Wir werden morgen zum Tee beim Konsul erwartet.«

»Es ist zum Verzweifeln, überall dort, wo ich scheitere, haben Sie Erfolg. Aber im Grunde zählt ja nur das Ergebnis. Ich hoffe, Sie sind glücklich?«

»Ja, und ich weiß noch immer nicht, wie ich Ihnen für all das danken soll, was Sie für mich tun.«

»Sie könnten damit beginnen, meine Strafe aufzuheben und mir ein kleines Gläschen zu erlauben. Nur eines, das verspreche ich.«

»Ein einziges? Habe ich Ihr Wort darauf?«

»Das Wort eines Gentlemans«, antwortete Daldry und eilte zur Bar.

Er kam mit einem Glas Champagner für Alice und einem randvollen Glas Whisky zurück.

»Das nennen Sie ein Gläschen?«, fragte Alice.

»Wieso, sehen Sie ein zweites?«, erwiderte Daldry mit Unschuldsmiene.

Das Orchester stimmte einen Walzer an, und Alices Augen begannen zu funkeln. Sie stellte ihr Glas auf dem Tablett eines Pagen ab und sah Daldry an.

»Gewähren Sie mir diesen Tanz? Bei dem Kleid, das ich trage, können Sie mir nichts abschlagen.«

»Es ist nur ...«, stammelte Daldry und betrachtete sein Glas.

»Whisky oder Sissi, Sie müssen sich entscheiden.«

Voll Bedauern ließ Daldry sein Glas stehen, nahm Alice bei der Hand und zog sie auf die Tanzfläche.

»Sie tanzen gut«, sagte sie.

»Meine Mutter hat mir den Walzer beigebracht, das war ihr Lieblingstanz. Mein Vater hasste Musik, vom Tanzen ganz zu schweigen ...«

»Also Ihre Mutter war wirklich eine hervorragende Lehrerin.«

»Das ist das erste Mal, dass Sie mir ein Kompliment machen.«

»Wenn Sie noch eines wollen: Der Smoking steht Ihnen hervorragend.«

»Komisch, das letzte Mal, als ich einen Smoking trug, war ich auf einer Abendveranstaltung in London – furchtbar langweilig übrigens. Dort traf ich zufällig eine alte Freundin, mit der ich einige Jahre zuvor regelmäßigen Umgang gepflegt hatte. Bei meinem Anblick rief sie aus, der Smoking stehe mir hervorragend, sie hätte mich beinahe nicht erkannt. Daraus schloss ich, dass meine normale Kleidung nicht gerade vorteilhaft sein musste.«

»Gab es schon jemanden in Ihrem Leben, Daldry, ich meine jemanden, der Ihnen sehr wichtig war?«

»Ja, aber ich möchte lieber nicht darüber sprechen.«

»Warum? Wir sind Freunde, Sie können mir alles anvertrauen.«

»Unsere Freundschaft ist noch jung, und es scheint mir etwas zu früh für solche Geständnisse. Zumal dieses nicht wirklich von Vorteil für mich wäre.«

»Also hat sie Sie verlassen! Haben Sie sehr darunter gelitten?«

»Ich weiß nicht, vielleicht, ja, ich glaube.«

»Und denken Sie noch an sie?«

»Manchmal.«

»Warum sind Sie nicht mehr zusammen?«

»Weil wir es nie wirklich waren. Außerdem ist das eine lange Geschichte, und mir scheint, ich habe gesagt, dass ich nicht darüber reden möchte.«

»Davon habe ich nichts gehört«, sagte Alice und beschleunigte den Tanzschritt.

»Weil Sie mir nie zuhören, und wenn wir uns in diesem Tempo weiterdrehen, dann trete ich Ihnen noch auf die Füße.«

»Ich habe in meinem ganzen Leben noch nie in einem so schönen Kleid und in einem so großen Saal getanzt, und noch weniger zu der Musik eines so eindrucksvollen Orchesters. Bitte lassen Sie uns so schnell drehen wie möglich.«

Daldry lächelte und zog Alice mit.

»Sie sind eine merkwürdige Frau, Alice.«

»Und Sie, Daldry, sind ein merkwürdiger Mann. Wissen Sie, als ich gestern allein spazieren gegangen bin, während Sie Ihren Rausch ausschliefen, bin ich an einer kleinen Kreuzung vorbeigekommen, die Sie begeistert hätte. Beim Überqueren habe ich mir sofort vorgestellt, dass Sie sie malen.

Ein von zwei wundervollen Pferden gezogener Wagen, Straßenbahnen, die sich kreuzten, Dutzende von Taxis, ein altes amerikanisches Auto noch aus der Vorkriegszeit, überall Fußgänger und sogar ein Mann, der einen Handkarren schob. Sie hätten sich wie im siebten Himmel gefühlt.«

»Und Sie haben an mich gedacht, als Sie über diese Kreuzung gingen? Köstlich, wenn man bedenkt, welche Assoziationen eine Kreuzung bei Ihnen weckt.«

Der Walzer war zu Ende, und die Gäste applaudierten den Musikern und den Tänzern. Daldry steuerte auf die Bar zu.

»Nun sehen Sie mich nicht so an, das andere Glas zählt nicht, ich hatte kaum Zeit, daran zu nippen. Na gut, versprochen ist versprochen. Sie sind unmöglich.«

»Ich habe eine Idee«, sagte Alice.

»Ich befürchte das Schlimmste.«

»Sollen wir einfach gehen?«

»Dagegen habe ich nichts einzuwenden, aber wohin?«

»Durch die Stadt spazieren.«

»In unserem Aufzug?«

»Ja gerade darum.«

»Sie sind noch verrückter, als ich dachte, aber wenn es Ihnen Freude macht, warum eigentlich nicht?«

Daldry holte ihre Mäntel von der Garderobe, Alice wartete an der Freitreppe auf ihn.

»Soll ich Sie zu besagter Kreuzung führen?«, schlug sie vor.

»Ich bin sicher, dass sie nachts weniger interessant ist, sparen wir uns dieses Vergnügen für morgen auf. Lassen Sie uns lieber zum Tünel, der unterirdischen Standseilbahn, gehen und von dort zum Talbahnhof Karaköy am Goldenen Horn fahren.«

»Ich wusste gar nicht, dass Sie die Stadt so gut kennen.«

»Ich auch nicht. Aber ich habe während der letzten beiden Tage so viel Zeit in meinem Zimmer verbracht und währenddessen immer wieder den Reiseführer auf meinem Nachtkästchen gelesen, dass mir jetzt alles geläufig ist.«

Sie liefen durch das Beyoğlu-Viertel bis zur Standseilbahn, die das Viertel mit dem von Karaköy verband. Am kleinen Tünel-Platz angekommen, seufzte Alice und hockte sich auf ein Mäuerchen.

»Vergessen wir den Spaziergang am Bosporus, und setzen wir uns lieber in das nächstbeste Lokal. Ich hebe Ihre Strafe auf, Sie können trinken, was Sie wollen. Ich sehe da hinten eine kleine Bar, etwas zu weit für meinen Geschmack, aber eine nähere gibt es anscheinend nicht.«

»Was ist denn mit Ihnen los? Sie ist doch keine fünfzig Meter entfernt. Außerdem hätte ich es lustig gefunden, die Standseilbahn zu nehmen, es ist eine der ältesten der Welt. Aber warten Sie mal, haben Sie gerade gesagt, dass Sie meine Strafe aufheben? Woher kommt diese plötzliche Großzügigkeit? Ihre Schuhe drücken ganz fürchterlich, stimmt's?«

»Mit hohen Absätzen über Kopfsteinpflaster zu laufen ist eine Übung, die der chinesischen Folter gleichkommt.«

»Stützen Sie sich auf meine Schulter. Wir fahren nachher mit dem Taxi nach Hause.«

Die Atmosphäre in der kleinen Bar war ganz das Gegenteil von der in dem großen Empfangssaal der Botschaft. Hier spielte man Karten, man lachte, sang, stieß auf die Freundschaft an, ebenso wie auf die Gesundheit eines Verwandten, den vergangenen Tag oder den kommenden, an dem die Geschäfte sicher besser laufen würden, auf den Winter, der in diesem Jahr besonders mild war, auf den Bosporus, der seit jeher das Lebenselixier der Stadt war. Man schimpfte auf die Dampfschiffe, die zu lange am Kai lagen, auf die hohen Preise, die ständig weiter stiegen, die streunenden Hunde, die die Viertel am Stadtrand bevölkerten, auf die Stadtverwaltung, weil wieder eine Stadtvilla aus Holz abgebrannt war und das kulturelle Erbe sich zugunsten der gewissenlosen Immobilienhaie in Schall und Rauch auflöste. Und dann stieß man erneut an, auf die Brüderlichkeit, den Großen Basar, den die Touristen wieder besuchten.

Als sie die beiden Fremden in Abendkleidung eintreten sahen, unterbrachen die Männer an den Tischen kurz ihr Kartenspiel. Doch Daldry war das völlig gleichgültig. Er wählte einen gut sichtbaren Tisch und bestellte zwei Raki.

»Alle starren uns an«, flüsterte Alice.

»Alle sehen *Sie* an, meine Liebe. Tun Sie, als wäre nichts, und trinken Sie.«

»Glauben Sie, meine Eltern sind durch diese kleinen Gassen gelaufen?«

»Wer weiß? Es ist durchaus möglich. Vielleicht erfahren wir ja morgen mehr.«

»Ich stelle mir gerne vor, dass die beiden hier waren und ich jetzt auf ihren Spuren wandle. Vielleicht haben auch sie entzückt das Panorama von den Höhen oberhalb des Beyoğlu-Viertels aus bewundert. Vielleicht sind sie über die gepflasterten Gassen um die alten Weinstöcke von Pera gelaufen oder Hand in Hand am Bosporus entlang … Ich weiß, das ist albern, aber sie fehlen mir.«

»Das ist nicht albern. Ich muss Ihnen etwas gestehen: Meinem Vater nicht mehr die Schuld an all dem Chaos in meinem Leben zuschieben zu können ist auch für mich schwer zu ertragen. Ich habe nie gewagt, Sie zu fragen, wie …«

»Wie sie gestorben sind? Es war an einem Freitagabend im September 1941, am fünften genau gesagt. Wie jeden Freitag bin ich zum Abendessen zu ihnen gegangen. Zu jener Zeit wohnte ich in einem kleinen Apartment im Stockwerk über ihnen. Ich unterhielt mich im Wohnzimmer mit meinem Vater, meine Mutter hatte sich hingelegt, weil sie einen furchtbaren Schnupfen hatte. Plötzlich heulten die Sirenen. Papa befahl mir, in den Luftschutzkeller zu laufen, er wollte Mama helfen, sich anzuziehen, und dann gleich nachkommen. Ich wollte auch bleiben, um zu helfen, aber er drängte mich zu gehen, ich sollte unten einen Platz suchen, an dem Mama es sich bequem machen könnte, falls der Alarm länger dauern sollte. Ich gehorchte. Als ich die Straße überquerte, schlug die erste Bombe so dicht neben mir ein, dass ich auf den Boden geschleudert wurde. Sobald ich wieder zu mir kam, wandte ich mich um und sah, dass unser Haus in Flammen stand. Nach dem Essen hatte ich ins Zimmer meiner Mutter gehen und sie umarmen wollen, aber ich habe es unterlassen, um sie nicht zu wecken. Ich habe sie nie wiedergesehen. Ich konnte mich nicht von ihnen verabschieden. Ich konnte sie nicht einmal beerdigen. Nachdem die Feuerwehr den Brand gelöscht hatte, irrte ich durch die Trümmer. Doch es gab nichts mehr, nicht die geringste Erinnerung an unser Leben, an meine Kindheit. Danach bin ich zu meiner Tante auf die Insel Wight gegangen und dort bis zum Kriegsende geblieben. Es hat eine ganze Zeit gedauert, bis ich in der Lage war, wieder nach London zurückzukehren. Fast zwei Jahre. Ich lebte zurückgezogen auf meiner Insel, ich kannte dort jede Bucht, jeden Strand, jeden Hügel. Doch schließlich hat mich meine Tante aufgerüttelt und gedrängt, meine Freunde zu besuchen. Außer ihnen hatte ich niemanden mehr auf der Welt. Wir haben den Krieg gewonnen, ein neues Wohnhaus wurde errichtet, das die letzten Spuren des Dramas und der Existenz meiner Eltern tilgte – wie so vieler anderer auch. Die, die jetzt dort wohnen, wissen nichts davon, das Leben geht weiter.«

»Das tut mir aufrichtig leid«, murmelte Daldry.

»Und was haben Sie während des Kriegs gemacht?«

»Ich habe in einer Verwaltungsbehörde der Armee gearbeitet. Wegen einer schlimmen Tuberkulose, die Spuren in der Lunge hinterlassen hatte, war ich nicht fronttauglich. Ich war wütend und verdächtigte meinen Vater, seinen Einfluss beim Militärarzt geltend gemacht zu haben, um mich für untauglich erklären zu lassen. Ich habe alles darangesetzt, trotzdem aufgenommen zu werden, und schließlich ab Mitte 1944 im Nachrichtendienst der Armee gearbeitet.«

»Sie waren trotzdem dabei«, sagte Alice.

»Ja, in den Büros, nicht eben ruhmreich. Aber wir sollten das Thema wechseln, ich will diesen Abend nicht verderben. Es ist meine Schuld, ich hätte nicht so indiskret sein dürfen.«

»Ich war die Erste, die indiskrete Fragen gestellt hat. Aber okay, sprechen wir über etwas Fröhlicheres. Wie heißt sie?«

»Wer?«

»Die, die Sie verlassen hat und derentwegen Sie gelitten haben.«

»Sie haben eine eigenartige Auffassung von Fröhlichkeit.«

»Warum so geheimnisvoll? War sie viel jünger als Sie? Nun erzählen Sie schon, war sie blond, brünett oder rothaarig?«

»Grün, sie war ganz grün mit großen Glupschaugen und riesigen behaarten Füßen. Darum kann ich sie auch nicht vergessen. Und wenn Sie mich weiter über sie ausfragen, bestelle ich mir noch einen Raki.«

»Bestellen Sie zwei, ich will mit Ihnen anstoßen!«

Es war spät, die Bar wurde geschlossen, und in der Umgebung des Tünel-Platzes war kein Taxi zu finden.

»Lassen Sie mich überlegen, es muss ja eine Lösung geben«, sagte Daldry, als das Licht hinter ihnen erlosch.

»Ich könnte auf den Händen nach Hause gehen, aber dabei würde sicher mein Kleid beschädigt«, sagte Alice und versuchte, ein Rad zu schlagen.

Daldry konnte sie gerade noch festhalten.

»Du meine Güte, Sie sind ja vollkommen betrunken.«

»Nun mal langsam, ich bin ein bisschen beschwipst, aber besoffen, das ist wirklich übertrieben.«

»Hören Sie, wie Sie reden? Das ist nicht mal mehr Ihre Stimme, man könnte meinen, sie wären eine Gemüsemarktfrau.«

»Gemüse verkaufen ist doch ein sehr schöner Beruf, zwei Gurken, eine Tomate und ein Frühling! Das wiege ich Ihnen ab, mein Herr, Sie bekommen es zum Großmarktpreis und noch dazu zehn Prozent Rabatt. Damit kann ich zwar kaum den Transport bezahlen, aber Sie sehen nett aus, und ich will zumachen«, sagte Alice in einem solchen Slang, dass man fast hätte meinen können, Cockney zu hören.

»Das wird ja immer besser, sie ist wirklich sturzbetrunken.«

»Sie ist überhaupt nicht betrunken, und bei dem, was Sie sich hinter die Binde gekippt haben, seit wir hier sind, sollten Sie lieber ganz still sein. Wo sind Sie überhaupt?«

»Direkt neben Ihnen … auf der anderen Seite!«

Alice wandte sich nach links.

»Ach so, da. Wollen wir am Fluss spazieren gehen?«, fragte sie und hielt sich an einem Laternenpfahl fest.

»Das wird nicht gehen, der Bosporus ist eine Meerenge und kein Fluss.«

»Umso besser, meine Füße tun weh. Wie spät ist es?«

»Es muss schon nach Mitternacht sein, und ausnahmsweise hat sich heute Nacht der Kürbis nicht in eine Karosse, sondern in eine Prinzessin verwandelt.«

»Ich habe keine Lust, nach Hause zu gehen, ich möchte in die Botschaft zurück und weiter tanzen … Was haben Sie mit dem Kürbis gesagt?«

»Nichts. Also gut, besondere Probleme erfordern besondere Mittel.«

»Was machen Sie da?«, schrie Alice, als Daldry sie hochhob und über seine Schulter legte.

»Ich bringe Sie ins Hotel.«

»Legen Sie mich an der Rezeption ab?«

»Wenn Sie wollen«, sagte Daldry und verdrehte die Augen.

»Aber Sie dürfen mich nicht beim Portier abgeben, versprochen?«

»Natürlich. Und jetzt bitte Ruhe, bis wir da sind.«

»Auf dem Rücken Ihres Smokings ist ein blondes Haar. Ich frage mich, wie das dahin kommt. Außerdem glaube ich, dass mein Hut runtergefallen ist«, murmelte Alice, ehe sie einnickte.

Daldry drehte sich um und sah den Hut die Straße hinunterrollen, bis er im Rinnstein liegen blieb.

»Ich fürchte, wir müssen einen neuen kaufen«, knurrte er.

Er lief die steile Gasse hinauf, und Alices Atem kitzelte ihn furchtbar im Ohr, aber daran war nichts zu ändern.

Als er sie so ankommen sah, eilte der Empfangschef des Pera Palace auf sie zu.

»Die junge Dame ist sehr müde«, erklärte Daldry würdevoll. »Können Sie mir bitte meinen Schlüssel und den ihren geben?«

Der Empfangschef bot seine Hilfe an, doch Daldry lehnte ab.

Er legte Alice auf ihr Bett, zog ihr die Schuhe aus und deckte sie zu. Dann schloss er die Vorhänge und betrachtete die Schlafende kurz, bevor er das Licht löschte und das Zimmer verließ.

Er ging mit seinem Vater spazieren und erzählte ihm von seinen Plänen. Er würde ein großes Bild beginnen, das die Hopfenpflanzungen um das Anwesen herum zeigen sollte. Sein Vater fand, das sei eine hübsche Idee. Man würde den Traktor ein Stück vorfahren, damit er mit auf dem Bild wäre. Er hatte gerade einen neuen gekauft, einen Fergusson, den er mit dem Schiff aus Amerika hatte kommen lassen. Daldry war überrascht, er hatte an vom Wind niedergedrückte Ähren gedacht, ein riesiges gelbes Feld, das die Hälfte des Bildes einnahm und einen Kontrast zu den abgestuften Blautönen des Himmels bildete. Aber sein Vater schien so glücklich über den Ehrenplatz für den neuen Traktor … Er musste nachdenken, vielleicht könnte er ihn durch ein rotes Komma am unteren Rand darstellen – und darüber ein schwarzer Punkt, der den Bauern symbolisierte.

Ein Hopfenfeld mit einem Traktor, das war wirklich eine hübsche Idee. Sein Vater lächelte und winkte ihm zu, sein Gesicht zeichnete sich zwischen den Wolken ab. Dann ertönte eine Klingel, eine seltsame Klingel, die nicht aufhörte …

Das Telefon brachte Daldry vom englischen Landleben zurück in das fahle Tageslicht seines Istanbuler Hotelzimmers.

»Um Gottes willen!«, sagte er und richtete sich mit einem Seufzer in seinem Bett auf. Er wandte sich zum Nachtkästchen um und nahm den Hörer ab. »Hier Daldry.«

»Haben Sie noch geschlafen?«

»Jetzt nicht mehr ... es sei denn, der Albtraum geht weiter.«

»Habe ich Sie geweckt? Tut mir leid«, entschuldigte sich Alice.

»Das muss es nicht, ich wollte gerade ein Bild beginnen, das mich zu einem der größten Landschaftsmaler der zweiten Hälfte des zwanzigsten Jahrhunderts gemacht hätte, also ist es vorzuziehen, dass ich so schnell wie möglich aufwache. Wie spät ist es in Istanbul?«

»Fast Mittag. Ich bin auch gerade erst aufgestanden. Sind wir gestern spät nach Hause gekommen?«

»Soll ich Ihnen wirklich erzählen, wie Sie den gestrigen Abend beendet haben?«

»Ich kann mich absolut nicht erinnern. Was halten Sie davon, wenn wir am Hafen zu Mittag essen, bevor wir zur Botschaft gehen?«

»Frische Luft kann uns nur guttun. Wie ist das Wetter? Ich habe meine Vorhänge noch nicht aufgezogen.«

»Strahlender Sonnenschein über der ganzen Stadt«, antwortete Alice. »Beeilen Sie sich, wir treffen uns dann in der Lobby.«

»Ich erwarte Sie in der Bar, ich brauche einen guten Kaffee.«

»Wer sagt, dass Sie der Erste dort sind?«

»Ich hoffe, das soll ein Scherz sein.«

Als Daldry die Treppe herunterkam, entdeckte er Can, der mit verschränkten Armen auf einem Stuhl in der Halle saß und ihn streng musterte.

»Sind Sie schon lange da?«

»Seit acht Uhr heute früh, ich lasse Sie die Rechnung überschlagen, Eure Exzellenz.«

»Tut mir leid, ich wusste nicht, dass wir verabredet waren.«

»Es ist normal, dass ich morgens zu meiner Arbeit erscheine. Erinnert Eure Exzellenz sich daran, meine Dienste in Anspruch genommen zu haben?«

»Sagen Sie, wollen Sie mich noch lange so nennen? Das ist ja lächerlich und sehr ärgerlich.«

»Nur wenn ich böse auf Sie bin. Ich habe ein Treffen mit einem anderen Parfümeur arrangiert, und jetzt ist es Mittag vorbei.«

»Ich trinke erst einmal einen Kaffee, streiten können wir uns hinterher«, meinte Daldry und ließ Can stehen.

»Haben Sie irgendwelche Begehrlichkeiten, wie Sie den Tag verbringen möchten, Eure Exzellenz?«, rief Can ihm nach.

»Dass ich meine Ruhe habe!«

Daldry nahm an der Bar Platz, doch es wollte ihm nicht gelingen, Can, der in der Halle auf und ab ging, aus den Augen zu lassen. Er rutschte von seinem Hocker und kehrte zu ihm zurück.

»Ich wollte nicht unangenehm sein. Um mich zu entschuldigen, gebe ich Ihnen heute frei. Ich hatte ohnehin vor, Miss Alice zum Mittagessen auszuführen, und anschließend haben wir einen Termin bei der Botschaft. Verabreden wir uns für morgen zu einer zivilen Zeit, sagen wir, am späten Vormittag, und dann gehen wir zu Ihrem Parfümeur.«

Daldry verabschiedete sich von Can und kehrte an die Bar zurück.

Eine gute Viertelstunde später kam Alice zu ihm.

»Ich weiß«, sagte er, noch ehe sie den Mund öffnen konnte, »dass ich der Erste bin, aber das ist kein Verdienst, Sie hatten keine Chance.«

»Ich habe meinen Hut gesucht, darum bin ich zu spät.«

»Und haben Sie ihn gefunden?«, fragte Daldry, und seine Augen blitzten schelmisch.

»Natürlich, er liegt an seinem Platz in meinem Schrank.«

»Das freut mich aber! Und das Essen am Hafen, sind Sie immer noch dabei?«

»Programmänderung. Ich wollte Sie abholen. Can wartet in der Halle, er hat einen Besuch des Großen Basars für uns arrangiert, das ist ganz reizend von ihm. Ich freue mich unglaublich darauf, davon hatte ich geträumt. Beeilen Sie sich«, fügte sie hinzu, »ich gehe schon mal nach draußen.«

»Ich freue mich auch«, knurrte Daldry und biss die Zähne zusammen, während Alice sich entfernte. »Mit etwas Glück finde ich eine ruhige Ecke, wo ich diesem Führer den Hals umdrehen kann.«

Als sie aus der Straßenbahn stiegen, hielten sie sich nördlich der Beyazit-Moschee. Am Ende eines Platzes bogen sie in eine kleine, schmale Straße, die von Ständen mit Gravuren und Büchern gesäumt war. Nun liefen sie schon eine Stunde durch die Gänge des Großen Basars, und Daldry hatte noch kein Wort gesagt. Alice strahlte und lauschte andächtig den Geschichten, die Can zum Besten gab.

»Dies ist der größte und älteste überdachte Markt der Welt«, erklärte er stolz. »Das Wort ›Basar‹ kommt aus dem Arabischen. Vor langer Zeit nannte man ihn Bedesten, denn *Bedes* heißt auf Arabisch Wolle, und dies ist der Ort, an dem sie verkauft wurde.«

»Und ich bin das Schaf, das dem Hirten folgt«, brummte Daldry.

»Haben Sie etwas gesagt, Exzellenz?«, fragte Can und drehte sich um.

»Absolut nicht, ich höre Ihnen gebannt zu, mein Bester.«

»Der alte Bedesten befindet sich im Zentrum des Großen Basars. Jetzt gibt es dort Stände mit alten Waffen, Bronze und Porzellan von großer Außergewöhnlichkeit. Ursprünglich war er ganz aus Holz gebaut. Doch Anfang des achtzehnten Jahrhunderts ist er leider abgebrannt. Es ist fast eine Stadt mit einem von großen Kuppeln bedeckten Himmel. Die sehen Sie, wenn Sie den Kopf heben, und nicht, wenn Sie ihn trotzig senken – falls der Betroffene weiß, was ich meine. Hier gibt es alles: Schmuck, Pelze, Teppiche, Kunstgegenstände, natürlich viele Kopien, aber auch wunderbare Stücke für ein verschultes Auge, das sie zu erkennen versteht in …«

»Inmitten von diesem Chaos«, knurrte Daldry erneut.

»Aber was ist denn bloß mit Ihnen los?«, fragte Alice aufgebracht. »Es ist doch faszinierend, was er uns da erklärt, aber Sie scheinen miserable Laune zu haben.«

»Nicht im Geringsten«, antwortete Daldry. »Ich habe nur Hunger.«

»Wir würden gut zwei Tage brauchen, um durch alle Gänge zu laufen«, fuhr Can ungerührt fort, »aber um Ihnen einen Bummel von einigen Stunden zu erleichtern, müssen Sie wissen, dass der Basar in prachtvoll unterhaltene Viertel unterteilt ist, wie Sie sehen können. Und in jedem Viertel werden bestimmte Produktgruppen verkauft. Wir können uns sogar an einem ausgezeichneten Ort stärken, denn nur dort werden wir die Speisen finden, die unsere Exzellenz erfreuen können.«

»Merkwürdig, wie er Sie nennt. Aber im Grunde passt das nicht schlecht zu Ihnen – ›Exzellenz‹. Das ist sogar recht lustig, finden Sie nicht?«, flüsterte Alice Daldry zu.

»Nein, eigentlich nicht, aber da es Sie beide zu amüsieren scheint, will ich Ihnen den Spaß nicht verderben, indem ich auch nur eine Sekunde den Anschein erwecke, seine Ironie könnte mich kränken.«

»Ist irgendetwas zwischen Ihnen beiden vorgefallen? Sie sind ja wie Hund und Katz.«

»Ganz und gar nicht«, erklärte Daldry mit der Miene eines bestraften Kindes, das vor der Klasse in der Ecke stehen muss.

»Sie haben wirklich einen furchtbaren Charakter. Can ist uns völlig ergeben. Aber wenn Sie solchen Hunger haben, lassen Sie uns essen gehen. Ich verzichte darauf, den Spaziergang fortzusetzen, wenn das Ihre Laune verbessern kann.«

Daldry zuckte die Achseln und beschleunigte den Schritt, um sich von Can und Alice zu entfernen.

Alice blieb vor einem Stand mit Musikinstrumenten stehen. Eine alte Trompete aus Kupfer hatte ihre Aufmerksamkeit erregt. Sie bat den Händler, sie näher ansehen zu dürfen.

»Armstrong hatte die gleiche«, erklärte dieser leutselig. »Ein einzigartiges Stück. Ich kann nicht spielen, aber ein Freund hat sie ausprobiert und wollte sie unbedingt kaufen, eine einmalige Gelegenheit«, fügte er hinzu.

Can nahm das Instrument in Augenschein und beugte sich zu Alice.

»Das ist ein wertloses Ding. Wenn Sie wirklich eine schöne Trompete kaufen wollen, weiß ich, wo wir hingehen müssen. Legen Sie sie zurück und kommen Sie mit.«

Daldry verdrehte die Augen, als er sah, dass Alice auf Cans Ratschläge hörte und ihm folgte.

Can führte sie zu einem Musikgeschäft in einer benachbarten Gasse. Er bat den Händler, seiner Freundin seine schönsten, nicht aber teuersten Modelle zu zeigen, doch Alice hatte schon eine Trompete in einer Vitrine entdeckt.

»Ist das eine echte Selmer?«, fragte sie und nahm sie in die Hand.

»Ein authentisches Modell. Probieren Sie sie aus, wenn Sie Zweifel haben.«

Alice klopfte an den Schallbecher.

»Eine Sterling Silver mit vier Ventildrückern, die ist bestimmt sehr teuer.«

»Sie verstehen sich wohl nicht aufs Handeln, wie es im Basar üblich ist?«, sagte der Händler und lachte gutmütig. »Ich kann Ihnen auch eine Vincent Bach anbieten, die Stradivari unter den Trompeten. Es ist die einzige, die Sie in der ganzen Türkei finden werden.«

Doch Alice hatte nur Augen für die Selmer. Sie erinnerte sich, dass Anton in eisiger Kälte stundenlang ebendieses Modell im Schaufenster eines Händlers von Battersea bewundert hatte, so wie ein Autoliebhaber von einem Jaguar-Coupé oder einem schönen italienischen Wagen hingerissen sein könnte.

Anton hatte ihr alles über Trompeten beigebracht, den Unterschied zwischen Dreh- und Pumpventilen, zwischen lackierten und versilberten und den Einfluss der Legierung auf den Klang.

»Ich kann Sie Ihnen zu einem vernünftigen Preis anbieten«, erklärte der Händler.

Can sagte einige Worte auf Türkisch.

»Zu einem sehr guten Preis«, verbesserte sich der Mann, »denn Cans Freunde sind auch die meinen. Und das Etui schenke ich Ihnen sogar.«

Alice bezahlte und ging mit ihrem Einkauf davon, gefolgt von Daldry, der ihr skeptischer denn je nachblickte.

»Ich wusste gar nicht, dass Sie eine Expertin für Trompeten sind«, sagte er, als er sie eingeholt hatte.

»Sie wissen eben nicht alles über mich«, meinte Alice und beschleunigte den Schritt.

»Dabei habe ich Sie nie spielen hören, und die Wände sind weiß Gott nicht dick.«

»Und Sie spielen noch immer nicht Klavier, nicht wahr?«

»Ich habe Ihnen schon gesagt, dass es die Dame von unten ist. Also wie jetzt? Sie werden mir doch nicht weismachen wollen, dass Sie zum Spielen unter eine Eisenbahnbrücke gehen, um die Nachbarn nicht zu stören?«

»Ich dachte, Sie hätten Hunger, Daldry? Ich stelle Ihnen diese Frage, weil ich eine, wie Sie es nennen, kleine Pinte sehe, die gar nicht schlecht scheint.«

Can betrat das Lokal als Erster und ergatterte trotz der Warteschlange sofort einen Tisch für sie.

»Sind Sie Aktionär hier im Basar, oder war Ihr Vater der Gründer?«, fragte Daldry und setzte sich.

»Ich bin nur Führer, Eure Exzellenz!«

»Ich weiß, der beste von Istanbul …«

»Ich bin geblendet, dass Sie das aufrichtig anerkennen. Ich gehe für Sie bestellen, die Zeit läuft, und bald haben Sie Ihren Termin im Konsulat«, antwortete Can und begab sich zur Theke.

Kapitel 9

Das Konsulat hatte wieder sein alltägliches Erscheinungsbild angenommen. Die Blumenarrangements waren verschwunden, die Kristallkerzenleuchter weggeräumt und die Türen zum Empfangssaal geschlossen.

Nachdem er ihre Ausweise kontrolliert hatte, führte ein Militärangehöriger in Galauniform Alice und Daldry in die erste Etage des klassizistischen Gebäudes. Sie gingen einen langen Korridor entlang und warteten darauf, von einem Sekretär empfangen zu werden.

Sie betraten das Büro des Konsuls. Der Mann sah streng aus, hatte jedoch eine freundliche Stimme.

»Sie sind also eine Freundin seiner Exzellenz, Miss Pendelbury.«

Alice wandte sich zu Daldry um.

»Dieses Mal bin nicht ich gemeint«, flüsterte er ihr ins Ohr, »es handelt sich um den Botschafter.«

»Ja«, stammelte Alice, während sie sich erneut dem Konsularbeamten zuwandte.

»Sie müssen ihm recht nahestehen, wenn seine Frau von mir einen so kurzfristigen Termin fordert. Womit kann ich Ihnen dienen?«

Alice trug ihr Ansuchen vor, der Konsul hörte ihr zu und blätterte dabei in einer Akte, die auf seinem Schreibtisch lag.

»Angenommen, Miss, Ihre Eltern hätten damals Visa beantragt, so hätten sie sich an die einstigen osmanischen Behörden gewandt und nicht an uns. Vor der Ausrufung der Republik war unsere Botschaft zwar nicht ohne Bedeutung, aber ich sehe keinen Grund, warum die Akte hier hätte bearbeitet werden sollen. Nur das türkische Außenministerium könnte die Unterlagen, für die Sie sich interessieren, in seinen Archiven aufbewahrt haben. Ich bezweifle allerdings – vorausgesetzt, dass diese Art Papierkram überhaupt eine Revolution und zwei Kriege überdauert hat –, dass man dort für eine solch langwierige Suche tätig werden wird.«

»Es sei denn«, warf Daldry ein, »das Konsulat reicht bei dieser Behörde eine besondere Eingabe ein und weist auf die Tatsache hin, dass die Anfrage von einer sehr engen Freundin der Frau des englischen Botschafters stammt. Sie wären sicher erstaunt festzustellen, dass der Wunsch, einem befreundeten Land und Wirtschaftspartner einen Gefallen zu erweisen, gelegentlich Berge zu versetzen vermag. Ich weiß, wovon ich rede, denn ich habe selbst einen Onkel, der ein enger Berater unseres Außenministers ist, dem Ihr Konsulat, wenn ich nicht irre, untersteht. Ein reizender Mensch übrigens, der mir vorbehaltlos zugetan ist, seit sein Bruder, mein schmerzlich vermisster Vater, so plötzlich verstorben ist. Selbstverständlich würde ich meinem Onkel von Ihrer wertvollen Hilfe berichten unter besonderem Hinweis natürlich auf Ihre unter Beweis gestellte Effizienz. – Jetzt habe ich allerdings den Faden verloren«, fuhr Daldry nachdenklich fort. »Kurz und gut, was ich eigentlich sagen wollte ...«

»Ich denke, ich habe Ihren Gedankengang verstanden, Mister Daldry. Ich werde mit den betreffenden Dienststellen Kontakt aufnehmen und mein Bestes tun, damit Sie Ihre Auskünfte erhalten. Seien Sie jedoch nicht zu optimistisch, ich bezweifle, dass ein einfacher Visaantrag so lange archiviert worden ist. Sie sagten, Miss Pendelbury, die mögliche Ankunft Ihrer Eltern in Istanbul hätte zwischen 1909 und 1910 liegen müssen?«

»Genau so ist es«, antwortete Alice, der bei Daldrys Dreistigkeit die Röte ins Gesicht gestiegen war.

»Nutzen Sie Ihren Aufenthalt bei uns, die Stadt ist wunderbar. Sobald ich irgendein Ergebnis habe, schicke ich Ihnen eine Nachricht in Ihr Hotel«, versprach der Konsul und begleitete seine Gäste an seine Bürotür.

Alice dankte ihm für sein Wohlwollen.

»Ich gehe davon aus, Ihr Onkel heißt, nachdem er der Bruder Ihres Vaters ist, ebenfalls Daldry?«, fragte der Konsul, während er Daldry die Hand drückte.

»Nein«, entgegnete dieser unverfroren. »Als Künstler habe ich tatsächlich den Mädchennamen meiner Mutter gewählt, den ich origineller fand. Mein Onkel heißt Finch wie mein verstorbener Vater.«

Nachdem sie das Konsulat verlassen hatten, kehrten Alice und Daldry in ihr Hotel zurück, um den Tee zu trinken, den der Konsul ihnen nicht angeboten hatte.

»Heißt Ihre Mutter tatsächlich Daldry?«, fragte Alice, als sie sich in der Bar niederließen.

»Nein, und es gibt in unserer Familie auch niemanden, der Finch heißt. Hingegen findet sich in jedem Ministerium und jeder Behörde jemand namens Finch. Der Familienname ist überaus weit verbreitet.«

»Sie schrecken wirklich vor nichts zurück!«

»Sie sollten mich lieber beglückwünschen, finden Sie nicht, dass wir unsere Sache so gut gemacht haben?«

In der Nacht hatte sich der Nordwestwind erhoben, er hatte vom Balkan Schnee mitgebracht und der außergewöhnlichen Milde dieses Winters ein Ende bereitet.

Als Alice die Augen öffnete, waren die Gehsteige ebenso weiß wie die Perkalvorhänge an ihrem Zimmerfenster, und die Dächer Istanbuls glichen nun denen Londons. Der heftige Wind verbot es auszugehen, der Bosporus war praktisch nicht mehr zu sehen. Nachdem Alice im Hotelrestaurant ihr Frühstück eingenommen hatte, ging sie wieder hinauf in ihr Zimmer und setzte sich an den Schreibtisch, wo sie fast jeden Abend saß und einen Brief schrieb.

Anton,
die letzten Januartage. Der Winter ist hier ausgebrochen und verschafft uns heute erstmals Gelegenheit, etwas auszuruhen. Gestern traf ich unseren Konsul, der mir wenig Hoffnung machte, in Erfahrung zu bringen, ob meine Eltern je hier gewesen sind. Ich möchte Dir nicht verschweigen, dass ich ohne Unterlass überlege, welchen Sinn meine Nachforschungen eigentlich haben. Häufig frage ich mich, ob mich die Vorhersagen einer Hellseherin oder der Wunsch, ein neues Parfüm zu entdecken, zum Aufbruch von London bewogen haben oder ob Du es bist. Ich schreibe Dir heute Morgen aus Istanbul, weil Du mir fehlst. Warum habe ich diese besondere Zärtlichkeit, die ich Dir gegenüber empfinde, eigentlich verheimlicht? Vielleicht hatte ich Angst, unsere Freundschaft zu gefährden. Seit dem Tod meiner Eltern bist Du die einzige Verbindung zu diesem Teil meines Lebens. Nie werde ich die Briefe vergessen, die ich während der langen Monate, in denen ich mich auf die Insel Wight geflüchtet hatte, jeden Dienstag von Dir erhalten habe.
Ich wünschte, Du würdest mir weitere Briefe schreiben, ich

könnte lesen, was es bei Dir Neues gibt, wie Deine Tage verlaufen. Meine sind zumeist fröhlich. Daldry ist ein Enfant terrible, dabei aber ein echter Gentleman. Und die Stadt ist schön, das Leben hier fesselnd, und die Menschen sind großzügig. Ich habe auf dem Großen Basar etwas gefunden, was Dir Freude machen wird, mehr sage ich nicht. Ich habe mir geschworen, dieses Mal nichts zu verraten. Wenn ich zurück bin, werden wir an der Themse spazieren gehen, und Du wirst für mich spielen …

Alice hob ihren Stift hoch, kaute an der Kappe und strich ihre letzten Worte aus, bis sie unleserlich waren.

… wir werden am Ufer der Themse spazieren gehen, und Du wirst mir erzählen, was Du alles erlebt hast, während ich so weit fort von London war.
Glaube nicht, dass ich nur abgereist bin, um hier die Touristin zu spielen. Meine Arbeit kommt voran oder besser gesagt, ich habe neue Projekte. Sobald es das Wetter erlaubt, gehe ich auf den Gewürzmarkt. Letzte Nacht habe ich beschlossen, neue Düfte zum Parfümieren von Innenräumen zu entwickeln. Mach Dich jetzt nicht über mich lustig, die Idee stammt nicht von mir, ich habe sie von dem Parfümeur übernommen, von dem ich Dir in einem der vorherigen Briefe erzählt hatte. Gestern vor dem Einschlafen dachte ich an meine Eltern, und jede Erinnerung war mit einer Geruchsempfindung verbunden. Damit meine ich weder das Eau de Toilette meines Vaters noch das Parfüm meiner Mama, sondern viele andere Düfte. Schließ einmal die Augen und denk an diese Gerüche der Kindheit zurück, den des Leders von Deinem Schulranzen, den der Kreide oder auch der schwarzen Tafel, wenn der Lehrer Dich nach vorn geholt hat. An den Duft des Kakaos,

den Deine Mutter in der Küche zubereitet hat. Bei mir zu Hause war es so, dass es immer nach Zimt roch, wenn Mama kochte, sie würzte damit praktisch jede Nachspeise. Bei der Erinnerung an die kalten Winter meine ich, wieder den Geruch von dem Kleinholz wahrzunehmen, das mein Vater im Wald sammelte und im Kamin verbrannte. Die Erinnerung an die Frühlingstage verbindet sich mit den Wildrosen, die er meiner Mutter schenkte und deren Duft den Wohnraum erfüllte. Mama sagte immer zu mir: »Wie machst du das nur, dass du das alles riechen kannst?« Sie hat nie verstanden, dass ich jeden Augenblick meines Lebens mit dem für ihn typischen Geruch kennzeichnete, dass dies meine Sprache war, meine Art, die Umwelt zu erfassen. So sammelte ich die Gerüche der verstreichenden Stunden, wie andere die farblichen Veränderungen eines Tageslaufs beobachten. Ich konnte Dutzende von Duftnoten unterscheiden, die des Regens, der auf Blätter tropft und sich mit dem Moos an den Bäumen verbindet, den des Holzes, sobald die Sonne herauskam. Im Sommer den des trockenen Grases, in den Scheunen den des Heus, in dem wir uns versteckten, ja sogar den des Misthaufens, in den Du mich einmal geschubst hast … und auch den Duft des Flieders, den Du mir zu meinem sechzehnten Geburtstag geschenkt hast. Durch die Düfte, die mir in den Sinn kommen, könnte ich Dir so viele Erinnerungen an unsere Jugend und auch an später aufzählen. Weißt Du eigentlich, Anton, dass Deine Hände einen pfeffrigen Geruch verströmen, eine Mischung aus Kupfer, Seife und Tabak?
Pass gut auf Dich auf, Anton, ich hoffe, dass ich Dir auch ein wenig fehle.
Nächste Woche schreibe ich Dir wieder.
Ich umarme Dich.
Alice

Nach dem Unwetter wollte es gar nicht mehr aufhören zu regnen, sodass der Schnee bald verschwunden war. In den folgenden Tagen zeigte Can seinen beiden Kunden verschiedene Sehenswürdigkeiten der Stadt. Sie besuchten den Topkapi-Palast, die Süleymaniye-Moschee, die Grabstätten von Soliman und Roxelane, sie spazierten stundenlang durch die geschäftigen Straßen rund um die Galata-Brücke und durchstreiften die Gassen des ägyptischen Basars. Im Gewürzbasar blieb Alice vor jeder Auslage stehen und schnupperte an den Pulvern, am Absud getrockneter Blüten, den Parfümflakons. Daldry war erstmals aufrichtig begeistert angesichts der wundervollen Iznik-Keramik in der Rüstem-Pascha-Moschee und erneut von den Fresken der Chora-Kirche. Als sie durch die Gassen eines alten Viertels spazierten, dessen Holzhäuser von den großen Bränden verschont geblieben waren, fühlte Alice sich unwohl und wollte fort von dort. Sie empfahl Daldry, auf den Galata-Turm hinaufzusteigen, den sie bereits ohne ihn aufgesucht hatte. Doch das Schönste war sicher die Blumenpassage und die Halle des Blumenmarkts, in die Can sie führte und wo sie den ganzen restlichen Tag verbringen wollte. Sie aßen in einer der zahlreichen kleinen Kneipen. Am Donnerstag stand das Viertel Dolmabahçe auf dem Programm, am Freitag das Eyüp-Viertel am Ende des Goldenen Horns. Nachdem sie das Grabmal eines Gefährten Mohammeds besucht hatten, stiegen sie die Stufen zum Friedhof hinauf und genehmigten sich eine Pause im Café Pierre Loti. Aus den Fenstern des alten Hauses, das der Schriftsteller häufig aufgesucht hatte, hatte man einen herrlichen Blick auf den Bosporus und seine beiden Ufer.

An diesem Abend vertraute Alice Daldry an, es sei nun vielleicht die Zeit gekommen, an die Rückreise nach London zu denken.

»Sie wollen aufgeben?«

»Wir haben die falsche Jahreszeit gewählt, lieber Daldry. Wir hätten mit dieser Reise warten sollen, bis die Vegetation wieder aufblüht. Wenn ich Ihnen zudem je alles zurückzahlen möchte, was Sie ausgegeben haben, wäre es besser, dass ich mich bald wieder an meinen Arbeitstisch begebe. Ich habe Ihnen eine außergewöhnliche Reise zu verdanken, von der ich, den Kopf voll neuer Ideen, zurückkehren werde, aber ich muss diese nun auch in die Tat umsetzen.«

»Sie wissen sehr wohl, dass uns nicht Ihre Parfüms hierhergeführt haben.«

»Ich weiß nicht, was mich hierhergeführt hat. Die Vorhersagen einer Hellseherin? Meine Albträume? Ihre Hartnäckigkeit und die Möglichkeit, die Sie mir geboten haben, meinem Leben vorübergehend zu entfliehen? Ich wollte gerne glauben, dass meine Eltern einmal in Istanbul waren. Die Vorstellung, auf ihren Spuren zu wandeln, brachte mich ihnen wieder näher, aber wir haben keine Nachricht vom Konsul erhalten. Ich muss erwachsen werden, Daldry, auch wenn ich dieser Notwendigkeit mit aller Kraft Widerstand leiste, und dasselbe gilt auch für Sie.«

»Damit bin ich nicht einverstanden. Ich gebe zu, dass wir die Möglichkeit über das Konsulat vielleicht überschätzt haben, aber denken Sie doch an dieses Leben, das Ihnen die Wahrsagerin in Aussicht gestellt hat, an diesen Mann, der Sie am Ende der Reise erwartet. Und ich meinerseits habe Ihnen versprochen, Sie zu ihm zu führen oder zumindest bis zum zweiten Glied in der Kette. Ich bin ein Ehrenmann und halte mein Wort. Es kommt nicht infrage, angesichts irgendwelcher Widrigkeiten aufzugeben. Wir haben unsere Zeit nicht vergeudet, ganz im Gegenteil. Sie haben neue Ideen gesammelt, und es werden weitere dazukommen, da bin ich mir ganz sicher. Früher oder später werden wir auch diese zweite Person finden, die uns zur dritten führt und so weiter …«

»Daldry, lassen Sie uns vernünftig sein. Ich verlange ja nicht von Ihnen, dass wir bereits morgen abreisen, aber dass wir zumindest anfangen, darüber nachzudenken.«

»Das ist bereits alles bedacht, aber wenn Sie mich darum bitten, werde ich erneut darüber nachdenken.«

Die Ankunft von Can beendete ihre Unterhaltung. Es war Zeit, ins Hotel zurückzukehren, ihr Fremdenführer wollte sie an diesem Abend zu einer Ballettvorführung ins Theater führen.

Im Laufe der langen Tage, an denen sie unterwegs waren zwischen Kirchen, Synagogen und Moscheen, verwunschenen alten Friedhöfen und belebten Geschäftsstraßen, Teesalons und den Restaurants, wo sie jeden Abend gemeinsam aßen und jeder reihum etwas aus seiner Geschichte, einige persönliche Informationen aus seiner Vergangenheit preisgab, söhnte Daldry sich etwas mehr mit Can aus. Inzwischen herrschte zwischen ihnen ein geheimes Einvernehmen, das auf einem Plan beruhte, dessen Urheber der eine und Komplize der andere war.

Am folgenden Montag rief der Empfangschef Alice zu sich, die von einem erfüllten Tag ins Hotel zurückkehrte. Ein Konsulatsbote hatte am späten Vormittag ein Telegramm für sie abgegeben.

Alice nahm es in Empfang und sah Daldry aufgeregt an.

»Also los, öffnen Sie es«, drängte dieser.

»Nicht hier, gehen wir in die Bar.«

Sie setzten sich an einen der hinteren Tische, und Daldry winkte dem Kellner ab, der sich nähern wollte, um ihre Bestellung aufzunehmen.

»Nun?«, fragte er ungeduldig.

Alice öffnete den Umschlag, las die wenigen Zeilen und legte das Telegramm auf den Tisch.

Daldry schaute immer wieder von seiner Tischnachbarin zum Blatt und zurück.

»Wenn ich es ohne Ihre Erlaubnis lesen würde, wäre das sehr unhöflich von mir, aber wenn Sie mich noch eine Sekunde länger warten lassen, ist es grausam von Ihnen.«

»Wie spät ist es?«, fragte Alice.

»Siebzehn Uhr«, antwortete Daldry gereizt. »Warum?«

»Weil der englische Konsul gleich hier sein wird.«

»Der Konsul kommt hierher?«

»Das kündigt er in seiner Nachricht an, er hätte einige Informationen für mich.«

»Nun gut, da er mit *Ihnen* verabredet ist«, sagte Daldry, »bleibt mir nur, *Sie* allein zu lassen.«

Daldry machte Anstalten aufzustehen, aber Alice hielt ihn mit einer Geste zurück. Er ließ sich nicht lange bitten.

Der Konsul betrat die Eingangshalle, er bemerkte Alice und kam auf sie zu.

»Sie haben meine Nachricht also rechtzeitig erhalten«, sagte er und zog seinen Mantel aus. Er überreichte ihn zusammen mit seinem Hut dem Kellner und nahm in einem Klubsessel zwischen Alice und Daldry Platz.

»Möchten Sie etwas trinken?«, fragte Daldry.

Der Konsul sah auf die Uhr und entschied sich für einen Bourbon.

»In einer halben Stunde habe ich direkt nebenan einen Termin. Das Konsulat ist nicht weit, daher dachte ich mir, es wäre das Einfachste, Ihnen die Neuigkeiten selbst zu überbringen.«

»Dafür bin ich Ihnen sehr dankbar«, antwortete Alice.

»Wie ich bereits angenommen hatte, habe ich von unseren türkischen Freunden keinerlei Informationen erhalten. Das dürfen Sie nicht als Böswilligkeit ihrerseits deuten. Ein Bekannter, der in einer Dienststelle des Außenministeriums arbeitet, hat mich vorgestern angerufen und mir bestätigt, dass sie alle denkbaren Nachforschungen unternommen haben, ein Einreiseantrag aus der Zeit des Osmanischen Reichs aber … Er bezweifelt, dass so etwas je archiviert wurde.«

»Also eine Sackgasse«, schloss Daldry.

»Ganz und gar nicht«, erwiderte der Konsul. »Ich habe aufs Geratewohl einen meiner Beamten vom Nachrichtendienst gebeten, sich mit Ihrer Angelegenheit zu befassen. Es ist ein junger, aber äußerst effizienter Mitarbeiter, wie er soeben bewiesen hat. Er sagte sich, mit etwas Glück – für uns, versteht sich – hätte es sein können, dass einem Ihrer Elternteile der Pass abhandengekommen ist oder gestohlen wurde. Istanbul ist auch heute kein Hafen des Friedens, aber Anfang des zwanzigstens Jahrhunderts war die Stadt noch unsicherer. Kurz und gut, in diesem Fall hätten sich Ihre Eltern sicher an die Botschaft gewandt, die sich vor der Revolution im Gebäude des heutigen Konsulats befand.«

»Und hat man ihnen ihre Pässe gestohlen?«, fragte Daldry, der vor Ungeduld bebte.

»Nein, auch das war nicht der Fall«, antwortete der Konsul und ließ die Eiswürfel in seinem Glas klirren. »Jedoch haben sie während ihres Aufenthalts sehr wohl die Botschaft aufgesucht, und das nicht ohne Grund! Ihre Eltern haben sich in Istanbul nicht 1909 oder 1910 aufgehalten, wie Sie vermutet hatten, sondern ab Ende 1913. Ihr Vater studierte Pharmakologie und wollte hier Studien über asiatische Arzneipflanzen abschließen. Ihre Eltern hatten sich in einer kleinen Wohnung im Viertel Beyoğlu eingemietet. Nicht weit von hier, übrigens.«

»Wie haben Sie das alles herausgefunden?«, wollte Daldry wissen.

»Ich muss Sie sicher weder an das Chaos erinnern, in das die Welt im August 1914 stürzte, noch an die ärgerliche Entscheidung des Osmanischen Reichs im November desselben Jahres, sich mit den Zentralmächten und damit auch mit Deutschland zu verbünden. Ihre Eltern waren Untertanen Seiner Majestät, sie befanden sich also *ipso facto* auf der Seite derer, die das Osmanische Reich als seine Feinde betrachtete. Ihr Vater, der wohl die möglichen Gefahren ahnte, denen er und seine Frau ausgesetzt sein könnten, hatte die Idee, ihre Anwesenheit in Istanbul in ihrer Botschaft bekannt zu geben, nicht ohne die Hoffnung, in die Heimat zurückgebracht zu werden. Leider war das Reisen in diesen Kriegszeiten nicht ungefährlich. Sie mussten sich noch lange gedulden, bevor sie nach England zurückkehren konnten. Aber, und das hat es uns ermöglicht, ihre Spur zu verfolgen – sie hatten sich unter den Schutz unserer Behörde gestellt, um sich jederzeit in die Botschaft flüchten zu können, falls sie wirklich in Gefahr geraten wären. Wie Sie wissen, bleiben Botschaftsgebäude unter allen Umständen unverletzliches Territorium.«

Während Alice dem Konsul zuhörte, wurde sie so bleich, dass Daldry sich schließlich sorgte.

»Geht es Ihnen gut?«, fragte er und ergriff ihre Hand.

»Soll ich einen Arzt rufen lassen?«, hakte der Konsul nach.

»Nein, es ist nichts«, stammelte sie, »bitte fahren Sie fort.«

»Im Frühjahr 1916 gelang es der britischen Botschaft, rund hundert Staatsangehörige heimlich an Bord eines Frachtschiffs außer Landes zu bringen, das unter spanischer Flagge fuhr. Spanien war neutral geblieben, und das Schiff konnte die Dardanellen passieren und ungehindert Gibraltar erreichen. Dort haben wir die Spur Ihrer Eltern verloren, aber Ihre Existenz beweist ja, dass sie ihr Heimatland wohlbehalten erreicht haben. Damit, Miss, habe ich Ihnen alles mitgeteilt, was ich in Erfahrung bringen konnte …«

»Was ist los, Alice?«, fragte Daldry, »Sie sehen völlig durcheinander aus.«

»Das ist unmöglich«, stieß sie hervor, und ihre Hände begannen zu zittern.

»Miss«, ergriff der Konsul, jetzt fast pikiert, erneut das Wort. »Bitte glauben Sie mir, die Informationen, die ich Ihnen eben gegeben habe, sind absolut seriös …«

»Ich war damals bereits geboren«, sagte sie. »Ich muss zwangsläufig bei ihnen gewesen sein.«

Der Konsul sah Alice aufmerksam an. »Wenn Sie das sagen, aber es überrascht mich, wir haben von Ihnen keine Spur in den von uns konsultierten Unterlagen und Registern gefunden. Vielleicht hatte Ihr Vater Sie bei uns nicht registrieren lassen.«

»Ihr Vater sollte für sich und seine Frau in der Botschaft Schutz gesucht, aber es unterlassen haben, auch die Anwesenheit seines einzigen Kindes zu erwähnen? Das würde mich doch sehr wundern«, schaltete Daldry sich ein. »Sind Sie sicher, Herr Konsul, dass die Kinder in Ihren Verzeichnissen auch auftauchten?«

»Also wirklich, Mister Daldry, was glauben Sie denn? Wir sind ein zivilisiertes Land. Selbstverständlich wurden die Kinder mit ihren Eltern eingetragen.«

»Dann«, sagte Daldry, indem er sich Alice zuwandte, »könnte es sein, dass Ihr Vater es absichtlich unterlassen hat, Ihre Anwesenheit anzugeben aus Sorge, man könnte die Rückführung für ein so kleines Kind als zu gefährlich erachten.«

»Sicher nicht«, protestierte der Konsul lebhaft. »Frauen und Kinder zuerst! Ich habe Beweise dafür, dass es unter den Familien, die an Bord dieses spanischen Frachters gingen, auch Kinder gab und dass sie vorrangig behandelt wurden.«

»In dem Fall sollten wir uns diesen Augenblick nicht mit Spekulationen verderben, die es wahrscheinlich nicht wert sind«, erklärte Daldry. »Herr Konsul, ich weiß nicht, wie ich Ihnen danken kann. Die Informationen, die Sie uns mitgeteilt haben, übersteigen bei Weitem unsere Erwartungen …«

»Und ich sollte mich an nichts erinnern?«, fiel ihm Alice ins Wort, »sollte alles vergessen haben?«

»Ich möchte nicht indiskret und noch weniger taktlos sein, aber wie alt sind Sie, Miss Pendelbury?«

»Am 25. März 1915 war mein vierter Geburtstag.«

»Anfang des Frühjahrs 1916 waren Sie also fünf. Obgleich ich meinen Eltern gegenüber die größte Zuneigung hege, ihnen zeit meines Lebens für die Erziehung und Liebe, die sie mir zukommen ließen, dankbar sein werde, wäre ich absolut nicht in der Lage, mich an irgendetwas zu erinnern, was so weit zurückliegt«, sagte der Konsul und tätschelte Alice die Hand. »Gut, ich hoffe, meine Aufgabe erfüllt und Ihre Frage zufriedenstellend beantwortet zu haben. Falls ich Ihnen noch irgendwie behilflich sein kann, zögern Sie bitte nicht, mich aufzusuchen. Sie wissen ja, wo sich unser Konsulat befindet. Nun muss ich Sie verlassen, sonst komme ich zu spät.«

»Erinnern Sie sich an ihre Adresse?«

»Ich habe sie auf einem Zettel notiert, denn ich habe damit gerechnet, dass Sie mich danach fragen. Warten Sie …« Der Konsul durchsuchte die Innentasche seiner Jacke. »Hier ist sie … Sie lebten ganz in der Nähe von hier, in der ehemaligen Pera-Straße, die in Istiklal-Straße umbenannt wurde, und zwar im zweiten Stockwerk des Rumeli Palas direkt neben der berühmten Blumenpassage.«

Der Konsul stand auf und küsste Alice die Hand.

»Wären Sie so freundlich«, sagte er und wandte sich an Daldry, »mich zum Ausgang zu begleiten, ich hätte Ihnen noch eine Kleinigkeit zu sagen, nichts Wichtiges.«

Daldry erhob sich und folgte dem Konsul, der seinen Mantel anzog. Sie durchquerten die Eingangshalle, und der Konsul blieb vor der Rezeption stehen.

»Während meiner Nachforschungen für Ihre Freundin habe ich aus reiner Neugier auch überprüft, ob es einen gewissen Finch im Außenministerium gibt«, sagte er zu Daldry.

»Ach ja?«

»Und na ja … der einzige Angestellte dort, der auf den Namen Finch hört, ist ein Praktikant im Kurierdienst. Es kann sich also keinesfalls um Ihren Onkel handeln, nicht wahr?«

»Nein, das glaube ich tatsächlich auch nicht«, antwortete Daldry, während er wie gebannt auf seine Schuhspitzen starrte.

»Genau diesen Eindruck hatte ich auch. Ich wünsche Ihnen noch einen angenehmen Aufenthalt in Istanbul, Mister Finch-Daldry«, sagte der Konsul, bevor er in die Drehtür trat.

Kapitel 10

Daldry war zu Alice in die Bar zurückgekehrt. Seit einer halben Stunde saß er neben ihr, während sie wortlos auf das schwarze Klavier in der Ecke des Salons starrte.

»Wenn Sie möchten, könnten wir morgen einen Rundgang durch das Gebäude des Rumeli Palas unternehmen«, schlug Daldry vor.

»Warum haben sie mir nie etwas von dieser Zeit erzählt?«

»Das weiß ich nicht, Alice, vielleicht um Sie zu schützen? Sie müssen hier entsetzlich beängstigende Momente durchlebt haben. Vielleicht waren diese Erinnerungen einfach zu schmerzhaft für sie. Mein Vater hat am Ersten Weltkrieg teilgenommen und wollte nie darüber sprechen.«

»Und warum haben sie mich in der Botschaft nicht mit angegeben?«

»Vielleicht haben sie es ja getan, und der zuständige Angestellte für die Datenerfassung britischer Staatsangehöriger hat seine Arbeit nicht richtig gemacht. In den damaligen bewegten Zeiten wurde er möglicherweise von den Ereignissen überrollt.«

»Das sind sehr viele ›Vielleichts‹, finden Sie nicht?«

»Das stimmt, es sind viele, aber was könnte ich Ihnen anderes sagen? Wir waren nicht dabei.«

»Doch, ich war eben schon dabei.«

»Dann lassen Sie uns Nachforschungen anstellen.«

»Wie denn?«

»Indem wir die Nachbarschaft befragen, möglicherweise erinnert sich noch jemand.«

»Beinahe vierzig Jahre später?«

»Das Schicksal könnte uns durchaus eine kleine Hilfestellung geben. Nachdem wir den besten Fremdenführer Istanbuls engagiert haben, bitten wir ihn doch einfach um seine Unterstützung. Die kommenden Tage versprechen, spannend zu werden …«

»Sie wollen Cans Dienste dafür in Anspruch nehmen?«

»Warum nicht? Er müsste übrigens gleich kommen, nach der Vorstellung könnten wir ihn zum Essen einladen.«

»Ich habe keine Lust mehr auf Theater. Gehen Sie bitte ohne mich.«

»An einem Abend wie diesem kann ich Sie unmöglich allein lassen. Sie würden unzählige Hypothesen aufstellen, von denen jede einzelne Ihnen bereits den Schlaf rauben könnte. Lassen Sie uns die Ballettvorführung besuchen, und während des anschließenden Essens sprechen wir mit Can.«

»Ich habe keinen Hunger und wäre auch keine sonderlich angenehme Gesellschaft. Glauben Sie mir, ich brauche etwas Zeit für mich allein, ich muss über all dies nachdenken.«

»Alice, ich möchte die Bedeutung dieser Enthüllungen in keiner Weise herunterspielen. Allerdings stellen sie nichts Grundsätzliches infrage. Ihre Eltern haben es, Ihren Erzählungen nach, nie an Liebe Ihnen gegenüber fehlen lassen. Aus Gründen, die nur Ihre Eltern kennen, haben sie Ihnen nichts von ihrem Aufenthalt hier erzählt. Es gibt also keinen Anlass für einen Zustand derartiger Traurigkeit, die auf mich regelrecht deprimierend wirkt.«

Alice sah Daldry an und lächelte. »Sie haben recht«, sagte sie, »aber ich werde heute Abend keine sehr angenehme Gesellschaft sein. Schauen Sie sich mit Can die Vorstellung an und genießen Sie beim Essen einen Männerabend. Ich verspreche Ihnen, dass ich mir die Nacht nicht durch Schlaflosigkeit werde verderben lassen. Ich gönne mir etwas Ruhe, und morgen entscheiden wir dann, ob wir Detektiv spielen oder nicht.«

In diesem Moment betrat Can die Hotelhalle. Er tippte auf das Zifferblatt seiner Armbanduhr, um Alice und Daldry zu bedeuten, dass es höchste Zeit sei zu gehen.

»Also, ziehen Sie ruhig los«, ermunterte Alice Daldry, der noch immer zögerte.

»Sind Sie ganz sicher?«

Alice scheuchte Daldry mit einer freundschaftlichen Geste fort. Er wandte sich ihr noch einmal zu, um sich zu verabschieden, und ging dann zu Can.

»Schießt Miss Alice uns nicht an?«

»Nein, sie schießt uns nicht an … Ich spüre, dass dies ein absolut unvergesslicher Abend werden wird«, sagte Daldry und verdrehte die Augen mit einem Seufzer.

Daldry verschlief den kompletten zweiten Akt. Jedes Mal, wenn sein Schnarchen zu laut wurde, stieß Can ihn mit dem Ellbogen an, und Daldry fuhr zusammen, bevor er erneut einnickte.

Nachdem der Vorhang des alten französischen Theaters in der Istiklal-Straße gefallen war, führte Can Daldry ins Régence zum Abendessen. Die Küche war äußerst raffiniert, und Daldry, der hungriger denn je war, entspannte sich nach dem dritten Glas Wein.

»Warum macht Miss Alice nicht gemeinsame Sache mit uns?«, fragte Can.

»Weil sie zu müde war«, antwortete Daldry.

»Haben Sie sich in die Federn gekriegt?«

»Wie bitte?«

»Ich fragte, ob Sie mit Miss Alice gestreitet haben?«

»Nur zu Ihrer Information, man sagt ›sich in die Wolle kriegen‹ und nein, wir haben uns nicht gestritten.«

»Umso besser.«

Can wirkte jedoch nicht überzeugt. Daldry füllte ihre Gläser und erzählte Can, was Alice erfahren hatte, direkt, bevor er im Hotel erschienen war, um sie abzuholen.

»Was für eine unglaubliche Geschichte!«, rief Can aus. »Und es war wirklich der eigene Mund des Konsuls, der Ihnen das erzählt hat? Da verstehe ich schon, dass Miss Alice durcheinander ist. Mir an ihrer Stelle ginge es genauso. Was haben Sie nun vor?«

»Ihr nach Möglichkeit helfen, klarer zu sehen.«

»Mit Can zusammen ist nichts unmöglich in Istanbul. Sagen Sie, wie kann man Miss Alice erhellen?«

»Es wäre schon mal ein guter Anfang, Nachbarn oder Leute im Viertel zu finden, die ihre Eltern gekannt haben könnten.«

»Das ist machtbar!«, sagte Can. »Ich werde nachforschen, und wir werden jemanden finden, der sich erinnert oder der jemanden kennt, der sich erinnert.«

»Tun Sie Ihr Bestes, aber sagen Sie ihr nichts, was nicht sicher ist. Sie ist schon so völlig durcheinander. Ich zähle auf Sie.«

»Das ist sehr klug, Sie haben recht, es bringt nichts, die Dinge noch mehr zu verwirbeln.«

»Was Ihre Fertigkeiten als Fremdenführer angeht, habe ich nichts gegen Sie vorzubringen, aber als Dolmetscher übertreffen Sie sich wirklich selbst, mein Bester …«

»Darf ich Ihnen eine Frage stellen?« Can hatte den Blick gesenkt.

»Nur zu, dann werden wir sehen.«

»Besteht zwischen Miss Alice und Ihnen eine spezifizierte Beziehung?«

»Noch mal bitte …«

»Ich wollte sagen, eine spezielle Beziehung?«

»Inwiefern geht Sie das etwas an?«

»Kann ich das als Antwort werten?«

»Nein, das war keine Antwort, Herr Fremdenführer Neunmalklug.«

»Sehen Sie, ich habe offenbar einen wunden Punkt getroffen, nachdem Sie mich ausschalten.«

»Ich schalte Sie aus dem einfachen Grund nicht aus, weil man das nicht so sagt! Und ich schelte Sie auch nicht, weil es dafür keinen Anlass gibt.«

»Jedenfalls haben Sie meine Frage noch immer nicht beantwortet.«

Daldry schenkte ihnen erneut Wein nach und leerte sein Glas in einem Zug. Can folgte seinem Beispiel.

»Zwischen Miss Alice und mir besteht gegenseitige Sympathie oder, wenn Ihnen das lieber ist, Freundschaft.«

»Sie sind ein merkwürdiger Freund, wenn man bedenkt, welches Schnippchen sie ihr zu schlagen beabsichtigen.«

»Wir erweisen uns gegenseitig einen guten Dienst. Sie brauchte eine Veränderung in ihrem Leben und ich ein Atelier, in dem ich malen kann. Das ist ein fairer Austausch von Gefälligkeiten unter Freunden.«

»Wenn beide über diese Art Austausch im Bilde sind …«

»Can, Ihre moralischen Lehrstunden gehen mir extrem auf die Nerven.«

»Gefällt sie Ihnen nicht?«

»Sie ist nicht mein Typ als Frau, und ich bin nicht ihr Typ als Mann. Sie sehen also, wir haben eine ausgewogene Beziehung.«

»Was missfällt Ihnen an ihr?«

»Sagen Sie einmal, Can, Sie sind nicht zufälligerweise gerade dabei, das Terrain für sich selbst zu sondieren?«

»So etwas wäre absurd und abscheußlich«, antwortete Can, der offensichtlich betrunken war.

»Das wird ja immer schlimmer. Ich will versuchen, die Dinge so zu formulieren, dass sie Ihre Gehirnwindungen erreichen. Versuchen Sie, mir nahezubringen, dass Miss Alice Ihr Schwarm ist?«

»Ich habe mit meinen Nachforschungen noch nicht begonnen, wie sollte ich da bereits einen Schwarm gefunden haben? Und was ist überhaupt ein Schwarm?«

»Hören Sie doch auf, mich für dumm zu verkaufen und immer dann, wenn es Ihnen in den Kram passt, so zu tun, als verstünden Sie etwas nicht. Gefällt Ihnen Alice, ja oder nein?«

»Also wirklich, entschuldigen Sie«, brauste Can auf, »immerhin habe ich Ihnen diese Frage zuerst gestellt!«

»Und ich habe sie beantwortet.«

»Nein, überhaupt nicht, Sie haben die Frage ausgewischt.«

»Ich habe mir diese Frage noch nie gestellt, wie sollte ich sie Ihnen dann beantworten können?«

»Lügner!«

»Das verbitte ich mir. Im Übrigen lüge ich nie.«

»Alice gegenüber schon.«

»Sehen Sie, nun haben Sie sich verraten, Sie haben sie beim Vornamen genannt.«

»Weil ich vergessen habe, Miss Alice zu sagen? Das beweist gar nichts. Das war eine Gedankenlosigkeit meinerseits, weil ich etwas zu viel getrunken habe.«

»Nur etwas zu viel?«

»Sie sind in keinem besseren Zustand als ich!«

»Da stimme ich Ihnen zu. Gut, da wir beide betrunken sind, frage ich Sie, ob Sie bereit wären für eine Reise bis ans Ende der Nacht?«

»Wo befindet sich denn Ihr Ende der Nacht?«

»Am Grund der nächsten Flasche, die ich bestellen werde oder der übernächsten, da kann ich noch nichts versprechen.«

Daldry bestellte ihnen einen sehr alten Cognac.

»Wenn ich mich in eine Frau wie sie verlieben würde«, nahm er den Faden wieder auf und hob sein Glas, »wäre der einzige Liebesbeweis, den ich ihr bieten könnte, mich möglichst weit von ihr zu entfernen, und wenn es bis ans Ende der Welt wäre.«

»Ich verstehe nicht, inwiefern das ein Liebesbeweis wäre.«

»Weil ich es ihr damit ersparen würde, einem Typen wie mir zu begegnen. Ich bin ein Einzelgänger, ein hartgesottener Junggeselle mit festen Gewohnheiten und Manien. Ich hasse Lärm, und sie ist sehr laut. Ich verabscheue Nähe, und sie wohnt direkt gegenüber von mir. Und letztlich nutzen sich die schönsten Gefühle ab, alles wird banal. Nein, glauben Sie mir, in einer Liebesgeschichte muss man zum richtigen Zeitpunkt gehen, bevor es zu spät ist. In meinem Fall bedeutet ›bevor es zu spät ist‹, sich erst gar nicht zu erklären. Warum lächeln Sie?«

»Weil ich zwischen uns endlich eine Gemeinheit gefunden habe. Jetzt sind wir schon zwei, Sie und ich, die Sie unsympathisch finden.«

»Ich bin das Abbild meines Vaters, auch wenn ich so tue, als sei ich genau das Gegenteil. Und nachdem ich unter seinem Dach groß geworden bin, weiß ich, mit wem ich es zu tun habe, wenn ich mich morgens im Spiegel betrachte.«

»War Ihre Mutter mit Ihrem Vater nie glücklich?«

»Um Ihnen diese Frage zu beantworten, heißt es, zuvor noch einmal tief in diese Flasche schauen. Die Wahrheit befindet sich an ihrem Grund, den wir noch nicht erreicht haben.«

Drei Cognacs später, als das Restaurant schließen wollte, bat Daldry Can, eine Bar ausfindig zu machen, die dieses Namens würdig war. Can schlug vor, ihn in ein Lokal in der Stadt zu führen, das erst am frühen Morgen schloss.

»Das ist genau das, was wir brauchen«, rief Daldry aus.

Sie gingen die Straße entlang, wobei sie sich an den Trambahnschienen orientierten. Can torkelte auf der rechten Schiene und Daldry auf der linken. Als sich eine Straßenbahn näherte, warteten sie trotz der vielfachen Klingelzeichen, die der Fahrer gab, bis zum letzten Moment, bevor sie die Schienen verließen.

»Wären Sie meiner Mutter begegnet, als sie das Alter von Alice hatte, hätten Sie die glücklichste Frau der Welt kennengelernt. Meine Mutter ist eine gute Schauspielerin, sie hat ihre Berufung verfehlt. Auf der Bühne hätte sie einen Riesenerfolg gehabt. Aber samstags war sie aufrichtig. Ja, ich glaube, samstags war sie wirklich glücklich.«

»Warum samstags?«, wollte Can wissen und setzte sich auf eine Bank.

»Weil mein Vater sie dann beachtete«, antwortete Daldry und nahm neben ihm Platz. »Aber ziehen Sie daraus keine falschen Schlüsse, er war nur in Hinblick auf seinen montäglichen Aufbruch ihr gegenüber aufmerksam. Um sich sozusagen im Voraus seine Untat verzeihen zu lassen, heuchelte er Interesse für sie.«

»Welche Untat?«

»Darauf kommen wir später. Sie werden mich fragen, warum eher am Samstag als am Sonntag, was doch logischer gewesen wäre? Nun ja, das war wohl so, weil meine Mutter samstags noch genügend abgelenkt war, um nicht an seinen Aufbruch zu denken. Während sich nach dem Verlassen der sonntäglichen Messe ihr Herz mit jeder Stunde, die verging, mehr zusammenzog. Der Sonntagabend war grauenvoll. Wenn ich bedenke, dass er die Dreistigkeit besaß, mit ihr in die Messe zu gehen.«

»Aber was tat er denn montags so Schwerwiegendes?«

»Nach seiner Morgentoilette zog er seinen schönsten Anzug an, schlüpfte in seine Weste, band sich seine Fliege um, polierte seine Taschenuhr, kämmte sich, parfümierte sich und ließ anspannen, um in die Stadt zu fahren. Dort traf er sich jeden Montagnachmittag mit seinem Geschäftspartner. Er übernachtete in der Stadt, da die Straßen angeblich nachts gefährlich waren, und kehrte erst im Laufe des folgenden Tages zurück.«

»Und in Wirklichkeit traf er seine Geliebte, war es das?«

»Nein, er traf tatsächlich seinen Syndikusanwalt, mit dem er seit der Schulzeit befreundet war, und sie verbrachten die Nacht zusammen. Nun, ich denke, das kommt aufs Gleiche hinaus.«

»Und Ihre Mutter wusste das?«

»Dass ihr Mann sie mit einem Mann betrog? Ja, das wusste sie, der Kutscher wusste es, die Dienstmädchen wussten es, die Köchin, die Kinderfrau, der Butler, alle wussten es außer mir, der lange Zeit dachte, er habe einfach eine Geliebte. Ich bin von Natur aus etwas einfältig.«

»Zur Zeit der Sultane …«

»Ich weiß, was Sie sagen wollen, und es ist sehr liebenswürdig von Ihnen, aber in England haben wir einen König und eine Königin, einen Palast und keinen Harem. Betrachten Sie das nicht als Verurteilung meinerseits, es ist lediglich eine Frage der Konventionen. Im Übrigen, um Ihnen alles zu erzählen, waren mir die Schandtaten meines Vaters ziemlich gleichgültig, was ich nicht ertrug, war das Leid meiner Mutter. Denn darüber täuschte ich mich nicht. Mein Vater war nicht der einzige Mann im Königreich, der in fremden Betten lag, aber es war meine Mutter, die er betrog, und ihre Liebe, die er beschmutzte. Als ich eines Tages den Mut fand, mit ihr darüber zu sprechen, lächelte sie mich, den Tränen nahe, an mit einer Würde, die einem das Blut in den Adern gefrieren ließ. Mir gegenüber hat sie meinen Vater verteidigt, hat mir erklärt, es sei der Lauf der Dinge, eine Notwendigkeit für ihn, und sie sei ihm deshalb nie böse gewesen. Doch an diesem Tag spielte sie ihre Rolle ausgesprochen schlecht.«

»Aber wenn Sie Ihren Vater für alles, was er Ihrer Mutter angetan hat, verabscheuen, warum würden Sie es dann ebenso machen wie er?«

»Weil ich, als ich meine Mutter leiden sah, verstanden habe, dass lieben für einen Mann bedeutet, eine schöne Frau in ein Gewächshaus zu setzen, damit sie sich dort sicher fühlt, und sie zu lieben … bis ihre Schönheit verblasst, und dann aufzubrechen, um neue Herzen zu pflücken. Ich habe mir selbst das Versprechen gegeben, dass ich, falls ich eines Tages lieben sollte, aufrichtig lieben würde, die Blume schützen und es mir verbieten würde, sie in ein Gewächshaus zu setzen. So, mein Guter, mithilfe des Alkohols habe ich Ihnen viel zu viel erzählt und werde es morgen sicherlich bereuen. Aber wenn Sie auch nur ein einziges Wort von dem, was ich Ihnen anvertraut habe, weitererzählen, werde ich Sie eigenhändig in Ihrem großen Bosporus ertränken. Die wirklich wichtige Frage, die sich nun stellt, ist, wie wir ins Hotel zurückkommen, denn ich bin nicht in der Lage aufzustehen. Ich fürchte, ich habe etwas zu viel Alkohol intus!«

Can befand sich in keinem besseren Zustand als Daldry, sie stützten sich gegenseitig und torkelten wie zwei Saufkumpane die Istiklal-Straße hinauf.

Um das Zimmermädchen seine Arbeit erledigen zu lassen, hatte Alice sich im Salon neben der Bar niedergelassen. Sie schrieb einen Brief, den sie sicher nicht abschicken würde. Im Wandspiegel sah sie Daldry die große Treppe herunterkommen. Er plumpste in einen Sessel neben ihr.

»Haben Sie den ganzen Bosporus leer getrunken, um sich heute Morgen in einem solchen Zustand zu befinden?«, fragte sie, ohne den Blick von ihrem Schreibpapier zu heben.

»Ich weiß nicht, wie Sie darauf kommen.«

»Ihre Jacke ist falsch geknöpft, und Sie haben sich nur auf einer Seite rasiert …«

»Sagen wir, dass ich gestern Abend etwas tief ins Glas geschaut habe. Sie haben uns gefehlt.«

»Daran zweifle ich keine Sekunde.«

»An wen schreiben Sie?«

»An einen Freund in London«, antwortete Alice, während sie das Blatt faltete und in ihre Tasche steckte.

»Ich habe entsetzliche Kopfschmerzen«, gestand Daldry. »Begleiten Sie mich etwas an die frische Luft? Wer ist dieser Freund?«

»Gute Idee, gehen wir. Ich fragte mich, wann Sie wohl wieder auftauchen würden. Ich bin schon im Morgengrauen aufgestanden und fing an, mich zu langweilen. Wohin gehen wir?«

»Den Bosporus anschauen, das wird mir einiges in Erinnerung bringen …«

Unterwegs verweilte Alice vor der Auslage eines Schuhmachers. Sie beobachtete, wie sich der Treibriemen einer Schleifmaschine drehte.

»Haben Sie Schuhe zu besohlen?«, fragte Daldry.

»Nein.«

»Warum betrachten Sie dann seit gut fünf Minuten diesen Mann in seinem Laden, ohne etwas zu sagen?«

»Passiert Ihnen das nie, dass bestimmte belanglose Dinge beruhigend auf Sie wirken, ohne dass Sie wüssten, warum?«

»Ich male Kreuzungen, ich könnte daher nur schwer das Gegenteil behaupten. Ich könnte den ganzen Tag Doppeldeckerbusse vorbeifahren sehen. Ich liebe es, das Geräusch der Kupplung zu hören, das Schleifen der Bremsen, das Bimmeln der Glocke, die der Fahrer bei der Abfahrt betätigt, das Brummen des Motors.«

»Was Sie mir da beschreiben, ist unglaublich poetisch, Daldry.«

»Machen Sie sich über mich lustig?«

»Ein wenig, ja.«

»Die Auslage eines Schuhmachers ist natürlich wesentlich romantischer.«

»In den Händen dieses Handwerkers liegt eine gewisse Poesie, ich habe Schusterwerkstätten schon immer gemocht, den Geruch von Leder und Leim.«

»Das kommt daher, dass Sie Schuhe lieben. Ich beispielsweise könnte stundenlang vor der Auslage einer Bäckerei stehen bleiben. Ich muss Ihnen sicher nicht erklären, warum …«

Wenig später, sie gingen noch immer am Ufer des Bosporus entlang, setzte Daldry sich auf eine Bank.

»Was beobachten Sie?«, fragte Alice.

»Die alte Dame dort am Geländer, die mit dem Besitzer des fuchsroten Hundes spricht. Das ist faszinierend.«

»Sie mag Hunde, was finden Sie daran so faszinierend?«

»Schauen Sie genau hin, dann werden Sie es verstehen.«

Nachdem die alte Dame einige Worte mit dem Besitzer des fuchsroten Hundes gewechselt hatte, näherte sie sich einem anderen Hund. Sie beugte sich hinunter und hielt ihm ihre Hand vor die Schnauze.

»Sehen Sie?«, flüsterte Daldry, während er sich zu Alice neigte.

»Sie streichelt einen anderen Hund?«

»Sie verstehen nicht, was sie macht … Nicht der Hund interessiert sie, sondern die Hundeleine.«

»Die Hundeleine?«

»Genau, die Leine, die ihn mit seinem Herrchen verbindet, der dort angelt. Sie ist der rote Faden, der es ihr erlaubt, eine Unterhaltung zu beginnen. Diese alte Dame vergeht vor Einsamkeit. Sie hat diese List ersonnen, um ein paar Worte mit anderen Menschen wechseln zu können. Ich bin davon überzeugt, dass sie jeden Tag um die gleiche Zeit hierherkommt, um sich ihre kleine Dosis Menschlichkeit zu holen.«

Daldry hatte richtig gesehen, doch dieses Mal war es der alten Dame nicht gelungen, die Aufmerksamkeit des Anglers zu erregen, der sich auf den Schwimmer seiner Angel konzentrierte. Sie ging ein paar Schritte weiter, holte Brotkrumen aus ihrer Manteltasche und warf sie einigen Tauben hin, die auf dem Geländer trippelten, an das sich die Angler lehnten. Sehr bald wandte sie sich an einen von ihnen.

»Eine merkwürdige Einsamkeit, nicht wahr?«, sagte Daldry.

Alice wandte sich ihm zu und sah ihn aufmerksam an. »Warum sind Sie hierhergekommen, Daldry? Warum haben Sie diese Reise gemacht?«

»Das wissen Sie doch sehr gut. Wegen unseres Abkommens. Ich helfe Ihnen, den Mann Ihres Lebens zu finden oder bringe Sie zumindest auf seine Spur, und während Sie Ihre Nachforschungen weiterführen, werde ich unter Ihrem Glasdach malen.«

»Ist das wirklich der einzige Grund?«

Daldrys Blick verlor sich in Richtung Üsküdar, als betrachte er das Minarett der Mihrimah-Moschee am asiatischen Ufer des Bosporus.

»Erinnern Sie sich an den Pub am Ende unserer Straße?«, fragte Daldry.

»Wir waren dort frühstücken, natürlich erinnere ich mich.«

»Ich ging jeden Tag dorthin, saß immer am selben Tisch und las meine Zeitung. Eines Tages, als mich der Artikel, den ich las, langweilte, hob ich den Kopf und sah mich im Spiegel. Da bekam ich Angst vor den Jahren, die mir von meinem Leben noch blieben. Auch ich brauchte eine Veränderung. Aber seit ein paar Tagen fehlt mir London. Nichts ist eben perfekt.«

»Denken Sie daran zurückzukehren?«, fragte Alice.

»Vor Kurzem haben auch Sie daran gedacht.«

»Inzwischen nicht mehr.«

»Weil Ihnen die Weissagung dieser Hellseherin glaubwürdiger erscheint, haben Sie nun ein Ziel, und ich habe meine Aufgabe erfüllt. Ich glaube, dass wir in dem Konsul das zweite Glied der Kette gefunden haben, vielleicht sogar das dritte, wenn man bedenkt, dass Can uns zu ihm geführt hat.«

»Haben Sie die Absicht, mich zu verlassen?«

»Das hatten wir vereinbart. Seien Sie unbesorgt, ich bezahle Ihr Hotelzimmer und Cans Dienste für die nächsten drei Monate. Er ist Ihnen treu ergeben. Ich werde ihm zudem einen großzügigen Vorschuss für seine Ausgaben bezahlen. Für Sie werde ich bei der Banco di Roma ein Konto eröffnen, ihre Filiale ist auf der Istiklal-Straße, und die kennen sich mit Auslandsüberweisungen aus. Ich werde Ihnen jede Woche eine bestimmte Summe dorthin überweisen, es wird Ihnen an nichts fehlen.«

»Sie möchten, dass ich drei weitere Monate in Istanbul bleibe?«

»Sie haben noch einen langen Weg vor sich, Alice, um ans Ziel zu gelangen. Und Sie wollten um nichts in der Welt den Frühling in der Türkei versäumen. Denken Sie an die vielen unbekannten Blumen, an ihre Düfte … und ein wenig auch an unser Geschäft.«

»Wann haben Sie den Entschluss gefasst abzureisen?«

»Heute Morgen, beim Aufwachen.«

»Und wenn ich hoffen würde, dass Sie noch ein wenig blieben?«

»Dann müssten Sie mich nicht darum bitten, denn der nächste Flug geht erst am Samstag, sodass wir noch etwas Zeit haben. Machen Sie nicht so ein Gesicht, meine Mutter hat eine labile Gesundheit, und ich kann sie nicht endlos lange allein lassen.«

Daldry erhob sich und trat an das Geländer, wo sich die alte Dame soeben vorsichtig einem großen weißen Hund näherte.

»Passen Sie auf, der beißt«, sagte er im Vorbeigehen zu ihr …

Can kam zur Teestunde ins Hotel. Er schien mit sich sehr zufrieden zu sein.

»Ich kann Ihnen faszinierende Neuigkeiten liefern«, sagte er, als er Alice und Daldry in der Bar traf.

Alice stellte ihre Tasse ab und widmete Can ihre vollständige Aufmerksamkeit.

»In einem Gebäude in der Nähe des Hauses, wo Ihr Vater und Ihre Mutter sich niedergelassen hatten, habe ich einen alten Herrn getroffen, der sie gekannt hat. Er ist damit einverstanden, dass wir ihn aufsuchen.«

»Wann?«, fragte Alice und schaute zu Daldry.

»Jetzt«, antwortete Can.

Kapitel 11

Die Wohnung von Herrn Zemirli nahm die zweite Etage eines bürgerlichen Wohnhauses in der Istiklal-Straße ein. Die Tür öffnete sich auf einen Eingang, in dem sich alte Bücher an sämtlichen Wänden stapelten.

Ogüz Zemirli trug eine Flanellhose, ein weißes Hemd, einen seidenen Morgenrock und zwei Brillen. Eine davon schien wie hingezaubert auf seiner Stirn zu halten, die andere saß auf seiner Nase. Ogüz Zemirli wechselte die Brillen je nachdem, ob er etwas lesen oder in die Ferne schauen wollte. Sein Gesicht war glatt rasiert bis auf ein paar grau melierte Stoppeln an der Kinnspitze, die der Barbier wohl übersehen hatte.

Er ließ seine Gäste im Salon Platz nehmen, der mit französischen und osmanischen Möbeln eingerichtet war, verschwand in der Küche und kam in Begleitung einer beleibten Frau zurück. Sie servierte Tee und orientalisches Gebäck. Herr Zemirli bedankte sich, und die Frau zog sich sofort wieder zurück.

»Das ist meine Köchin«, erklärte er. »Ihr Gebäck ist köstlich, bitte bedienen Sie sich.«

Das ließ sich Daldry nicht zweimal sagen.

»Sie sind also die Tochter von Cömert Eczaci?«, fragte der Mann.

»Nein, Herr Zemirli, mein Vater hieß Pendelbury«, antwortete Alice und warf Daldry einen betrübten Blick zu.

»Pendelbury? Ich glaube nicht, dass er mir das gesagt hat … Vielleicht ist mein Gedächtnis aber auch einfach nicht mehr das, was es einmal war«, erwiderte der Mann.

Daldry sah Alice an und fragte sich wie sie, ob ihr Gastgeber wirklich bei Verstand sei. Und schon war er böse auf Can, weil er sie hierhergebracht hatte, und noch mehr, weil er in Alice die Hoffnung geweckt hatte, etwas mehr über ihre Eltern zu erfahren.

»Hier im Viertel«, fuhr Zemirli fort, »nannte man ihn nicht Pendelbury, schon gar nicht zu dieser Zeit. Wir hatten ihm den Namen Cömert Eczaci gegeben.«

»Das bedeutet ›der großzügige Apotheker‹«, übersetzte Can.

Bei diesen Worten spürte Alice, wie sich ihr Herzschlag beschleunigte.

»War das Ihr Vater?«, fragte der Mann.

»Das ist sehr wahrscheinlich, denn beides trifft auf ihn zu.«

»Ich erinnere mich gut an ihn, auch an Ihre Mutter, eine Frau mit Charakter. Sie arbeiteten gemeinsam an der Universität. Folgen Sie mir«, sagte Zemirli, während er sich mühsam aus seinem Sessel erhob.

Er ging ans Fenster und deutete auf die Wohnung, die sich im gegenüberliegenden Haus im ersten Stockwerk befand. Alice las die Inschrift »Rumeli Palas« auf dem Schild über der Passage.

»Im Konsulat hat man mir gesagt, dass meine Eltern im zweiten Stock wohnten.«

»Und ich sage Ihnen, dass sie dort wohnten«, beharrte Zemirli und deutete auf die Fenster im ersten Stock. »Sie können natürlich Ihrem Konsulat glauben, aber immerhin war es meine Tante, die ihnen diese kleine Wohnung vermietet hatte. Sehen Sie, dort links, das war ihr Salon, und das andere Fenster gehörte zu ihrem Schlafzimmer, die kleine Küche ging zum Hof wie bei diesem Haus auch. Kommen Sie, setzen wir uns wieder, mein Bein schmerzt. Übrigens habe ich deswegen Ihre Eltern kennengelernt. Ich werde Ihnen alles erzählen. Ich war jung, und mein Lieblingsspiel auf dem Heimweg vom Gymnasium war, wie von vielen anderen Burschen auch, schwarz mit der Straßenbahn zu fahren …«

Dazu sprangen die jungen Istanbuler auf die fahrende Tram und setzten sich rittlings auf den großen Rückscheinwerfer der Bahn. An einem Regentag hatte Ogüz jedoch das Ziel verfehlt, wurde vom Drehgestell der Straßenbahn erfasst und mehrere Meter mitgeschleift. Die Chirurgen operierten ihn, so gut es ging, und ersparten ihm gerade noch eine Amputation. Ogüz wurde vom Militärdienst befreit, es gab seither jedoch keinen Regentag mehr, an dem er nicht Schmerzen in diesem Bein hatte.

»Die Medikamente waren teuer«, erklärte Zemirli, »viel zu teuer, um sie in der Apotheke kaufen zu können. Ihr Vater brachte welche aus dem Krankenhaus mit und versorgte mich und alle anderen Bedürftigen im Viertel damit. In Kriegszeiten bedeutete dies, dass er vielen Bewohnern hier half, die krank wurden. Ihre Eltern führten in der kleinen Wohnung eine Art Geheimambulanz. Sobald sie aus der Universitätsklinik zurückkamen, behandelte Ihre Mutter die Kranken und legte Verbände an, während Ihr Vater die Medikamente verteilte, die er hatte auftreiben können, und die Heilmittel, die er selbst zubereitete. Im Winter, wenn die Kinder vom Fieber heimgesucht wurden, sah man Mütter und Großmütter in langer Schlange vor ihrer Tür anstehen. Den Behörden entging das nicht, aber da es sich um eine ehrenamtliche Sache handelte, die der Gesundheit der Bevölkerung diente, drückte die Polizei ein Auge zu. Auch sie hatten Kinder, die sich in der kleinen Wohnung behandeln ließen. Ich habe keinen einzigen Uniformträger gekannt, der das Risiko auf sich genommen hätte, seiner Frau beim Heimkommen berichten zu müssen, er habe Ihre Eltern verhaftet, und aufgrund meines ungestümen jugendlichen Temperaments kannte ich sie damals alle. Ihre Eltern sind beinahe zwei Jahre geblieben, daran erinnere ich mich gut. Und dann hat Ihr Vater eines Abends mehr Medikamente als sonst verteilt, jeder bekam das Doppelte der üblichen Menge. Am nächsten Tag waren sie nicht mehr da. Meine Tante hat über zwei Monate gewartet, bis sie es wagte, mit ihrem Schlüssel aufzusperren und nachzusehen. Die Wohnung war tadellos aufgeräumt, es fehlte nicht ein Teller, nicht ein Besteck. Auf dem Küchentisch fand sie das Geld für die Miete und einen Brief, in dem Ihre Eltern erklärten, sie seien zurück nach England gereist. Diese wenigen handschriftlichen Worte Ihres Vaters waren für alle Bewohner eine große Erleichterung, da sie sich Sorgen um Cömert Eczaci und seine Frau gemacht hatten. Und auch die Polizisten des Viertels waren froh, denn wir haben sie die ganze Zeit verdächtigt. Wissen Sie, wenn ich jetzt, fünfunddreißig Jahre später, in die Apotheke gehe, um meine Medikamente zu holen, damit dieses verdammte Bein Ruhe gibt, hebe ich beim Verlassen des Hauses den Kopf und habe den Eindruck, am Fenster gegenüber das lächelnde Gesicht von Cömert Eczaci zu sehen. Ich kann Ihnen also versichern, dass es mir wirklich viel bedeutet, heute Abend seine Tochter bei mir zu haben.«

Hinter den dicken Brillengläsern von Herrn Zemirli sah Alice die Augen des alten Mannes feucht werden und fühlte sich dadurch weniger verlegen, weil sie selbst die Tränen nicht hatte zurückhalten können.

Auch Can und Daldry konnten sich einer gewissen Rührung nicht erwehren. Zemirli zog ein Taschentuch heraus und wischte sich die Tränen ab. Er beugte sich vor und füllte die Teegläser erneut.

»Lassen Sie uns auf den großzügigen Apotheker von Beyoğlu trinken und auf seine Frau.«

Alle erhoben sich und brachten einen Toast aus … mit Pfefferminztee.

»Und erinnern Sie sich auch an mich?«, wollte Alice wissen.

»Nein, ich erinnere mich nicht, Sie gesehen zu haben. Ich würde Ihnen gerne das Gegenteil sagen, aber dann müsste ich lügen. Wie alt waren Sie damals?«

»Fünf.«

»Nun, das ist normal, Ihre Eltern arbeiteten, Sie gingen sicher zur Schule.«

»Das ist absolut logisch«, sagte Daldry.

»Was meinen Sie, in welche Schule könnte ich gegangen sein?«, fuhr Alice fort.

»Sie haben keinerlei Erinnerung mehr daran?«, fragte Zemirli.

»Nicht die geringste, da ist nur ein großes schwarzes Loch bis zu unserer Rückkehr nach London.«

»Ach, das Alter unserer ersten Erinnerungen! Wissen Sie, das hängt ganz von den Kindern ab. Einige erinnern sich an mehr als andere. Aber sind das auch tatsächlich immer echte Erinnerungen, oder entstehen sie aus dem, was man uns erzählt hat? Ich habe bis zu meinem siebten Lebensjahr alles vergessen, vielleicht auch bis zum achten. Als ich dies meiner Mutter anvertraute, war sie außer sich und sagte: ›Du hast alle diese Jahre vergessen, in denen ich mich um dich gekümmert habe?‹ Aber Sie fragten nach der Schule. Ihre Eltern hatten Sie möglicherweise in Saint-Michel angemeldet, die Schule ist nicht weit von hier entfernt, und man unterrichtete dort auch Englisch. Es war eine strenge und angesehene Schule. Ihre Kartei dürfte gut geführt worden sein, Sie sollten dort einmal vorbeischauen.«

Herr Zemirli schien plötzlich erschöpft zu sein. Can hüstelte, um zu verstehen zu geben, dass es Zeit sei, sich zurückzuziehen. Alice erhob sich und dankte dem alten Mann für seine Gastfreundschaft. Herr Zemirli legte eine Hand auf sein Herz.

»Ihre Eltern waren so bescheiden wie mutig, ihr Verhalten war heldenhaft. Ich bin glücklich, nun die Gewissheit zu haben, dass sie ihre Heimat gesund und wohlbehalten wieder erreicht haben, und noch glücklicher, das Privileg gehabt zu haben, die Bekanntschaft ihrer Tochter zu machen. Dass sie Ihnen nichts von ihrem Aufenthalt in der Türkei erzählt haben, geschah sicher aus Bescheidenheit. Wenn Sie lange genug in Istanbul bleiben, werden Sie verstehen, wovon ich spreche. Gute Reise, Cömert Eczaci'nin Kizi.«

Was ›Tochter des großzügigen Apothekers‹ bedeutete, wie ihr Can erklärte, als sie wieder auf der Straße waren.

Es war schon zu spät, um an der Tür der Schule Saint-Michel zu läuten. Can würde sich am nächsten Vormittag dorthin begeben, um einen Termin zu bekommen.

Während des Abendessens, das Daldry und Alice im Hotel einnahmen, sprachen sie nur wenig. Daldry respektierte das Schweigen von Alice. Hin und wieder versuchte er, sie zu erheitern, indem er pikante Anekdoten aus seiner Jugend erzählte, aber Alice war mit ihren Gedanken woanders und lächelte nur schwach.

Als sie sich auf dem Treppenabsatz verabschiedeten, machte Daldry Alice darauf aufmerksam, dass sie guten Grund habe, sich zu freuen, denn Ogüz Zemirli war zwangsläufig die dritte, wenn nicht sogar die vierte der sechs Personen, von denen die Hellseherin in Brighton gesprochen hatte.

Alice schloss ihre Zimmertür und setzte sich etwas später an ihren Schreibtisch vor dem Fenster.

Anton,
jeden Abend, wenn ich durch die Eingangshalle meines Hotels gehe, hoffe ich, der Empfangschef werde mir Post von Dir aushändigen. Diese Erwartung ist dumm, denn warum solltest Du mir schreiben?
Ich habe eine Entscheidung getroffen. Es hat mich viel Mut gekostet, mir selbst dieses Versprechen zu geben, oder vielmehr, es wird mich viel Mut kosten, es zu halten. An dem Tag, an dem ich nach London zurückkehre, werde ich an Deiner Tür läuten, vor der ich zuvor, versteckt in einer Schatulle, die ich diese Woche noch auf dem Basar kaufen werde, einen Stapel Briefe ablegen werde. Sie wird alle Briefe enthalten, die ich Dir geschrieben, aber nicht abgeschickt habe.
Vielleicht wirst Du sie nachts lesen und vielleicht am nächsten Tag an meiner Tür läuten. Das sind viele »Vielleichts«, aber seit einiger Zeit gehört »vielleicht« zu meinem Alltag. Um Dir nur ein Beispiel zu geben, ich habe vielleicht endlich einen Grund für diese Albträume gefunden, die mich heimsuchen.
Die Hellseherin von Brighton hatte recht, zumindest in diesem Punkt. Ich habe meine Kindheit im ersten Stock eines Istanbuler Wohnhauses verbracht. Ich habe dort zwei Jahre

gelebt. Vermutlich habe ich in einer Gasse gespielt, an deren Ende sich eine große Treppe befand. Ich habe daran keinerlei Erinnerung mehr, aber diese Bilder aus einem anderen Leben tauchen in meinen Nächten auf. Um das Geheimnis zu lüften, das einen Teil meiner frühen Kindheit umgibt, muss ich meine Nachforschungen weiterführen. Ich ahne die Gründe, warum meine Eltern mir nie etwas davon gesagt haben. Wenn ich Mutter gewesen wäre, hätte ich es wie sie gemacht und meiner Tochter die Erinnerungen verschwiegen, die zu schmerzlich waren, um sie zu erzählen.

Heute Nachmittag hat mir jemand die Fenster der Wohnung gezeigt, in der wir gewohnt haben, wo meine Mutter gestanden haben muss, um das Treiben unten auf der Straße beobachten zu können. Ich konnte die kleine Küche erahnen, in der sie unsere Mahlzeiten zubereitete, den Salon, wo ich auf dem Schoß meines Vaters gesessen haben dürfte. Ich hatte geglaubt, die Zeit würde die Wunde ihrer Abwesenheit heilen, aber das ist nicht der Fall.

Gerne würde ich Dir eines Tages diese Stadt zeigen. Wir würden durch die Istiklal-Straße gehen, und wenn wir unten am Rumeli Palas angekommen wären, würde ich Dir den Ort zeigen, wo ich mit fünf Jahren gelebt habe.

Eines Tages werden wir am Bosporus entlangspazieren, Du wirst Trompete spielen, und man wird Deine Musik bis auf die Hügel von Üsküdar hören.

Bis morgen, Anton.

Ich umarme Dich.

Alice

Sie war im Morgengrauen aufgewacht, und als sich der erste silbrige Schimmer auf dem Bosporus spiegelte, hatte sie Lust bekommen, ihr Zimmer zu verlassen.

Der Speisesaal des Hotels war noch leer, die livrierten Kellner waren soeben erst mit dem Eindecken fertig geworden. Alice wählte einen Ecktisch. Sie hatte sich eine Zeitung vom Vortag geholt, die auf einem Beistelltisch liegen geblieben war. Allein im Speisesaal eines Istanbuler Luxushotels in die Nachrichten aus London vertieft, ließ sie irgendwann die Zeitung sinken, und ihre Gedanken wanderten nach Primrose Hill.

Sie stellte sich Carol vor, wie sie die Albermarle Street entlang zum Piccadilly ging, um den Bus zu nehmen. Sie würde auf die hintere Plattform des Doppeldeckerbusses springen und sofort eine Unterhaltung mit dem Kontrolleur beginnen, damit er vergaß, ihren Fahrschein zu knipsen. Sie würde behaupten, er sähe schlecht aus, würde sich vorstellen und ihm raten, sie einmal im Dienst aufzusuchen. Jedes zweite Mal gelang es ihr so, vor dem Krankenhaus mit einem nicht entwerteten Fahrschein in der Tasche auszusteigen.

Sie dachte an Anton mit seiner Umhängetasche, den oberen Mantelknopf selbst in der Winterkälte offen, die rebellische Haarsträhne in der Stirn und noch recht verschlafen. Sie sah ihn den Innenhof durchqueren, sich auf den Hocker vor seiner Werkbank setzen, seine Ziseliermesser zählen, über den runden Knauf seines Hobels streichen und sich nach einem Blick auf den großen Zeiger der Uhr seufzend an die Arbeit machen. Einige Gedanken schickte sie auch zu Sam, der durch die Hintertür die Buchhandlung von Camden betrat, seinen Überzieher auszog und in seinen grauen Arbeitskittel schlüpfte. Anschließend würde er sich in den Laden begeben, die Regale entstauben oder eine Bestandsaufnahme machen, während er darauf wartete, dass ein Kunde käme. Schließlich stellte sie sich Eddy vor, wie er mit ausgebreiteten Armen auf seinem Bett lag und hemmungslos schnarchte. Bei diesem Bild musste sie lächeln.

»Störe ich Sie?«

Alice fuhr zusammen und hob den Kopf. Vor ihr stand Daldry.

»Nein, ich habe Zeitung gelesen.«

»Sie haben gute Augen!«

»Warum?«, fragte Alice.

»Weil Ihre Zeitung unter dem Tisch zu Ihren Füßen liegt.«

»Ich war mit den Gedanken woanders«, gestand sie.

»Wo denn, ohne indiskret sein zu wollen?«

»An verschiedenen Stellen Londons.«

Daldry wandte sich zur Theke in der Hoffnung, die Aufmerksamkeit des Kellners auf sich zu ziehen.

»Heute Abend führe ich Sie zum Essen an einen außergewöhnlichen Ort, in eines der besten Restaurants Istanbuls.«

»Gibt es etwas zu feiern?«

»In gewisser Weise. Unsere Reise hat in einem der besten Restaurants Londons begonnen, ich fände es sinnvoll, wenn sie für mich auf dieselbe Art endet.«

»Aber Sie reisen nicht, bevor …«

»… bevor mein Flugzeug startet!«

»Aber es startet nicht vor …«

»Glauben Sie, ich muss mich auf den Boden werfen, um einen Kaffee zu bekommen? Das ist doch wirklich die Höhe!«, rief Daldry aus, womit er Alice zum zweiten Mal unterbrach.

Er hob die Hand und winkte, bis der Kellner an den Tisch kam, bestellte ein Schlemmerfrühstück und bat, man möge ihn möglichst schnell bedienen, er sei völlig ausgehungert.

»Was halten Sie davon«, nahm er die Unterhaltung wieder auf, »dass wir den Basar besuchen, nachdem wir einen freien Vormittag haben? Ich brauche ein Geschenk für meine Mutter, und Sie würden mir einen großen Dienst erweisen, wenn Sie mich beraten. Ich habe nicht die geringste Idee, was ihr gefallen könnte.«

»Sie könnten ihr ein Schmuckstück mitbringen.«

»Es würde nicht ihren Geschmack treffen«, antwortete Daldry.

»Ein Parfüm?«

»Sie verwendet immer denselben Duft.«

»Eine schöne Antiquität?«

»Welcher Art?«

»Beispielsweise eine Schmuckschatulle. Ich habe welche mit Perlmuttintarsien gesehen, die wunderschön waren.«

»Warum nicht? Aber sie wird sagen, dass sie nur englische Einlegearbeiten schätzt.«

»Etwas Schönes aus Silber?«

»Sie mag nur Porzellan.«

Alice beugte sich zu Daldry.

»Sie sollten ein paar Tage länger bleiben und ihr ein Bild malen. Sie könnten sich beispielsweise die große Kreuzung vor der Galata-Brücke vornehmen.«

»Ja, das ist eine reizvolle Idee. Ich werde ein paar Skizzen anfertigen als Gedächtnishilfe und mich an die Arbeit machen, sobald ich wieder in London bin. So muss das Bild auch nicht unter der Reise leiden.«

»Ja«, seufzte Alice, »so können wir es auch machen.«

»Also abgemacht«, sagte Daldry, »wir gehen auf der Galata-Brücke spazieren.«

Sobald Alice und Daldry ihr Frühstück beendet hatten, fuhren sie mit der Straßenbahn und stiegen an der Brücke aus, die das Goldene Horn zwischen Karaköy und Eminönü überspannt.

Daldry zog ein Moleskine-Skizzenbuch und einen Bleistift aus der Tasche. Sorgfältig zeichnete er die Örtlichkeiten, markierte den Taxistand, deutete mit einigen Strichen die Schiffe und den Anleger an, von dem aus diese nach Kadiköy abfuhren, und vergaß auch die zu den Moda-Inseln nicht. Dann kam das Ufer von Üsküdar, der kleine Kai, an dem die Boote anlegten, die zwischen beiden Seiten pendelten, und der ovale Platz, auf dem die Straßenbahnen von Bebek und Beyoğlu hielten. Er führte Alice zu einer Bank.

Dort füllte er viele Seiten mit Skizzen von Gesichtern, wie das eines Wassermelonenverkäufers, eines Schuhputzers, der auf einer Holzkiste saß, und eines Scherenschleifers, der seinen Schleifstein mit Fußantrieb bewegte. Anschließend skizzierte er einen von einem Maultier mit Hängebauch gezogenen Karren, ein Auto, das eine Panne hatte und mit zwei Rädern auf dem Bürgersteig stand, während der Fahrer mit dem Oberkörper unter der Motorhaube verschwunden war.

»So«, sagte er nach einer Stunde und steckte sein Skizzenbuch ein. »Das Wesentliche habe ich festgehalten, den Rest habe ich im Kopf. Drehen wir trotzdem eine Runde durch den Basar – für alle Fälle.«

Sie bestiegen ein Sammeltaxi.

Bis mittags bummelten sie durch die Gässchen des Großen Basars. Alice kaufte eine mit Perlmutt verzierte Holzschatulle. Daldry fand einen schönen Lapislazuliring. Seine Mutter liebe Blau, sagte er, vielleicht würde sie ihn tragen.

Zu Mittag aßen sie einen Kebab und kehrten am frühen Nachmittag ins Hotel zurück.

Can erwartete sie mit finsterer Miene in der Halle.

»Ich bin bestürzt, ich bin mit meiner Aufgabe geschlittert«, begrüßte er sie.

»Was sagt er da nun wieder?«, raunte Daldry Alice zu.

»Dass er an seiner Aufgabe gescheitert ist.«

»Ach so, aber das war doch überhaupt nicht klar. Wie soll ich das bitteschön verstehen?«

»Eine Frage der Gewohnheit«, erwiderte Alice und lächelte.

»Wie versprochen, habe ich mich heute Vormittag in der Schule Saint-Michel befunden, wo ich den Rektor getroffen habe. Er war sehr umgänglich mit mir und bereit, in seine Bücher zu schauen. Wir sind sie Klasse für Klasse für die beiden Jahre durchgegangen, die Sie angegeben hatten. Das war gar nicht einfach, sie waren in der alten Schrift geschrieben, und das Papier war sehr staubig. Wir haben jede Seite geprüft, ohne auch nur einen Eintrag auszulassen. Leider wurden unsere Bemühungen nicht von Erfolg bedacht. Nichts! Wir haben unter dem Namen Pendelbury oder Eczaci nichts gefunden. Und nun habe ich die traurige Pflicht, Ihnen zu sagen, dass Sie nie die Schule Saint-Michel besucht haben. Der Herr Rektor ist unstrittig.«

»Ich weiß wirklich nicht, wie Sie da ruhig bleiben können«, flüsterte Daldry.

»Versuchen Sie doch einmal, auf Türkisch zu formulieren, was er uns auf Englisch gesagt hat. Dann werden wir sehen, wer von Ihnen beiden begabter ist«, zischte Alice zurück.

»Sie müssen ihn aber auch immer verteidigen.«

»Vielleicht war ich in einer anderen Schule angemeldet?«, gab Alice zu bedenken, die sich wieder Can zuwandte.

»Genau das bedachte ich auch, als ich den Rektor verließ. Daher hatte ich die Idee, eine Liste zu stellen. Heute Nachmittag werde ich der Chalcedon-Schule in Kadiköy einen Besuch abstatten, und wenn ich dort nichts finde, suche ich morgen die Schule Saint-Joseph im selben Stadtteil auf. Es gibt auch noch eine Möglichkeit in der Mädchenschule im Viertel Nisantasi. Wie Sie sehen, haben wir noch viele Möglichkeiten, es wäre daher absolut verfrüht anzunehmen, dass wir uns im Scheitern befinden.«

»Wo er so viele Stunden in schulischen Einrichtungen zubringen wird, könnten Sie ihm da nicht nahelegen, die Gelegenheit zu nutzen und einige Englischstunden zu nehmen? Das wäre keine ›im Scheitern befindliche Zeit‹, oder?«

»Es reicht, Daldry. Sie sind derjenige, der wieder zur Schule gehen sollte.«

»Ich behaupte aber nicht, der beste Dolmetscher Istanbuls zu sein …«

»Aber Ihrem geistigen Niveau nach sind Sie zehn Jahre alt …«

»Genau was ich gesagt habe, Sie übernehmen systematisch seine Verteidigung. Das beruhigt mich, wenn ich abgereist bin, werde ich Ihnen nicht weiter fehlen. Sie beide verstehen sich ja so ausnehmend gut.«

»Diese Bemerkung ist sehr erwachsen und ausgesprochen intelligent. Sie verbessern sich von Stunde zu Stunde.«

»Wissen Sie was? Sie sollten den Nachmittag mit Can verbringen. Gehen Sie doch mit ihm in diese Chalcedon-Schule. Wer weiß, vielleicht tauchen vor Ort einige Erinnerungen bei Ihnen auf.«

»Sie schmollen? Sie haben wirklich einen üblen Charakter!«

»Kein bisschen. Ich habe noch zwei oder drei Besorgungen in der Stadt zu machen, die Sie tödlich langweilen würden. So kann sich jeder für den Rest des Tages sinnvoll beschäftigen, und zum Abendessen treffen wir uns wieder. Can ist dazu übrigens herzlich willkommen, wenn es Ihr Wunsch ist.«

»Sind Sie etwa eifersüchtig auf Can, Daldry?«

»Mit Verlaub, meine Liebe, nun sind Sie lächerlich. Eifersüchtig auf Can? Sonst noch etwas? Nein, wirklich nicht. Musste ich etwa hierherkommen, um mir derartige Albernheiten anzuhören!«

Daldry verabredete sich mit Alice für neunzehn Uhr in der Hotelhalle und ging, fast ohne Gruß.

Ein schmiedeeisernes Tor in einer Umfassungsmauer, ein quadratischer Hof, in dem ein alter Feigenbaum vor sich hinkümmerte, Bänke, die im überdachten Teil des Schulhofs verwitterten. Can klopfte an die Tür der Hausmeisterloge und bat, vom Rektor empfangen zu werden. Der Pedell zeigte ihnen den Weg zum Sekretariat und vertiefte sich erneut in die Lektüre seiner Zeitung.

Sie liefen durch einen langen Korridor, alle Klassenzimmer, die davon abgingen, waren belegt, die eifrigen Schüler lauschten dem Unterricht ihres Lehrers. Die Aufseherin bat sie, in einem kleinen Büro zu warten.

»Riechen Sie das?«, flüsterte Alice Can zu.

»Nein, was soll ich denn riechen?«

»Den Spiritus, mit dem sie die Fenster putzen, den Kreidestaub, das Bohnerwachs auf dem Parkett, das sind die Düfte der Kindheit.«

»Meine Kindheit roch nach nichts dergleichen, Miss Alice. Meine Kindheit roch nach früh einbrechender Dunkelheit, nach Leuten, die mit gesenktem Kopf und von der Tagesarbeit gebeugten Rücken nach Hause kamen, nach der

Nacht über den Lehmwegen, dem Schmutz der Vorstädte, der die Armut dieser Existenzen zudeckte, und es gab bei mir weder Spiritus noch Kreide oder gebohnerte Fußböden. Aber ich beklage mich nicht, meine Eltern waren wunderbare Menschen, was nicht bei allen meinen Kameraden der Fall war. Versprechen Sie mir, Mister Daldry nicht zu verraten, dass mein Englisch sehr viel besser ist, als er glaubt. Es bereitet mir einfach Freude, ihn zu ärgern.«

»Ich verspreche es Ihnen. Sie hätten mich ins Vertrauen ziehen können.«

»Ich glaube, das habe ich soeben getan.«

Die Aufseherin klopfte mit einem Metalllineal auf den Tisch, um sie zum Schweigen zu bringen. Alice richtete sich auf ihrem Stuhl auf und saß kerzengerade da. Als Can das bemerkte, hielt er sich die Hand vor den Mund, um ein Lachen zu unterdrücken. Der Direktor erschien und ließ sie in sein Büro eintreten.

Überglücklich, zeigen zu können, dass er fließend Englisch sprach, ignorierte der Mann Can und wandte sich nur an Alice. Der Fremdenführer zwinkerte seiner Kundin verständnisinnig zu – letztlich zählte nur das Ergebnis. Sobald Alice ihre Bitte vorgetragen hatte, antwortete ihr der Direktor, dass die Schule 1915 noch keine Mädchen aufnahm. Es tat ihm leid. Er begleitete Alice und Can ans Tor und verabschiedete sich, wobei er gestand, er würde gerne eines Tages England besuchen. Möglicherweise würde er die Reise unternehmen, sobald er im Ruhestand sei.

Anschließend begaben sie sich in die Saint-Joseph-Schule. Der Pater, der sie empfing, war ein Mann von strengem Aussehen. Er hörte mit großer Aufmerksamkeit zu, als Can ihm den Grund ihres Besuchs darlegte. Er erhob sich und lief, die Arme auf dem Rücken verschränkt, im Zimmer auf und ab. Dann trat er ans Fenster, um auf den Pausenhof zu schauen, wo sich Jungen balgten.

»Warum müssen sie immer raufen?« Er seufzte. »Glauben Sie, dass die Brutalität der menschlichen Natur innewohnt? Ich könnte ihnen diese Frage im Unterricht stellen, das wäre ein gutes Hausaufgabenthema, finden Sie nicht?«, fragte der Pater, ohne den Blick vom Pausenhof zu wenden.

»Wahrscheinlich«, antwortete Can, »es ist auch eine ausgezeichnete Möglichkeit, sie über ihr Verhalten nachdenken zu lassen.«

»Ich hatte mich mit dieser Frage eigentlich an die junge Dame wenden wollen«, korrigierte der Vorsteher.

»Ich denke, es würde nichts nützen«, antwortete Alice, ohne zu zögern. »Die Antwort erscheint mir offensichtlich. Jungen raufen gerne und, ja, es liegt in ihrer Natur. Aber mit zunehmendem Wortschatz geht die Gewalt zurück. Die Brutalität ist nur die Folge einer Frustration, der Unfähigkeit, die Wut in Worte zu fassen. Also sprechen anstelle von Worten die Fäuste.«

Der Vorsteher musterte Alice. »Sie hätten eine gute Note bekommen. Sind Sie gerne zur Schule gegangen?«

»Vor allem habe ich sie abends gerne wieder verlassen.«

»Das habe ich vermutet. Ich habe nicht die Zeit, Ihre Anfrage zu bearbeiten, und auch nicht genügend Personal, um die Aufgabe zu delegieren. Das Einzige, was ich Ihnen anbieten kann, wäre, dass Sie sich in ein Studierzimmer setzen und ich Ihnen die Verzeichnisse aus dem Archiv zur Durchsicht gebe. Es ist dort natürlich verboten zu sprechen, anderenfalls müssen Sie sofort gehen.«

»Natürlich«, beeilte sich Can zu antworten.

»Auch nun wieder galt die Information der jungen Dame«, sagte der Vorsteher.

Can senkte den Kopf und blickte auf das gebohnerte Parkett.

»Gut, folgen Sie mir, ich werde Sie begleiten. Der Pförtner wird Ihnen die Schülerverzeichnisse bringen, sobald er sie hat. Sie haben bis achtzehn Uhr Zeit, also trödeln Sie nicht. Achtzehn Uhr und keine Minute länger, einverstanden?«

»Sie können sich auf uns verlassen«, antwortete Alice.

»Also gehen wir«, sagte der Vorsteher, während er sich zur Tür seines Büros wandte.

Er ließ Alice den Vortritt und drehte sich zu Can um, der sich nicht von seinem Stuhl bewegt hatte.

»Haben Sie die Absicht, den Nachmittag in meinem Büro zu verbringen oder sich an die Arbeit zu machen?«, fragte er schnippisch.

»Ich wusste nicht, dass Sie sich diesmal auch an mich gewandt haben«, gab Can zurück.

Die Wände im Studierzimmer waren bis auf halbe Höhe grau und dann bis zur Decke, an der zwei Reihen Neonlampen knisterten, in Himmelblau gestrichen. Die Schüler, von denen die meisten hier eine Strafe absaßen, kicherten, als sie Alice und Can auf einer Bank am Ende des Raums Platz nehmen sahen. Der Vorsteher stampfte jedoch mit dem Fuß auf, und sofort herrschte wieder Ruhe, die auch anhielt, nachdem er gegangen war. Der Pförtner ließ nicht lange auf sich warten und brachte zwei schwarze Akten, die mit einem Band verschlossen waren. Er erklärte Can, darin befänden sich alle Informationen über die Aufnahme und die Entlassung der Schüler sowie die Zeugnisse zum Schuljahresende, jeweils nach Klassen geordnet.

Alle Seiten trugen in der Mitte einen Trennstrich, links standen die Namen in lateinischer Schrift, rechts in osmanischer. Can fuhr mit dem Finger jede Zeile entlang und studierte die Verzeichnisse Seite für Seite. Als die Wanduhr siebzehn Uhr dreißig zeigte, schloss er den zweiten Band und schaute Alice bedauernd an.

Sie nahmen jeder eine Akte unter den Arm und gaben sie dem Pförtner zurück. Als sie das Gittertor von Saint-Joseph durchschritten, drehte Alice sich um und grüßte den Vorsteher, der sie von seinem Bürofenster aus beobachtete, mit einer Geste.

»Woher wussten Sie, dass er uns nachschaut?«, fragte Can, während sie die Straße entlanggingen.

»Ich kenne diese Art Direktor von meinem Gymnasium in London.«

»Morgen haben wir Erfolg, da bin ich ganz sicher«, sagte Can.

»Nun, das werden wir sehen.«

Can begleitete sie ins Hotel zurück.

Daldry hatte im Markiz einen Tisch reserviert, aber als sie an der Tür des Restaurants angelangt waren, zögerte Alice. Sie hatte keine Lust auf ein förmliches Abendessen. Die Nacht war mild, daher schlug sie einen Spaziergang am Bosporus vor, statt stundenlang in dem lauten und verqualmten Restaurant zu sitzen. Wenn sie Hunger bekämen, würden sie später sicher ein Lokal finden. Daldry willigte ein, er hatte ohnehin keinen großen Appetit.

Am Ufer gab es außer ihnen noch einige Spaziergänger, drei Angler versuchten ihr Glück und warfen ihre Angeln ins schwarze Wasser, ein Zeitungsverkäufer bot die Morgenausgabe zu Schleuderpreisen an, und ein Schuhputzer bemühte sich, die Stiefel eines Soldaten auf Hochglanz zu polieren.

»Sie sehen sorgenvoll aus«, sagte Alice, während sie zum Hügel von Üsküdar auf der anderen Seite des Bosporus hinüberschaute.

»Mich beschäftigt ein Gedanke, nichts Schlimmes. Wie war Ihr Tag?«

Alice erzählte von den Besuchen, die sie am Nachmittag erfolglos absolviert hatten.

»Erinnern Sie sich an unsere Spritztour nach Brighton?«, fragte Daldry und zündete sich eine Zigarette an. »Auf der Rückfahrt wollten weder Sie noch ich dieser Frau, die Ihnen die Zukunft vorhergesagt und von einer geheimnisvollen Vergangenheit gesprochen hatte, auch nur den geringsten Glauben schenken. Selbst wenn Sie, vermutlich aus Höflichkeit, nichts gesagt haben, dürften Sie sich gefragt haben, warum wir diese unnötigen Kilometer gefahren waren, warum wir den Weihnachtsabend damit zugebracht hatten, in einem schlecht beheizten Auto Schnee und Kälte zu trotzen und auf den vereisten Straßen unser Leben zu riskieren. Aber wie viele Kilometer haben wir seither zurückgelegt? Und wie viele Ereignisse, die Ihnen damals unmöglich erschienen, sind eingetreten? Ich möchte gerne weiterhin daran glauben, Alice, ich möchte weiterhin denken, dass unsere Bemühungen nicht vergebens sind. Das schöne Istanbul hat Ihnen bereits so viele Geheimnisse enthüllt, die Sie niemals geahnt hätten … Wer weiß? In ein paar Wochen treffen Sie vielleicht diesen Mann, der Sie zur glücklichsten Frau der Welt machen wird. Hierzu muss ich Ihnen etwas gestehen, wofür ich mich schuldig fühle …«

»Aber ich bin glücklich, Daldry. Ihnen habe ich eine unglaubliche Reise zu verdanken. Ich quälte mich zuvor an meinem Arbeitstisch herum, hatte wenig Ideen und habe es wiederum Ihnen zu verdanken, dass mein Kopf nun voll davon ist. Es ist mir wirklich gleichgültig, ob sich diese absurde Prophezeiung verwirklichen wird. Um aufrichtig zu sein, finde ich, sie hat eine verabscheuenswerte, um nicht zu sagen vulgäre Seite. Sie zeigt mir ein Selbstbild, das ich nicht liebe, das Bild einer einsamen Frau, die einem Hirngespinst folgt. Und den Mann, der mein Leben verändern wird, habe ich bereits getroffen.«

»Ach ja, und wer ist es?«, fragte Daldry.

»Der Parfümeur von Cihangir. Er hat es mir ermöglicht, mir neue Projekte vorzustellen. Vor ein paar Tagen dort bei ihm habe ich mich getäuscht, ich suche nicht nur nach Raumdüften, sondern nach den Düften verschiedener Orte, die uns an prägende Momente, an einmalige und verflossene Augenblicke erinnern. Wussten Sie, dass das olfaktorische Gedächtnis das einzige ist, das nie vergeht? Die Gesichter derer, die man am meisten geliebt hat, verblassen mit der Zeit, Stimmen vergisst man, aber Gerüche nie. Bei Ihnen als Feinschmecker braucht nur das Aroma einer Speise aus Ihrer Kindheit aufzutauchen, und Sie sehen alles wieder vor sich, jedes Detail. Letztes Jahr hat mich ein Mann aufgesucht, dem eine meiner Kreationen in einer Parfümerie in Kensington gefallen hatte und der von dort meine Adresse erhalten hatte. Er hatte eine Metallschatulle bei sich, die er öffnete und mir ihren Inhalt zeigte: eine alte geflochtene Kordel, ein Holzspielzeug, ein Zinnsoldat in Schuppenuniform, ein Achat und eine kleine abgenutzte Fahne. Seine gesamte Kindheit befand sich in dieser Metallkiste. Ich fragte ihn, was ich damit zu tun hätte und was er von mir erwarte. Da vertraute er mir an, als er mein Parfüm entdeckt habe, sei ihm etwas Eigenartiges passiert. Als er wieder nach Hause kam, habe er den dringenden Wunsch verspürt, auf seinem Speicher zu stöbern, um seine in Vergessenheit geratenen Schätze zu finden. Er hielt mir die Kiste hin, damit ich daran riechen konnte, und bat mich, den Geruch zu reproduzieren, bevor er sich für immer verflüchtigt habe. Ich habe ihm ganz dumm geantwortet, das sei unmöglich. Nachdem er jedoch gegangen war, habe ich auf einem Papier alles notiert, was ich in der Kiste gerochen hatte. Das rostige Metall innen im Deckel, den Hanf der Kordel, das Zinn des Soldaten, die Ölfarbe eines alten Bildes, das Eichenholz, aus dem das Spielzeug gemacht war, die staubige Seide der kleinen Fahne und die Achatkugel. Dann habe ich den Zettel weggeräumt, ohne zu wissen, was ich damit anfangen könnte. Aber heute weiß ich es. Ich weiß, wie ich diesen Beruf auszuüben habe, durch ständiges Beobachten, wie Sie es mit Ihren Straßenkreuzungen machen, indem ich das Unmögliche versuche, um aus Dutzenden Stoffen einen Duft wiederherzustellen. Sie werden von Formen und Farben angeregt, ich von Worten und Gerüchen. Ich werde diesen Parfümeur von Cihangir noch einmal besuchen und ihn um die Erlaubnis bitten, einige Zeit bei ihm zu verbringen, um mich mit seiner Arbeitsweise vertraut zu machen. Wir werden unsere Kenntnisse, unser Wissen austauschen. Ich würde gerne vergangene Momente wiederaufleben lassen, schlummernde Orte zu neuem Leben erwecken. Ich weiß, dass Ihnen meine Erklärungen konfus erscheinen mögen, aber wenn Sie hierbleiben müssten und London Ihnen fehlen würde, könnten Sie sich doch gewiss vorstellen, dass Sie durch so ein Parfüm den Geruch des Regens wiederfänden, der Ihnen so vertraut ist. Unsere Straßen haben ihren eigenen Geruch, am Morgen wieder einen anderen als am Abend. Jede Jahreszeit, jeder Tag, jede Minute, die in unserem Leben wichtig ist, hat ihren besonderen Duft.«

»Das ist eine merkwürdige Idee, aber es stimmt, ich würde sehr gerne wenigstens noch einmal den Geruch im Büro meines Vaters in der Nase haben. Sie haben recht, wenn ich daran denke, merke ich, dass er viel komplexer war, als es schien. Da war natürlich die Note des Holzfeuers im Kamin, sein Pfeifentabak, das Leder seines Sessels, das übrigens anders roch als die Unterlage, auf der er schrieb. Ich könnte Ihnen gar nicht alle beschreiben, aber ich erinnere mich auch an den Geruch des Teppichs vor seinem Schreibtisch, auf dem ich als Kind spielte. Ich habe dort viele Stunden zugebracht und erbitterte Schlachten mit meinen Zinnsoldaten geführt. Die roten Streifen begrenzten die Positionen der napoleonischen Armeen, die grünen die unserer Truppen. Und dieses Schlachtfeld roch nach Wolle und Staub, was auf mich sehr tröstlich wirkte. Ich weiß nicht, ob Ihre Idee uns ein Vermögen bescheren wird, und ich bezweifle, dass ein Parfüm, das nach Teppich oder einer verregneten Straße duftet, eine große Kundschaft begeistern wird, aber ich sehe darin eine gewisse Poesie.«

»Ein Straßenparfüm wird es wohl eher nicht werden, aber ein Kindheitsparfüm … Wo wir gerade davon sprechen, ich würde durch ganz Istanbul streifen, um in einem kleinen Flakon den Duft der ersten Herbsttage im Hyde Park zu finden. Wahrscheinlich werde ich Monate brauchen oder Jahre«, fuhr Alice fort, »um etwas Zufriedenstellendes, ausreichend Universelles zu erreichen. Zum ersten Mal fühle ich mich in meiner Arbeit bestätigt, an der ich zuletzt zu zweifeln begonnen hatte, obwohl dies seit Jahren mein Traumberuf ist. Ich werde Ihnen, ebenso wie dieser Hellseherin, ewig dankbar sein, dass jeder auf seine Weise mich dazu gebracht hat hierherzukommen. Und was die Verwirrung angeht, die mir die Entdeckungen über die Vergangenheit meiner Eltern bescheren … Das ist ein Gefühl der Aufregung, das mir zugleich auch eine von Sehnsucht,

Sanftheit, Trauer und Lachen erfüllte Freude beschert. Jedes Mal, wenn ich in London durch die Straße ging, wo wir gewohnt hatten, erkannte ich nichts mehr, weder unser Haus noch die kleinen Läden, die ich mit meiner Mutter aufgesucht hatte, weil alles verschwunden ist. Jetzt weiß ich, dass es noch einen Ort gibt, wo meine Eltern und ich gemeinsam gewesen sind. Die Gerüche der Istiklal-Straße, die Steine der Häuser, die Straßenbahnen und tausend Sachen mehr gehören mir ab nun. Und selbst wenn mein Gedächtnis die Spuren dieser Augenblicke nicht festgehalten hat, weiß ich doch, dass dies alles stattgefunden hat. Abends, wenn ich auf den Schlaf warte, werde ich künftig nicht mehr an ihre Abwesenheit denken, sondern daran, was meine Eltern hier erleben konnten. Ich kann Ihnen versichern, Daldry, das ist schon sehr viel.«

»Aber Sie werden doch nicht darauf verzichten, Ihre Nachforschungen fortzuführen?«

»Nein, das verspreche ich Ihnen, auch wenn mir klar ist, dass es nicht mehr dasselbe sein wird, sobald Sie abgereist sind.«

»Das hoffe ich sehr! Auch wenn ich vom Gegenteil überzeugt bin. Sie verstehen sich prächtig mit Can, und wenn ich auch manchmal so tue, als würde ich mich über Ihr Einvernehmen ärgern, im Grunde freue ich mich darüber. Der Kerl spricht zwar miserabel Englisch, aber er ist, das muss ich doch zugeben, ein unvergleichlicher Fremdenführer.«

»Sie wollten mir vorhin etwas gestehen. Worum ging es da?«

»Vermutlich nichts Wichtiges, denn ich habe es bereits vergessen.«

»Wann verlassen Sie Istanbul?«

»Bald.«

»Sehr bald?«

»Ich fürchte, ja.«

Sie setzten ihren Spaziergang am Ufer fort. Vor der Anlegestelle, wo das letzte Dampfschiff des Abends seine Leinen löste, ergriff Alice Daldrys Hand, die ihre gestreift hatte.

»Zwei Freunde dürfen sich doch bei der Hand fassen, oder?«

»Ich denke, ja«, antwortete Daldry.

»Gut, lassen Sie uns noch ein wenig weitergehen, wenn Sie möchten.«

»Ja, das ist eine gute Idee, gehen wir noch etwas weiter, Alice.«

Kapitel 12

Alice,
ich hoffe, Sie verzeihen mir diese überstürzte Abreise. Ich wollte Ihnen keinen weiteren Abschied zumuten. Jeden Abend, wenn ich Sie vor Ihrer Zimmertür verließ, zerbrach ich mir den Kopf, und die Vorstellung, Ihnen in der Hotelhalle mit dem Koffer in der Hand Lebewohl zu sagen, kam mir irgendwie erbärmlich vor. Ich wollte es Ihnen gestern mitteilen, doch dann habe ich davon abgesehen aus Angst, diese köstlichen Augenblicke in Ihrer Begleitung zu verderben. Ich wollte, dass wir den letzten Spaziergang an den Ufern des Bosporus in Erinnerung behalten. Sie schienen glücklich, und ich war es auch. Was kann man sich mehr vom Ende einer Reise erhoffen? Ich habe in Ihnen eine wunderbare Frau entdeckt und bin stolz, – wie ich hoffe – Ihr Freund zu sein. Für mich sind Sie auf jeden Fall eine Freundin, und dieser Aufenthalt in Istanbul in Ihrer Gesellschaft wird eine der schönsten Zeiten meines Lebens sein.
Ich wünsche Ihnen von ganzem Herzen, dass Sie Ihr Ziel erreichen. Der Mann, der Sie lieben wird, muss sich an Ihren Charakter erst gewöhnen – ein Freund darf Ihnen das sagen, ohne Sie zu kränken, nicht wahr? –, aber er wird an seiner Seite eine Frau haben, deren Lachen alle Unwetter des Lebens vertreibt.

Ich bin glücklich, Sie zur Nachbarin gehabt zu haben, und weiß schon jetzt, während ich Ihnen diese Zeilen schreibe, dass mir Ihre Gegenwart, selbst wenn sie bisweilen geräuschvoll war, fehlen wird.
Gute Reise, Tochter des Cömert Eczaci, suchen und finden Sie dieses Glück, das Ihnen so wunderbar steht.
Ihr ergebener Freund
Daldry

Ethan,

ich habe Ihren Brief heute Morgen gefunden. Den meinen bringe ich am Nachmittag zur Post und frage mich, wie lange er brauchen wird, um bei Ihnen einzutreffen. Als ich das leise Rascheln des Umschlags, den Sie unter meiner Tür hindurchgeschoben haben, hörte, war mir augenblicklich klar, dass Sie im Begriff waren abzureisen. Ich bin zum Fenster geeilt, eben noch rechtzeitig, um Sie ins Taxi steigen zu sehen. Als Sie den Kopf hoben, um zu unserer Etage hinaufzublicken, bin ich einen Schritt zurückgetreten. Vermutlich, weil auch ich einen Abschied vermeiden wollte. Doch als ich dann sah, wie sich Ihr Wagen auf der Istiklal-Straße entfernte, hätte ich Ihnen doch gerne richtig Adieu gesagt und Ihnen für alles gedankt. Auch Sie haben einen verdammt schwierigen Charakter – eine echte Freundin darf das sagen, ohne Sie zu kränken, nicht wahr? –, aber Sie sind ein bemerkenswerter Mann, großzügig, komisch und talentiert.

Die Art, wie Sie mein Freund geworden sind, war ungewöhnlich, und diese Freundschaft hat bis jetzt nur die wenigen Tage und Wochen in Istanbul angedauert, aber – und das ist ebenso ungewöhnlich – heute Morgen habe ich Sie schon aufrichtig vermisst.

Bereitwillig verzeihe ich Ihnen, dass Sie sich so klammheimlich aus dem Staub gemacht haben, ich glaube sogar, es war gut so, denn auch mir sind Abschiede zuwider. Irgendwie beneide ich Sie, bald wieder in London zu sein. Unser altes viktorianisches Haus fehlt mir richtig und auch mein Ate-

lier. Ich werde hier warten, bis sich der Frühling einstellt. Can hat mir versprochen, mir an den ersten schönen Tagen die Prinzeninseln zu zeigen, ein Ausflug, den wir beide versäumt haben. Ich werde Ihnen jedes Eckchen beschreiben, und wenn ich eine Kreuzung entdecke, die Sie interessieren könnte, werde ich sie Ihnen in allen Einzelheiten schildern. Es heißt, die Zeit sei auf diesen Eilanden stehen geblieben, und wenn man dort spazieren gehe, habe man den Eindruck, ins letzte Jahrhundert zurückversetzt zu werden. Es gibt keine Automobile, nur Kutschen dürfen hier fahren. Morgen suchen wir wieder den alten Parfümeur von Cihangir auf.
Ich erzähle Ihnen im nächsten Brief von diesem Besuch und halte Sie über meine Arbeit auf dem Laufenden.
Ich hoffe, die Reise war nicht zu beschwerlich und Ihre Mutter erfreut sich bester Gesundheit.
Passen Sie gut auf sie auf und auch auf sich selbst.
Ich wünsche Ihnen die schönsten Augenblicke in ihrer Gesellschaft.
Ihre Freundin
Alice

Liebe Alice,
Ihr Brief hat genau sechs Tage gebraucht, um zu mir zu gelangen. Der Postbote hat ihn mir heute Morgen, als ich das Haus verließ, gebracht. Das Schreiben muss mit dem Flugzeug gekommen sein, aber der Poststempel lässt nicht erkennen, mit welcher Linie und ob es einen Zwischenstopp in Wien gab. Am Tag nach meiner Ankunft habe ich zunächst in meiner, dann in Ihrer Wohnung geputzt. Ich schwöre Ihnen, ich habe nichts von Ihren persönlichen Dingen angerührt und mich damit begnügt, den Staub zu entfernen, der sich während Ihrer Abwesenheit ungestraft eingenistet hat. Hätten Sie mich sehen können, wie ich mit Schürze und Kopftuch, in einer Hand den Schrubber, in der anderen den Eimer hantierte, Sie hätten mich wieder gnadenlos verspottet. Das tut vermutlich im Moment die Nachbarin ein Stockwerk unter uns, diejenige, die Ihnen mit dem Klavier bisweilen auf die Nerven geht. Ihr bin ich, derart ausstaffiert, im Treppenhaus begegnet, als ich den Müll nach unten trug. Jetzt ist Ihre Wohnung wieder frisch wie der Frühling, der hoffentlich nicht mehr lange auf sich warten lässt. Ihnen zu sagen, dass im Königreich von England feuchte Kälte herrscht, wäre von offensichtlicher Banalität, und obwohl es eines meiner bevorzugten Gesprächsthemen ist, will ich Sie nicht mit dem derzeitigen Wetter langweilen. Sie sollten trotzdem wissen, dass es seit meiner Rückkehr nicht aufgehört hat zu regnen und dass es den Monat davor auch nur geregnet hat, wie ich im Pub erfuhr, in dem ich wieder täglich zu Mittag esse.

Der Bosporus und seine überraschende winterliche Milde kommen mir schon weit entfernt vor.
Gestern bin ich am Themse-Ufer entlanggelaufen. Sie hatten recht, ich habe dort keine Geruchsnuancen vorgefunden, die denen geähnelt hätten, auf die Sie mich während unserer Spaziergänge an der Galata-Brücke aufmerksam gemacht haben. Selbst die Pferdeäpfel scheinen hier anders zu riechen, doch während ich diese Zeilen schreibe, frage ich mich, ob ich das beste Beispiel gewählt habe, um meine Eindrücke zu veranschaulichen.
Ich habe so ein schlechtes Gewissen, dass ich ohne ein Wort des Abschieds abgereist bin, aber mir war an diesem Morgen ein wenig schwer ums Herz. Wer weiß, warum, wer weiß, was Sie in mir ausgelöst haben. Sie werden sich nie vorstellen können, was es bedeutet, ich zu sein, aber auf gewisse Weise sind Sie in dieser letzten Nacht bei unserem Spaziergang durch Istanbul meine Freundin geworden. Sie haben meine Seele berührt, wie es in einem – französischen – Chanson heißt, und Sie haben mich verändert. Wie könnte ich Ihnen vergeben, dass Sie in mir das Verlangen geweckt haben, zu lieben und geliebt zu werden? Auf eine sehr außergewöhnliche Weise haben Sie aus mir einen besseren Maler gemacht, vielleicht sogar einen besseren Menschen. Täuschen Sie sich nicht, das ist meinerseits keineswegs das Eingeständnis verwirrter Gefühle, die ich Ihnen entgegenbringen würde, vielmehr eine ernsthafte Freundschaftserklärung. Solche Dinge darf man sich unter Freunden sagen, nicht wahr?
Sie fehlen mir, liebe Alice, und das Vergnügen meine Staffelei unter Ihr Glasdach zu stellen, ist doppelt groß, da ich von all den Düften umgeben bin, die Sie mich zu erkennen gelehrt haben. Und so spüre ich ein wenig Ihre Präsenz, und sie ermutigt mich, eine gewisse Kreuzung in Istanbul zu malen,

die wir gemeinsam studiert haben. Die Aufgabe ist ehrgeizig, und ich habe bereits eine Reihe von Skizzen, die ich zu schwach, zu ungenügend fand, in den Papierkorb geworfen. Aber ich werde geduldig sein.
Passen Sie gut auf sich auf und richten Sie Can meine besten Grüße aus. Nein, richten Sie sie ihm nicht aus, sondern behalten Sie sie ganz für sich.
Daldry

Lieber Daldry,
ich habe soeben Ihren Brief erhalten und danke Ihnen für Ihre großzügigen Worte. Ich muss Ihnen von der vergangenen Woche berichten. Am Tag nach Ihrer Abreise sind Can und ich mit dem Bus in das Viertel Emirgan gefahren. Dort haben wir alle Bildungsanstalten besucht, leider ohne Erfolg. Quasi jedes Mal das gleiche Szenario: ähnliche Schulhöfe, stundenlanges Blättern in den alten Registern, ohne darin meinen Namen zu finden. Bisweilen war der Besuch auch kürzer, weil die Archive nicht mehr existierten oder weil manche Schulen des Osmanischen Reichs noch keine Mädchen aufnahmen. Man könnte fast glauben, meine Eltern hätten mich während unseres Aufenthalts in Istanbul gar nicht eingeschult. Can meint, es wäre vielleicht eine Vorsichtsmaßnahme wegen des Kriegs gewesen. Aber die Tatsache, weder in den Registern des Konsulats noch in denen irgendeiner Schule vermerkt zu sein, warf die Frage auf, ob ich überhaupt existiert habe. Ich weiß, dass solche Gedanken völlig sinnlos sind, und so habe ich gestern beschlossen, diese mühseligen Recherchen einzustellen.
Inzwischen sind wir wieder zu dem Parfümeur von Cihangir zurückgekehrt, und die beiden Tage in seiner Gesellschaft waren weit aufregender für mich als die vorherigen. Dank der hervorragenden Übersetzungen von Can – sein Englisch hat sich seit Ihrer Abreise enorm verbessert – konnte ich ihm all meine Projekte genau erklären. Anfangs dachte der Mann, ich sei verrückt, doch um ihn zu überzeugen, habe ich auf eine

kleine List zurückgegriffen. Ich habe ihm von meinen Mitbürgern erzählt, die nicht das Glück haben, Istanbul besuchen zu können, von all denen, die nie die Höhen von Cihangir erklimmen, nie durch die gepflasterten Gassen schlendern, die zum Bosporus hinabführen. Ich habe ihn an all jene erinnert, die nur auf einer Postkarte den silbrigen Schimmer des Mondlichts auf der Wasseroberfläche sehen und niemals das Horn der Dampfschiffe hören, die Kurs auf Üsküdar nehmen. Und ich habe ihm gesagt, dass es wunderbar wäre, ihnen die Möglichkeit zu geben, sich die Magie von Istanbul durch ein Parfüm vorzustellen, das ihnen von all seinen Schönheiten erzählt. Und da unser alter Parfümeur seine Stadt über alles liebt, hat er aufgehört, mich auszulachen, und mir plötzlich all seine Aufmerksamkeit geschenkt. Ich habe auf einem Blatt Papier die lange Liste an Gerüchen notiert, die ich in den Straßen von Cihangir wahrgenommen habe, und Can hat sie ihm dann auf Türkisch vorgelesen. Der alte Mann war sehr beeindruckt. Ich weiß, dass dieses Projekt mehr als ehrgeizig ist, aber ich träume davon, eines Tages in der Vitrine einer Parfümerie von Kensington oder Piccadilly ein Parfümflakon mit dem Namen Istanbul *zu sehen. Ich bitte Sie inständig, sich nicht über mich lustig zu machen. Es ist mir gelungen, den Parfümeur von Cihangir zu überzeugen, und ich bedarf jetzt Ihrer ganzen moralischen Unterstützung.*
Unsere Herangehensweisen sind unterschiedlich, er denkt nur an die Absolues und die Essenzen, ich hingegen gehe die Sache eher wie ein Chemiker an, aber seine Art zu arbeiten bringt mich zum Wesentlichen zurück und eröffnet mir neue Horizonte. Unsere Methoden ergänzen sich mit jedem Tag mehr. Ein Parfüm kreieren heißt nicht, einfach Moleküle zu vermischen, sondern zunächst einmal alles zu notieren, was unser Geruchssinn uns diktiert, alle Eindrücke, die er unse-

rem Gedächtnis einprägt, so wie die Stahlnadel eines Aufnahmegeräts die Schallsignale der Musik in die Wachsschicht einer Schallplatte eingraviert.
Wenn ich Ihnen, mein lieber Daldry, all das erzähle, dann nicht nur mit dem Ziel, von mir zu sprechen, auch wenn dies eine Übung ist, an der ich Geschmack finde, sondern auch um in Erfahrung zu bringen, wie es mit Ihrer Malerei vorangeht.
Wir sind Geschäftspartner, und es kommt überhaupt nicht infrage, dass ich allein mich an die Arbeit mache. Wenn Sie die Vereinbarung, die wir in einem herrlichen Londoner Restaurant trafen, nicht vergessen haben, so erinnern Sie sich zweifellos, dass auch Sie Ihr Talent unter Beweis stellen und die schönste aller Istanbuler Kreuzungen malen müssen. Ich würde mich freuen, in Ihrem nächsten Brief die komplette Liste mit all den Details lesen zu können, die Sie notiert haben, während ich auf der Galata-Brücke auf Sie wartete. Ich habe nichts von diesem Tag vergessen und hoffe, dasselbe gilt für Sie, denn ich möchte, dass keine Einzelheit auf Ihrem Bild fehlt. Betrachten Sie das als schriftliches Verhör und verdrehen Sie nicht die Augen … auch wenn ich mir sehr gut vorstellen kann, dass Sie genau das tun. Ich habe wohl in den letzten Tagen etwas zu häufig Schulen frequentiert.
Dieses »Verhör«, lieber Daldry, ist als Herausforderung zu verstehen. Und wenn ich nach London zurückkomme, präsentiere ich Ihnen das Parfüm, das ich inzwischen kreiert habe. Und der Duft wird bei Ihnen alle Erinnerungen wecken, die Sie mitgenommen haben. Ich hoffe, bei meiner Rückkehr zeigen Sie mir das fertige Bild. Unsere Werke haben eine Gemeinsamkeit, denn jedes erzählt auf seine Weise von den Tagen, die wir in Cihangir und Galata verbracht haben.

Entschuldigen Sie meine umständliche Art, Ihnen anzudeuten, dass ich noch länger hierbleiben werde.
Ich verspüre das Bedürfnis und die Lust dazu. Ich bin glücklich, Daldry, wirklich glücklich. Ich fühle mich freier als je zuvor. Ich glaube sogar, sagen zu können, dass ich noch nie eine solche Freiheit gekannt habe und dass sie mich berauscht. Allerdings möchte ich keine finanzielle Last für Sie sein, die Ihr Erbe aufzehrt. Ihre wöchentlichen Überweisungen haben es mir erlaubt, in viel zu privilegierten Verhältnissen zu leben. Dabei brauche ich solchen Komfort, solchen Luxus gar nicht. Can, dessen Gesellschaft mir sehr kostbar ist, hat mir ein hübsches Zimmer in Üsküdar, nicht weit von seinem Haus entfernt, gefunden. Eine seiner Tanten vermietet es mir. Ich bin außer mir vor Freude und verlasse morgen das Hotel, um wie eine richtige Istanbulerin zu leben. Ich werde jeden Morgen eine Stunde brauchen, um zu unserem Parfümeur zu fahren, und für den Heimweg noch etwas mehr, doch ich beklage mich nicht, im Gegenteil, zweimal täglich den Bosporus auf einem Vapur *zu überqueren, wie man die Schiffe hier nennt, ist weit weniger beschwerlich, als in die Tiefen der Londoner U-Bahn hinabzusteigen. Cans Tante hat mir eine Arbeit als Kellnerin in dem Restaurant angeboten, das sie hier in Üsküdar besitzt. Es ist das beste im ganzen Viertel und zählt immer mehr Touristen zu seinen Gästen. Deshalb ist es von Vorteil, auch englischsprachiges Personal zu haben. Can wird mir beibringen, die Menükarte zu entziffern und auf Türkisch die Gerichte zu erklären, die ihr Mann in der Restaurantküche zaubert. Ich arbeite die letzten drei Tage der Woche, und mein Lohn wird leicht ausreichen, um mir ein Leben zu leisten, das gewiss bescheidener ist als das, welches wir geteilt haben, aber dem entspricht, an das ich gewohnt war, bevor wir uns kennenlernten.*

Mein lieber Daldry, die Nacht ist schon lange über Istanbul hereingebrochen, die letzte in diesem Hotel, und ich werde, bevor ich schlafen gehe, noch einmal den Luxus meines Zimmers genießen. Jeden Abend, wenn ich an dem Ihren vorbeikam, habe ich Ihnen eine gute Nacht gewünscht. Das werde ich weiterhin tun, von meinem Fenster in Üsküdar aus, das auf den Bosporus geht.
Ich notiere meine neue Adresse auf die Rückseite dieses Briefs und erwarte voller Ungeduld Ihre Antwort, die, so hoffe ich, die Liste enthält, die ich von Ihnen verlangt habe.
Geben Sie acht auf sich.
Ich umarme Sie wie eine Freundin.
Alice

Alice,
hier bin ich, stets zu Diensten …
Die Straßenbahn: im Innern Holzfurnier, abgenutzte Bodenbretter, eine indigofarbene Glasscheibe, die den Fahrer von den Fahrgästen trennt, die Handkurbel des Wagenführers, zwei fahle Deckenlampen, alte Farbe im Cremeton, die an vielen Stellen abblättert.
Die Galata-Brücke: eine Fahrbahn mit holprigem Pflaster, wo die Schienen der beiden Straßenbahnlinien alles andere als exakt parallel laufen … unebene Bürgersteige, Brüstungen aus Stein, zwei schwarze schmiedeeiserne Geländer mit Rostflecken und Korrosionsspuren an den Verbindungsstellen von Metall und Stein … fünf Angler, die sich mit den Ellbogen aufstützen, darunter ein Bengel, der besser in der Schule wäre, anstatt mitten in der Woche zu angeln. Ein Wassermelonenverkäufer hinter seinem Karren mit einer rot-weiß gestreiften Plane … ein Zeitungsverkäufer mit einer Umhängetasche aus Jute und einer Kappe, die schief auf seinem Kopf sitzt, er kaut auf einem Priem … ein Schmuckverkäufer, der über den Bosporus schaut und sich fragt, ob es nicht einfacher wäre, die Ware hineinzuwerfen und selbst hinterherzuspringen … ein Taschendieb, oder zumindest ein Typ, der mit finsterer Miene umherschleicht … auf dem gegenüberliegenden Bürgersteig ein Kaufmann, der seinem aufgelösten Gesichtsausdruck nach schon länger kein gutes Geschäft mehr gemacht hat, er trägt einen nachtblauen Anzug, einen Hut und weiße Überschuhe … zwei Frauen,

die nebeneinander gehen und aufgrund ihrer Ähnlichkeit wohl Schwestern sind … zehn Schritte hinter ihnen ein betrogener Ehemann, der sich keine Illusionen zu machen scheint … etwas weiter ein Matrose, der die Stufen zum Ufer hinuntergeht.

Wo ich schon vom Ufer spreche: Man sieht dort zwei schwimmende Bootsanleger, an denen bunte Kähne vertäut sind – einige haben indigorote Streifen am Rumpf, andere goldgelbe. Ein Schiffsanleger, an dem fünf Männer, drei Frauen und zwei kleine Jungen warten.

Der Blick in die Gasse, die zu den Hügeln führt, zeigt dem aufmerksamen Betrachter die Auslage eines Blumenhändlers, im weiteren Verlauf die eines Schreibwarengeschäfts, eines Tabakladens, eines Gemüsehändlers, eines Gemischtwarenladens und eines Kaffeegeschäfts. Dahinter macht die Gasse eine Biegung, und ich sehe nichts weiter.

Ich erspare Ihnen die Farbveränderungen am Himmel, die ich für mich behalte. Sie werden sie dann auf dem fertigen Bild sehen. Den Bosporus haben wir lange genug gemeinsam betrachtet, sodass Sie sich die Lichtreflexe vorstellen können, die sich auf den Wasserstrudeln am Heck der Dampfer bilden. In der Ferne der Hügel Üsküdar mit seinen Häusern, die ich mit größerer Aufmerksamkeit im Detail gestalten werde, jetzt, wo ich weiß, dass Sie dort leben. Die Kegel der Minarette, die vielen Hundert Schiffe, Schaluppen, Jollen und Kutter, die die Bucht durchpflügen … Das ist alles etwas durcheinander, wie ich einräumen muss, aber ich hoffe, meine Prüfung mit Bravour bestanden zu haben.

Ich werde Ihnen diesen Brief also an die neue Adresse schicken, die Sie mir mitgeteilt haben, und hoffe, er wird in diesem Viertel, das zu besichtigen ich nicht das Privileg hatte, auch den Weg zu Ihnen finden.

Ihr ergebener
Daldry

PS. Fühlen Sie sich bitte nicht verpflichtet, meine Grüße an Cun und noch weniger an seine Tante auszurichten. Ich vergaß noch, dass es Montag, Dienstag und Donnerstag geregnet hat, Mittwoch war das Wetter durchwachsen, Freitag hingegen hatten wir viel Sonnenschein …

Daldry,

nun sind die letzten Märztage gekommen. Vorige Woche konnte ich Ihnen nicht schreiben. Oft schlafe ich sofort ein, wenn ich nach den Tagesstunden, die ich in der Werkstatt des Parfümeurs von Cihangir verbringe, und den Abenden im Restaurant in Üsküdar in meine kleine Wohnung komme und mich auf mein Bett lege. Ich arbeite inzwischen jeden Tag im Restaurant. Sie wären stolz auf mich, wenn Sie sehen würden, wie geschickt ich jetzt mit Platten und Tellern umgehe. Inzwischen kann ich bis zu drei in jeder Hand tragen, ohne dass viel zu Bruch geht … Mama Can, wie die Tante unseres Fremdenführers hier von jedermann genannt wird, ist reizend zu mir. Wenn ich alles essen würde, was sie mir anbietet, käme ich kugelrund nach London zurück.

Jeden Morgen holt Can mich zu Hause ab, und wir gehen zum Schiffsanleger. Der Weg dauert gute fünfzehn Minuten, ist aber angenehm, wenn nicht gerade der Nordwind bläst. In den letzten Wochen war es deutlich kälter als in der Zeit, als Sie hier waren.

Die Überquerung des Bosporus begeistert mich immer wieder. Ich finde auch den Gedanken amüsant, dass ich nach Europa zum Arbeiten fahre und abends nach Asien zurückkehre, wo ich wohne. Sobald wir von Bord gegangen sind, nehmen wir den Bus, und wenn wir uns etwas verspäten, was durch mein Verschulden hin und wieder vorkommt, gebe ich das Trinkgeld, das ich am Vorabend erhalten habe, für einen Dolmus *aus. Er ist etwas teurer als der Bus, aber billiger als ein Taxi.*

In Cihangir angekommen, müssen wir noch die steilen Gassen erklimmen. Da mein Zeitplan ziemlich regelmäßig ist, treffe ich häufig einen umherziehenden Schuster, wenn er gerade sein Haus verlässt. Er trägt um die Taille einen großen Holzkoffer, der beinahe so schwer zu sein scheint wie er selbst. Wir grüßen uns, und er geht singend den Hang hinunter, während ich ihn hinaufsteige. Einige Häuser weiter sehe ich eine Frau, die von der Türschwelle aus ihren beiden Kindern mit den Schulranzen auf dem Rücken nachschaut, bis sie hinter der nächsten Straßenecke verschwinden. Wenn ich an ihr vorbeigehe, lächelt sie mich an, und ich bemerke in ihren Augen eine Unruhe, die sich erst am Ende des Tages legen wird, wenn ihre Sprösslinge wieder ins Nest zurückgekehrt sind.

Ich habe mich mit einem Gemischtwarenhändler angefreundet, der mir jeden Morgen, warum auch immer, eine Frucht anbietet, die ich mir an seinem Verkaufsstand aussuchen darf. Er sagt, ich sei zu blass, und das Obst sei gut für meine Gesundheit. Ich glaube, er mag mich, und das beruht auf Gegenseitigkeit. Mittags, wenn der Parfümeur bei seiner Frau isst, gehe ich mit Can in diesen kleinen Laden, und wir kaufen uns etwas zum Mittagessen. Damit setzen wir uns dann mitten in einem wunderschönen Friedhof hier im Viertel auf eine Steinbank im Schatten eines großen Feigenbaums und vergnügen uns damit, die vergangenen Leben derer zu erfinden, die dort ruhen. Dann gehe ich zurück in die Werkstatt, wo mir der Parfümeur eine behelfsmäßige Duftorgel eingerichtet hat. Und ich konnte mit meinem Geld alle Materialien kaufen, die ich dafür brauche. Ich mache Fortschritte bei meinen Studien. Derzeit arbeite ich daran, die Illusion von Staub zu erzeugen. Machen Sie sich nicht lustig über mich, er ist in meinen Erinnerungen allgegenwärtig, und ich finde hier den Geruch nach Erde heraus, nach alten Mäuerchen, Schotterwegen, nach Salz und Schlamm, vermischt mit dem des verwitterten Holzes. Der Parfümeur bringt mir einige Dinge bei, die er herausgefunden hat. Zwischen uns entsteht eine echte Vertrautheit. Wenn dann der Abend gekommen ist, kehren Can und ich auf demselben Weg zurück. Wir nehmen den Bus, müssen am Kai häufig lange auf den Dampfer warten. Das ist unangenehm, vor allem, wenn es kalt ist, aber ich mische mich unter die Menge der Istanbuler und habe mit jedem Tag mehr und mehr den Eindruck dazuzugehören. Ich weiß nicht, warum mich das so erfreut, aber es ist eine Tatsache. Ich lebe im Rhythmus dieser Stadt und finde Gefallen daran. Ich habe Mama Can davon überzeugt, mich nun jeden Abend kommen zu lassen, weil es mich glücklich macht. Ich liebe es, mich zwischen den Gästen durchzuschlängeln, den Koch brüllen zu hören, weil das Essen fertig ist und ich es nicht schnell genug hole, ich mag das verständnisinnige Lächeln des Küchenjungen, jedes Mal, wenn Mama Can in die Hände klatscht, um ihren Koch-Ehemann, der zu laut brüllt, zum Schweigen zu bringen. Sobald das Restaurant schließt, stößt Cans Onkel den letzten Schrei des Abends aus, um uns in die Küche zu rufen. Wenn wir alle um den großen Holztisch sitzen, legt er eine Tischdecke auf und serviert uns ein Abendessen, von dem Sie begeistert wären. Das sind einige kleine Momente des Lebens, das ich hier führe, und diese Momente machen mich glücklicher, als ich je zuvor war.

Ich vergesse nicht, dass ich Ihnen dies alles verdanke, Daldry, Ihnen und nur Ihnen allein. Eines Abends möchte ich Sie die Tür zu Mama Cans Restaurant öffnen sehen, Sie würden dort Gerichte entdecken, die Ihnen die Tränen in die Augen treiben würden. Ich vermisse Sie häufig. Hoffentlich erhalte

ich bald wieder Post von Ihnen, aber dieses Mal bitte keine Aufzählungen, in Ihrem letzten Brief stand nichts über Sie, genau das jedoch möchte ich lesen.
Ihre Freundin
Alice

Alice,

der Postbote hat mir heute Morgen Ihren Brief übergeben, übergeben ist allerdings übertrieben, er hat ihn mir praktisch vor die Füße geworfen. Der Mann war ausgesprochen schlechter Laune, und schon seit zwei Wochen spricht er nicht mehr mit mir. Ich hatte mir nämlich Sorgen gemacht, weil ich nichts von Ihnen hörte. Ich hatte Angst, Ihnen könnte etwas zugestoßen sein, und gab dafür jeden Tag der Post die Schuld. Ich ging mehrmals hin, um nachzufragen, ob Ihre Briefe verloren gegangen seien. Ich hatte, und ich schwöre Ihnen, dass ich dieses Mal nichts dafür konnte, eine kleine Auseinandersetzung mit dem Schalterbeamten, und das alles nur, weil er es nicht ertrug, dass ich die Redlichkeit seiner Dienststelle anzweifelte. Als ginge bei der Post Ihrer Majestät niemals etwas verloren und als gäbe es nie Verzögerungen! Dies äußerte ich auch gegenüber dem Briefträger, der meine Bedenken ebenfalls äußerst pikiert aufnahm. Diese Leute in Uniform sind von einer Empfindlichkeit, die ans Lächerliche grenzt.

Und Ihretwegen werde ich mich nun dort entschuldigen müssen. Ich bitte Sie daher, wenn Ihr Tagesablauf Sie so beschäftigt, dass Sie mir keinen Augenblick widmen können, nehmen Sie sich wenigstens die Zeit, mir mitzuteilen, dass Sie keine Zeit haben. Wenige Worte würden ausreichen, um unnötige Unruhe zu vermeiden. Sie verstehen ja sicher, dass ich mich für Ihren Aufenthalt in Istanbul verantwortlich fühle und daher auch für Ihr Wohlergehen.

Mit Vergnügen entnehme ich Ihren Zeilen, dass Ihr Einvernehmen mit Can stetig wächst, da Sie jeden Tag in seiner Gesellschaft zu Mittag essen und noch dazu auf einem Friedhof, was mir allerdings ein etwas eigenartiger Ort dafür zu sein scheint. Aber wenn Sie dabei glücklich sind, habe ich nichts weiter dazu zu sagen.
Ihre Arbeit hat mich aufhorchen lassen. Wenn Sie tatsächlich die Illusion von Staub produzieren möchten, ist es unnötig, länger in Istanbul zu bleiben. Kehren Sie schnellstens hierher zurück, dann werden Sie feststellen, dass Staub in Ihrer Wohnung alles andere als eine Illusion ist.
Sie wollten, dass ich von mir berichte … Wie Sie widme ich mich meiner Arbeit, und die Galata-Brücke nimmt allmählich unter meinen Pinselstrichen Gestalt an. Die letzten Tage habe ich mich darangemacht, Skizzen von den Personen anzufertigen, die ich darstellen möchte, und ich arbeite an den Details der Häuser von Üsküdar.
Ich war in der Bibliothek, wo ich alte Stiche gefunden habe, auf denen schöne Ansichten vom asiatischen Ufer des Bosporus dargestellt sind, die mir äußerst nützlich sein werden. Jeden Tag um die Mittagszeit verlasse ich meine Wohnung, um am Ende unserer Straße mein Mittagessen einzunehmen. Sie kennen den Ort, eine Beschreibung erübrigt sich also. Erinnern Sie sich an die Witwe, die hinter uns allein an einem Tisch saß, als wir zusammen dort waren? Ich habe eine gute Neuigkeit, ich glaube, ihre Trauerzeit ist beendet und sie hat jemanden kennengelernt. Gestern betrat ein Mann ihres Alters, ziemlich schlecht gekleidet, aber mit sympathischem Gesicht zusammen mit ihr das Lokal, und sie haben gemeinsam gegessen. Ich hoffe, ihre Geschichte wird Bestand haben. Nichts spricht dagegen, sich zu verlieben, egal in welchem Alter, nicht wahr?

Am frühen Nachmittag gehe ich in Ihre Wohnung, erledige dort etwas Hausarbeit und male dann bis zum Abend. Das Licht, das durch Ihr Glasdach fällt, ist für mich sozusagen eine Erleuchtung, noch nie habe ich so gut gearbeitet. Samstags gehe ich im Hyde Park spazieren. Bei dem Regen, der jedes Wochenende vom Himmel fällt, treffe ich dort kaum jemanden, und das liebe ich.
Apropos Begegnungen: Anfang der Woche habe ich eine Ihrer Freundinnen auf der Straße getroffen. Eine gewisse Carol, die sich spontan vorgestellt hat. Ich erinnerte mich an ihr Gesicht, als sie von dem Abend sprach, an dem ich bei Ihnen hereingeplatzt war. Ich nutze die Gelegenheit, Ihnen zu sagen, dass ich mein damaliges Benehmen bedauere. Ihre Freundin hat mich nicht angesprochen, um mir deshalb Vorwürfe zu machen, sondern weil sie wusste, dass wir zusammen verreist waren, und einen Moment lang gehofft hatte, Sie seien ebenfalls zurück. Ich sagte ihr, dass dem nicht so sei, und wir sind zusammen einen Tee trinken gegangen, wobei ich mir erlaubt habe, ihr von Ihnen zu berichten. Natürlich hatte ich nicht die Zeit, ihr alles zu erzählen, sie musste ihren Dienst im Krankenhaus wieder antreten. Sie ist Krankenschwester, aber wie dumm von mir, Ihnen das zu schreiben, denn es ist ja eine Ihrer besten Freundinnen, doch ich verabscheue es, Passagen zu streichen. Carol wirkte begeistert von dem Bericht über unsere Tage in Istanbul, und ich habe ihr versprochen, nächste Woche mit ihr essen zu gehen, um ihr noch mehr zu erzählen. Machen Sie sich keine Sorgen, das ist mir nicht lästig, Ihre Freundin ist wirklich sehr charmant.
So, liebe Alice, wie Sie beim Lesen dieser Zeilen feststellen können, ist mein Leben weit weniger exotisch als das Ihre, aber ich bin ebenso wie Sie glücklich.

Ihr Freund
Daldry

PS. In Ihrem letzten Brief, in dem Sie von unserem guten Can sprechen, schreiben Sie: »Er holt mich jeden Morgen zu Hause ab.« Wollen Sie damit sagen, dass Istanbul inzwischen Ihr Zuhause geworden ist?

Anton,
diesen Brief beginne ich mit einer traurigen Nachricht. Letzten Sonntag ist Herr Zemirli verstorben. Seine Köchin hat ihn morgens gefunden, er war in seinem Sessel eingeschlafen und hat die Augen nicht wieder geöffnet.
Can und ich hatten beschlossen, zu seiner Beerdigung zu gehen. Ich hatte gedacht, es würden nur wenige daran teilnehmen und zwei Seelen mehr im Trauerzug wären nicht schlecht. Aber schließlich drängten sich etwa hundert Menschen auf dem kleinen Friedhof, um Herrn Zemirli das letzte Geleit zu geben. Dieser Mann war offenbar das Gedächtnis eines ganzen Stadtviertels geworden. Anscheinend hatte der junge Ogüz, der sich als Straßenbahn-Dompteur versucht hatte, schließlich trotz seiner Behinderung ein schönes Leben geführt – das zumindest war der Reaktion der Anwesenden zu entnehmen, die seiner mit Lachen und Rührung gedachten. Ich bemerkte, dass mich während der ganzen Zeremonie ein Mann beobachtete. Ich weiß nicht, was in Can gefahren war, aber er bestand darauf, dass ich seine Bekanntschaft machen sollte, sodass wir schließlich alle drei zum Tee in eine Konditorei in Beyoğlu gegangen sind. Der Mann war ein Neffe des Verstorbenen und schien sehr betroffen. Es ist ein verwirrender Zufall, denn wir beide sind ihm bereits begegnet. Er ist der Inhaber des Musikinstrumentengeschäfts, in dem ich die Trompete gekauft habe.
Aber genug von mir. Sie haben also die Bekanntschaft von Carol gemacht? Ich bin entzückt, sie hat ein goldenes Herz

und genau den Beruf, der zu ihr passt. Ich hoffe, Sie haben in ihrer Gesellschaft schöne Stunden verbracht. Falls das Wetter es erlaubt, und es ist tatsächlich deutlich milder geworden, werden wir, Can und der Neffe von Herrn Zemirli, auf den Prinzeninseln ein Picknick machen. In einem früheren Brief habe ich Ihnen bereits von diesen Inseln erzählt. Mama Can hat mir einen Ruhetag pro Woche auferlegt, also gehorche ich.

Ich freue mich zu lesen, dass Sie mit Ihrer Malerei vorankommen und es Ihnen Vergnügen bereitet, unter meinem Glasdach zu arbeiten. Eigentlich stelle ich mir gerne vor, wie Sie in meiner Wohnung sind, Ihre Pinsel in der Hand, und ich hoffe, wenn Sie abends gehen, bleibt ein wenig von Ihren Farben und Ihrer Verrücktheit zurück, das eine heitere Atmosphäre hinterlässt – werten Sie das bitte als Kompliment unter Freunden.

Ich möchte Ihnen so oft schreiben, bin aber meistens derart übermüdet, dass ich darauf verzichte. Ich beende übrigens jetzt diesen zu kurzen Brief, obwohl ich Ihnen gerne noch tausend Dinge erzählen würde, mir fallen jedoch die Augen zu. Dennoch bleibe ich Ihre treue Freundin und sende Ihnen jeden Abend vor dem Schlafengehen von meinem Fenster in Üsküdar aus liebevolle Gedanken.

Ich umarme Sie.

Alice

PS. Ich habe beschlossen, Türkisch zu lernen, und es gefällt mir sehr. Can gibt mir Unterricht, und ich mache so schnelle Fortschritte, dass er fassungslos ist. Er sagt, ich spräche fast akzentfrei und er sei sehr stolz auf mich. Ich hoffe, Sie sind es auch.

Liebste Suzie!
Tun Sie nur nicht erstaunt … Sie haben mich in Anton umgetauft, dabei ist mein Vorname doch Ethan, und Sie schreiben sonst immer »Lieber Daldry«.
Wer ist dieser Anton, an den Sie gedacht haben, während Sie mir Ihren letzten Brief geschrieben haben, der beinahe so lange auf sich warten ließ wie der vorherige?
Wenn ich durchgestrichene Passagen nicht so furchtbar verabscheuen würde, würde ich alles bisher Geschriebene ausstreichen, denn es könnte schlechte Laune meinerseits nahelegen. Das stimmt auch, weil ich seit mehreren Tagen mit meiner Arbeit unzufrieden bin. Die Häuser von Üsküdar – besonders das, in dem Sie wohnen – kosten mich entsetzliche Mühe. Sie müssen sich vorstellen, dass sie von der Galata-Brücke aus, wo wir standen, winzig klein erscheinen, und nun, seit ich weiß, dass Sie dort leben, würde ich sie gerne groß und gut erkennbar malen, damit das Ihre sofort heraussticht.
In Ihrem letzten Brief fiel mir auf, dass Sie überhaupt nichts von Ihrer Arbeit geschrieben haben. Nicht der Geschäftspartner ist deshalb beunruhigt, sondern der Freund ist neugierig. Wie weit sind Sie? Ist es Ihnen gelungen, diese Illusion von Staub zu erzeugen, oder wünschen Sie, dass ich Ihnen ein kleines Päckchen schicke?
Mein alter Austin hat den Geist aufgegeben. Das ist bei Weitem weniger traurig als der Tod von Herrn Zemirli, aber ich kannte meinen Austin länger als ihn, und ich will Ihnen nicht verbergen, dass mir weh ums Herz war, als

ich ihn in der Werkstatt zurücklassen musste. Der positive Aspekt daran ist, dass ich wieder etwas von meinem Erbe verschwenden kann, nachdem Sie darauf verzichtet haben, mir dabei zu helfen. Und so werde ich mir nächste Woche ein fabrikneues Auto kaufen. Ich hoffe – wenn Sie eines Tages zurückkommen –, das Vergnügen zu haben, Sie damit fahren zu lassen. Da Ihre Abwesenheit anzudauern scheint, habe ich beschlossen, bei unserem gemeinsamen Vermieter Ihre Miete zu begleichen. Seien Sie so liebenswürdig, mich nicht daran zu hindern, es ist absolut normal, da ich der Einzige bin, der Ihre Wohnung nutzt.

Ich hoffe, Ihr Ausflug auf die Prinzeninseln war so vergnüglich, wie Sie erwartet haben. Apropos Sonntagsausflug: Dieses Wochenende hat Ihre Freundin Carol mich zu einem Kinobesuch überredet. Für mich, der nie ins Kino geht, ist das eine sehr originelle Idee.

Den Titel des Films kann ich Ihnen nicht sagen, weil es eine Überraschung wird. In einem der nächsten Briefe werde ich Ihnen von der Vorführung berichten.

Ich schicke Ihnen meine herzlichsten Gedanken aus Ihrer Wohnung, die ich nun verlasse, um den Abend in meiner zu verbringen.

Bis bald, liebe Alice. Unsere Abendessen in Istanbul fehlen mir, und Ihre Berichte über das Restaurant von dieser Mama Can und ihrem Koch-Ehemann haben mir Appetit gemacht.

Daldry

PS. Ich bin entzückt über Ihre sprachliche Begabung. Sollte allerdings Can Ihr einziger Lehrer in diesem Fach sein, kann ich Ihnen nur dringend empfehlen, die Übersetzungen, die er Ihnen anbietet, in einem guten Lexikon zu überprüfen. Das ist natürlich lediglich ein Vorschlag …

Daldry,
soeben komme ich aus dem Restaurant zurück und schreibe Ihnen in einer Nacht, in der ich wohl keinen Schlaf finden werde. Mir ist heute nämlich etwas überaus Seltsames passiert.
Wie jeden Morgen hat Can mich abgeholt. Wir gingen die Höhen von Üsküdar Richtung Bosporus hinunter. Im Laufe der vorherigen Nacht war in einer Stadtvilla ein Feuer ausgebrochen, und da die Trümmer des alten Hauses die Straße blockierten, die wir normalerweise nehmen, mussten wir einen Umweg gehen. Nachdem alle benachbarten Straßen verstopft waren, fiel der dann recht groß aus.
Habe ich Ihnen nicht in einem meiner Briefe geschrieben, dass ein Geruch ausreicht, um sich wieder an einen verschwundenen Ort zu erinnern? Als wir an einem Eisengitter vorbeigingen, an dem ein Rosenstock rankte, blieb ich unvermittelt stehen. Ein Duft war mir merkwürdig vertraut, eine Mischung aus Linde und Wildrosen. Also öffneten wir das Tor und fanden am Ende der kleinen Gasse ein von der Zeit und allen vergessenes Haus.
Wir traten in den Garten, wo sich ein alter Mann um die neu sprießenden Pflanzen kümmerte. Plötzlich erkannte ich den Rosenduft wieder, den Geruch des Kieses, der gekalkten Mauern, einer Steinbank unter der Linde, und dieser Ort lebte in meinem Gedächtnis wieder auf. Ich sah diesen Hof von Kindern bevölkert, erkannte die blaue Tür am

oberen Ende der Freitreppe, und diese vergessenen Bilder reihten sich wie in einem Traum aneinander.
Der alte Herr kam zu uns und wollte wissen, was wir suchten. Ich fragte ihn, ob es dort früher eine Schule gegeben habe.
»Ja«, erklärte er mir bewegt, »eine winzige Schule, die seit langer Zeit das Heim eines einzigen Bewohners geworden ist, der hier den Gärtner spielt.«
Der alte Herr erzählte uns, er habe hier Anfang des Jahrhunderts als junger Lehrer an der Privatschule gearbeitet, deren Direktor sein Vater war. 1923, während der Revolution, wurde sie geschlossen und nie wieder eröffnet.
Er setzte seine Brille auf, trat ganz nah zu mir und schaute mich mit einer solchen Intensität an, dass es mir fast unangenehm war. Er stellte seinen Rechen ab und sagte: »Ich erkenne dich, du bist die kleine Anouche.«
Zuerst dachte ich, er sei nicht ganz bei Verstand, aber dann erinnerte ich mich daran, dass wir beide dasselbe von dem armen Herrn Zemirli vermutet hatten. Daher habe ich meine Vorurteile beiseitegelassen und ihm geantwortet, er müsse sich täuschen, ich hieße Alice.
Er gab vor, sich sehr gut an mich zu erinnern. »Diesen verlorenen Kleinmädchenblick habe ich nie vergessen«, sagte er und lud uns zum Tee ein. Wir hatten kaum im Salon Platz genommen, da ergriff er meine Hand, seufzte und sagte: »Meine arme Anouche, ich bin so traurig wegen deiner Eltern.«
Wie konnte er wissen, dass meine Eltern bei der Bombardierung Londons ums Leben gekommen waren? Ich sah seine Verwirrung zunehmen, als ich ihm diese Frage stellte.
»Es soll deinen Eltern gelungen sein, nach England zu fliehen? Was erzählst du denn da, Anouche, das ist unmöglich.«

Seine Äußerungen ergaben für mich überhaupt keinen Sinn, aber er fuhr fort.
»Mein Vater hat deinen Vater gut gekannt. Diese Barbarei der jungen Verrückten damals, was für eine Tragödie! Wir haben nie erfahren, was aus deiner Mutter geworden ist. Weißt du, du warst nicht als Einzige in Gefahr. Man hat uns zur Schließung der Schule gezwungen, damit alles in Vergessenheit gerät.«
Ich verstand nichts von dem, was er erzählte, und verstehe noch immer nicht, was dieser Mann mir berichtete, Daldry, aber die Aufrichtigkeit in seiner Stimme hat mich berührt.
»Du warst ein fleißiges Kind, intelligent, auch wenn du nie gesprochen hast. Es war unmöglich, dir auch nur ein Wort zu entlocken. Deine Mutter verzweifelte daran. Kaum zu glauben, wie du ihr ähnelst. Als ich dich vorhin durch die Gasse kommen sah, glaubte ich anfangs, sie zu erkennen, aber das war natürlich unmöglich, es ist ja so lange her. Manchmal begleitete sie dich morgens, sie war so glücklich, dass du hier lernen konntest. Mein Vater war der Einzige, der dich in seiner Schule aufgenommen hat, die anderen hatten dich wegen deines starrköpfigen Schweigens abgelehnt.«
Ich habe diesen Mann mit Fragen überschüttet, warum behauptete er, meine Mutter habe ein anderes Schicksal gehabt als mein Vater, wo ich doch wusste, dass sie gemeinsam unter dem Bombenhagel ums Leben gekommen waren?
Er sah mich traurig an und sagte: »Weißt du, deine Kinderfrau hat noch lange auf den Höhen von Üsküdar gelebt, ich bin ihr manchmal auf dem Markt begegnet, aber seit einiger Zeit treffe ich sie nicht mehr. Vielleicht ist sie inzwischen verstorben.«
Ich fragte ihn, von welcher Kinderfrau er spreche.

»Erinnerst du dich nicht mehr an Frau Yilmaz? Dabei hat sie dich so sehr geliebt … Du verdankst ihr sehr viel.«

Die Unfähigkeit, mich an diese Jahre in Istanbul zu erinnern, macht mich wütend, und die Frustration verstärkt sich, seit ich die unklaren Äußerungen dieses alten Lehrers gehört habe, der mich bei einem Vornamen nennt, der nicht der meine ist.

Er hat uns durch sein Haus geführt und mir das Klassenzimmer gezeigt, in dem ich damals gesessen habe. Es ist ein kleines Lesezimmer geworden. Er wollte wissen, was ich heute machte, ob ich verheiratet sei, ob ich Kinder hätte. Ich erzählte ihm von meinem Beruf, und er war überhaupt nicht erstaunt darüber, dass ich diesen Weg gewählt hatte, sondern meinte dazu: »Die meisten Kinder, denen man einen Gegenstand gibt, stecken ihn in den Mund. Du hast an allem geschnuppert, es war deine spezielle Art, etwas anzunehmen oder abzulehnen.«

Anschließend hat er uns ans Tor am Ende der Sackgasse begleitet, und als ich über den Stamm der großen Linde strich, die ihren Schatten auf den Hof wirft, habe ich erneut diese Düfte wahrgenommen und definitiv gewusst, dass ich nicht zum ersten Mal dort war.

Can meint, dies sei sicher die Schule, die ich besucht hätte, aber der alte Lehrer habe sein Gedächtnis nicht mehr recht beisammen und mich mit einem anderen Kind verwechselt, weil sich seine Erinnerungen vermischen wie bei mir die Düfte.

Er sagt, nachdem mir bestimmte Dinge vertraut waren, würden sicher auch andere Erinnerungen zurückkommen, ich müsse nur Geduld haben und dem Schicksal vertrauen. Wäre die Stadtvilla nicht in Brand geraten, wären wir nie an das Tor dieser alten Schule gekommen. Auch wenn ich weiß,

dass Can mich vor allem beruhigen wollte, hat er nicht ganz unrecht.
Daldry, in meinem Kopf schwirren so viele unbeantwortete Fragen herum. Warum hat mich dieser Lehrer Anouche genannt, von welcher Barbarei hat er gesprochen? Meine Eltern waren bis in den Tod vereint, warum deutet er also das Gegenteil an? Er sah so selbstsicher aus, und meine Unwissenheit schien ihn zu betrüben.
Verzeihen Sie mir, dass ich Ihnen all dies – was doch gar keinen Sinn macht – schreibe, aber dennoch ist es das, was ich heute gehört habe.
Morgen gehe ich wieder in die Werkstatt in Cihangir. Das Wesentliche habe ich immerhin erfahren. Ich habe zwei Jahre hier gelebt, und aus Gründen, die mir unbekannt sind, haben mich meine Eltern in eine Schule auf der anderen Seite des Bosporus geschickt, die in einer verlassenen Gasse von Üsküdar lag, und vielleicht hat mich eine Kinderfrau namens Frau Yilmaz begleitet.
Ich hoffe, dass bei Ihnen alles in Ordnung ist, dass Ihr Bild Fortschritte macht und Sie mit Freude an Ihrer Staffelei sitzen. Um Ihnen etwas zu helfen, kann ich Ihnen berichten, dass mein Haus drei Stockwerke hat, die Wände blassrosa und die Fensterläden blau sind.
Ich umarme Sie.
Alice

PS. Entschuldigen Sie die Verwechslung der Vornamen, ich war etwas zerstreut. Anton ist ein alter Freund, dem ich manchmal schreibe. Wo wir von Freunden sprechen, hat Ihnen der Film, den Sie mit Carol gesehen haben, gefallen?

Liebe Alice,
– auch wenn Anouche ein sehr hübscher Vorname ist – ich glaube tatsächlich auch, dass dieser alte Lehrer Sie mit einem anderen kleinen Mädchen verwechselt hat, das ebenfalls diese Schule besucht hat. Sie sollten sich von diesen Geschichten, die einem vielleicht schon etwas verwirrten Gedächtnis entsprungen sind, nicht quälen lassen.
Die gute Neuigkeit ist, dass Sie die Einrichtung gefunden haben, wo Sie während Ihrer beiden Jahre in Istanbul eingeschult waren. Nun haben Sie den Beweis, dass Ihre Eltern selbst in diesen schwierigen Zeiten Ihre Ausbildung nicht vernachlässigt haben. Was wollen Sie noch weiter suchen?
Nachdem ich über die unbeantworteten Fragen nachgedacht habe, ist mir eine Antwort eingefallen, die von unwiderlegbarer Logik scheint. Während des Kriegs und in ihrer Situation – ich erinnere Sie an die besondere Hilfe, die sie den Bewohnern von Beyoğlu zukommen ließen, was nicht ungefährlich war – dürften es Ihre Eltern wahrscheinlich vorgezogen haben, dass Sie Ihre Tage in einem anderen Stadtviertel verbringen. Da beide an der Universität arbeiteten, ist es auch naheliegend, dass sie die Dienste einer Kinderfrau in Anspruch nahmen. Deshalb hatte Herr Zemirli keinerlei Erinnerung an Sie. Wenn er sich seine Medikamente abholte, waren Sie in der Schule oder dieser Frau Yilmaz anvertraut.
Das Rätsel ist gelöst, und Sie können heiter und gelassen an Ihre Arbeit zurückkehren, die, wie ich hoffe, große Fortschritte macht.

Mit meinem Bild geht es gut voran, aber nicht ganz so schnell, wie ich es mir wünschen würde, doch ich glaube, ich kann ganz zufrieden sein. Das sage ich mir zumindest jeden Abend beim Verlassen Ihrer Wohnung, während ich morgens, wenn ich sie wieder betrete, das Gegenteil denke. Aber so sieht eben das harte Leben eines Malers aus, Illusionen und Enttäuschungen, man glaubt, ein Motiv zu beherrschen, dabei haben letztlich immer diese verdammten und eigensinnigen Pinsel die Oberhand.
Da ich Ihren Briefen entnehme, dass London Ihnen immer weniger fehlt, während ich immer häufiger an den ausgezeichneten Raki denke, den ich in Ihrer Gesellschaft in Istanbul getrunken habe, träume ich manchen Abend von einem Essen im Restaurant von Mama Can. Ich würde Sie zu gerne eines Tages besuchen, auch wenn ich weiß, dass es unmöglich ist, weil ich derzeit so viel arbeite.
Ihr ergebener
Daldry

PS. Waren Sie nochmals zu einem Picknick auf den Prinzeninseln? Verdienen diese ihren Namen, haben Sie gar welche getroffen?

Lieber Daldry,

Sie werden mir vorwerfen, dass dieser Brief mit Verspätung eintrifft, aber seien Sie mir nicht böse deswegen, ich habe die letzten drei Wochen ohne Pause gearbeitet.

Ich habe große Fortschritte gemacht, und zwar nicht nur in Türkisch. Gemeinsam mit dem Parfümeur von Cihangir ist ein greifbares Ergebnis in Sicht. Gestern haben wir zum ersten Mal eine wunderbare Übereinstimmung erzielt. Daran hat der Frühling großen Anteil. Wenn Sie wüssten, mein lieber Daldry, wie sich Istanbul verändert hat, seit das Wetter schön geworden ist.

Can hat mich am letzten Wochenende ins Umland mitgenommen, und dort habe ich völlig neue Düfte entdeckt. Die Umgebung der Stadt ist inzwischen von Rosen bedeckt, es gibt Hunderte verschiedener Sorten. Pfirsich- und Aprikosenbäume stehen in voller Blüte, die Judasbäume an den Ufern des Bosporus haben eine purpurrote Farbe angenommen.

Can sagte mir, bald würde auch der goldgelbe Ginster blühen, ebenso die Geranien, Bougainvilleen, Hortensien und viele weitere Blumen. Dieses Fleckchen Erde ist ein wahres Paradies für Parfümeure, und ich habe das große Glück, hier wohnen zu dürfen. Sie fragen mich nach den Prinzeninseln, sie sind mit ihrer üppigen Vegetation herrlich, und der Hügel von Üsküdar steht ihnen nicht nach. Nach der Arbeit gehe ich oft mit Can in einem der kleinen Cafés in den verborgenen Parks von Istanbul eine Kleinigkeit essen.

In einem Monat, wenn es heißer wird, werden wir am Strand baden können. Sehen Sie, ich bin hier so glücklich, dass ich beinahe etwas ungeduldig werde. Der Frühling ist noch nicht einmal zur Hälfte vergangen, und ich erwarte bereits voreilig den Sommer.
Lieber Daldry, ich weiß nicht, wie ich Ihnen je dafür danken kann, dass ich mit Ihrer Hilfe dieses Leben kennengelernt habe, das mich geradezu berauscht. Ich liebe die Stunden, die ich bei dem Parfümeur von Cihangir verbringe, ich liebe meine Arbeit im Restaurant von Mama Can, die so freundlich zu mir ist, dass sie für mich fast wie eine Verwandte geworden ist. Und die Milde der Istanbuler Abende, wenn ich nach Hause gehe, ist wunderbar.
Ich würde mich so über Ihren Besuch freuen, und wenn es auch nur eine Woche wäre, um Ihnen all diese Schönheiten zu zeigen, die ich entdecke.
Es ist spät, die Stadt schläft bereits, ich muss es ihr nachtun. Ich umarme Sie und schreibe Ihnen so bald wie möglich wieder.
Ihre Freundin
Alice

PS. Sagen Sie Carol, dass sie mir fehlt, dass ich mich freuen würde, von ihr zu hören.

Kapitel 13

Auf dem Weg zum Restaurant hielt Alice an, um den Brief an Daldry einzuwerfen. Als sie schließlich die Küche betrat, wurde sie Zeuge einer heftigen Auseinandersetzung zwischen Mama Can und ihrem Neffen. Mama Can verstummte plötzlich und warf Can warnende Blicke zu, die Alice nicht entgingen.

»Was ist los?«, fragte sie und band ihre Schürze um.

»Nichts«, erwiderte Can, doch seine Augen sagten genau das Gegenteil.

»Dabei sieht es ganz so aus, als hätten Sie sich gestritten.«

»Eine Tante wird sich doch wohl noch mit ihrem Neffen streiten dürfen, ohne dass dieser es ihr gegenüber an Respekt mangeln lässt und die Augen verdreht«, antwortete Mama Can wütend.

Can ging hinaus und schlug die Tür hinter sich zu.

»Das scheint ja eine ernstere Angelegenheit«, fuhr Alice fort und trat zu Mama Cans Mann, der sich am Herd zu schaffen machte.

Der wandte sich mit einem Kochlöffel zu ihr um und ließ sie das Ragout probieren.

»Köstlich«, sagte Alice.

Der Koch wischte sich die Hände an der Schürze ab und ging wortlos in den angebauten Schuppen, um eine Zigarette zu rauchen. Er bedachte seine Frau mit einem aufgebrachten Blick und schlug dann ebenfalls die Tür hinter sich zu.

»Nette Stimmung«, meinte Alice.

»Die beiden verbünden sich immer gegen mich«, schimpfte Mama Can. »Wenn ich mal sterbe, werden mir die Gäste lieber auf den Friedhof folgen, als sich von den beiden Dickköpfen bedienen zu lassen.«

»Wenn Sie mir sagen würden, was passiert ist, könnte ich vielleicht Partei für Sie ergreifen. Dann wäre das Kräfteverhältnis ausgeglichen.«

»Mein schrecklicher Neffe ist ein zu guter Lehrer, und du lernst zu schnell unsere Sprache. Can sollte sich um seine eigenen Angelegenheiten kümmern und du ebenfalls. Geh ins Lokal, statt hier herumzustehen, oder siehst du Gäste in der Küche? Nein, also los, sie warten darauf, bedient zu werden. Und wag bloß nicht, die Tür hinter dir zuzuknallen.«

Das ließ Alice sich nicht zweimal sagen. Sie stellte den Stapel Teller, die der Küchenjunge gerade abgetrocknet hatte, auf dem erstbesten Regalbrett ab und ging mit ihrem Block in der Hand in die Gaststube, die sich zu füllen begann.

Kaum hatte sie die Tür hinter sich geschlossen, hörte sie, wie Mama Can ihren Mann anbrüllte, er solle seine Zigarette ausmachen und sofort an den Herd zurückkehren.

Der Abend verging ohne weitere Zwischenfälle, aber jedes Mal, wenn Alice in die Küche kam, stellte sie fest, dass Mama Can und ihr Mann kein Wort miteinander wechselten.

Montags beendete Alice ihre Arbeit nie sehr spät, die letzten Gäste verließen das Restaurant gegen elf Uhr. Sie räumte auf, nahm ihre Schürze ab und verabschiedete sich von dem Koch-Ehemann, vom Küchenjungen und schließlich von Mama Can, die sie mit einem eigenartigen Blick bedachte.

Can hockte draußen auf einer kleinen Mauer und erwartete sie.

»Aber wo waren Sie denn? Sie haben sich aus dem Staub gemacht wie ein Dieb. Und was haben Sie mit Ihrer Tante angestellt, um sie in einen solchen Zustand zu versetzen? Wegen dieser Dummheiten haben wir alle einen grässlichen Abend verbracht, sie hatte unglaublich schlechte Laune.«

»Meine Tante ist störrischer als ein Maultier. Wir haben uns gestritten, das ist alles, morgen ist es bestimmt wieder gut.«

»Und darf ich erfahren, warum ihr euch gestritten habt? Schließlich hatte ich die Folgen zu tragen.«

»Wenn ich es Ihnen sage, wird sie noch wütender und der morgige Abend noch schwieriger.«

»Warum?«, fragte Alice. »Betrifft es mich?«

»Ich darf nichts sagen. Aber genug geredet, es ist schon spät, ich bringe Sie nach Hause.«

»Can, ich bin kein kleines Mädchen mehr, und Sie müssen mich nicht jeden Abend begleiten. In den letzten Monaten hatte ich Zeit genug, mir den Weg zu merken. Das Haus, in dem ich wohne, liegt schließlich am Ende der Straße.«

»Es ist nicht nett von Ihnen, sich über mich lustig zu machen. Ich werde immerhin dafür bezahlt, dass ich mich um Sie kümmere. Ich tue nur meine Arbeit, wie Sie die Ihre im Restaurant tun.«

»Wie, Sie werden dafür bezahlt?«

»Mister Daldry schickt mir noch immer jede Woche eine Überweisung.«

Alice sah Can nachdenklich an und wandte sich dann wortlos ab. Er lief ihr nach.

»Ich tue das auch aus Freundschaft.«

»Erzählen Sie mir jetzt nicht, es sei Freundschaft, nachdem Sie bezahlt werden«, sagte sie und beschleunigte den Schritt.

»Beides ist nicht unvereinbar, und abends sind die Straßen nicht so sicher, wie Sie denken. Istanbul ist eine große Stadt.«

»Aber Üsküdar ist ein kleines Dorf, wo jeder jeden kennt, das haben Sie mir x-mal wiederholt. Und jetzt lassen Sie mich in Ruhe, ich kenne den Weg.«

»Gut«, seufzte Can, »ich schreibe an Mister Daldry, dass ich sein Geld nicht mehr will. Passt Ihnen das?«

»Was mir gepasst hätte, wäre gewesen, dass Sie mir früher erzählt hätten, dass er Sie weiter bezahlt, damit Sie sich um mich kümmern. Dabei hatte ich ihm geschrieben, dass ich seine Hilfe nicht mehr brauche. Aber wie ich feststelle, macht er wieder einmal, was er will, und das ärgert mich.«

»Warum ärgern Sie sich, weil Ihnen jemand hilft? Das ist doch absurd.«

»Weil ich ihn um nichts gebeten habe und von niemandem Hilfe brauche.«

»Das ist noch absurder, man braucht im Leben immer jemanden, niemand kann große Dinge allein vollbringen.«

»O doch, ich schon!«

»O nein, auch Sie nicht! Würden Sie es schaffen, Ihren neuen Duft ohne die Hilfe des Parfümeurs von Cihangir zu entwickeln? Hätten Sie ihn gefunden, wenn ich Sie nicht hingeführt hätte? Hätten Sie den Konsul getroffen oder Mister Zemirli oder den Schullehrer?«

»Übertreiben Sie nicht, der Schullehrer, das war nicht Ihr Verdienst.«

»Und wer hat entschieden, die Straße zu nehmen, die an seinem Haus vorbeiführt? Wer?«

Alice blieb stehen und wandte sich zu Can um. »Sie sind von unglaublicher Bösgläubigkeit. Aber gut, ohne Sie wäre ich weder dem Konsul noch Mister Zemirli begegnet, ich würde nicht im Restaurant Ihrer Tante arbeiten und nicht in Üsküdar wohnen, und wahrscheinlich hätte ich auch Istanbul längst verlassen. All das habe ich Ihnen zu verdanken, sind Sie jetzt zufrieden?«

»Sie wären auch nicht durch die Gasse gegangen, in der sich die Schule befindet!«

»Ich habe mich entschuldigt, wir wollen nicht den ganzen Abend darüber reden.«

»Ich habe nicht genau verstanden, zu welchem Zeitpunkt Sie sich entschuldigt haben, und Sie hätten keine dieser Personen getroffen und auch meine Tante nicht kennengelernt oder das Zimmer bewohnt, das sie Ihnen vermietet, wenn Mister Daldry mich nicht eingestellt hätte. Sie könnten Ihre Entschuldigung fortsetzen und sich auch bei ihm bedanken, zumindest im Geist. Ich bin sicher, das würde auf die eine oder andere Art zu ihm vordringen.«

»Das tue ich in jedem Brief, den ich ihm schreibe, Herr Moralapostel, aber vielleicht sagen Sie das nur, damit ich ihm in meinem nächsten nicht verbiete, Ihnen Geld zu überweisen.«

»Wenn Sie nach allem, was ich für Sie getan habe, wollen, dass ich meine Stelle verliere, so ist das Ihre Sache.«

»Wie ich gesagt habe, Sie sind von unglaublicher Bösgläubigkeit.«

»Und Sie sind ebenso ein Dickkopf wie meine Tante.«

»Also gut, Can, ich habe für heute Abend genug von Streitereien und im Übrigen auch für den ganzen Monat.«

»Dann lassen Sie uns einen Tee trinken gehen und Frieden schließen.«

Er führte Alice zu einer kleinen Bar, deren noch sehr belebte Terrasse am Ende einer Sackgasse lag.

Can bestellte zwei Raki. Alice hätte lieber den versprochenen Tee gehabt, doch Can hörte nicht auf sie.

»Mister Daldry hatte keine Angst zu trinken.«

»Finden Sie es denn mutig, sich zu besaufen?«

»Das weiß ich nicht, ich habe mir die Frage nie gestellt.«

»Das sollten Sie aber, Trunkenheit ist ein dummes Sich-Gehen-Lassen. Nachdem wir, um Ihnen Freude zu machen, mit Raki angestoßen haben, werden Sie mir jetzt erzählen, inwiefern mich der Streit betrifft, den Sie mit Ihrer Tante hatten.«

Can zögerte, doch Alices Beharrlichkeit ließ ihm keine Chance.

»Es ist wegen all der Leute, mit denen ich Sie zusammengebracht habe. Der Konsul, Mister Zemirli, der Lehrer – selbst wenn ich meiner Tante geschworen habe, dass ich damit nichts zu tun habe und dass wir zufällig an seinem Haus vorbeigekommen sind.«

»Was wirft sie Ihnen daran vor?«

»Mich in Dinge einzumischen, die mich nichts angehen.«

»Und warum missfällt ihr das?«

»Sie sagt, wenn man sich zu viel um das Leben der anderen kümmert, bringt man ihnen, selbst wenn man es gut meint, Unglück.«

»Nun, ich werde Mama Can gleich morgen beruhigen und ihr sagen, dass Sie mir nur Glück gebracht haben.«

»Das können Sie meiner Tante nicht sagen, denn dann wüsste sie gleich, dass ich es Ihnen erzählt habe, und wäre noch wütender auf mich. Außerdem stimmt das nicht ganz. Hätte ich Ihnen Mister Zemirli nicht vorgestellt, hätte Sie sein Tod nicht so traurig gemacht, und hätte ich Sie nicht in die kleine Straße geführt, wären Sie gegenüber dem alten Lehrer nicht so hilflos gewesen. So hatte ich Sie vorher noch nie gesehen.«

»Sie müssen sich ein für alle Mal entscheiden, entweder ist es Ihr Geschick als Führer, das uns zu dieser Schule geführt hat, oder der Zufall, und dann haben Sie nichts damit zu tun.«

»Sagen wir, es ist etwas von beidem. Der Zufall hat die Villa abbrennen lassen, und ich habe Sie in diese Straße geführt. Der Zufall und ich haben bei dieser Sache zusammengearbeitet.«

Alice schob ihr leeres Glas beiseite, das Can sofort wieder füllte.

»Das erinnert mich an schöne Abende mit Mister Daldry.«

»Könnten Sie Daldry für fünf Minuten vergessen?«

»Nein, ich glaube nicht«, erwiderte Can, nach reiflicher Überlegung.

»Wie kam es zu diesem Streit?«

»In der Küche.«

»Ich habe nicht gefragt wo, sondern wie.«

»Ah, das darf ich nicht sagen, ich musste es Mama Can versprechen.«

»Nun, ich entbinde Sie von diesem Versprechen. Eine Frau kann das Versprechen aufheben, dass ein Mann einer anderen Frau gegeben hat – unter der Bedingung, dass sich beide sehr gut verstehen und dass keiner von beiden daraus ein Nachteil entsteht. Wussten Sie das nicht?«

»Haben Sie das gerade erfunden?«

»In diesem Augenblick.«

»Das dachte ich mir.«

»Can, sagen Sie mir, wie Sie dazu gekommen sind, über mich zu sprechen.«

»Was geht Sie das an?«

»Versetzen Sie sich in meine Lage. Stellen Sie sich vor, Sie hätten Daldry und mich dabei überrascht, wie wir uns über Sie gestritten hätten. Hätten Sie dann nicht wissen wollen, warum?«

»Das wäre nicht nötig gewesen, nein. Ich nehme an, es wäre gewesen, weil Mister Daldry mich wieder kritisiert, Sie mich verteidigt hätten und er Ihnen das vorgeworfen hätte. Sehen Sie, es ist gar nicht so schwer.«

»Sie machen mich verrückt!«

»Und mich macht meine Tante verrückt, und zwar Ihretwegen. Also steht es eins zu eins.«

»Also gut, machen wir einen Deal: Ich sage Daldry in meinem nächsten Brief nichts zu den Überweisungen, und Sie gestehen mir, wie dieser Streit begonnen hat.«

»Das ist Erpressung, Sie zwingen mich, Mama Can zu verraten.«

»Und ich verrate meine Unabhängigkeit, wenn ich Daldry nichts sage. Sehen Sie, es steht immer noch gleich.«

Can sah Alice an und füllte ihr Glas erneut.

»Trinken Sie zuerst«, sagte er, ohne sie aus den Augen zu lassen.

Alice leerte ihr Glas in einem Zug und stellte es geräuschvoll auf den Tisch.

»Ich höre!«

»Ich glaube, ich habe Miss Yilmaz gefunden«, erklärte Can. Und angesichts Alices verblüffter Miene fügte er hinzu: »Ihre Kinderfrau … Ich weiß, wo sie wohnt.«

»Wie haben Sie das angestellt?«

»Can ist noch immer der beste Führer von Istanbul – und zwar auf beiden Seiten des Bosporus. Seit schon fast einem Monat höre ich mich hier und da um. Ich war überall in Üsküdar unterwegs und habe schließlich jemanden gefunden, der sie kannte. Ich habe es Ihnen ja gesagt, Üsküdar ist ein Ort, wo jeder jeden kennt, oder besser gesagt ein Ort, an dem jeder jemanden kennt, der jemand anderen kennt … Üsküdar ist ein kleines Dorf.«

»Wann können wir sie besuchen?«, fragte Alice aufgeregt.

»Wenn der richtige Zeitpunkt gekommen ist, aber Mama Can darf nichts davon erfahren!«

»Wieso, was geht sie das an? Und warum wollte sie nicht, dass Sie mir davon erzählen?«

»Weil meine Tante zu allem ihre eigene Theorie hat. Sie behauptet, die Dinge der Vergangenheit müssten in der Vergangenheit bleiben, und es sei nicht gut, an alte Geschichten zu rühren. Man dürfe nicht ausgraben, was die Zeit verschüttet habe. Sie behauptet, es wäre nicht gut für Sie, wenn ich Sie zu Misses Yilmaz bringen würde.«

»Aber warum?«, wollte Alice wissen.

»Das weiß ich nicht, doch vielleicht werden wir es erfahren, wenn wir trotzdem hingehen. Und jetzt müssen Sie mir versprechen, dass Sie geduldig abwarten werden, ohne etwas zu sagen, bis ich diesen Besuch vorbereitet habe.«

Das tat Alice, und Can bat sie inständig, sich von ihm nach Hause bringen zu lassen, solange er noch in der Lage dazu sei. Bei der Anzahl von Raki, die er bei diesem Geständnis getrunken habe, sei es unabdingbar, sich unverzüglich auf den Weg zu machen.

Als Alice am nächsten Abend von dem Parfümeur von Cihangir zurückkam, ging sie rasch zu Hause vorbei, um sich umzuziehen, ehe sie um sieben ihre Arbeit im Restaurant begann.

Das Leben bei Mama Can schien wieder seinen normalen Lauf zu nehmen. Der Koch-Ehemann machte sich am Herd zu schaffen und brüllte wie eh und je, sobald ein Gericht fertig war. Mama Can überwachte das Lokal von ihrer Registrierkasse aus, die sie nur verließ, um einige Stammgäste zu begrüßen und mit einem Blick auf den Tisch zu deuten, der ihnen, je nach Wichtigkeit, zukam. Alice nahm die Bestellungen auf und lief zwischen Küche und Gästen hin und her, und auch der Küchenjunge tat sein Bestes.

Gegen neun Uhr – das war die »heiße Zeit« – verließ Mama Can seufzend ihren Hocker, um ihnen zu helfen.

Heimlich beobachtete sie Alice, die sich nach Kräften bemühte, sich nicht anmerken zu lassen, dass Can ihr das Geheimnis anvertraut hatte.

Als die letzten Gäste gegangen waren, schloss Mama Can die Tür ab, zog sich einen Stuhl heran und nahm an einem Tisch Platz, ohne Alice aus den Augen zu lassen. Diese deckte, wie jeden Abend, bereits für den nächsten Tag. Als sie die Decke von dem Tisch neben Mama Can abnahm, griff diese nach dem Tuch, mit dem Alice die Holzplatte wienerte, und nahm ihre Hand.

»Geh und mach uns etwas Tee, dann komm wieder zu mir.«

Die Vorstellung, sich ein wenig auszuruhen, missfiel Alice nicht. Sie ging in die Küche und kam kurz darauf mit zwei Gläsern zurück. Mama Can befahl dem Küchenjungen, die Durchreiche zu schließen, Alice stellte ihr Tablett ab und nahm Cans Tante gegenüber Platz.

»Bist du glücklich hier?«, fragte die Wirtin, während sie den Tee einschenkte.

»Ja«, antwortete Alice überrascht.

»Du bist ein tüchtiges Mädchen«, fuhr Mama Can fort, »ganz so wie ich in deinem Alter, die Arbeit hat mir nie Angst gemacht. Zwischen dir und unserer Familie besteht eine merkwürdige Verbindung, findest du nicht?«

»Welche Verbindung?«, fragte Alice.

»Tagsüber arbeitet mein Neffe für dich, und abends arbeitest du für seine Tante. Das ist fast ein Familiengeschäft.«

»So habe ich das noch gar nicht bedacht.«

»Weißt du, mein Mann sagt nicht viel, er behauptet, ich würde ihm keine Zeit dafür lassen, weil ich für zwei reden würde. Aber er mag und schätzt dich sehr.«

»Das berührt mich ungemein, auch ich habe Sie alle sehr gern.«

»Und gefällt dir das Zimmer, das ich dir vermiete?«

»Ja, ich genieße die Ruhe und den herrlichen Blick. Außerdem schlafe ich dort sehr gut.«

»Und Can?«

»Wie bitte?«

»Hast du meine Frage nicht verstanden?«

»Can ist ein hervorragender Führer, sicher der beste von Istanbul, und im Laufe der Tage, in denen er mich begleitet hat, ist er auch mein Freund geworden.«

»Meine Kleine, du sprichst nicht von Tagen, sondern von Wochen, aus denen inzwischen Monate geworden sind. Ist dir bewusst, wie viel Zeit er mit dir verbringt?«

»Was wollen Sie mir da sagen, Mama Can?«

»Ich bitte dich nur, vorsichtig mit ihm umzugehen. Weißt du, Liebe auf den ersten Blick, so was gibt es nur in Romanen. Im wahren Leben entwickeln sich Gefühle ebenso langsam, wie ein Haus entsteht, indem man Stein auf Stein legt. Glaub bloß nicht, dass ich vor Liebe vergangen wäre, als ich meinen Koch-Ehemann zum ersten Mal gesehen habe! Aber nach vierzig Jahren des gemeinsamen Lebens liebe ich diesen Mann aufrichtig. Ich habe gelernt, seine Vorzüge zu schätzen und seine Fehler zu akzeptieren, und wenn ich mich mit ihm streite, wie gestern Abend, dann ziehe ich mich zurück und denke nach.«

»Und worüber denken Sie nach?«, fragte Alice belustigt.

»Ich stelle mir eine Waage vor: Auf die eine Schale lege ich das, was mir an ihm gefällt, auf die andere das, was mir auf die Nerven geht. Und wenn ich mir die Waage dann ansehe, stelle ich fest, dass sie sich leicht zur guten Seite neigt. Und zwar, weil ich das Glück habe, mit einem Mann zu leben, auf den ich mich verlassen kann. Und Can ist viel intelligenter als sein Onkel, und im Gegensatz zu ihm sieht er recht gut aus.«

»Mama Can, ich habe Ihren Neffen nie verführen wollen.«

»Das weiß ich, aber ich spreche ja auch von ihm. Weißt du, er würde ganz Istanbul für dich umgraben, hast du das denn nicht bemerkt?«

»Tut mir leid, Mama Can, ich hätte nicht gedacht, dass …«

»Das weiß ich auch, du arbeitest so viel, dass dir keine Minute Zeit zum Nachdenken bleibt. Was glaubst du, warum ich dir verboten habe, sonntags zu kommen? Damit dein Kopf sich einen Tag in der Woche ausruhen kann und dein Herz einen Grund findet zu schlagen. Aber ich sehe sehr wohl, dass Can dir nicht gefällt, und darum solltest du ihn in Ruhe lassen. Jetzt kennst du ja den Weg zu deinem Parfümeur in Cihangir. Das Wetter ist wieder schön, du kannst allein gehen.«

»Ich spreche morgen mit ihm darüber.«

»Das brauchst du gar nicht, sag ihm einfach, dass du seine Dienste nicht mehr benötigst. Wenn er wirklich der beste Führer der Stadt ist, wird er schnell neue Kunden finden.«

Alice sah Mama Can in die Augen. »Wollen Sie, dass ich aufhöre, hier zu arbeiten?«

»Das habe ich nicht gesagt, was stellst du dir denn da vor? Ich mag dich – wie auch die Gäste – sehr, und ich freue mich, dich jeden Abend zu sehen. Wenn du nicht mehr kämst, würdest du mir, glaube ich, fehlen. Behalt deine Arbeit und dein Zimmer, wo du so gut schläfst und der Blick so schön ist, nutz deine Tage in Cihangir, dann wird alles gut.«

»Ich verstehe, Mama Can, ich werde darüber nachdenken.« Alice nahm ihre Schürze ab, faltete sie zusammen und legte sie auf den Tisch. »Warum haben Sie sich gestern mit Ihrem Mann gestritten?«, fragte sie, als sie zur Tür ging.

»Weil ich bin wie du, Liebes, ich habe einen starken Charakter und stelle mir zu viele Fragen. Bis morgen! Geh jetzt, ich sperr hinter dir ab.«

Can erwartete Alice auf einer Bank. Als sie vorbeikam, erhob er sich und sprach sie an, woraufhin sie zusammenfuhr.

»Ich habe Sie nicht kommen hören.«

»Tut mir leid, ich wollte Sie nicht erschrecken. Was machen Sie denn für ein Gesicht? Hat sich die Stimmung im Restaurant nicht verbessert?«

»Doch, alles ist wieder in Ordnung.«

»Mit Mama Can dauern die Gewitter nie allzu lange an. Kommen Sie, ich begleite Sie.«

»Ich muss mit Ihnen reden, Can.«

»Ich auch mit Ihnen, gehen wir. Ich habe Neuigkeiten für Sie, die ich Ihnen lieber unterwegs erzähle. Der Grund, warum der alte Lehrer Miss Yilmaz nicht mehr auf dem Markt trifft, ist, dass sie nicht mehr in Istanbul wohnt. Sie verbringt ihr Lebensende in ihrer Geburtsstadt Izmit, und ich habe auch ihre Adresse.«

»Ist das weit von hier? Wann können wir hinfahren?«

»Ungefähr hundert Kilometer, also eine Stunde mit dem

Zug. Man gelangt auch übers Meer dorthin, aber ich habe noch nichts organisiert.«

»Worauf warten Sie?«

»Ich wollte erst sicher sein, dass Sie sie wirklich treffen wollen.«

»Natürlich, warum zweifeln Sie daran?«

»Ich weiß nicht, vielleicht hat meine Tante ja recht, wenn sie sagt, dass es nicht gut ist, die Vergangenheit wieder auszugraben. Wozu auch, wenn Sie heute glücklich sind? Vielleicht sollte man nach vorn blicken und an die Zukunft denken.«

»Ich habe meine Vergangenheit nicht zu fürchten, und jeder muss seine Geschichte kennen. Ich frage mich dauernd, warum mir meine Eltern einen Teil meines Lebens verheimlicht haben. Würden Sie es an meiner Stelle nicht wissen wollen?«

»Und wenn sie ihre Gründe gehabt hätten, um Sie zu schützen?«

»Schützen vor was?«

»Vor schlechten Erinnerungen?«

»Ich war fünf Jahre alt und habe überhaupt keine. Außerdem ist nichts schlimmer als die Unwissenheit. Wenn ich die Wahrheit wüsste, wie auch immer sie aussehen mag, würde ich mich damit abfinden.«

»Ich vermute, die Rückreise auf dem Schiff war furchtbar und Ihre Mutter hat dem Himmel gedankt, dass Sie sich an all das nicht mehr erinnern. Das ist wahrscheinlich der Grund für ihr Schweigen.«

»Das nehme ich auch an, Can, aber es ist nur eine Vermutung, und um ehrlich zu sein, wünsche ich mir so sehr, dass man mir von ihnen erzählt, selbst wenn es nur Banalitäten sind. Wie sie angezogen war, was sie mir morgens gesagt hat, ehe ich zur Schule ging, wie unser Leben in der Wohnung des Rumeli Palas verlief, was wir sonntags gemacht haben … Das wäre eine Art, sie wieder zum Leben zu erwecken, und sei es nur für die Dauer des Gesprächs. Es ist so schwer, Trauerarbeit zu leisten, wenn man sich nicht verabschieden konnte … Sie fehlen mir noch immer so wie am Tag nach ihrem Tod.«

»Morgen gehen Sie nicht zu dem Parfümeur nach Cihangir, sondern ich bringe Sie zu Misses Yilmaz, aber kein Wort zu meiner Tante, das müssen Sie mir versprechen«, sagte Can, als sie vor Alices Haus angekommen waren.

Sie musterte ihn aufmerksam. »Gibt es jemanden in Ihrem Leben, Can?«

»Es gibt viele Menschen in meinem Leben, Miss Alice. Freunde und eine große Familie – fast zu groß für meinen Geschmack.«

»Ich meine jemanden, den Sie lieben?«

»Wenn Sie wissen wollen, ob ich eine Frau in meinem Herzen trage, kann ich Ihnen sagen, dass alle hübschen Mädchen von Üsküdar dort täglich zu Besuch sind. Es kostet mich nichts und tut niemandem weh, in aller Stille zu lieben, nicht wahr? Und Sie, lieben Sie jemanden?«

»Die Frage habe ich Ihnen gestellt.«

»Was hat meine Tante Ihnen erzählt? Sie würde sonst was erfinden, damit ich aufhöre, Ihnen bei Ihrer Suche zu helfen. Sie ist so verbohrt, wenn sie eine Idee im Kopf hat, dass sie in der Lage wäre, Ihnen weiszumachen, ich wolle Sie heiraten, aber keine Sorge, ich habe nicht die Absicht.«

Alice ergriff Cans Hand. »Ich schwöre Ihnen, dass ich ihr nicht eine Sekunde geglaubt habe.«

»Das dürfen Sie nicht tun«, sagte Can und zog seine Hand zurück.

»Es war nur eine freundschaftliche Geste.«

»Vielleicht, aber Freundschaft ist nie ganz unschuldig zwischen zwei Menschen unterschiedlichen Geschlechts.«

»Da bin ich anderer Meinung. Mein bester Freund ist ein Mann, den ich von Jugend auf kenne.«

»Fehlt er Ihnen nicht?«

»Doch, natürlich, ich schreibe ihm jede Woche.«

»Und antwortet er auf Ihre Briefe?«

»Nein, aber er hat eine gute Entschuldigung, ich schicke die meinen nicht ab.«

Can lächelte Alice an. »Und haben Sie sich nie gefragt, warum Sie diese Briefe nicht abschicken? … Aber ich glaube, es ist Zeit, dass ich gehe, es ist schon spät.«

Lieber Daldry,
Mein Herz ist in Aufruhr, während ich diese Zeilen zu Papier bringe. Ich glaube, ich bin am Ziel meiner Reise angelangt, und doch schreibe ich Ihnen heute Abend, um Ihnen zu sagen, dass ich nicht heimkehren werde, zumindest nicht in nächster Zeit. Wenn Sie die folgenden Zeilen lesen, werden Sie verstehen, warum.
Gestern Morgen habe ich meine ehemalige Kinderfrau getroffen. Can hat mich zu Misses Yilmaz gebracht. Sie wohnt in einem Haus am Ende einer steilen Gasse, die erst vor Kurzem gepflastert wurde. Ich muss Ihnen auch sagen, dass sich am Ende dieser kleinen Straße eine Treppe befindet …

Wie jeden Tag hatten sie Üsküdar früh verlassen, doch wie Can versprochen hatte, waren sie zum Bahnhof Haydarpasa gegangen. Der Zug fuhr um halb zehn. Die Nase an die Fensterscheibe des Abteils gedrückt, hatte sich Alice gefragt, wie ihre Kinderfrau wohl aussehen mochte und ob sie irgendwelche Erinnerungen bei ihr wecken würde. Als sie eine Stunde später Izmit erreichten, nahmen sie ein Taxi und fuhren in das auf einem Hügel gelegene älteste Viertel der Stadt.

Das Haus von Misses Yilmaz war noch betagter als seine Besitzerin. Der Holzbau neigte sich eigenartig zur Seite und erweckte den Anschein, als würde er bei der geringsten Bewegung umstürzen. Die Latten an der Fassade wurden nur noch von einigen verrosteten Nägeln gehalten, und die vom Salz und den zahlreichen Wintern morschen Fenster klammerten sich mühsam an die Rahmen. Alice klopfte an die Tür des verfallenen Gebäudes. Als ein Mann, den sie für den Sohn von Misses Yilmaz hielt, sie ins Wohnzimmer führte, schlug ihr eine Vielzahl von Gerüchen entgegen: der Harzgeruch des im Kamin qualmenden Holzes, der von den alten Büchern ausgehende Geruch nach gestockter Milch, der des Teppichs nach trockener Erde und der der alten Lederstiefel, die noch nach Regen rochen.

»Sie ist oben«, sagte der Mann und deutete auf die Treppe. »Ich habe ihr noch nichts gesagt, nur dass sie Besuch bekommen würde.«

Als Alice die wacklige Stiege hinaufging, spürte sie den Lavendelduft der Decken, den nach Leinöl, der von dem Geländer aufstieg, den der gestärkten Laken, die nach Mehl rochen, und im Zimmer von Misses Yilmaz den nach Mottenkugeln, der Einsamkeit verhieß.

Misses Yilmaz saß auf ihrem Bett und las. Sie schob die Brille auf die Nasenspitze und sah auf zu den beiden Besuchern, die an die Tür geklopft hatten.

Sie betrachtete Alice, die näher trat, hielt den Atem an und stieß dann einen tiefen Seufzer aus, während sich ihre Augen mit Tränen füllten.

Alice sah auf dem Bett nur eine alte Frau, die ihr fremd war, bis zu dem Augenblick, da Misses Yilmaz sie schluchzend in die Arme schloss und an sich zog …

… Meine Nase an ihren Nacken gedrückt, fand ich meine Kindheit wieder und erkannte die Düfte der Küsse, die ich bekommen hatte, ehe ich zu Bett ging. Und plötzlich tauchte auch das Rascheln der Vorhänge auf, die morgens geöffnet wurden, und die Stimme meiner Kinderfrau, die rief: »Anouche, steh auf, am Kai liegt ein hübsches Schiff, das musst du dir ansehen.«

Ich fand den Geruch nach warmer Milch wieder, der die Küche erfüllte, sah die Beine des Tischs aus Kirschbaumholz, unter dem ich mich gern versteckte. Ich hörte das Knarren der Treppe unter dem Schritt meines Vaters, sah plötzlich auf einer schwarzen Tuschezeichnung zwei Gesichter, die ich vergessen hatte.

Ich habe zwei Väter und zwei Mütter gehabt, Daldry, und nun habe ich gar keine Eltern mehr.

Es dauerte eine Weile, bis Misses Yilmaz ihre Tränen getrocknet hatte. Sie streichelte meine Wangen und bedeckte mich mit Küssen. Immer wieder murmelte sie meinen Vornamen: »Anouche, Anouche, meine kleine Anouche, mein Sonnenschein, du bist deine alte Kinderfrau besuchen gekommen.«

Und dann habe auch ich geweint, Daldry, ich habe meine Unwissenheit beweint und die Erkenntnis, dass die, die mich zur Welt gebracht haben, mich nicht haben aufwachsen sehen, und dass die, die mich geliebt und aufgezogen haben, mich adoptiert hatten, um mich zu retten. Mein Vorname ist nicht Alice, sondern Anouche, und ehe ich Engländerin wurde, war ich Armenierin, und mein richtiger Nachname ist auch nicht Pendelbury.

Mit fünf Jahren war ich ein schweigsames Kind, ein kleines Mädchen, das nicht sprechen wollte, ohne dass man gewusst hätte, warum. Meine Welt bestand nur aus Gerüchen, sie waren meine Form der Kommunikation. Mein Vater war Schuhmacher und besaß eine Werkstatt und zwei große Geschäfte auf beiden Seiten des Bosporus. Er war, wie mir Misses Yilmaz versicherte, der bekannteste von Istanbul, und man kam aus allen Vororten der Stadt zu ihm. Mein Vater kümmerte sich um das Geschäft in Pera, meine Mutter um das in Kadiköy, und jeden Morgen brachte mich Misses Yilmaz zur Schule, die in einer kleinen Gasse in Üsküdar lag. Meine Eltern arbeiteten viel, aber sonntags fuhr uns mein Vater immer in einer Kalesche spazieren.
Anfang 1914 erklärte ein weiterer Arzt, den meine Eltern aufgesucht hatten, meine Stummheit sei nicht unabänderlich, und es gebe Arzneimittelpflanzen, die meine unruhigen, von heftigen Albträumen heimgesuchten Nächte beruhigen und durch den wiedergefundenen Schlaf auch meine Zunge lösen könnten. Zum Kundenkreis meines Vaters gehörte ein junger englischer Apotheker, der Familien in Schwierigkeiten half. Jede Woche begaben Misses Yilmaz und ich uns in die Istiklal-Straße.
Und es war offensichtlich so, dass ich mit klarer Stimme den Namen seiner Frau rief, sobald ich sie sah.
Die Mittel von Mister Pendelbury bewirkten Wunder. Nach sechsmonatiger Behandlung schlief ich wie ein Engel und fand von Tag zu Tag mehr Freude an der Sprache. Und so führten wir ein glückliches Leben, bis zum 25. April 1915.
An diesem Tag wurden in Istanbul alle armenischen Beamten, Intellektuellen, Journalisten, Ärzte, Lehrer und Kaufleute bei einer blutigen Massenverhaftungsaktion festgenommen. Die meisten Männer wurden ohne Gerichtsver-

handlung hingerichtet, die anderen wurden nach Adana in Aleppo deportiert.
Mein Vater wollte schnell zu uns kommen, traf auf dem Weg aber eine Patrouille.
»Dein Vater war ein guter Mensch«, wiederholte mir Misses Yilmaz mehrmals. »Er lief durch die Nacht, um euch zu retten. In der Nähe des Hafens haben sie ihn erwischt. Dein Vater war auch unglaublich tapfer, denn als sie mit ihrem schmutzigen Geschäft fertig waren und ihn haben liegen lassen, weil sie ihn für tot hielten, hat er sich wieder aufgerappelt. Trotz seiner Verletzungen hat er einen Weg gefunden, um den Bosporus zu überqueren. Die Schlächter hatten Kadiköy noch nicht erreicht.
Mitten in der Nacht sahen wir ihn blutüberströmt hereinkommen, sein Gesicht war geschwollen, und er war kaum mehr zu erkennen. Er ging in das Zimmer, in dem ihr schlieft, und flehte deine Mutter an, nicht zu weinen, um euch nicht zu wecken. Dann rief er uns ins Wohnzimmer und erklärte uns, was in der Stadt vor sich ging: die Morde, die brennenden Häuser, die Frauen, die man bedrängte.
Das ganze Grauen, zu dem Menschen fähig sind, wenn sie ihre Menschlichkeit verlieren. Er sagte, wir müssten euch um jeden Preis schützen, die Stadt augenblicklich verlassen. Wir sollten den Wagen anspannen und aufs Land fliehen, wo es sicher ruhiger zuginge. Dein Vater bat mich inständig, euch in meiner Familie aufzunehmen, hier in diesem Haus in Izmit, wo du einige Monate verbracht hast. Und als deine Mutter ihn unter Tränen fragte, warum er uns offenbar nicht begleiten wolle, gab ihr dein Vater die folgende Antwort, an die ich mich genau erinnere: ›Ich setze mich kurz hin, aber nur, weil ich müde bin.‹
Er besaß viel Stolz, jenen Stolz, der einen kerzengerade

aufrecht hält, der einen verpflichtet, unter allen Umständen stark zu bleiben.
Auf seinem Stuhl schloss er die Augen, deine Mutter kniete vor ihm und umarmte ihn. Dann legte er seine Hand auf ihre Wange und lächelte sie an. Sein Kopf glitt auf die Seite, er stieß einen tiefen Seufzer aus und sagte dann nichts mehr. Dein Vater ist, wie er es entschieden hatte, mit einem Lächeln, den Blick auf deine Mutter gerichtet, gestorben.
Ich erinnere mich, wenn deine Eltern sich stritten, sagte dein Vater zu mir: ›Wissen Sie, Frau Yilmaz, sie ist ärgerlich, weil wir zu viel arbeiten, aber wenn wir alt sind, kaufe ich ihr ein schönes Haus auf dem Land mit Feldern rund herum, und sie wird die glücklichste aller Frauen sein. Und wenn ich eines Tages in diesem Haus, der Frucht unserer Arbeit, sterben werde, dann sind es die Augen meiner Frau, die ich als Letztes sehen will.‹
Wenn er mir das erzählte, sprach dein Vater sehr laut, damit deine Mutter ihn hörte. Die ließ eine Weile verstreichen, und wenn er seinen Mantel anzog, kam sie zur Tür und sagte: ›Wer sagt dir überhaupt, dass du als Erster diese Welt verlassen wirst? Und wenn ich eines Tages sterben werde, weil mich deine verdammten Schuhgeschäfte erschöpft haben, dann ist das Letzte, was ich vor Augen haben werde, ein Paar Ledersohlen.‹
Dann umarmte deine Mutter ihn und schwor, er sei der anspruchsvollste Schuhmacher der ganzen Stadt, aber sie wolle keinen anderen als ihn zum Mann haben.
Wir haben deinen Vater auf sein Bett gelegt, und deine Mutter hat ihn zugedeckt, so als würde er schlafen. Sie hat ihn geküsst und ihm Worte der Liebe zugeflüstert, die nur die beiden etwas angingen. Dann bat sie mich, euch zu wecken, und wir sind losgefahren, weil dein Vater es uns so befohlen hatte.

Während ich die Pferde anspannte, packte deine Mutter ein paar Sachen zusammen, unter anderem auch die Zeichnung von deinen Eltern, die du auf der Kommode zwischen den beiden Fenstern in meinem Schlafzimmer siehst.«
Daldry, ich bin ans Fenster getreten und habe das Bild in die Hand genommen. Ich habe ihre Gesichter nicht erkannt, aber der Mann und die Frau, die mich dort aus der Ewigkeit anlächelten, waren meine richtigen Eltern.
»Wir fuhren einen guten Teil der Nacht«, erzählte Misses Yilmaz weiter, »und im Morgengrauen erreichten wir Izmit, wo meine Familie uns aufnahm.
Deine Mutter war untröstlich. Sie verbrachte den größten Teil des Tages unter der großen Linde, die du vom Fenster aus siehst. Als sie sich etwas besser fühlte, gingen wir mit dir auf den Feldern spazieren und pflückten Sträuße von Rosen und Jasmin. Unterwegs beschriebst du uns alle Düfte, die du wahrnahmst.
Wir glaubten nun, in Frieden zu leben und dass der Horror, der Istanbul heimgesucht hatte, auf eine Nacht beschränkt sei. Doch wir hatten uns geirrt. Der Hass erfasste das ganze Land. Im Juni kam mein kleiner Neffe außer Atem angerannt und schrie, im unteren Teil der Stadt würde man die Armenier verhaften. Man würde sie in der Nähe des Bahnhofs zusammentreiben und brutaler in Viehwagen stoßen als Tiere, die man zum Schlachthof bringt.
Ich hatte eine Schwester, die in einem großen Haus am Bosporus lebte, dieses dumme Ding war so hübsch, dass sie sich einen reichen Beamten geangelt hatte, einen Mann, der viel zu mächtig war, als dass man gewagt hätte, ohne Einladung in sein Haus einzudringen. Die beiden hatten ein Herz aus Gold und hätten nie zugelassen, dass irgendjemand, aus welchem Grund auch immer, einer Frau und

ihren Kindern ein Haar krümmt. Wir haben einen Familienrat einberufen und beschlossen, dass ich euch bei Einbruch der Nacht zu ihnen führe. Um zehn Uhr abends – daran, meine kleine Anouche, erinnere ich mich, als wäre es gestern gewesen – haben wir den kleinen schwarzen Koffer genommen und sind im Schutz der Dunkelheit durch die Straßen von Izmit geschlichen. Oben von der Treppe aus, die sich am Ende unserer Straße befindet, sah man am Himmel Feuerschein. Die Häuser der Armenier in der Nähe des Hafens standen in Flammen. Wir liefen im Zickzack und entkamen mehrmals nur knapp den wilden Horden, die die armenische Gemeinschaft dezimierten. Wir versteckten uns in den Ruinen einer alten Kirche. Als wir naiverweise glaubten, das Schlimmste sei vorbei, verließen wir unseren Unterschlupf. Deine Mutter hielt dich an der Hand, und plötzlich haben sie uns gesehen.«

Misses Yilmaz unterbrach sich und schluchzte, ich nahm sie in die Arme und versuchte, sie zu trösten. Sie zog ihr Taschentuch hervor, wischte sich das Gesicht ab und setzte stockend ihren Bericht fort.

»Verzeih mir, Anouche, inzwischen sind so viele Jahre vergangen, aber ich kann noch immer nicht darüber sprechen, ohne zu weinen. Deine Mutter kniete vor dir nieder und sagte dir, du seist ihr ganzes Leben, ihr Schatz, und du müsstest um jeden Preis überleben. Und sie versicherte dir, was auch immer geschehen möge, sie würde stets über dich wachen und dich in ihrem Herzen tragen, egal, wo du sein mögest. Sie sagte, sie müsse jetzt gehen, aber sie würde dich nie verlassen. Dann hat sie deine Hand in die meine gelegt und uns in den Schatten eines Hoftors gestoßen. Sie hat uns umarmt und mich angefleht, euch zu beschützen. Anschließend ist sie allein durch die Nacht zu den Barbaren

gelaufen – damit sie nicht zu uns kommen und euch nicht sehen.

Als sie sie mitnahmen, führte ich euch über einen Pfad, den ich seit jeher kannte, den Hügel hinab. Unten erwartete uns in einer Bucht mein Cousin mit einem Fischerboot, das am Steg festgemacht war. Wir fuhren über das Meer und legten wieder an, ehe es Tag wurde. Wir mussten noch ein Stück bis zum Haus meiner Schwester laufen.«

Ich habe Misses Yilmaz gefragt, was aus meiner Mutter geworden sei.

»Wir haben nie etwas Genaues herausgefunden«, gab sie mir zur Antwort. »Aber allein in Izmit wurden viertausend Armenier deportiert, und im ganzen Reich wurden in diesem tragischen Sommer Hunderttausende ermordet. Heute spricht niemand mehr darüber, alle schweigen. Es haben nur so wenige überlebt, und noch weniger haben die Kraft gefunden, von den Ereignissen zu berichten. Doch man hat sie nicht hören wollen. Es bedarf großer Demut und viel Mutes, um Verzeihung zu bitten. Man hat von Umsiedelung gesprochen, aber glaub mir, es war etwas anderes. Ich habe gehört, dass kilometerlange Schlangen von Männern, Frauen und Kindern gen Süden durch das Land getrieben wurden. Diejenigen, die man nicht in die Viehwagen gepfercht hatte, liefen zu Fuß, ohne Wasser und Essen, an den Gleisen entlang. Wer nicht mehr weiterkonnte, wurde mit einem Kopfschuss im Graben niedergestreckt. Die anderen wurden in die Wüste geführt, wo man sie vor Erschöpfung, Hunger und Durst hat sterben lassen.

Als ich diesen Sommer mit dir bei meiner Schwester verbrachte, wusste ich von alldem nichts, selbst wenn ich das Schlimmste befürchtete. Ich hatte deine Mutter gehen sehen

und ahnte, dass sie nicht zurückkommen würde. Ich hatte Angst um dich.
Am Tag nach der Tragödie bist du wieder in Schweigen versunken und wolltest nicht mehr sprechen.
Nachdem sich meine Schwester und mein Schwager einen Monat später überzeugt hatten, dass in Istanbul wieder Ruhe eingekehrt war, bin ich mit dir zu dem Apotheker in die Istiklal-Straße gegangen. Beim Anblick seiner Frau hast du wieder gelächelt und dich in ihre Arme geworfen. Ich erzählte ihnen, was geschehen war.
Du musst mich verstehen, Anouche, ich stand vor einer furchtbaren Entscheidung und hatte nur das Ziel, dich zu schützen.
Die Frau des Apothekers hegte eine große Zuneigung für dich, was auf Gegenseitigkeit beruhte. Nur bei ihr warst du bereit, ein wenig zu sprechen. Von Zeit zu Zeit kam sie zu uns, wenn ich im Taksim-Garten mit dir spazieren ging. Sie ließ dich an Blättern, an Gräsern und Blumen riechen und brachte dir die Namen bei – mit ihr lebtest du wieder auf.
Als ich eines Abends deine Medikamente abholte, teilte mir der Apotheker mit, sie würden bald in ihre Heimat zurückkehren, und er schlug vor, dich mitzunehmen. Er versicherte mir, in England hättest du nie mehr etwas zu befürchten, und seine Frau und er würden dir jenes Leben bieten, dass sie sich für das Kind gewünscht hatten, welches sie nie haben konnten. Sie versprachen mir, bei ihnen wärst du keine Waise mehr, und es würde dir an nichts mangeln, weder an Zärtlichkeit noch an Liebe.
Es hat mir das Herz gebrochen, dich gehen zu lassen, aber ich war nur deine Kinderfrau. Meine Schwester konnte uns nicht länger bei sich behalten, und ich hatte nicht die Mittel, euch beide großzuziehen. Du warst die Empfindsamere und

er zu klein für eine solche Reise, und so beschloss ich, dich, mein Liebes, auf diese Weise zu retten.«
Lieber Daldry, das ist das Ende ihres Berichts. Ich glaubte, all meine Tränen vergossen zu haben, aber ich versichere Ihnen, dass mir noch welche blieben.
Ich fragte Misses Yilmaz, warum sie immer von »ihr« sprach und wen sie meinte, als sie sagte, von beiden sei ich die Empfindsamere gewesen.
Da hat sie mein Gesicht in ihre Hände genommen und mich erneut um Verzeihung gebeten. Um Verzeihung, weil sie mich von meinem Bruder getrennt hatte.
Fünf Jahre, nachdem ich mit meiner neuen Familie nach England gekommen war, hat die Armee unseres Königs in dem besiegten Reich Izmit besetzt – welche Ironie des Schicksals, nicht wahr?
Als im Laufe des Jahres 1923 die Revolution schwelte, verlor der Schwager von Misses Yilmaz zunächst seine Privilegien und kurz darauf sein Leben.
Ihre Schwester floh wie so viele andere aus dem besiegten Reich, als die neue Republik entstand. Sie wanderte nach England aus und ließ sich – ihr einziges Vermögen war etwas Schmuck – an der Küste in der Nähe von Brighton nieder.
Die Wahrsagerin hatte in allen Punkten recht. Ich bin wirklich in Istanbul geboren und nicht in Holborn. Ich habe eine nach der anderen die Personen getroffen, die mich zu dem Mann führen sollten, der am meisten in meinem Leben zählen würde.
Jetzt, nachdem ich weiß, dass es ihn gibt, will ich mich auf die Suche nach ihm machen.
Irgendwo habe ich einen Bruder, der Rafael heißt.
Ich umarme Sie.
Alice

Alice verbrachte den ganzen Tag bei Misses Yilmaz.

Sie half ihr die Treppe herunter, und nachdem sie gemeinsam mit ihrem Neffen und Can in der Laube zu Mittag gegessen hatten, nahmen die beiden Frauen unter der Linde Platz.

An diesem Nachmittag erzählte Misses Yilmaz ihr Geschichten aus einer vergangenen Zeit, zu der ihr Vater noch Schuhmacher in Istanbul gewesen war und ihre Mutter eine glückliche Frau mit zwei hübschen Kindern.

Als sie sich verabschiedeten, versprach Alice ihr, sie von jetzt ab häufig zu besuchen.

Sie bat Can, über das Meer nach Hause zurückzukehren, und als das Schiff, das sie nach Istanbul brachte, anlegte, betrachtete sie all die *Yalis* am Ufer und spürte Rührung in sich aufsteigen.

Noch in derselben Nacht ging sie zum Postkasten, um den Brief an Daldry einzuwerfen. Er erhielt ihn eine Woche später und gestand Alice, dass auch er beim Lesen geweint habe.

Kapitel 14

Zurück in Istanbul, war Alice ganz von der Idee beherrscht, ihren Bruder zu finden. Misses Yilmaz hatte ihr erzählt, er sei an seinem siebzehnten Geburtstag aufgebrochen, um sein Glück in Istanbul zu versuchen. Einmal im Jahr besuchte er sie, und von Zeit zu Zeit schrieb er ihr eine Postkarte. Er war Fischer geworden und verbrachte den größten Teil seines Lebens an Bord der großen Thunfischfänger.

Den ganzen Sommer über streifte Alice durch die Häfen am Bosporus. Sobald ein Fischerboot anlegte, lief sie zum Kai und fragte die Seeleute, ob ihnen ein gewisser Rafael Kachadorian bekannt sei.

So vergingen Juli, August und September.

An einem milden Herbstsonntag im September lud Can Alice zum Abendessen in jenes kleine Restaurant ein, das Daldry damals so gut gefallen hatte. Bei diesem Wetter waren die Tische auf der Terrasse am Kai gedeckt.

Plötzlich unterbrach Can das Gespräch. Mit großer Zärtlichkeit ergriff er Alices Hand.

»Es gibt einen Punkt, in dem ich unrecht hatte, und einen anderen, in dem ich noch immer recht habe«, sagte er schließlich.

»Erzählen Sie«, forderte Alice ihn auf.

»Bezüglich der Freundschaft zwischen einem Mann und einer Frau habe ich mich geirrt, denn Sie sind meine Freundin geworden, Miss Alice Anouche Pendelbury.«

»Und in welchem Punkt haben Sie noch immer recht?«

»Dass ich wirklich der beste Führer von Istanbul bin«, rief Can aus und lachte.

»Daran habe ich nie gezweifelt«, gab Alice zurück und fiel in sein Lachen ein, »aber warum sagen Sie mir das gerade jetzt?«

»Wenn Sie einen männlichen Doppelgänger haben, dann sitzt der zwei Tische hinter Ihnen.«

Alice hörte auf zu lachen, wandte sich um, und was sie sah, verschlug ihr den Atem.

An besagtem Tisch aß ein Mann, der etwas jünger war als sie selbst, mit einer Frau zu Abend.

Alice erhob sich. Die wenigen Meter, die sie von ihm trennten, schienen ihr unendlich.

Als sie vor ihm stand, entschuldigte sie sich für die Störung und fragte ihn, ob sein Vorname Rafael sei.

Die Züge des Mannes erstarrten, als er im schwachen Licht der Lampions das Gesicht der Fremden sah, die ihm diese Frage stellte. Er erhob sich und versenkte seinen Blick in den ihren.

»Ich glaube, ich bin Ihre Schwester«, sagte sie mit schwacher Stimme. »Ich bin Anouche, und ich habe dich überall gesucht.«

Kapitel 15

»Ich fühle mich wohl in deinem Haus«, sagte Alice und trat ans Fenster.

»Es ist klein, aber von meinem Bett aus sehe ich den Bosporus.«

»Weißt du, Rafael, ich glaubte nicht an das Schicksal und die kleinen Zeichen im Leben, die uns angeblich den Weg weisen. Ich glaubte nicht an Wahrsagerinnen oder Kartenlegerinnen, die einem die Zukunft voraussagen. Ich glaubte nicht an glückliche Fügungen und noch weniger daran, dich eines Tages zu treffen.«

Rafael erhob sich und ging zu Alice. Ein Frachtschiff fuhr gerade in die Meerenge ein.

»Glaubst du, dass die Hellseherin von Brighton Yayas Schwester sein könnte?«

»Yaya?«

»So hast du unsere Kinderfrau früher genannt, du konntest ihren Namen nicht richtig aussprechen. Für mich ist sie immer Yaya gewesen. Sie hat mir erzählt, nachdem ihre Schwester nach Brighton ausgewandert sei, habe sie kein Lebenszeichen mehr von ihr erhalten. Sie war geflohen, und ich glaube, dass sich Yaya in gewisser Weise dafür geschämt hat. Wenn sie es tatsächlich war, könnte man wirklich sagen, dass die Welt klein ist.«

»Das musste sie wohl sein, damit ich dich wiederfinden konnte.«

»Warum siehst du mich so an?«

»Weil ich dich stundenlang ansehen könnte. Ich glaubte, allein dazustehen, und nun habe ich dich.«

»Und was hast du jetzt vor?«

»Ich werde mich definitiv hier niederlassen. Ich habe einen Beruf – eine Leidenschaft –, der es mir vielleicht eines Tages ermöglichen wird, nicht mehr in Mama Cans Restaurant zu arbeiten und mir eine größere Wohnung zu leisten. Außerdem will ich zu meinen Ursprüngen zurückkehren, die verlorene Zeit aufholen, dich kennenlernen.«

»Ich bin zwar oft auf dem Meer, aber ich glaube, es würde mich glücklich machen, wenn du bliebest.«

»Und du, Rafael, hattest du nie Lust, die Türkei zu verlassen?«

»Wohin sollte ich gehen? Sie ist das schönste Land der Welt und meine Heimat.«

»Und hast du den Tod unserer Eltern verzeihen können?«

»Das war nötig. Nicht alle waren Komplizen. Denk an Yayas Familie, die uns gerettet hat. Die, die mich erzogen haben, waren Türken, und sie haben mich Toleranz gelehrt. Das ist die einzig richtige Antwort auf die Unmenschlichkeit der Tausende von Schuldigen. Sieh aus dem Fenster, wie schön Istanbul ist.«

»Hattest du nie das Bedürfnis, nach mir zu suchen?«

»Als Kind wusste ich nichts von deiner Existenz. Erst an meinem sechzehnten Geburtstag hat Yaya mir von dir erzählt, und das auch nur wegen einer Indiskretion ihres Neffen. An diesem Tag hat sie mir gestanden, dass ich eine ältere Schwester habe, aber sie wusste nicht einmal, ob du noch am Leben warst. Sie hat von der Wahl gesprochen, vor der sie damals stand, sie konnte uns nicht beide großziehen. Du darfst ihr nicht böse sein, dass sie sich für mich entschieden hat. Damals war das Schicksal eines Mädchens ungewiss, während ein Junge eine gewisse Sicherheit für die alten Tage der Person bedeutete, die ihn erzog. Ich schicke Yaya zwei Mal im Jahr etwas Geld. Sie hat dich nicht gehen lassen, weil sie dich weniger geliebt hätte, sondern weil das die einzige Möglichkeit war.«

»Ich weiß«, sagte Alice und sah ihren Bruder an. »Sie hat mir sogar gestanden, dass sie dich vorgezogen hat und dass es ihr unmöglich war, sich von dir zu trennen.«

»Hat Yaya das wirklich gesagt?«

»Ich schwöre es.«

»Das ist nicht nett für dich, aber es wäre gelogen, wenn ich behaupten würde, dass es mich nicht freut.«

»Bis zum Monatsende habe ich genug Geld gespart, um nach London zu reisen. Ich bleibe nur ein paar Tage, um meine Sachen zu packen, sie einzuschiffen, mich von meinen Freunden zu verabschieden und meinem Nachbarn für immer meinen Wohnungsschlüssel zu übergeben, was ihn begeistern wird.«

»Du könntest die Gelegenheit auch nutzen, um ihm zu danken. Schließlich ist es sein Verdienst, dass wir uns gefunden haben.«

»Weißt du, er ist ein eigenartiger Mann, und das Seltsamste ist, dass er nie gezweifelt hat. Er hatte natürlich keine Ahnung, dass der Mann, den ich am Ende meiner Reise treffen würde, mein Bruder wäre, aber er wusste immer, dass es ihn gibt.«

»Er glaubte mehr an Hellseherei als du.«

»Wenn du meine Meinung hören willst, dann hoffte er vor allem, seine Staffelei unter meinem Glasdach aufstellen zu können. Dennoch erkenne ich an, dass ich ihm viel zu verdanken habe. Ich schreibe ihm heute Abend, um zu sagen, dass ich nach London komme.«

Liebe Alice-Anouche,
Ihre vorhergehenden Briefe haben mich schon sehr berührt, aber ich glaube, der letzte noch viel mehr.
Sie haben also beschlossen, ab jetzt in Istanbul zu leben. Meine Güte, wie meine Nachbarin mir fehlen wird, aber zu wissen, dass Sie glücklich sind, ist für mich ein Grund, es ebenfalls zu sein.
Sie kommen also am Ende des Monats nach London und wollen nur wenige Tage bleiben. Ich hätte Sie so gerne wiedergesehen, aber das Leben hat anders entschieden.
Ich habe für diese Woche mit einer Freundin gemeinsame Ferien ausgemacht, und das kann ich unmöglich absagen. Sie hat sich schon freigenommen, und Sie wissen ja selbst, wie schwierig es ist, in unserem verflixten Land einmal festgelegte Dinge zu ändern.
Es fällt mir schwer, die Tatsache zu akzeptieren, dass wir uns nicht begegnen werden, Sie hätten länger bleiben sollen, aber ich verstehe natürlich, dass auch Sie Ihre Verpflichtungen haben. Es war schon sehr liebenswürdig von Ihrer Mama Can, Ihnen ein paar Tage Urlaub zu geben.
Ich habe alles Nötige veranlasst, meine Staffelei, Farben und Pinsel entfernt, damit Sie sich in Ihrer Wohnung wohlfühlen können. Sie ist in bestem Zustand. Ich habe Ihre Abwesenheit genutzt, um den Rahmen des Glasdachs reparieren zu lassen, der in so schlechtem Zustand war, dass es im Winter furchtbar durchzog. Wenn wir hätten warten wollen, bis unsere geizige Besitzerin etwas unternimmt, wären Sie vorher erfroren. Aber das ist jetzt unwichtig,

denn im nächsten Dezember werden Sie in milderen Breiten leben.
Alice, Sie danken mir schon wieder für das, was ich getan habe, aber Sie müssen wissen, dass Sie mir die schönste Reise ermöglicht haben, die man sich vorstellen kann. Die Wochen, die wir gemeinsam in Istanbul verbracht haben, sind die wertvollste Erinnerung in meinem Leben. Und wie weit wir auch künftig voneinander entfernt sein mögen, Sie werden in meinem Herzen eine teure Freundin bleiben. Ich hoffe, ich kann Sie eines Tages in dieser wundervollen Stadt besuchen, und Sie werden dann die Zeit finden, mir Ihr neues Leben zu zeigen.
Meine liebe Alice, meine treue Reisegefährtin, ich hoffe auch, dass sich unsere Korrespondenz fortsetzen wird, selbst wenn ich ahne, dass sie weniger regelmäßig sein wird.
Sie fehlen mir, aber das habe ich schon geschrieben.
Ich umarme Sie – denn unter Freunden darf man so etwas tun.
Ihr ergebener
Daldry

PS. Merkwürdig, als mir der Briefträger – wir haben uns im Pub wieder versöhnt – Ihren letzten Brief brachte, hatte ich gerade mein Bild fertiggestellt. Ich wollte es Ihnen schicken, aber das ist albern, denn es reicht ab jetzt aus, dass Sie Ihr Fenster öffnen, um – viel schöner natürlich – zu sehen, was ich in den langen Monaten Ihrer Abwesenheit gemalt habe.

Alice schloss die Tür ihres Zimmers hinter sich. Einen großen Koffer in der einen, einen kleinen in der anderen Hand, lief sie die Straße entlang. Als sie das Restaurant betrat, erwarteten sie dort Mama Can, ihr Ehemann und der beste

Führer von Istanbul. Mama Can erhob sich, ergriff ihre Hand und führte sie zu einem Tisch, der für fünf Personen gedeckt war.

»Heute bist du der Ehrengast«, sagte sie. »Ich habe für die Zeit deiner Abwesenheit eine Aushilfe genommen – aber nur für die Zeit deiner Abwesenheit! Setz dich, du musst vor der langen Reise essen. Kommt dein Bruder nicht?«

»Sein Schiff legt heute Vormittag an, und ich hoffe, dass er es rechtzeitig schafft. Er hat versprochen, mich zum Flughafen zu bringen.«

»Aber das mache ich doch!«, protestierte Can.

»Er hat jetzt ein Auto, da kannst du nicht ablehnen, er wäre furchtbar verärgert«, warf Mama Can ein und sah ihren Neffen an.

»Fast neu! Es hatte vor mir nur zwei Besitzer, und einer davon war ein sehr pingeliger Amerikaner. Seit ich nicht mehr für Sie arbeite, habe ich auf Mister Daldrys Überweisungen verzichtet und bin von mehreren Herrschaften engagiert worden, die mich fürstlich bezahlen. Der beste Führer von Istanbul war es sich schuldig, seine Kunden – in der Stadt und außerhalb – überall hinfahren zu können. Letzte Woche habe ich ein Paar zur Besichtigung der Festung von Rumeli Feneri ans Schwarze Meer gebracht, und die Fahrt hat nur zwei Stunden gedauert.«

Alice ließ das Fenster nicht aus den Augen, um zu sehen, ob Rafael käme, doch das Essen ging seinem Ende zu, und er war noch immer nicht da.

»Weißt du«, sagte Mama Can, »das Meer bestimmt, und wenn der Fang sehr gut oder sehr schlecht ist, kommen sie vielleicht erst übermorgen wieder.«

»Ich weiß.« Alice seufzte. »Aber ich bin ja ohnehin bald zurück.«

»Wir müssen los, sonst verpassen Sie das Flugzeug«, sagte Can.

Mama Can umarmte Alice und begleitete sie zu Cans schönem Wagen. Ihr Mann legte Alices Gepäck in den Kofferraum. Can öffnete ihr die Beifahrertür.

»Lassen Sie mich fahren?«, fragte sie.

»Soll das ein Scherz sein?«

»Ich habe Autofahren gelernt …«

»Aber nicht mit diesem«, sagte Can und schob Alice in den Wagen.

Er drehte den Zündschlüssel um und vernahm stolz, wie der Motor ansprang.

Plötzlich hörte Alice jemanden »Anouche« rufen, sie stieg aus und sah ihren Bruder herbeilaufen.

»Ich weiß«, sagte er beinahe atemlos und nahm auf der Rückbank Platz, »ich bin viel zu spät, aber das ist nicht meine Schuld, eines der Netze hatte sich verfangen. Ich bin so schnell ich konnte vom Hafen hierhergekommen.«

Can gab Gas und fuhr durch die schmalen Straßen von Üsküdar.

Eine Stunde später erreichten sie den Flughafen Atatürk. Vor dem Abflugterminal wünschte Can Alice eine gute Reise und ließ sie in Gesellschaft ihres Bruders.

Alice ging zum Schalter der Fluggesellschaft und gab ein Gepäckstück auf, das andere behielt sie in der Hand. Die Angestellte erklärte ihr, sie müsse sich sofort zur Passkontrolle begeben. Sie sei die letzte Passagierin, und man würde nur auf sie warten.

»Während ich auf See war«, erklärte Rafael, der sie begleitete, »habe ich viel über die Sache mit der Hellseherin nachgedacht. Ich weiß nicht, ob sie die Schwester von Yaya ist, aber wenn du Zeit hast, solltest du noch einmal zu ihr gehen, denn in einem Punkt hat sie sich getäuscht.«

»Und zwar?«, fragte Alice.

»Diese Wahrsagerin hat dir doch prophezeit, dass der Mann, der am meisten in deinem Leben zählen würde, an diesem Abend hinter dir vorbeigegangen sei, oder?«, fragte Rafael.

»Ja, stimmt«, antwortete Alice und drückte ihr Köfferchen an sich.

»Du musst jetzt durch den Zoll gehen. Was hast du denn in diesem Köfferchen, das du so sorgsam bei dir behältst?«

»Eine Trompete.«

»Eine Trompete?«

»Ja, eine Trompete, und vielleicht auch die Antwort auf die Frage, die du mir gerade gestellt hast«, sagte sie und lächelte. Dann umarmte sie ihren Bruder und flüsterte ihm zu: »Sei mir nicht böse, wenn es etwas später wird, aber ich verspreche dir, dass ich zurückkomme.«

Kapitel 16

LONDON, DIENSTAG, 31. OKTOBER 1951

Das Taxi hielt vor dem viktorianischen Haus. Alice nahm ihr Gepäck und stieg die Treppe hinauf. Im letzten Stockwerk war alles ruhig, sie warf einen Blick zur Tür ihres Nachbarn und betrat dann ihre Wohnung.

Es roch nach gewachstem Holz. Alles war so, wie sie es zurückgelassen hatte. Auf dem Hocker neben ihrem Bett entdeckte sie eine Vase mit drei weißen Tulpen.

Sie zog ihren Mantel aus und setzte sich an ihren Arbeitstisch. Sie strich über die Holzplatte und betrachtete durch das Glasdach den grauen Londoner Himmel.

Dann trat sie zu ihrem Bett und öffnete den kleinen Koffer, in dem sie die Trompete und einen sorgfältig verpackten Parfümflakon transportiert hatte.

Sie hatte seit dem Mittag nichts mehr gegessen, und es war noch Zeit, bei dem Krämer am Ende der Straße etwas einzukaufen.

Es regnete, und sie hatte keinen Schirm, aber an der Garderobe hing Daldrys Regenmantel. Alice zog ihn an und verließ das Haus.

Der Lebensmittelhändler freute sich, sie wiederzusehen, er hatte sich gewundert, dass sie schon seit Monaten nicht mehr zum Einkaufen gekommen war. Alice erzählte ihm, sie habe eine lange Reise gemacht und würde bald wieder aufbrechen.

Als sie bezahlen wollte, kramte sie in den Taschen des Mantels, bis sie bemerkte, dass es nicht ihrer war, und fand in der einen einen Schlüsselbund, in der anderen ein Stück Papier. Sie lächelte, als sie die Eintrittskarte sah, die Daldry an jenem Abend gekauft hatte, als er mit ihr zum Volksfest nach Brighton gefahren war. Während Alice in ihrem Portemonnaie das Geld suchte, fiel das Stück Papier zu Boden. Voll beladen machte sie sich auf den Rückweg, sie hatte die Angewohnheit, immer zu viel zu kaufen.

Zu Hause angekommen, räumte Alice ihre Einkäufe ein und stellte bei einem Blick auf ihren Wecker fest, dass es höchste Zeit war, sich fertig zu machen. Heute Abend würde sie Anton besuchen, und sie überlegte, welches Kleid sie anziehen sollte.

Während sie sich vor dem kleinen Spiegel im Eingang schminkte, überkamen Alice plötzlich Zweifel, eine Kleinigkeit irritierte sie.

»Die Kasse war an diesem Abend schon geschlossen, wir haben keinen Eintritt bezahlt«, sagte sie zu sich selbst.

Sie schloss den Lippenstift, lief zu Daldrys Regenmantel und durchsuchte erneut die Taschen, doch sie fand nur noch den Schlüsselbund. Also rannte sie die Treppe hinunter und weiter bis zum Lebensmittelladen.

»Vorhin«, sagte sie atemlos, »habe ich hier ein Stück Papier fallen lassen. Haben Sie es gefunden?«

Der Besitzer wies sie darauf hin, dass in seinem Geschäft tadellose Sauberkeit herrsche. Wenn sie also einen Zettel habe fallen lassen, befinde der sich jetzt wahrscheinlich schon im Papierkorb.

»Wo ist der Korb?«, fragte Alice.

»Ich habe ihn gerade, wie es sich gehört, in die Mülltonne geleert, Miss, und die steht im Hof, aber Sie wollen doch wohl nicht …«

Der Mann hatte noch nicht ausgesprochen, als Alice schon durch das Geschäft zur Hintertür auf den Hof stürmte. Aufgeregt lief er ihr nach und hob die Arme zum Himmel, als er seine Kundin sah, die mitten in dem ausgeschütteten Müll hockte und ihn durchstöberte. Er trat zu ihr und fragte, nach was sie genau suche.

»Nach einem Billett.«

»Einem Lotterie-Billett hoffentlich?«

»Nein, nur eine alte Eintrittskarte zum Brighton Pier.«

»Ich nehme an, sie ist von großem emotionalem Wert für Sie?«

»Vielleicht«, erwiderte Alice und schob mit dem Zeigefinger eine Orangenschale beiseite.

»Nur vielleicht?«, rief der Lebensmittelhändler. »Und konnten Sie das nicht klären, ehe Sie meine Mülltonne ausgeschüttet haben?«

Alice antwortete nicht, zumindest nicht sofort, denn ihr Blick fiel in diesem Moment auf die Eintrittskarte. Sie nahm sie, faltete sie auseinander, sah auf das Datum und sagte: »Ja, sie hat einen unendlichen emotionalen Wert.«

Kapitel 17

Daldry schlich die Treppe hinauf. Vor seiner Tür angekommen, entdeckte er einen Glasflakon und einen kleinen Umschlag auf der Fußmatte. Auf dem Etikett des Flakons las er *Istanbul* und auf der beigefügten Karte: »Ich zumindest habe mein Versprechen gehalten …«

Daldry entfernte den Stöpsel, schloss die Augen und schnupperte an dem Parfüm. Die Kopfnote war perfekt. Mit einem Mal fühlte er sich unter das Laubdach der Judasbäume versetzt, die den Bosporus säumen. Er hatte den Eindruck, die steilen Gassen von Cihangir zu erklimmen, die helle Stimme von Alice zu hören, die nach ihm rief, weil er nicht schnell genug war. Er nahm den süßlichen Duft von Erde, Blumen und Staub sowie von frischem Wasser wahr, das über das verwitterte Gestein der Brunnen fließt. Er hörte den Kinderlärm in den schattigen Höfen, die Sirenen der Dampfschiffe, das Knirschen der Straßenbahnen in der Istiklal-Straße.

Daldry seufzte, während er seine Wohnungstür öffnete. »Es ist Ihnen gelungen, Sie haben Ihre Wette gewonnen, meine Liebe.« Er machte Licht und zuckte zusammen, als er seine Etagennachbarin in seinem Sessel mitten im Wohnzimmer sitzen sah.

»Was machen Sie da?«, fragte er und stellte seinen Regenschirm ab.

»Und Sie?«

»Also bitte«, sagte Daldry mit schwacher Stimme, »so merkwürdig Ihnen das auch erscheinen mag, ich bin hier zu Hause.«

»Sie sind nicht im Urlaub?«

»Ich habe nicht wirklich eine Anstellung, also mit Urlaub ist das so eine Sache, wissen Sie …«

»Ich sage das nicht, um Ihnen ein Kompliment zu machen, aber diese Ansicht ist sehr viel schöner als das, was ich von meinem Zimmer aus sehe«, sagte Alice und deutete auf das große Gemälde auf der Staffelei am Fenster.

»Es ist trotzdem ein Kompliment, vor allem von jemandem, der in Istanbul lebt. Entschuldigen Sie die völlig nebensächliche Frage, aber wie sind Sie hier hereingekommen?«

»Mit dem Schlüssel, der in der Tasche Ihres Regenmantels war.«

»Sie haben ihn gefunden? Wie schön. Ich liebe diesen Regenmantel sehr und suche ihn seit zwei Tagen überall.«

»Er hing an meiner Garderobe.«

»Das erklärt alles.«

Alice erhob sich und ging auf Daldry zu. »Ich möchte Sie etwas fragen, aber Sie müssen mir versprechen, dieses eine Mal ehrlich darauf zu antworten!«

»Was soll denn das heißen, ›dieses eine Mal‹?«

»Sollten Sie nicht in charmanter Begleitung auf Reisen sein?«

»Meine Pläne haben sich geändert«, brummte Daldry.

»Heißt Ihre Begleitung zufälligerweise Carol?«

»Aber nein, ich habe Ihre Freundin nur zweimal getroffen und das immer bei Ihnen. Einmal, als ich wie ein Wilder bei Ihnen hereingeplatzt bin, und das andere Mal, als Sie Fieber hatten. Und ein drittes Mal im Pub an der Ecke, aber da hat sie mich nicht einmal wiedererkannt, also zählt das nicht.«

»Ich dachte, Sie wären zusammen ins Kino gegangen?«, fragte Alice und kam noch einen Schritt näher.

»Ja gut, es kam vor, dass ich gelogen habe, aber nur, wenn es nötig war.«

»Es war also nötig, mir zu sagen, dass Ihnen meine beste Freundin sympathisch ist.«

»Ich hatte meine Gründe!«

»Und dieses Piano an der Wand? Ich dachte, die Nachbarin unter uns spielt Klavier?«

»Das? Dieses alte Ding, das ich in einer Offiziersmesse abgeholt habe? Das nenne ich kein Klavier … Also gut, wie lautet Ihre Frage? Und ja, ich werde die Wahrheit sagen.«

»Waren Sie am Abend des dreiundzwanzigsten Dezember letzten Jahres auf der Mole in Brighton?«

»Warum fragen Sie das?«

»Weil in der anderen Tasche Ihres Regenmantels das hier steckte«, sagte Alice und hielt ihm das Ticket hin.

»Ihre Frage ist nicht sehr fair, weil Sie die Antwort bereits kennen«, antwortete Daldry und senkte den Blick.

»Seit wann?«

Daldry holte tief Luft.

»Seit dem ersten Tag, als Sie dieses Haus betreten haben, seit dem ersten Mal, als ich Sie die Treppe heraufkommen sah, und die Sache wurde immer schlimmer.«

»Wenn Sie Gefühle für mich hatten, warum haben Sie dann alles darangesetzt, mich zu entfernen? Diese Reise nach Istanbul haben Sie doch sicher geplant, um Abstand von mir zu gewinnen, nicht wahr?«

»Hätte diese Hellseherin anstatt der Türkei den Mond genannt, wäre mir das noch lieber gewesen. Sie fragen mich, warum? Sie können sich nicht vorstellen, was es für einen Mann, der meine Erziehung genossen hat, bedeutet, sich darüber klar zu werden, dass er im Begriff ist, vor Liebe wahnsinnig zu werden. In meinem ganzen Leben habe ich noch nie vor jemandem solche Angst gehabt wie vor Ihnen. Die Vorstellung, Sie so sehr zu lieben, ließ mich mehr denn je befürchten, meinem Vater ähnlich zu werden. Und für nichts auf der Welt hätte ich der Frau, die ich liebe, so etwas antun mögen. Und jetzt wäre ich Ihnen ausgesprochen dankbar, wenn Sie auf der Stelle vergessen würden, was ich Ihnen soeben gesagt habe.«

Alice ging einen weiteren Schritt auf Daldry zu, legte ihm einen Finger auf die Lippen und flüsterte ihm ins Ohr: »Schweigen Sie, Daldry, und küssen Sie mich.«

In den ersten Morgenstunden wurden Daldry und Alice von dem Licht geweckt, das durch das Glasdach hereindrang.

Alice bereitete einen Tee zu, Daldry weigerte sich, das Bett zu verlassen, solange sie ihm nicht ein annehmbares Kleidungsstück borgte, auf keinen Fall wollte er in den Morgenrock schlüpfen, den sie ihm angeboten hatte.

Alice stellte das Tablett aufs Bett, und während Daldry einen Toast mit Butter bestrich, fragte sie ihn schelmisch: »Ihre gestrigen Worte, die ich vergessen musste, weil ich es versprochen habe, waren nicht zufällig eine neue List Ihrerseits, um weiter unter meinem Glasdach malen zu können?«

»Würden Sie das auch nur eine Sekunde annehmen, wäre ich bereit, bis ans Ende meiner Tage meine Pinsel aus der Hand zu legen.«

»Das wäre eine entsetzliche Vergeudung«, erwiderte Alice, »und noch dazu ausgesprochen dumm, denn schließlich habe ich mich in Sie verliebt, als Sie mir sagten, dass Sie Kreuzungen malen.«

Epilog

Am 24. Dezember 1951 fuhren Alice und Daldry nach Brighton. Der Nordwind hatte sich aufgemacht, und es herrschte an diesem Nachmittag eine schreckliche Kälte auf dem Pier. Die Marktstände waren geöffnet, ausgenommen der einer Hellseherin, deren Wohnwagen abgebaut worden war.

Alice und Daldry erfuhren, dass sie im Herbst verstorben war und ihre Asche, ihrem Wunsch entsprechend, vom Ende der Mole aus ins Meer gestreut worden war.

Die Ellbogen auf das Geländer gestützt, den Blick aufs Meer gerichtet, hielt Daldry Alice fest im Arm.

»Wir werden also nie erfahren, ob sie die Schwester Ihrer Yaya war oder nicht«, sagte er nachdenklich.

»Nein, aber das hat auch jetzt keine Bedeutung mehr.«

»Da bin ich nicht ganz einverstanden, es hat schon eine gewisse Bedeutung. Angenommen, sie war die Schwester Ihrer Kinderfrau, dann hat sie Ihre Zukunft möglicherweise nicht wirklich ›vorhergesehen‹, sondern Sie wiedererkannt ... Das ist nicht ganz dasselbe.«

»Sie sind unglaublich misstrauisch. Sie hat gesehen, dass ich in Istanbul geboren wurde, hat die Reise vorhergesagt, die wir machen würden, und hat die sechs Personen erwähnt, denen ich begegnen müsste – also Can, den Konsul, Herrn Zemirli, den alten Lehrer von Kadiköy, Frau Yilmaz und meinen Bruder Rafael – bevor ich die siebte Person finden würde, nämlich den wichtigsten Mann in meinem Leben, also Sie.«

Daldry griff zu einer Zigarette, verzichtete jedoch darauf, sie anzuzünden, weil der Wind zu stark war.

»Ja, die siebte Person schließlich … die siebte«, brummte er. »Vorausgesetzt, es hat Bestand!«

Alice spürte, wie Daldry sie fester an sich zog.

»Warum, ist das nicht Ihr Wunsch?«

»Doch, natürlich, aber ist es auch der Ihre? Sie kennen ja noch gar nicht alle meine Fehler. Möglicherweise werden Sie sie auf Dauer nicht ertragen.«

»Aber vielleicht kenne ich auch noch nicht all Ihre Vorzüge.«

»Ach, richtig, daran hatte ich noch gar nicht gedacht …«

DANKSAGUNG

Mein Dank gilt:
Pauline, Louis und Georges.
Raymond, Danièle und Lorraine.
Rafael und Lucie.
Susanna Lea.
Emmanuelle Hardouin.
Nicole Lattès, Leonello Brandolini, Antoine Caro, Brigitte Lannaud.
Elisabeth Villeneuve, Anne-Marie Lenfant, Arié Sberro, Sylvie Bardeau, Tine Gerber, Lydie Leroy und dem gesamten Team der Éditions Robert Laffont.
Pauline Normand, Marie-Ève Provost.
Léonard Anthony, Sébastien Canot, Romain Ruetsch, Danielle Melconian, Katrin Hodapp, Laura Mamelok, Kerry Glencorse, Moïna Macé.
Brigitte und Sarah Forissier.
Véronique Peyraud-Damas und Renaud Leblanc, Archiv des Musée Air France, Jim Davies, British Airways-Museum (BOAA)
und
Olivia Giacobetti, Pierre Brouwers, Laurence Jourdan, Ernest Mamboury, Yves Ternon, deren Werke mir bei meinen Recherchen sehr geholfen haben.